SCHLESISCHES HIMMELREICH

die wechselvolle Geschichte einer oberschlesischen
Kaufmannsfamilie in den Jahren 1906 bis 1966

VORWORT

Sigrid Glinka erzählt die Geschichte meiner Familie über einen Zeitraum von 60 Jahren, 1906 bis 1966.

Der erste Weltkrieg, die Inflation und Weltwirtschaftskrise, der zweite Weltkrieg, die Vertreibung und der Neubeginn prägen die Erlebnisse

Bibliografische Information der Deutschen Nationalbibliothek: Die Deutsche Nationalbibliothek verzeichnet diese Publikation in der Deutschen Nationalbibliografie; detaillierte bibliografische Daten sind im Internet über dnb.dnb.de abrufbar.

© 2023 Sigrid Glinka
Coverlayout: Alina Lang
Korrektorat: Joachim Gleißberg

Herstellung und Verlag: BoD – Books on Demand, Norderstedt
ISBN: 978-3-7347-7565-9

Kapitel 1

Frieda und ihre 6 Männer

Der große Junge, der mit riesigen Schritten durch die Straßen von Gleiwitz läuft, hat ein ganz bestimmtes Ziel. Er kommt aus einem kleinen Ort zwischen Kattowitz und Gleiwitz. Den weiten Weg läuft er zu Fuß. Ein Zug fährt zwar, aber das Geld dafür hat er nicht. Ein hübsches Städtchen ist dieses Gleiwitz, mit viel Grün. Die Bäume, glaubt man, wachsen in den Himmel. Es ist September und sie haben herrliche bunte Blätter. Der Park in der Mitte der Stadt ist sehr gepflegt. Die Stadt hat im Moment aber auch sehr viele Baustellen. Es wird überall gebaut und die Bevölkerung wächst und wächst.

Er geht zu dem großen Kolonialwaren-Händler in der Innenstadt, direkt am Marktplatz. Dort fängt er heute seine Lehre an. Er ist sehr gespannt auf das Neue in seinem Leben. Dass er diese Stelle bekam ist fast ein Wunder. Seine Mutter hat alle Hebel in Bewegung gesetzt. Das heißt, sie hat seinen Opa, der Bürgermeister seines Heimatdörfchens bei Kattowitz ist, unter Druck gesetzt.

Als seine Mutter namens Frieda ein junges, hübsches 17-jähriges Mädchen mit langen schwarzen Haaren war, kam sie in den Haushalt dieses Bürgermeisters. Sie hießen Glinka und waren angesehene Leute mit einem großen Haushalt. Es gab Gärtner, Kutscher und viele weitere Angestellte. Sie lernte auch Pitro kennen, den Sohn des Hauses. Die beiden waren fast im gleichen Alter. Im großen Garten tollten sie oft herum. Sie waren ein Herz und eine Seele. So kam es wie es kommen musste, sie wurden ein heimliches Liebespaar. Die anderen Angestellten merkten wohl etwas und warnten Frieda. Die wollte aber nichts davon wissen. Sie war ja so verliebt.

Das ging so ein ganzes Jahr gut. Frieda wurde fülliger. Die Schürze spannte. Die Köchin sagte zu ihr: „Na, jetzt hast du ja endlich mal etwas auf die Rippen bekommen." Erst da merkte Frieda, dass etwas nicht stimmte. Sie kam aus einem Elternhaus, wo es noch sechs kleine Geschwister gab.

Als Pitro und Frieda wieder zusammen waren, erklärte sie ihm, dass sie schwanger sei. Er sagte gar nichts. Doch danach war er für sie nicht mehr zu erreichen. Zuerst machte sie sich keine Gedanken. Wird wohl bei einem Freund sein. Als er aber nach einer Woche immer noch nicht wieder bei ihr war, fragte sie den Kutscher: "Hast du Pitro irgendwo hingefahren?" „Ja, ja", sagte er, „letzte Woche zur Verwandtschaft nach Breslau." Nun wurde es Frieda bewusst, dass von Pitro nichts mehr zu erwarten war. Angst kroch ihr in den Hals. Bei ihren Eltern konnte sie auf keine Hilfe hoffen. Denen brauchte sie gar nicht zu kommen.

Sie war gerade dabei, die Betten der Dame des Hauses, Elsa, frisch zu beziehen. Dabei heulte sie vor sich hin. Da kam die gnädige Frau ins Zimmer. „Friedalein, was ist denn los. Hast du dir weh getan?" „Nein, nein, nein", stammelte sie. „Ich, ich bekomme ein Kind." „Ja", sagte Elsa, „das ist doch nicht schlimm. Dann wird eben geheiratet. Wer ist denn der Glückliche?" Frieda wurde klar, dass Pitro den Eltern nichts erzählt hat. So sagte sie ganz leise: „Pitro." „Was hast du gesagt?" „Pitro", sagte sie lauter. „Das kann doch nicht sein", sagte die gnädige Frau, „das ist doch noch ein Bübchen. Jetzt muss ich erst mal mit Pitro und meinem Mann sprechen." Schnurstracks ging sie erst zu ihrem Mann, der heute mal im Haus war. Er war ja sonst viel unterwegs als Bürgermeister. Es ging im Wohnzimmer ziemlich laut zu. Ja, die Eltern hatten sich für ihren Sohn eine andere Frau vorgestellt. Frieda stand im Flur. Ihr wurde angst und bange, als es immer lauter wurde. Die Herrschaft rief Frieda ins Zimmer und sagte: „Wir müssen mit Pitro reden." Dann schickten sie Frieda in die kleine Kammer, die sie mit noch einem Mädchen teilte.

Das Bübchen war natürlich nicht zu Hause, wie in letzter Zeit öfters seit er wusste, dass Frieda schwanger war. Er hatte Angst vor seinen Eltern. Was hatte ihn nach Breslau getrieben? Die pure Angst vor seinen Eltern. Jetzt müsste man etwas tun. Keiner durfte erfahren, wer der Vater von Friedas Kind war. Pitro sollte ja mal standesgemäß heiraten. Die Angestellten wurden zum Stillschweigen verurteilt. Wer etwas erzählte könnte mit der Kündigung rechnen. So waren die Eheleute sicher, dass Pitros Fehltritt geheim blieb. Aber was sollte man mit Frieda machen? Am besten wäre, man fände einen Mann für Frieda den sie so schnell wie möglich heiraten würde. Davon wollte Frieda aber gar nichts wissen. Sie wollte halt nur Pitro. Also musste man es raffinierter anfangen.

Damit fing ein neues Leben für Friederike an. Zuerst musste sie ins Gartenhäuschen ziehen. Das gefiel ihr eigentlich recht gut. Schwere Arbeiten, wie Wäsche waschen, waren tabu. Die Eheleute Glinka wollten sich nichts nachsagen lassen. Schließlich war man Bürgermeister des Ortes. Da musste man Vorbild sein. Viel arbeiten musste sie nicht mehr. Es ging ihr eigentlich ziemlich gut. Nur von Pitro hörte sie gar nichts. Es war das Jahr 1907. Am 6.Juni um 18.00 Uhr kam der kleine Georg zur Welt. Die Geburt war problemlos. Als die ersten Wehen einsetzten ließ die Herrin ihren Hausarzt kommen. Das war alles schon vorher besprochen worden. Dann ging es auch schnell. Georg war ein sehr großes Baby. Die gnädige Frau und auch der gnädige Herr waren jetzt Oma und Opa und ganz vernarrt in das Baby. Georg war ein ruhiges Kind und weinte sehr selten. Wenn man mit ihm sprach, lachte er immer.

Nur einer ließ gar nichts von sich hören, Pitro. Seine Eltern hatten ihn nach der Geburt durch den Kutscher informiert. Der war nach Breslau gefahren, um ihn zu holen. Aber er dachte gar nicht daran nach Hause zu kommen. Nichts hörte man von ihm. Friederike weinte oft. Und mit der Zeit entwickelte sie einen unbändigen Hass auf Pitro. Von der Herrschaft wurden sie und Georg verwöhnt. Sie durfte ganz für ihren kleinen Jungen da sein. Oma Elsa ging stundenlang mit Georg spazieren. Frieda war in dieser Zeit oft bei der Köchin. Sie lernte viel und mit der Zeit konnte sie richtig gut kochen.

Es gab im Haus immer viele Gesellschaften zu bewirten. Da wurde aufgekocht, dekoriert, viel gelacht und geredet. Der Mittelpunkt war meistens Georg, der sich im ganzen Haus frei bewegen durfte. Eines Abends war es wieder so weit. Unter den geladenen Gästen waren auch ein paar Offiziere. Schmucke Kerle in ihren Uniformen. Frieda servierte in der guten Stube. Die Männer sangen Lieder und lachten über Gott und die Welt. Kein Krieg war in Sichtweite.

Es war das Jahr1909. Frieda war auch wieder mal richtig lustig, denn da gab es einen, den Fritz. Der hatte ein Auge auf Frieda geworfen. Sie merkte es schon. Aber nach ihren schlechten Erfahrungen mit Pitro ging sie nicht darauf ein. Fritz ließ sie aber nicht in Ruhe. Er kam immer wieder und brachte Geschenke für Klein Georg und für sie mit. Mit der Zeit hatte er Erfolg. Sie ging mit ihm spazieren und sie kamen sich näher. Frieda erzählte Fritz von Pitro alles, auch, dass er sich nicht mal nach der Geburt von Georg gemeldet hatte. Fritz nahm sie nur in den Arm, wischte ihre Tränen weg und sagte dann: „Ich bin anders und ich möchte dich heiraten." Damit hatte er Friedas Herz erobert.

Nun konnte es Frieda nicht schnell genug gehen. Nur weg aus diesem Haus in dem man sie sowieso als Schwiegertochter nicht haben wollte. Georg hätten sie zwar gern adoptiert, aber das ließ ihr Stolz nicht zu.

Zuerst musste man eine kleine Wohnung finden, egal wie diese Wohnung aussah. Was sie fanden war nicht berauschend aber immerhin waren es zwei Zimmerchen. Das Klo war, wie immer in dieser Zeit, ein Plumpsklo hinter dem gesamten Baracken-Block. Nicht so ein schönes Bad wie bei den Glinkas. Waschen und Kochen war in einem Raum. Alles wurde eigentlich da gemacht. Sie hatten aber Glück, denn zum Schlafen gab es noch einen kleinen Raum mit zwei großen Strohbetten. Für Georg durfte sie das kleine Kinderbettchen von Glinkas mitnehmen.

Es reichte und was wollte sie mehr? Fritz brachte brav seinen Sold nach Hause. Nicht wie so viele andere Soldaten, die erst mal fröhlich in eine Kneipe feiern gingen.

Fritz war ein ordentlicher, fröhlicher Mann. Er liebte seine Frieda und den Georg abgöttisch. Die Heirat sollte bald sein. Frieda war einfach glücklich, auch wenn da dieser Stachel in ihrem Herzen war. Ja, diese Wut auf Pitro. Sie hatte sich eine neue Arbeit gesucht. Es war nicht das was sie sich erträumt hatte. In einer Wäscherei hatte sie eine Anstellung gefunden. Die Arbeit war sehr schwer, aber sie wurde gut bezahlt.

Eines Abends, als sie von der Arbeit nach Hause ging, kam ihr Pitro mit einer eleganten, hübschen, jungen Frau entgegen. Erst starrten sie sich minutenlang an. Dann schaute jeder schnell weg. Kein Wort sprachen sie miteinander. In Frieda kochte es. Jetzt wollte sie sich rächen. Sie wusste auch schon wie. Keiner sollte ja wissen, wer der Vater von Georg ist. Bis jetzt hatte sie es auch niemandem erzählt. Doch am nächsten Tag ging sie aufs Amt. Sie gab Pitro als Vater an. Ab sofort hieß Georg mit Nachnamen Glinka. Das löste in dem kleinen Ort bei Kattowitz ein großes Gerede aus. „Der Pitro vom Bürgermeister hat ein Kind mit der Frieda. Der ist der Vater vom Georg aber das haben wir doch alle geahnt." So ging das Getratsche im Dorf herum. Natürlich stehen die feinen Leute nicht dazu, doch nun wussten es alle. Die Familie Glinka war natürlich nicht begeistert. Sie wollten nichts mehr mit Frieda zu tun haben.

Elsa, die ihren Enkelsohn vermisste, tat es sehr weh. Sie wollte noch mal versuchen, mit Frieda zu sprechen. Sie hätte schon immer gern Georg adoptiert. Also machte sie sich auf den Weg in die Baracke zu Frieda. Was sie da vorfand übertraf alle ihre Vorstellungen. So armselig hatte sich die gnädige Frau das nicht vorgestellt. Jetzt musste sie erst recht Georg hier rausholen. Frieda war allein daheim und Sie war sehr überrascht, die gnädige Frau Elsa zu sehen. Deren Schreck über die Armseligkeit ihrer Wohnung hatte sie gleich bemerkt. Frieda konnte sich nicht denken, warum die Gnädige sie besuchte. Sie bot der Frau Glinka einen Stuhl an und fragte sie, ob sie was trinken wolle, was diese verneinte. Frieda war nervös. Da ergriff Frau Elsa das Wort.

„Frieda, ich möchte dir einen Vorschlag machen", sprach sie. „Nachdem nun alle hier wissen, wer der Vater von Georg ist, wäre es für ihn doch besser, wir würden ihn adoptieren." Frieda glaubte, sie habe falsch gehört. Sie konnte es einfach nicht begreifen. Diese Frechheit! Sie rief nun laut, und immer lauter: „Raus, raus, raus." Das war einfach zu viel für sie.

Erst ließ Pitro sie im Stich und nun wollten sie Georg ganz für sich. Eine unvorstellbare Frechheit! Heulend warf sie sich auf ihr Bett. So blieb sie liegen, bis Fritz und Georg heimkamen. „Was ist denn los", fragten beide gleichzeitig. Als Frieda alles erzählt hatte, sagte Fritz: „Ach, Friedchen", so nannte er sie, wenn er besonders lieb zu ihr sein wollte, „wenn wir verheiratet sind, werde ich Georg adoptieren. Dann sind die Verhältnisse geklärt." Das war Musik in Friedas Ohren. Nun war sie sich sicher, dass Georg bei ihr bleiben würde.

Die Heirat auf dem Standesamt sollte in vier Wochen sein. Es gab viel zu tun. Sie wollte sich noch ein schönes Kleid nähen. Den Stoff hatte ihr Gisela, eine Freundin die als Verkäuferin in Gleiwitz arbeitete, besorgt. Diese sollte auch mit ihrem Verlobten Trauzeuge sein. Mehr Gäste würden wohl nicht zu dieser Hochzeit kommen. Giselas Verlobter war natürlich auch Soldat. Zum Wochenende trafen sie sich öfter und gingen tanzen. Georg konnte gut allein zu Hause bleiben. Er war jetzt schon sechs Jahre alt. Bald würde er in die Schule kommen. Er freute sich besonders auf die Hochzeit, denn dann hätte er endlich auch einen Vati.

Der Tag der Heirat kam schnell. Das Kleid war fertig. Fritz würde natürlich in Uniform gehen. Für Georg hatte seine Mutti eine dreiviertellange Hose, ein weißes Hemd und eine Weste geschneidert. Wie richtig feine Leute kamen sich alle drei vor. Nun musste nur noch das Essen vorbereitet werden. Aber das hatte sie ja in der Küche bei den Glinkas gelernt. Eine gute Suppe mit selbstgemachten Nudeln konnte man ja schon einen Tag früher fertig machen. Der Nudelteig musste sowieso erst trocknen. Danach sollte es grüne Klöße mit viel Soße geben und ein Gemüse aus dem Garten. Zum Schluss würde man dann noch Mohnklößchen servieren. Die Stube war feierlich geschmückt. Alle drei waren aufgeregt. Der nächste Tag sollte etwas Besonderes werden. Früh um 8 Uhr waren sie abmarschbereit. Zum Standesamt war es eine halbe Stunde zu laufen. Aber natürlich kamen sie zu früh. Die Trauzeugen standen schon vorm Haus. Gemeinsam warteten sie. Vor ihnen gab es eine Trauung mit vielen Angehörigen. Frieda dachte, so könnte es bei mir auch sein. Sie hatte nur keinem von ihren Geschwistern von der Hochzeit erzählt. Seit Georgs Geburt hatte sie keinen Kontakt zu ihren Angehörigen. Sie hatte ihnen nichts gesagt. Einfach geschämt hatte sie sich, dass sie so dumm und naiv war, sich mit Pitro einzulassen. Was hatte sie sich denn gedacht? Dass er die einfache Putzfrau heiraten würde? Nun war sie glücklich und verliebt in ihren Fritz. Richtig zufrieden war sie. In einer Stunde würde sie Frau Schuch sein.

Nun ging alles sehr schnell. Fritz schaute Frieda so liebevoll an und gab ihr einen langen Kuss. Er hob sie hoch und wirbelte sie einmal im Kreis herum. Alle lachten aus vollem Herzen. So kann das Leben weiter gehen, dachten sie beide.

Im Gänsemarsch gingen alle zur Wohnung. Nun wurde so richtig gefeiert. Das gute Essen und Trinken sorgte für eine tolle Stimmung. Spät, sehr spät, fielen sie ins Bett. Georg freute sich besonders. Jetzt hatte er einen Vati, so wie alle seine Freunde, endlich. Am nächsten Tag ging das Leben wieder seinen gewohnten Gang. Fritz musste in die Kaserne, Frieda in die Wäscherei. Nur Georg durfte spielen gehen zu seinen Freunden. Doch das würde nun bald ein Ende haben. Der erste Schultag rückte immer näher. Er konnte es gar nicht mehr erwarten.

Dann kam der Tag der Einschulung. Frieda hatte frei bekommen. Natürlich kam auch Fritz mit in die Schule. Beide waren stolz auf ihren Sohn. Groß war er. Richtig schick sah er aus. Die Sachen von der Hochzeit hatte er wieder an. So wie er aussah hätte er glatt ein Kind von reichen Eltern sein können. Einen Schulranzen hatte er schon zum

Geburtstag bekommen. Nur die Zuckertüte brachte Fritz in der Früh aus der Kaserne mit. Die Eltern müssen draußen auf dem Flur warten. Die Mädchen und Buben wurden in ein Klassenzimmer gebracht. Die Lehrerin fragte sie nach ihrem Namen und wo sie wohnten und dann bekamen alle noch ein paar Bücher. Nun wollten sie ein Lied singen. Aber nicht alle kannten es.

Endlich verabschiedete sich die Lehrerin und die Kinder liefen zu ihren Eltern. „Morgen gehe ich wieder hier hin", sagte Georg, „geht ihr dann wieder mit?" „Nein", sagten sie beide wie aus einem Mund. „Da musst du jetzt immer allein gehen." Aber das macht ihm nichts aus, es war lustig. Doch so wird es wohl nicht bleiben. Das Lernen machte Georg aber viel Spaß. Jeden Abend, wenn sie zusammen in der Stube saßen, erzählte er und zeigte den Eltern, was er alles gelernt hatte. Sie waren sehr stolz auf Georg.

Als er in die zweite Klasse kam, es war das Jahr 1914, war mit der Schule nicht mehr alles in Ordnung. Leider. Das Leben veränderte sich. In Sarajewo in Serbien wurde auf offener Straße der österreichische Thronfolger Rudolf erschossen. Das bedeutete Krieg. Die Deutschen waren in einem Pakt mit Österreich. Gerade hatten sich die Eheleute Frieda und Fritz so freuen dürfen. Frieda erwartete wieder ein Baby. Fritz wünschte sich so sehr ein Mädchen. Er würde es so gern wachsen sehen. Aber als Soldat musste er in den Krieg ziehen. Das passte beiden jetzt gerade überhaupt nicht. Doch er war Soldat und musste gehorchen. Schweren Herzens nahmen sie Abschied. Was er an Vorräten noch bekommen konnte hatte er herbeigeschafft. Keiner konnte wissen, wie lange der Krieg dauern würde. Schreiben wollte er so oft er könnte. Frieda war es angst und bange, nun würde sie wieder alleine sein. Und das mit zwei Kindern. Ob der Sold wohl regelmäßig kommen würde und wie das wohl mit ihrer Arbeit in der Wäscherei während der Schwangerschaft ginge?

All das machte ihr große Sorgen. Das bisschen Gemüse, das in ihrem kleinen Garten wuchs, könnte sie wohl nicht ernähren. Trotzdem lächelte sie, als Fritz mit seiner Kompanie in den Krieg zog. Er sollte sie fröhlich in Erinnerung behalten. Zuerst ging auch alles glatt. Der Sold kam pünktlich. Die Arbeit macht ihr auch wenig aus. Man hatte ihr das Mangeln der Wäsche zugeteilt, das war nicht so schwer wie zuvor, als sie die Wäsche in der heißen Lauge wenden und von einem Bottich in den nächsten tragen musste. Nur eins machte sie fuchsteufelswild. Aus dem kleinen Garten, den sie hinter ihrer Baracke hatte, wurden ständig die Tomaten, der Salat und das Gemüse gestohlen. Sie brauchte doch das alles selbst für ihre kleine Familie. Selbst die paar Blumen wurden heraus gerupft. Ja, es gab vieles nicht mehr zu kaufen, oder es war zu teuer. Aber ihr, die es selber so nötig brauchte, das zu stehlen, das war einfach gemein. Fritz hatte vor seiner Einberufung viel von Bauern in der Umgebung eingekauft. Sie hatte alles eingekocht und verwertet. Gelernt hatte sie ja, wie das geht. Aber auch das ging mal zu Ende. Brot backen konnte man ja auch nur, wenn man Mehl hatte. Als im Herbst die Ernte abgemäht war, gingen viele Leute auf die Felder um die letzten Ähren einzusammeln, die beim Mähen heruntergefallen waren. Dann wurde das Korn geklopft, um Mehl daraus zu machen. Diese Idee hatte aber viele und es blieb nur wenig für den Einzelnen.

Der Krieg war in vollem Gange. Was man so hörte - und das war nicht viel - machte auch keine Freude. Warum musste das überhaupt sein? Was hatte man mit Österreich zu tun und warum müssen die Deutschen darunter leiden? So ging die Zeit dahin. Ab und zu kam ein Brief von Fritz. Was er berichtete war auch nicht beruhigend. In einem Brief schrieb er bedauernd, dass die Adoption noch nicht geklappt hatte täte ihm furchtbar leid. Es war einfach zu wenig Zeit. Und dann dieser verfluchte Krieg. Immer wieder fragte er nach seinem Mädchen, das ja nun bald kommen würde. Er wäre so gerne bei ihnen. Ein Urlaub zur Geburt war ihm aber noch nicht bewilligt worden. Frieda ging es gut. Zwar hatte sie nicht die Pflege und Versorgung wie bei Georg. Dieser machte alles was er konnte, er war ein sehr fürsorglicher Ersatz für Fritz. Geld herbei schaffen konnte er aber auch nicht. Die Lebensmittel wurden immer teurer und es gab fast nichts mehr. Schließlich blieb auch noch der Sold aus. Was war denn da nun wieder passiert? Die Miete musste doch bezahlt werden. Bei der ersten Miete lieh ihr die Freundin Gisela das Geld. Wo blieb ein Brief von Fritz? Nichts geschah.

Es war zum Verzweifeln. Nach 6 Wochen kam endlich ein Brief. Doch leider nicht von Fritz, sondern von amtlicher Seite. Frieda konnte ihn nicht öffnen.

Sie zitterte am ganzen Körper. Am Abend, als die Freundin von der Arbeit kam, ging sie zu ihr. Gisela nahm sie in den Arm. Sie hatten beide Angst, ihn zu öffnen. Doch es musste ja sein. Darin stand, dass Fritz von einer Kugel getroffen und sehr schwer verletzt wurde. An der

Verletzung sei er verstorben. Geahnt hatten sie ja beide was in dem Brief stehen würde, doch glauben wollten sie es einfach nicht. Sie hielten sich fest umschlungen, begreifen konnten sie es beide nicht. Gisela hatte Angst um ihre Freundin, die hochschwanger war. Hoffentlich löste der Schmerz nicht vorzeitig die Geburt aus. Die gleiche Angst hatte auch Frieda. Ihren Bauch umklammerte sie mit beiden Händen. Streichelte ihn und sprach beruhigende Worte mit ihrem Baby. „Bleib ganz ruhig, dir passiert nichts, mein Schätzchen. Diese Mitteilung stimmt sicher nicht. Zu deiner Geburt ist dein Vati wieder da." Sie redete sich selber Mut zu. Aber alles, „nein, das darf nicht wahr sein", nutzte nichts. Es stand da schwarz auf weiß, Fritz würde nie mehr kommen.

Georg hieß weiter mit Nachnamen Glinka. Ihm machte es ja auch gar nichts aus. So hatte er wenigstens noch einen Vater, auch wenn ihm Fritz lieber gewesen wäre. Denn den Pitro hatte er ja eigentlich nicht, auch wenn dessen Mutter, die Oma Elsa, ihm öfter was zusteckte. Das durfte er nur seiner Mutti nicht sagen. Frieda hätte es nicht erlaubt. Sie war zu stolz dazu. Aber es ging ihr immer schlechter, die Arbeit hatte sie auch verloren. Es gab keine Firmen mehr, die ihre Wäsche zum Reinigen brachten. Der verdammte Krieg hatte alles kaputt gemacht. Auch ihre Freundin Gisela hatte die Arbeit verloren. Wer kaufte jetzt schon was Neues zum Anziehen oder ließ sich etwas nähen? Oft saßen sie auf dem Strohsack und starrten vor sich hin. Eigentlich stand Frieda eine kleine Witwenrente zu. Aber nichts kam. Wohin man sich wenden sollte, wussten sie auch nicht. Eines Abends kam ihnen eine Idee: „Weißt du was, wir gehen zum Pfarrer und fragen den einfach." Frieda hatte Bedenken. In die Kirche war sie noch nicht oft gegangen. Auch war sie ja nicht kirchlich getraut. Was blieb ihr aber übrig? Die Geburt kam immer näher. Zu Essen hatten sie kaum noch was. Sie wussten, dass der Pfarrer oft helfen konnte. Früh zeitig weckte sie Georg. Vor der Kirche waren ein paar ältere Leute, die gerade hinein gingen. Der Pfarrer war aber noch nicht zu sehen. Die Bänke waren fast alle besetzt. Es wurde ein Lied angestimmt. Es klang sehr schön. Frieda hätte gern mitgesungen, aber leider kannte sie es nicht. Wie auch, wenn man nicht in die Kirche geht? Jetzt kam der Pfarrer hinten aus der Sakristei. Bei ihm waren zwei Buben, die vor ihm her schritten. Der eine hatte einen Weihrauchschwengel mit dem er hin und her schaukelte, was sehr gut roch. Der andere Bub läutete immerzu mit einer Schelle. Dann ging der Pfarrer zum Altar. Alle Leute in der Kirche standen auf. Sie sangen wieder ein Lied. Es war alles so feierlich.

Frieda und Georg machten mit, was die anderen Menschen taten. Als nach einer Weile der Pfarrer zu predigen anfing lauschten sie beide andächtig. Er sprach von Krieg und dem Elend was daraus entstanden war. Er las auch die Namen der Verstorbenen vor. Der Name von Fritz war auch dabei. Viele weinten bitterlich. Auch Frieda und Georg konnten die Tränen nicht zurückhalten. Nach der Predigt liefen einige nach vorn zum Altar. „Das ist wohl die Kommunion", flüsterte Frieda ihrem Sohn ins Ohr. Georg wusste das schon, er hatte es im Religionsunterricht in der Schule erfahren. Danach wurde ein weiteres Lied gesungen. Alle waren wieder aufgestanden. Der Pfarrer ging mit den Ministranten zur großen Eingangstür. Nun gingen die Leute aus der Kirche, der Pfarrer gab allen die Hand und wünschte einen schönen Sonntag.

Erst da merkte Frieda welcher Tag heute war. Seit sie nicht mehr in die Arbeit ging und Georg keine Schule hatte war jeder Tag gleich. Der Hunger und die Sorgen, wie es weiter gehen würde, waren allgegenwärtig.

Die zwei gingen mit einigen anderen Leuten zum Pfarrer. Der sagte: „Euch habe ich noch nie in meiner Kirche gesehen, seid ihr neu hier?" Frieda kämpfte mit den Tränen. Pfarrer Michail merkte das sofort. „Na, na, so schlimm wird es doch nicht sein?" Georg stand daneben. „Doch, doch, es ist ganz schlimm. Der Vati kommt nicht aus dem Krieg zurück und das Baby kommt bald. Wir haben gar kein Geld mehr. Auch nichts mehr zum Essen." „Na, dann kommt mal mit ins Pfarrhaus." Natürlich gingen sie liebend gerne mit. Das Pfarrhaus befand sich neben der Kirche. Es war aus Steinen gebaut und nicht wie ihre Baracke aus Holz. Als der Pfarrer die Tür aufmachte kam ihnen ein herrlicher Duft in die Nase. Es war so schön warm hier drin und draußen war es bitter kalt gewesen. Ja, hier würden sie auch gerne leben und wohnen. Sie standen in einem großen Flur mit vielen Türen. Nach oben führte eine Treppe. Der Flur, eigentlich eine Diele, war so groß wie ihre zwei Zimmer zu Hause. Der Pfarrer führte sie in eines der großen Zimmer.

Darin stand ein riesig langer Tisch mit vielen Stühlen. „Setzt euch mal da hin, ich komme gleich wieder." Nach einer Weile kam er mit einer älteren, lächelnden Frau zur Tür herein. Auf einem Tablett trug sie einige Lebensmittel und stellte sie auf den Tisch. „Na", sagte sie, „ihr habt sicher Hunger." Frieda und Georg konnten nichts sagen, sie nickten nur. Ihnen lief das Wasser im Mund zusammen. Was sie sahen, war aber auch zu schön. Brot, Kuchenscheiben und eine große Tasse Tee. Wie lange hatten sie so was Feines nicht mehr gehabt? „Greift zu", sagte der Pfarrer. Das ließen sie sich nicht zweimal sagen. Als alles aufgegessen war - nicht ein Krümel blieb übrig - hatten beide wieder Farbe im Gesicht und strahlten über beide Backen. „So, nun erzählt mal, was bei euch los ist", sagte der Pfarrer. Frieda fing ganz leise an, dem Pfarrer alles zu erzählen. Sie berichtete ihm von Georgs Vater und dessen Eltern, wie sie da schon böse hereingelegt worden war, aber auch über die Liebe und die schöne Zeit mit Fritz. Es kamen ihr wieder die Tränen, was sie eigentlich gar nicht wollte. Nun kam alles aus ihr heraus. Der Pfarrer legte einen Arm um sie und ließ sie erst mal weinen. Es tat ihr sicher gut, allen Schmerz heraus zu lassen. Nach einiger Zeit ging es ihr wieder besser. Sie schnäuzte sich, lächelte den Pfarrer Michail an und setzte ihre Erzählung fort. Jetzt kam das ganze Elend zur Sprache, der Tod von Fritz, kein Geld und keine Arbeit. Der Pfarrer sagte: „Das ist ja wirklich alles furchtbar." Nach einer Weile sprach er weiter: „Ich komme gleich wieder" und lief in die Küche zu seiner Haushälterin. Es verging einige Zeit und man hörte die zwei miteinander reden. Verstehen konnte man aber nichts. Frieda und ihr Sohn wussten nicht, was sie davon halten sollten, ihnen fehlte ja nichts. Sie saßen in der warmen Stube, und waren seit Tagen wieder mal richtig satt. Rundum waren sie zufrieden.

Dann kam der Pfarrer mit seiner Haushälterin lächelnd in die Stube zurück. Er sagte zu Frieda: „Heute ist dein Glückstag." Sie schaute ihn nur ungläubig an. „Doch, doch" sagte die Frau. „Ich bin die Minka. Du siehst ja, dass ich schon älter bin. Für dieses große Haus und für die Küche brauche ich eine Hilfe. Da wärst du gerade richtig. Du hast die erforderliche Erfahrung. Wie wäre es, hättest du Lust dazu? Ihr würdet natürlich hier im Pfarrhaus wohnen." Frieda liefen wieder die Tränen über die Backen. Sie konnte gar nicht reden, nur nicken. Dafür wurde Georg richtig lebhaft. „Oh, ja. Hier in diesem Haus dürfen wir wohnen? Kriegen wir dann auch immer so was Feines zu essen?" Er sprang von seinem Stuhl auf, umarmte erst die Minka und dann den Pfarrer. Alle lachten, auch Frieda unter Tränen. Als sie ihre Stimme wiedergefunden hatte, wurde sie nachdenklich. „Ja, aber das Baby kommt doch bald." „Das ist doch schön", sagte der Pfarrer. „Dann ist wieder Leben hier." „Wo sollen wir denn wohnen", fragte sie. „Ach, wir haben oben so viele leere Zimmer, da könnt ihr euch sogar etwas aussuchen." Frieda glaubte, ihren Ohren nicht zu trauen. „Wann könnt ihr denn zu uns ziehen", fragte Minka. „Eigentlich sofort", sagte Frieda.Da mischte sich der Pfarrer ein. „Heute ist der Tag des Herrn, Sonntag. Da wird nicht gearbeitet." Na, so etwas kannten die beiden doch gar nicht. So schnell wie möglich wollten sie auch in dieses schöne warme Haus umziehen. In der Baracke war es kalt und ungemütlich, sie wollten nur raus, zu essen hatten sie doch dort auch nichts mehr. Der Pfarrer war auf einmal ganz still.

Er überlegte. „Jetzt weiß ich es, morgen, am Montag, kommen zu euch in die Baracke vier Buben mit einem Bollerwagen. Da könnt ihr eure Sachen drauf packen. Die Jungs helfen euch dabei. Gleich in der Früh werden sie bei euch sein. Das sind die Kommunionkinder von diesem Jahr. Die machen das sicher gern, so machen wir das." Minka sagte: „Nun zeige ich euch noch die Zimmer." Der Pfarrer verabschiedete sich, denn er musste zu einer Taufe. Frieda und Georg gingen mit Minka die Treppe nach oben. Hier war ein langer Flur. Überall gingen Türen ab. „Schaut euch alles an. Nur die erste Kammer, hier rechts, ist meine", sagte Minka. Frieda und Georg waren voller Spannung, machten erst mal alle Türen auf und schauten in die Zimmer. Eines ganz hinten gefiel ihnen am besten. Es hatte ein großes Fenster, die Sonne schien hinein, hell und gemütlich sah es aus. Beim zweiten Blick sahen sie, das da noch eine Tür ist. Wo führte die denn hin? Sie machten sie auf und sahen noch einen Raum. Er war etwas kleiner. Georg rief: „Das wird mein Zimmer. Dürfen wir zwei Kammern nehmen?" fragte er Minka. „Ja, ja, nur zu." Die Freude von Mutter und Sohn war riesig. In dem Zimmer, das Frieda mit dem Baby beziehen wollte, standen schon zwei Betten. Sogar Bettzeug mit Blümchenbezug war vorhanden. Eine kleine Kommode stand unter dem Fenster. Darauf eine weiße größere Waschschüssel. Alles war perfekt eingerichtet. Frieda glaubte, zu träumen. In dem Zimmer, das sich Georg rausgesucht hatte, war dagegen gar nichts. „Ach das ist kein Problem. Da holen wir eben etwas aus den anderen Zimmern", sagte Minka. Dann verabschiedeten sie sich bis zum nächsten Tag und liefen hopsend zu Gisela. Die konnte es gar nicht fassen. So ein Glück! Am nächsten Morgen war sie natürlich auch da, um beim Umzug zu helfen. Um Punkt 8 Uhr kamen die Buben mit dem Bollerwagen. Das war ein Hallo! Alle waren bester Laune.

Die wenigen Sachen, die sie hatten, waren schnell aufgeladen. Vorne zogen zwei Buben den Wagen, die anderen gingen im Gänsemarsch hinterher und das sah richtig feierlich aus. Es hatte sich schon herumgesprochen, dass Frieda und Georg zum Pfarrer ziehen. Alle

Nachbarn waren da, um sich zu verabschieden. Sie gönnten es ihr von Herzen und wünschten Ihr, Georg und dem Baby viel, viel Glück.

Für den Weg zum Pfarrhaus brauchten sie etwa eine halbe Stunde. Als sie dort ankamen stand schon die Eingangstür offen. Schnell waren die Sachen nach oben geschafft. Auf dem Fensterbrett in Friedas Zimmer standen zwei blühende Blumen - und das im Winter! Minka kam herein. „Na, freust du dich"? „Oh ja." Sie umarmte Minka und drückte sie ganz fest. Minka war es als hätte sie eine Tochter bekommen. Ihr war es im Leben nicht vergönnt gewesen, eigene Kinder zu haben. Jetzt fing auch für sie ein neues Leben an. Aber zuerst mal mussten die fleißigen Helfer etwas zu essen bekommen. Sie hatte schon Stullen geschmiert mit Speckfett, das sie selber ausgelassen hatte. „Geht ihr Jungs mal alle an den langen Tisch im Speisesaal." Frieda und Gisela kamen mit in die Küche. „Da steht alles auf dem Tablett, das könnt ihr rüber tragen", sagte sie zu den beiden. „Setzt euch dazu und dann guten Appetit."

Nach so einer Arbeit hatten alle schon anständigen Hunger. Sie blieb in der Tür stehen und genoss es wie sie zulangten. Als alles verputzt war fragte sie: „Will jemand noch was?" Die Buben riefen: „Wir, wir" und die Erwachsenen lachten. Frieda und Gisela gingen mit in die Küche, um Minka beim Nachschub zu helfen. Auch dieser Teller wurde von den Jungs restlos leer gegessen. Gisela wollte noch nicht nach Hause gehen. Sie ging mit Frieda nach oben um die Sachen, die sie nach oben getragen hatten, aufzuräumen. Hilfe konnte Frieda jetzt schon gut gebrauchen denn mit ihrem dicken Bauch ging alles nicht mehr so einfach. Erst sehr spät, als es schon dunkel wurde, ging Gisela nach Hause. Am liebsten wäre sie auch im Pfarrhaus geblieben. Zu Haus wartete niemand auf sie. Da war es kalt und ungemütlich. Sie beneidete Frieda und Georg schon ein bisschen. Die beiden gingen an dem Tag bald in ihr Bett. Die erste Nacht wollte Georg neben Mutti schlafen, die das auch gerne erlaubte.

Früh am Morgen erwachten sie. Richtig gut hatten sie geschlafen. Es war auch nicht so kalt. Am liebsten hätten sie sich umgedreht und weitergeschlafen. Doch Frieda ging sofort in die Küche. Sie wollte fragen, was sie zu tun hatte. Sie war ja hier zum Arbeiten. Die Küche war schon hell erleuchtet und im Ofen brannte ein loderndes Feuer. „Bin ich zu spät?" fragte Frieda. „Nein" sagte Minka, „eine alte Frau kann nicht mehr so lange schlafen. Hier, nimm das Tablett mit dem

Frühstück und trag es zum Pfarrer, das Zimmer mit dem langen Tisch, du kennst es ja." Der Pfarrer saß schon da und las in einem Buch. Frieda wünschte einen guten Morgen und stellte das Tablett auf dem Tisch ab. Er sah hoch. „Guten Morgen Frieda. Ist der Georg auch schon wach?" „Ja", sagte sie. „Na dann hole ihn zu uns herunter. Minka hat sicher was für euch zum Frühstück hergerichtet. Und bring die Minka auch mit, wir können gemeinsam frühstücken. Das ist die einzige Zeit am Tag, wo ich noch etwas Ruhe habe. So machen wir das jetzt jeden Morgen." Frieda dachte, dass es so etwas bei den Glinkas nie gegeben hätte. Wie schön hatte sie es hier getroffen!

Es gab ja immer noch diesen furchtbaren Krieg. Jetzt wurden alle Männer einberufen, selbst die Jüngeren unter 20 Jahren. Ein Glück, dass Georg erst 7 Jahre alt war.

Nach dem Frühstück wurde es Zeit für Georg, in die Schule zu gehen. Der Weg war etwas weiter als von der Baracke. Von Minka bekam er noch eine große Stulle für die Pause mit. Nicht jeden Tag fand Schulunterricht statt, denn der Lehrer war auch einberufen worden. Eine ältere Lehrerin, die schon in Pension war, hatte wieder angefangen zu unterrichten. Georg ging gern zur Schule. Mit den vielen Mädchen und Jungs in einer Klasse war es immer sehr lustig.

Dann kam der Tag, an dem Frieda schon in der Früh das Fruchtwasser verlor. Wehen hatte sie schon abends gehabt. Aber die hatten wieder aufgehört. Minka schickte Georg zur Hebamme, die nicht weit vom Pfarrhaus wohnte. Die zweite Geburt ging fast noch schneller vor sich als die erste. Es war wieder ein Junge. eine kleine Enttäuschung war das schon. Kleiner wie Georg war er und wog auch nicht so viel wie Georg, damals bei der Geburt. Aber gesund war das Bübchen. Zuerst wollte es partout nicht trinken. Aber die Hebamme meinte: „Das wird schon noch." So war es dann auch. Selbst der Pfarrer war ganz vernarrt in den Kleinen. Georg war immer der erste an der Wiege, wenn das Bübchen einen Mucks von sich gab. Er war so stolz auf sein Brüderchen. Nur einen Namen hatten sie noch nicht. Dann hatte Georg eine Idee. Der Freund von Gisela hieß Franz und der sollte ja der Taufpate sein. Deshalb, meinte er, ist es doch richtig, wenn mein Bruder auch Franz heißt. So wollte man es machen. Damit wäre Fritz auch zufrieden gewesen.

An einem schönen Sonntag war dann die Taufe. Die Kirche war voller

Menschen. Die Eltern und die Paten, die vielen Geschwister und natürlich die Täuflinge. Um das Taufbecken herum standen große Blumenkübel. Die ersten Frühlingsblumen waren eingepflanzt worden. Das brachte viel Arbeit mit sich für Minka und Frieda. Es sah aber auch wunderschön aus. Die Taufpaten hatten die Täuflinge auf dem Arm und hielten sie dem Pfarrer entgegen, über das Taufbecken. Als das Wasser über ihre Köpfchen gegossen wurde fingen einige an zu weinen. Das nahm aber keiner ernst und es war ja auch schnell vorbei. Es gab auch einige Mädchen und Buben, die schon älter waren und auch Erwachsene die getauft werden wollten. Die kamen dann nach den Babys dran. Zum Abschied erklang noch das Lied *Großer Gott wir loben dich*. Frieda, Georg, Franz, und die Paten gingen ins Pfarrhaus, wo Minka schon Tee und Kuchen auf den Tisch gestellt hatte. So ein Ereignis wie die Taufe musste man gebührend feiern. Alle waren recht fröhlich. Später kam dann noch der Pfarrer dazu. Väter zu den Kindern gab es fast keine, denn die Kinder waren meistens aus einer Liebschaft entstanden. Verhütung gab es da noch nicht, das nahm man halt in Kauf. Aber es gab auch die Schattenseiten des Krieges. Viele Frauen und Mädchen waren von den Soldaten vergewaltigt worden, oft sogar von mehreren Männern.

Der Krieg dauerte nun schon drei Jahre. Keine Frau wusste, ob der eigene Mann überhaupt aus dem Krieg wieder nach Hause kommen würde. Meistens waren die Väter ja auch Soldaten und keine der Frauen wusste, was der eigene Mann alles trieb. Wenn der fremde Soldat noch was zum Essen mitbrachte war man gerne zu einer „Gegenleistung" bereit. Die meisten Frauen hatten sowieso schon einen Stall voll Kinder. Sechs oder mehr waren normal und die hatten Hunger. Alle warteten darauf, dass dieser verdammte Krieg endlich beendet würde. Wenigstens konnte man im Garten wieder etwas ansäen. Es ging auf den Sommer zu, da gab es im Pfarrgarten viel zu arbeiten. Die Beete mussten umgegraben und Unkraut entfernt werden. Das machte einen Heidenspaß und der Pfarrer war überall dabei. Georg liebte es, im Garten zu arbeiten und dem kleinen Franz schien es auch zu gefallen. Die frische Luft hatte eine gesunde Farbe in sein Gesicht gebracht. Er war ein richtiger Wonnebrocken. Wenn er Hunger hatte schrie er so laut, dass ihn wirklich keiner überhören konnte. Frieda hatte genug Milch, sodass er immer zufrieden war und gleich danach einschlief.

So liefen die Wochen und Monate weiter bis es wieder etwas zu feiern gab. Ein ganzes Jahr hatte Georg und auch Frieda schon Kommunion Unterricht. Wenn man getauft war, wollte man doch auch die heilige Kommunion empfangen und jetzt war es so weit. Der Weiße Sonntag ist eine Woche nach Ostern. Alle Erwachsenen und Kinder, die am Unterricht teilgenommen hatten, durften zum ersten Mal die Hostie empfangen. Andächtig knieten sie in der Kirche. Die ganze Gemeinde war mit dabei. Die Kirche war herrlich geschmückt. Jeder aus dem Dorf hatte Blumen und Sträucher aus seinem Garten mitgebracht. Zum Feiern war aber doch fast keinem zu Mute. Der Krieg ging und ging nicht zu Ende. Immer mehr erkannte man, dass der Krieg von den Österreichern und Deutschen verloren würde. So viele Soldaten waren gefallen. In jeder Familie gab es Tote. Die Menschen freuten sich nur, dass es jetzt wärmer wurde und sie was Essbares in den Gärten, auf Feldern und Wiesen und im Wald fanden.

Es war das Jahr 1917. Georg war jetzt 10 Jahre alt. Sein Wunsch, einmal Pfarrer zu werden, wurde immer größer. Da gab es nur ein Problem. Er hätte auf eine höhere Schule gehen müssen oder gleich in ein Internat. Im Dorf gab es so etwas natürlich nicht, ja, und dann, wer sollte das bezahlen? Wenn der Krieg nicht wäre, hätte der Pfarrer vielleicht noch was machen können. Aber so war das aussichtslos. Mit dem Pfarrer war er immer unterwegs. Ob in der Kirche, bei einer Beerdigung oder sonstigen Anlässen. Es gefiel ihm einfach alles.

Im darauffolgenden Jahr 1918 kam endlich die erlösende Mitteilung, dass der Krieg vorbei ist. Alle atmeten auf, doch die Not dauerte dann noch bis zum Winter. Nun müsste es wohl wieder normal werden, dachten die Menschen, was jedoch leider gar nicht der Fall war. Wie sollte es auch? Erst mal kamen von den vielen Soldaten nur wenige zurück. Die meisten sahen schlimm aus, zerlumpt, schwer verwundet, ohne Arm oder Bein, furchtbar krank an Körper und Geist. Sie hatten schreckliche Sachen erlebt! Die Bevölkerung sagte "nie wieder Krieg" doch wie sollte es jetzt besser gehen? Die Deutschen hatten den Krieg verloren und mussten jetzt an die Gewinner zahlen. Und die waren nicht zimperlich und nahmen den Verlierern das Letzte was die noch hatten. Sehr viele starben jetzt erst nach dem Krieg an Hunger sie schafften es nicht, zu überleben. Es herrschte das Grauen in ganz Deutschland. Der Kaiser, der den Krieg zusammen mit den Österreichern aus der Bündnisverpflichtung heraus ausgerufen hatte, dankte ab und ging ins Exil in die Niederlande.

So, wie es jetzt war, konnte man nicht weiterleben. Die Unzufriedenheit der Leute war groß. Die Inflation raste davon. Die Menschen in Deutschland hatten sich Besserung nach dem Krieg erhofft. Das Gegenteil war der Fall. Die Weimarer Republik gründete sich mit vielen Parteien. Eine hob sich hervor. Sie versprach Arbeit und Einkommen, neue Straßen und vieles mehr. Man glaubte ihr. Es war die NSDAP. Die Mehrheit der Bevölkerung wählte sie. Adolf Hitler übernahm die Partei. Was daraus entstand ist ja allen bekannt.

Frieda und ihrer kleinen Familie ging es noch recht gut beim Pfarrer. Es gab Bauern und Händler, die dem Pfarrer Lebensmittel brachten. Der verteilte sie an die Ärmsten. Für seinen eigenen Haushalt blieb aber davon auch genug übrig. Ganz, ganz langsam wurden die Lebensbedingungen besser. Georg war jetzt bald mit der Schule fertig. Den Wunsch, Pfarrer zu werden musste er aufgeben. Es gab keine Möglichkeit, das Geld fürs Internat fehlte. Auch Pfarrer Michail konnte in dieser schlechten Zeit nicht helfen. Also schaute man sich um, wo er denn wohl eine Lehre machen könnte und überlegte, was er überhaupt werden wollte.

Frieda hatte die rettende Idee. „Du müsstest nach Gleiwitz gehen. Hier in unserem Dorf kannst du nur Erntehelfer sein. Das ist doch nichts für dich." Georg hatte gute Zeugnisse, er sollte was Besseres werden.

Kapitel 2

Lehrzeit in Gleiwitz

Jetzt ist es soweit. Die Schulzeit ist zu Ende. Es geht zu neuen Ufern, ja zu einem ganz neuen Leben. Der Abschied von den Freunden aus dem Ort war nur halb so schlimm wie der Abschied von Mutti, Franz, Minka und dem Pfarrer. Fünfzehn Jahre alt war er und sollte jetzt in einer fremden Stadt und unter fremden Leuten wohnen. Wer weiß, ob er da genug zu essen bekommen würde. Es war schon ein Risiko. Frieda fiel es nicht leicht, ihn gehen zu lassen in die fremde Stadt Gleiwitz. Aber aus dem Jungen sollte ja was werden. Sie hatte mit seinem Opa Glinka gesprochen und ihm gesagt: „Der Georg braucht jetzt eine gute Arbeit. Hier im Dorf wird das nichts. Er soll nicht, wie viele seiner Schulfreunde, ins Kohlebergwerk einfahren. Das ist nichts für ihn."

So kam es, dass er eine Lehrstelle in einem Kolonialwarengeschäft bekam. Georg war am 1.9.1922 frühmorgens im Laden zur Stelle. Oben, zwei Stockwerke über dem Geschäft, zeigte ihm ein Junge zuerst mal ein Zimmer in dem er jetzt ein Bett, einen Tisch und einen Schrank hatte. In dieser nicht allzu großen Stube standen vier Betten. „Hier ist nun dein und mein Schlafplatz. Im Moment sind wir nur zu zweit. Aber da kommen sicher noch zwei. Ich bin der Igor, wir werden uns schon verstehen." „Ich heiße Georg." Sie waren im gleichen Alter, was sollte da schon schief gehen. „Pack deine Sachen aus und dann kommst du runter ins Geschäft." Das ging schnell, viel Sachen hatte er ja nicht. Ein bisschen aufgeregt war er schon. Dieser Igor machte aber auf ihn einen ganz normalen Eindruck. Als er unten im Laden ankam, wusste er nicht, wohin er gehen sollte. Unter den vielen Menschen, die da waren, suchte er nach Igor. Da rief eine ältere Frau von der Theke: „Bist wohl der Neue, dann komm mal her. Trag die Kisten aus dem Flur alle herein vor das Regal. Hier ist eine Zange, damit öffnest du sie und stapelst die ganze Ware fein säuberlich hinein. Wie heißt du?" „Georg." „Na dann mach mal." Er öffnete die Kisten und räumte alles ins Regal. Als er fertig war, stellte er sich zu der Frau und wartete auf neue Anweisungen. Die erhielt er auch prompt.

So ging es weiter bis zum Mittag. Nun wurde die Eingangstür geschlossen. Alle Angestellten gingen zu einer großen Küche und setzten sich an einen langen Tisch. Georg wusste nicht so recht was er tun sollte. Da winkte ihm Igor zu. „Komm her, hier ist dein Platz." Jeder hatte vor sich einen dampfenden Teller mit Erbseneintopf. Das roch so gut, auch ein paar kleine Fleischbrocken waren darin. „Lasst es euch schmecken" sagte wieder die ältere Frau. Georg fragte seinen Tischnachbarn: „Igor, ist das die Chefin?" „Nein, aber die hat hier das Sagen." „Ja, wie redet man sie denn an?" „Sag einfach Olga zu ihr." „Nicht Frau Olga?" „Nein, nein, nur Olga. Jetzt lass uns unsere Suppe essen sonst wird sie noch kalt." Nach etwa einer Stunde standen alle wieder auf und gingen zurück ins Geschäft. Die Kisten mit Zuckerrüben, Kartoffeln, Zwiebeln und Äpfeln mussten wieder hinaus gestellt werden. Überall rief man nach Georg. Allen musste er beim Tragen helfen. Dann wurde es Gott sei Dank Abend. Alles wurde wieder von draußen hinein getragen und der Laden abgeschlossen. Nun war aber immer noch nicht Feierabend. Nein, es musste gefegt, und gewischt werden und die Waren, die kalte Lagerung brauchten, wie Obst, Wurst, Käse, alles was eben kühl lagern musste, sollte in den Keller geschafft werden. Das war eine Menge Arbeit. Georg war fix und fertig. Igor, der das sah, sagte zu ihm: "Da gewöhnst du dich dran." Als das dann endlich geschafft war, gab es Tee und etwas Unbekanntes zu essen. Was das war wusste Georg nicht. Es schmeckte süß und ganz gut. Er hatte einen Bärenhunger nach dieser ungewohnten Arbeit. Nach dem letzten Bissen wäre er am liebsten gleich am Tisch eingeschlafen. Igor gab ihm einen kräftigen Schubs. „Komm, wir gehen nach oben." Das musste man Georg nicht zweimal sagen.Er wankte die Treppen hinauf wie ein Betrunkener. Sein Bett sah er noch, mehr nicht. Nur noch schlafen, dachte er, warf sich wie er war aufs Bett und schlief sofort ein.

Am anderen Morgen um 6 Uhr rüttelte ihn Igor wach. Zuerst wusste Georg gar nicht, wo er war. Dann sprang er aus dem Bett. Wie sah er denn aus? Seine Sachen waren zerknittert, so konnte er unmöglich ins Geschäft gehen. Genau erinnerte er sich jetzt, wie er ins Bett gefallen war. Waschen, Zähne putzen, kämmen und frische Sachen anziehen war eins. Igor stand schon fertig angezogen im Türrahmen. Jetzt aber ab zum Frühstück. Georg machte Igor alles nach was dieser ihm zeigte. Brotscheiben vom Laib schneiden und Marmelade drauf. Zu trinken gab es eine braune Brühe mit viel Zucker und Milch. Komisch sah die aus, aber es schmeckte. „Was ist das, was wir da trinken?" „Zigorie, ein Kaffee-Ersatz, richtigen Kaffee gibt es manchmal an Sonntagen." „Aha." Sie mampften schnell vor sich hin und tranken ihren Ersatz-Kaffee. Als sie fertig waren ging es in den Keller. Alles was sie gestern hinunter geschafft hatten musste wieder hochgebracht und schön geordnet aufgestellt werden. Obst und Gemüse wurden wieder vor das Geschäft gestellt. Die ersten Leute, die zur Arbeit gingen, hetzten vorbei. Gern hätte sich Georg hingestellt und den Leuten zugeschaut. So was kannte er ja aus seinem kleinen Dorf nicht.

„He", rief Igor, „nicht einschlafen, wir müssen noch einiges tun bis die anderen kommen." So langsam trudelten sie ein. Als erste kam die Frau Olga. „Na Georg, hast du gut geschlafen und etwas Schönes geträumt? Was man in der ersten Nacht in einem neuen Bett träumt, geht nämlich in Erfüllung." Sie streichelte ihm über seinen schwarzen Haarschopf. Georg konnte nur nicken. In Wirklichkeit wusste er nicht, ob er überhaupt etwas geträumt hatte.

Nun kamen auch die anderen schwatzend in den Laden. Zwei ältere Jungs, die wohl schon im zweiten oder dritten Lehrjahr waren und noch vier Verkäuferinnen. Alle hatten weiße, gestärkte und ganz saubere Schürzen umgebunden. Es war 8 Uhr und die ersten Kunden wollten bedient werden. Manche kauften nur einen Artikel, bezahlten und gingen wieder. Andere gaben einen Zettel ab. Igor sagte: „Das sind die, zu denen wir nachher die Ware hinfahren müssen. Manche geben dafür ein Trinkgeld." „Wieso fahren, womit denn?" „Wenn es sehr viele Sachen sind nehmen wir den Bollerwagen, sonst fahren wir mit dem Fahrrad." Georg war noch nie mit so einem Drahtesel gefahren. Er wusste schon, dass es so was gab, doch wer das besaß, gab es nicht aus der Hand. „Ach, das lernt man schnell. Ich zeige dir gleich mal unser Fahrrad." Das war ganz anders als es Georg kannte. Vorne hatte es ein riesiges Gestell aus Eisen. Darauf war ein Drahtkorb festgespannt. „Hier legt man wohl die Waren rein?" fragte er Igor. „Ja, und dann musst du höllisch aufpassen, dass du nicht umkippst. Du musst das Gleichgewicht halten. Das ist meistens ziemlich schwer. Weißt du was, am Sonntag können wir ein bisschen üben. Da haben wir Zeit dafür." „Aber erst gehe ich in die Messe," sagte Georg. „Warum," fragte Igor. Da erzählte er ihm von seinem Glauben an Gott und was er alles Gutes beim Pfarrer erlebt hatte. Igor schaute ihn nur staunend an. Begriffen hatte er nicht alles, sagte aber nichts mehr. So ging die Woche dahin. Arbeit gab es genug für die beiden Lehrlinge. Nächste Woche sollten noch zwei Mädchen und ein Junge dazu kommen.

Die Zeit bis Sonntag war schnell vorbei. Einen Tag Erholung von der Arbeit. Georg stand um 7 Uhr auf, um pünktlich um 8 Uhr in der Stadtpfarrkirche zu sein. Igor knurrte nur als er ihn wecken wollte. Als er aus der Kirche kam, lag der doch immer noch im Bett. Es war ja bald Mittag. Heute mussten sie sich das Essen selber machen, das heißt, aufwärmen. Das wollte er nicht für sich allein machen. Er kitzelte Igor so lange, bis er aufstand. Heute gab es einen Schlesischen Kartoffelsalat, dazu ein hartgekochtes Ei, also mussten sie nichts aufwärmen. Zum Nachtisch, weil es Sonntag war, hatten sie sogar noch einen Wackelpudding in grün, Waldmeister. Hmmmm, war der lecker. Als sie fertig gegessen hatten wollte Igor doch wahrhaftig wieder ins Bett. „Nee, nee" sagte Georg, „du wolltest mir das Radfahren beibringen."

So gingen sie in den Schuppen und holten das Rad raus. „Jetzt fahr mal los." „Ja, wie denn?" Igor lachte. „Du musst das rechte Bein auf die rechte Pedale stellen und darauf treten. Aber langsam, und versuche dabei das Gleichgewicht zu halten." Georg stieg auf. Er hielt sich mit beiden Händen vorn an der Lenkstange fest. Er wackelte hin und her. Dann stand er endlich gerade. Er hatte sich schon auf dem Boden liegen sehen mit blutigen Knien und Händen. Der Hinterhof war groß, so dass er ein paar Runden fahren konnte. Oh weh, da kam die Schuppenwand. „Wie soll ich da nur halten?" Igor packte ihn hinten am Sattel und rief: „Spring, spring runter." Automatisch sprang er runter, mit beiden Beinen auf die Erde. Beide lachten, geschafft. „In den Park gehen wir jetzt", meinte Igor, „da gibt es einen Weg auf dem fast keine Leute sind. Da musst du üben. Ich zeig dir nochmal wie du auf- und absteigen musst." Gesagt, getan. Georg lief neben dem Fahrrad her und Igor bemühte sich, nicht zu schnell zu fahren. Sie übten den ganzen Nachmittag. Als sie beide abends nach dem Nachtessen in ihr Zimmer kamen fiel Georg ein, dass er ja eigentlich heute an seine Mutti schreiben wollte. Er war aber zu müde um noch einen Brief zu schreiben. Das mache ich morgen, beschloss er. Doch der nächste Tag war mit so vielen neuen Ereignissen gespickt, dass er am Abend überhaupt nicht mehr daran dachte. Die anderen Lehrlinge kamen nämlich an. Ins Zimmer zu ihnen kam ein sehr dicker Junge, der Konrad. Den konnte man unmöglich ins obere Bett steigen lassen. Es standen zwei Stockbetten im Zimmer. Igor zog freiwillig ins obere Bett. Eine Kraft hatte der Konrad! Wie der seinen Koffer aufs Bett warf, das war enorm. Na, der kann sicher die Kisten aus dem Keller in den Laden allein hinauf tragen. Konrad stammte von einem Bauernhof in der Nähe von Kattowitz. Was der aus dem Koffer so auspackte... den andern beiden gingen die Augen über. Würste, Brot, Kuchen, Speckfett. „Willst du das alles alleine essen", fragten sie beide. „Ja, ja, ich weiß doch nicht was es hier gibt. Aber ich gebe euch auch was ab." Für heute waren sie beide ja satt. „Morgen freuen wir uns schon darauf." Am späten Nachmittag, es wurde schon dunkel, kamen dann zwei Mädchen mit einer elegant gekleideten, gut aussehenden Frau in den Laden.

„Ich bring die Lehrlinge." „Das ist die Chefin", stupste Igor den Georg an. Das eine Mädchen schaute kess in der Gegend herum. Die andere dagegen blickte gar nicht auf und schaute auf den Boden als ob sie Angst hätte. „Die ist aber schüchtern", meinten beide. Ab jetzt war die Arbeit nicht mehr so anstrengend. Sie verteilte sich ja auf 5 Lehrlinge. Diejenigen im zweiten und dritten Lehrjahr durften jetzt auch Kunden bedienen und deshalb gaben sie Ihre bisherigen Aufgaben immer mehr ab. Das Lager aufräumen, das machten sie alle fünf am liebsten. Dabei konnte man so schön albern sein. Im Grund waren sie ja noch Kinder. Einer wurde immer zum Aufpassen verdonnert, ob niemand kontrollieren kam, was sie machten. Alles, was von Großhändlern in Zentner-Säcken geliefert wurde, also Zucker, Mehl, Salz, Erbsen und so weiter, mussten sie in 500gr-Tüten umpacken. Einen Spaß machten sie sich daraus, sich gegenseitig mit Mehl zu bewerfen.

Die Tage vergingen wie im Flug. Es war schon wieder Sonntag und Georg hatte immer noch nicht nach Hause geschrieben. Die beiden Mädchen, Barbara und Christa, gingen in der Früh mit in die Kirche, aber nach der Messe wollte er schreiben. Ja, er wollte.... Die Stadtkirche war nur 5 Minuten vom Geschäft unter den Arkaden entfernt. Die Mädchen, die Gleiwitz noch nicht kannten, zogen ihn überall mit hin. Es gab ja so viel zu sehen. Am meisten begeisterte sie der *Schlafende Löwe*. Eine Skulptur, die von einem örtlichen Künstler um das Jahr 1800 erstellt wurde. Es sollte wohl die Stärke der Stadt präsentiert werden. Dann gab es einen wunderschönen roten Backsteinbau, das war die Post. „O Gott, ich wollte doch schreiben", dachte Georg. Es war jetzt schon 12 Uhr. Nichts wie heim. Am Nachmittag wollten alle in den Park. „Nein," sagte er, „Ich muss nach Hause schreiben." Christa schloss sich gleich an: „Ich auch." So gingen die anderen allein.

Gleich nach dem Mittagessen ging Georg nach oben in sein Zimmer und fing endlich mit dem Brief an:

Liebe Mutti und Franz!

Endlich komme ich dazu, euch zu schreiben. Mir geht es gut. Mit noch zwei Jungs bin ich in einem Zimmer unterm Dach untergebracht. Da geht es manchmal recht lustig zu. Von der Arbeit her sind wir aber meistens so müde, dass wir nur noch ins Bett fallen. Nebenan wohnen zwei Mädchen, Barbara und Christa, auch Lehrlinge im ersten Lehrjahr. Die sind ganz nett. Ihr Zimmer ist größer als unseres und da ist auch ein normal großes Fenster drin. Wir haben bei uns im Zimmer nur so eine Dachluke. Früh morgens brauchen wir dringend Luft. Bis jetzt können wir das Fenster noch öffnen. Im Winter, wenn die Eisblumen dran sind, wohl nicht mehr. Einen Ofen zum Heizen gibt es nicht. Dafür aber ganz dicke Federbetten. Das wird schon reichen. Gemütlich warm ist es in der Küche. Da dürfen wir auch nach dem Abendessen so lange bleiben wie wir wollen. Wir machen Spiele und erzählen uns von zu Hause.

Ihr fehlt mir alle sehr. Der kleine Franz wird sicher schon laufen können und etwas reden. Ach wie gern wäre ich bei Euch. Vielleicht darf ich ja Weihnachten kommen. Habe sogar schon Geschenke gekauft. Wird aber nichts verraten. Die Entscheidung, wer nach Hause fahren darf, fällt am Nikolaustag am 6.12. durch eine Verlosung. Bis dahin müssen wir uns gedulden. Liebe Mutti, kannst Du mir mitteilen, ob Deine Freundin Gisela wieder hier in Gleiwitz arbeitet? Dann könnte ich ihr die Geschenke mitgeben, wenn ich Weihnachten nicht kommen darf.

Nun will ich schließen in der Hoffnung, dass ihr alle gesund und froher Dinge seid. Grüßt mir herzlich auch den Pfarrer und meine liebe Minka.

Euer Georg.

Nun war es endlich geschafft. Draußen wurden schon die Gaslaternen am Marktplatz angezündet. Wo blieben denn die anderen? Jetzt muss ich nur noch den Brief zur Post bringen. Eine Briefmarke hatte er schon letzte Woche gekauft. Halt, Christa wollte doch auch schreiben. Vielleicht ist sie ja schon fertig? Er klopfte an die Nachbartür. Es rührte sich gar nichts. Wo war sie denn? Na, dann gehe ich eben allein zur Post. Draußen vor den Arkaden saß Christa auf einer Bank und sah ihn kommen. Sie lief auf Georg zu und fragte: „Wo willst du denn hin?" Er wedelte mit seinem Brief. „Weißt du was" sagte sie, „ich geh noch mal mit zur Post. Meiner ist schon im Kasten." Als sie wieder ins Haus hinein gingen kamen die drei anderen ihnen schon entgegen. Ab in die warme Küche. Dort machten sie sich ihre Stullen zum Abendbrot. So gemütlich warm wie in der Küche war es in keinem anderen Raum. Hier wurde immer geheizt. Man durfte nur nicht vergessen, erst Holz, dann Kohle und zur Erhaltung der Wärme Brikett drauf zulegen. Nach dem Essen blieben sie gleich da, erzählten sich viel über ihre Familien und spielten noch das Spiel *Hund und Katze*. Das war so ähnlich wie Mensch ärgere dich nicht. Als es immer später wurde und jeder schon vor sich hin gähnte machten sie sich auf, ins Bett zu gehen. Morgen kommt sicher wieder ein schwerer Tag.

So gingen die Wochen und Monate immer weiter. Georg hatte schon Weihnachtsgeschenke gekauft. Das erste Mal im Leben hatte er eigenes Geld. Für ihn war es viel. Als er so die Geschenke alle beieinander hatte war es ganz schön geschmolzen. Er wollte doch eigentlich sparen. Wenn der Frühling kam brauchte er dringend ein paar leichtere Schuhe. Die hohen, derben Arbeitsschuhe waren wirklich nur für den Winter gut. Es hatte ihm aber riesigen Spaß gemacht, für alle zu Hause Geschenke zu kaufen. Hier in Gleiwitz gab es herrliche Sachen und viel Auswahl. Für Mutti hatte er eine Schürze gekauft, damit sie diese über ihr gutes Kleid anziehen konnte, wenn sie zu Weihnachten für alle kochen wird. Der kleine Franz bekommt etwas zum Spielen. Er hatte im Schaufenster ein knallrotes kleines Auto aus Holz gesehen. Für ihn war es zwar sündhaft teuer, doch nachdem er es eine Woche lang immer wieder angeschaut hatte, kaufte er es endlich. Er freute sich jetzt schon darauf, Franz damit spielen zu sehen. Für Minka fand er ein Kopftuch, schön bunt. Das würde ihr bestimmt gefallen. Für den Pfarrer hatte er noch nichts gefunden. Nichts fiel ihm ein. Etwas Zeit hatte er ja noch. Ob das mit der Heimfahrt klappen würde, war noch nicht sicher. Die Verlosung hatte noch nicht stattgefunden. Noch sechs Tage, dann würde man es wissen. Alle Lehrlinge wären schon gerne ein paar Tage nach Hause gefahren. Jeden Tag, wenn man die Post abholen ging, meldete sich Georg, weil er das gerne machen wollte. Er wartete auf einen Brief von Mutti. Alles hätte er ja umsonst gekauft, wenn er nicht heimfahren dürfte. Er wusste ja bisher nicht, ob Muttis Freundin Gisela wieder in ihr früheres Geschäft zur Arbeit ging. Der Krieg war zwar vorbei, aber nicht alle hatten wieder eine Anstellung bekommen. Die Inflation bestimmte jetzt das Leben. Niemand hatte wirklich Geld. Die Preise stiegen in unermessliche Höhen. Dadurch wurde in den Bekleidungs-Geschäften fast nichts genäht oder verkauft. Gisela, die vor dem Krieg in einem solchen Laden beschäftigt gewesen und dann arbeitslos geworden war, könnte immer noch ohne Arbeit sein. Georg hätte so gern gewusst, wem er seine schönen Weihnachtsgeschenke mitgeben könnte, falls er nicht fahren dürfte.

Heute war der 5.12. Olga sagte zu den Lehrlingen: "Denkt dran, ihr müsst heute Abend eure Schuhe, blitzblank geputzt, vor die Zimmertür stellen." Barbara, die immer gleich alles hinterfragte, wollte wissen: „Warum." Die anderen lachten. „Ach so," meinte sie, „morgen ist ja Nikolaus. Wann ist die Verlosung für die Heimfahrt zu Weihnachten?" „Abends, nach der Arbeit," sagte Olga und grinste vor sich hin. Ihre Lehrlinge waren ihr ein und alles. Ehemann oder Kinder hatte sie nicht. Die drei Buben und zwei Mädchen waren sozusagen der Ersatz. Alle stellten natürlich die Schuhe vor die Zimmertür. Die waren wirklich richtig sauber und blank geputzt.

Am 6. 12., dem Nikolaustag, waren alle früher wach als sonst. Die Neugier trieb sie vor die Tür. Gehört hatte keiner etwas. Alle waren im Schlafanzug gemeinsam draußen. „Juhuu, da ist was drin." Der Kopf von einem Schokoladen-Weihnachtsmann schaute oben raus. Alle schütteten ihre Schuh auf dem Bett aus und schauten nach, was da noch drin war.

Äpfel, verschiedene Nüsse und noch ein paar Süßigkeiten. Und es war auch noch ein Brief für jeden drin. Der wurde sofort aufgemacht. Darin auf einem zusammengefalteten Zettel stand eine Zahl, die bei jedem anders war. „Was soll das denn bedeuten"? fragte Igor in die Runde. Sie schauten sich alle fragend an. Als sie zum Frühstück die Treppen runter gingen, blieb Konrad plötzlich stehen. „Ich weiß, was die Zahlen bedeuten." „Was denn," riefen alle wie aus einem Mund. „Das sind die Zahlen für die Verlosung heute Abend." „Oh ja, das glaube ich auch", rief Georg. Heute fing der Tag mit Überraschungen an, so dürfte es weiter gehen. Es ging auch wirklich so weiter. Olga schickte alle in den Keller. „Ganz hinten rechts stehen große Kartons, da steht *Weihnachten* drauf. Die holt ihr jetzt rauf, stellt sie in den Flur, nicht aufmachen, ich komme dann und wir machen sie zusammen auf." Das waren sechs schwere Kartons. *Vorsicht Glas* stand überall drauf. Vorsichtig schleppten sie alle sechs Kartons in den Flur. Wie die Orgelpfeifen standen sie nun da und warteten auf Frau Olga. Die kam und lächelte. „Na, seid ihr neugierig?" Alle fünf nickten mit dem Kopf. Jeder durfte einen Karton aufmachen.

Da waren in jedem Karton die herrlichsten Sachen zum Dekorieren drin. Kugeln in allen Größen und Farben, Kerzen, kleine Glöckchen, die klingelten, wenn man sie bewegte, Holzpferdchen und andere Figürchen aus Holz. Das meiste strahlte in Silber. Viel, viel Lametta lag unten drin und über allem war viel Watte rein gedrückt, damit ja nichts kaputt gehen konnte. „So", sagte Olga, „jetzt dekorieren wir alle Fenster und die Regale weihnachtlich. Die drei Jungs schmücken die Schaufenster und die Mädels den Laden. Macht das mal ganz alleine. Fragen dürft ihr mich gerne aber ich helfe Euch nicht." Da gab es kein Halten mehr. Jeder schnappte sich einen Karton und lief dahin, wo er es weihnachtlich machen wollte. Georg war im Vorteil. Beim Schmücken hatte er den Frauen in der Kirche immer geholfen. Bei den anderen, die nicht mal wussten, wie eine Kugel befestigt wird, war es schon schwieriger. Bei denen fiel auch mal was runter und ging kaputt. Eifrig waren alle bei der Arbeit. Jeder spitzelte zwischendurch mal zum Nachbarn rüber, was der so machte. Nur Barbara schaute nicht rechts und links, als ob sie das schon früher gemacht hätte. Es wurde dunkel bis alles fertig war. Am schwersten tat sich Konrad. Seine Finger waren nicht dafür geeignet so kleine feine Sachen aufzuhängen.

Die Menschen, die draußen an den Fenstern vorbei gingen, blieben stehen und schauten zu. Nun fing es auch noch an zu schneien. Den Zuschauern merkte man richtig an, dass sie in Weihnachtsstimmung waren. Den Geschäftsleuten war das nur recht.

Punkt 18 Uhr wurde das Geschäft geschlossen. Alle Beschäftigten versammelten sich, um eine Note für die Dekoration abzugeben. Heraus kam für Barbara die Note 1. „Wo hast du das gelernt," fragte Olga. „Zu Hause, in unserm Laden." Nun kam es heraus. Die Geschäftsinhaber hatten die Tochter ihrer Freunde in die Lehre genommen. Ja, es war schon so: mit Beziehungen bekam man eine Anstellung in dieser Zeit, in der so viele Menschen arbeitslos waren. Hitler hatte ein leichtes Spiel. Die Teuerung für alle Sachen galoppierte. Wer eine Arbeit hatte, hatte am Ende des Monats wenigstens etwas Geld in der Tasche. Den Angestellten hier im Laden ging es da sehr gut. Sie bekamen zum Lohn auch noch was zu Essen und damit ging es jetzt. Weiter. Heute war Nikolaustag, da gab es am Abend nicht nur ein Brot. Nein, jeder hatte auf seinem Platz einen grünen Zweig und darauf lag ein Stuten-Männlein. Gebacken worden war es natürlich von der Köchin. Die Augen der Leute strahlten mit denen der Köchin um die

Wette. Nach dem Essen mussten die Lehrlinge kleine Zettel vom Nikolaus mit ihrem Namen versehen und in eine Vase legen. Olga schüttelte sie kräftig und ließ dann den Chef ziehen. Als erster wurde Igor gezogen, dann Barbara und Georg. Das war ein Hallo. Georg hätte am liebsten vor Freude geheult. Wie erschlagen stand Christa da. Konrad nahm sie tröstend in den Arm. „Weißt du was, an den Feiertagen kommst du einfach mit zu mir auf den Bauernhof. Wir sind 12 Kinder, da kommt es auf eine Person mehr nicht an. Wirst sehen, das wird dir gefallen". Ja, für Konrad war es auch nicht schlimm. Er konnte ja jeden Tag zu Hause vorbeischauen. Christas Tränen waren sofort versiegt. Sie mochte den Konrad sowieso sehr gerne. Auf einmal war auch ihre Schüchternheit wie weggeblasen. Sie umarmte Konrad stürmisch. Der wurde rot bis über beide Ohren. Erst da merkte Christa was sie getan hatte. Auch bei ihr wurden die Backen ganz rot. Doch jetzt fingen alle an zu lachen und so war die Verlegenheit vom Tisch. Die Mannschaft löste sich langsam auf und jeder ging in sein Zimmer.

Morgen würde wieder ein anstrengender Tag sein denn das Weihnachtsgeschäft war in vollem Gang. Nur im Zimmer der Lehrlinge war noch was zu hören. Ob die Mädchen mit den Buben in der Stube waren? Man kümmerte sich nicht darum.

Die Zeit bis zum Heiligen Abend ging rasend schnell vorbei. Georg hatte endlich auch ein Geschenk für den Pfarrer. Er erinnerte sich, dass Fritz, sein Stiefvater, am Weihnachtsfest eine Zigarre geraucht hatte. Sonst war ihm Rauchen ja verpönt. Er wünschte sich nun sehr, dass sich der Pfarrer darüber freuen würde.

Überall war es winterlich in Gleiwitz. Mitten auf dem Marktplatz stand eine riesige, geschmückte Tanne mit großen Kugeln. Nachdem nun auch eine dicke Schneedecke überall lag, sah alles sehr feierlich aus. Die Lehrlinge mussten jetzt viele Waren zu den Kunden nach Hause liefern. Mit dem Drahtesel ging das nicht mehr. Dafür gab es einen großen Schlitten. Die Kunden kauften große Mengen ein. Am meisten gefragt waren Mehl, Zucker, Zitronat, Mandeln und andere Backzutaten. Nicht immer gab es das alles zu kaufen. Aber Kunden, die Geld hatten, bekamen die Sachen unter der Hand. Meistens waren die Lehrlinge zu zweit oder auch zu dritt unterwegs, um den Kunden die Ware zu bringen. Die Rückfahrt machte dann am meisten Spaß. Auf dem Schlitten fuhr einer den Berg runter und die anderen versuchten, ihn umzuwerfen. Man konnte sich so schön herum balgen. Olga sagte schon mal: „Ihr wart aber lange weg." Böse war sie deshalb nie. Es waren ja ihre Ersatzkinder. Da sah sie vieles nach.

So kam der Heilige Abend. Die Lehrlinge Barbara, Georg und Igor durften schon eher gehen um rechtzeitig mit ihrem jeweiligen Zug nach Hause fahren zu können. Georg und Barbara fuhren in die gleiche Richtung. Igor in die andere. Die Dampflok machte ein Getöse und Gezische und stank fürchterlich. Man konnte vor lauter Dampf den Nachbarn nicht mehr sehen.

Barbara und Georg wünschten Igor ein schönes Fest und stiegen zuerst ein. Dessen Zug musste draußen vor dem Bahnhof warten, bis derjenige nach Kattowitz abgefahren war. Es gab nur ein Gleis im Bahnhof von Gleiwitz. Doch viel Zugverkehr war da sowieso nicht. Von jeder Seite kam in der Früh einer und abends fuhr er wieder raus. Bis Kattowitz fuhren Barbara und Georg gemeinsam. Viel redeten sie nicht miteinander. Jeder war mit den Gedanken schon bei seiner Familie. Georg stieg an seinem Ziel aus und wünschte Barbara noch eine gute Fahrt und fröhliche Festtage. Sie musste noch ein ganzes Stück bis nach Krakau weiterfahren, dort war sie zu Hause. Sie wünschte ihm ebenfalls frohe Feiertage. Am Tag vor Silvester sollten dann alle drei wieder im Geschäft sein, denn da würde es viel Arbeit geben.

Georg musste noch eine halbe Stunde über verschneite Äcker und durch einen kleinen Wald laufen bis er in seinem Heimatdorf ankam. Endlich aber war es geschafft! Stürmisch klopfte er an die Haustür vom Pfarrhaus, doch niemand öffnete ihm. Wo waren die denn alle? Haben die meine Post nicht bekommen. Was, um Himmelswillen, war da los? Er setzte sich auf die Treppen und dachte, dass wohl irgendwann jemand kommen würde. So in Gedanken schaute er zur Kirche rüber und da sah er Licht. Die werden wohl alle in der Kirche sein um den Weihnachtsbaum zu schmücken, dachte er. Seinen Rucksack ließ er auf die Treppen fallen und lief in die Sakristei, hinten in der Kirche. Natürlich, hier waren alle. Der Pfarrer mit ein paar Mädchen und Buben beim Singen. *Stille Nacht, heilige Nacht*, probten sie. Dann sah er Mutti, Minka und einige Frauen aus dem Dorf, die die Kirche mit grünen Tannenzweigen, großen Kerzen und Kugeln schmückten. Mitten in dem ganzen Durcheinander war da so ein kleiner Zwerg. Das konnte nur das Fränzchen sein. Laufen konnte er wie ein Wiesel. Georg lief ganz langsam auf ihn und Mutti zu. Auf einmal hörte man einen Schrei. Frieda hatte ihn gesehen. Sie ließ alles, was sie in den Händen hielt, einfach fallen und stürzte auf ihn zu. Sie küsste ihm das ganze Gesicht ab vor lauter Freude. Als sie ihn wieder losließ stand Fränzchen da und schaute ihn nur an. Georg nahm seinen Bruder hoch. „Na du kleiner Mann, bist anständig gewachsen. Weißt du eigentlich, wer ich bin?" Franz schaute ihn nur an, er dachte sicher, was will der da nur. „Franz, das ist dein Bruder Georg", sagte Mutti Frieda zu ihm. Georg gab ihm einen Kuss auf die Backe. Sofort machte der Kleine das nach und gab Georg auch einen Kuss. Dann kamen der Pfarrer und Minka schon gelaufen. Sie drückten ihn, bis er fast keine Luft mehr bekam. Alle anderen Leute in der Kirche begrüßten ihn ebenfalls sehr herzlich. Ja, hier war er zu Hause.

Georg half sofort mit, die Kirche weihnachtlich zu schmücken. Das hatte er ja auch schon früher gern gemacht. Danach gab es noch viel im Pfarrhaus zu tun. Die gute Stube war abgeschlossen. Warum? Georg wusste es. Keiner sollte das Christkind beim Geschenke ablegen und Baumschmücken stören. Das Essen war schon im weitesten Sinne vorbereitet. Nur der Karpfen schwamm noch munter in der Zinnbadewanne herum. Der große und der kleine Bub hatten den größten Spaß ihm zuzusehen. Endlich wurde es dunkel, Zeit für die Bescherung. Zu spät konnte die ja wegen Franz nicht stattfinden. Der Kleine würde bald müde werden und der Pfarrer hatte dann noch die Christmette um 24 Uhr. Also fingen sie mit dem Abendessen an. Am Heiligen Abend gab es traditionsgemäß jedes Jahr das gleiche gute Essen: eine kräftige Brühe mit selbstgemachten Nudeln, den geschnittenen Karpfen, der nun in Butter schwamm, dazu Kartoffeln und Rotkohl. Lange vorher wurde die Butter dafür aufgespart. Später, so um 22 Uhr, genoss man noch die Mohn Klöße mit Mandeln und Rosinen. Wer noch Rum hatte gab davon noch was dazu. Eine Tasse echten Bohnenkaffee wünschte man sich sehr. Beim Pfarrer gab es diese. Er hatte schon vor längerer Zeit bei einer Taufe den Kaffee als Geschenk bekommen und für den Heiligen Abend aufgehoben. Nun musste aber erst mal die Bescherung sein, vor allem für Franz, aber natürlich auch für die Großen. Das Zimmer wurde aufgeschlossen und langsam gingen alle rein. Der Tannenbaum mit den vielen weißen Kerzen, der in der Mitte des Zimmers stand, strahlte und es glitzerten die Kugeln und das viele Lametta. Georg legte noch schnell seine Geschenke unter den Baum. Er hatte sie alle schön eingepackt und beschriftet. Der kleine Franz stand in der Tür und schaute nur. Seine Augen waren weit aufgerissen, er strahlte über das ganze Gesicht. "Schau mal, was da liegt," sagte Mutti. Erst jetzt sah er die anderen

Geschenke. Die Stricksachen, die da lagen interessierten ihn nicht so sehr. Er stürzte sich auf das rote Holzauto und rief nur "brumbrum". Georg freute sich, dass er das richtige Geschenk für den kleinen Bruder gefunden hatte. Jetzt lagen sie beide auf dem Boden und ließen das Auto hin und her fahren. Die anderen schauten lächelnd zu oder packten die Päckchen mit ihren Namen aus. „Das ist eine schöne Schürze, die kann ich gut gebrauchen", sagte Mutti. Minka band sich ihr neues Kopftuch gleich um. „Bin ja gleich zehn Jahre jünger geworden," meinte sie, umarmte Georg und bedankte sich. „Willst du nicht mal deine Sachen anschauen?" meinte Mutti. Da lagen gleich fünf schön eingepackte Pakete für ihn. „Ist das alles für mich?" Frieda und Minka nickten nur. Er fing mit dem kleinsten Päckchen an. Schöne dicke, gestrickte Handschuhe kamen zum Vorschein. „Die kann ich gut gebrauchen." Dann machte er sich an die anderen Geschenke. Zum Vorschein kamen ein Schal, eine Mütze und ein Pullover. Der Pullover gefiel ihm am besten. Fast alle Farben waren darin und er sah so mollig warm aus. Den würde er zum Schlittenfahren anziehen, das war ganz klar, aber vorher schon heute Abend in die Christmette. Aber da lag immer noch ein Päckchen. Was konnte das wohl sein? Der Pfarrer konnte es gar nicht erwarten, dass er es aufmachte. „Nun mach mal," sagt er. Georg machte das Geschenkpapier behutsam auf. Der Inhalt war ein dickes Buch, das auch noch sehr groß war. Er schlug es auf und sah: Es bestand nur aus Landkarten. So etwas hatte er noch nie gesehen. „Das ist ein Atlas," meinte der Pfarrer, „da kannst du die ganze Welt kennen lernen. Ich werde dir noch erklären wie du das lesen musst." Jeder hatte noch etwas auszupacken und alle waren damit beschäftigt. Auf einmal fragte der Pfarrer: „Welches Christkind hatte diese gute Idee?" Er stand da und hielt die Zigarre in der Hand. „Die ist von mir", sagte Georg. „Na, das ist mal eine gute Idee, die rauche ich morgen nach dem Mittagessen."

Das Fränzchen war schon auf dem Fußboden eingeschlafen. Ganz vorsichtig trug ihn die Mutti in sein Bettchen. Das rote Auto hatte er fest in seinen Händchen. Die Erwachsenen machten sich nun an die Mohnklöße mit dem echten Bohnenkaffee. An ein Schlafengehen war nicht zu denken. Um 24 Uhr war dann die Christmesse auf die sich alle freuten, außer Minka, die schon auf dem Stuhl eingeschlafen war. Leider musste sie geweckt werden, weil sie auf Franz, den man ja schlecht allein lassen konnte, aufpassen sollte. Man brachte sie zu Franz ins Zimmer, da stand ein Sofa, darauf konnte sie weiterschlafen. Der Pfarrer war schon hinüber in die Kirche gegangen, denn es gab viel zu organisieren. Als Mutti und Georg dann in die Kirche kamen war diese schon sehr voll besetzt. Ihre Plätze waren ganz vorn reserviert. So hell erleuchtet war die Kirche noch nie. Da strahlten zwei große Tannen vorne neben dem Altar mit den vielen weißen Kerzen. Auch an den Wänden waren viele, dicke weiße Kerzen aufgestellt. Die gesamte Kirche war sehr feierlich geschmückt mit grünen Tannenzweigen. Jetzt fingen die Mädchen und Buben, die am Nachmittag so fleißig geübt hatten, damit an, Weihnachtslieder zu singen.

Der Pfarrer kam mit seinen Ministranten, heute waren es sechs. Jeder hatte in beiden Händen die Sechser-Glöckchen. Schließlich wurde das elektrische Licht ausgeschaltet, so dass die Kirche nur durch Kerzen beleuchtet war. Wunderschön, einfach Weihnachten, die Geburt Jesu´. Zum Schluss wurden noch alle Strophen von *Stille Nacht* gesungen, der Pfarrer verabschiedete die Gemeinde und alle gingen durch die verschneite Nacht nach Hause.

Am anderen Morgen hatte Minka schon wieder den Tisch fürs Frühstück gedeckt. Pfarrer Michail war schon in der Kirche, denn jetzt fand die Frühmesse statt. Im Haus duftete es appetitlich nach Geflügel. In diesem Jahr gab es aber keine Gans, eine Ente hatten sie noch bekommen, dazu gab es grüne Klöße und Rotkohl. Nicht viele Leute hatten in dieser Zeit so ein festliches Menü. Köstlich war alles und als Nachtisch gab es noch einen Bratapfel mit Zimt und Zucker. Nach dem Essen holte der Pfarrer die Zigarre, das Geschenk von Georg, er setzte sich gemütlich hin und rauchte mit Genuss. Zuerst rümpfte Minka die Nase, aber dann sagte sie: „Riecht gut." Auch die anderen genossen den Duft.

Schnell waren die Feiertage vorbei. Georg und Franz waren die meiste Zeit des Tages draußen im Schnee gewesen. Todmüde fielen sie abends ins Bett.

Am dritten Abend wachte Georg noch einmal auf und suchte Mutti. Die war aber nirgends zu finden. Er fragte Minka wo sie wohl sei. „Ach Jungchen", sagte diese, „deine Mutti ist oft nachts nicht da." „Wieso?" fragte Georg. „Weißt du, sie will jetzt endlich mal leben, immer nur arbeiten ist für eine junge hübsche Frau auch keine Erfüllung." „Wieso, was macht sie denn da?" fragte Georg. „Leute kennenlernen und tanzen, glaube ich, manchmal übertreibt sie es allerdings und kommt erst morgens nach Hause. Dann ist sie den ganzen Tag müde und schafft hier im Haushalt gar nichts. Ich habe große Mühe, dass der Pfarrer nichts merkt. Die Leute reden schon über sie. Man sieht sie auch oft in der Kaserne, haben sie mir erzählt. Immer wieder sieht man sie mit anderen Männern. Gut ist das nicht. Wenn das nur der Pfarrer nicht mitbekommt." So jammerte Minka vor sich hin. Georg wusste gar nicht, was er sagen sollte. Ganz betrübt ging er zu seinem Bruder und strich ihm liebevoll über den Kopf.

Er konnte doch nicht über so etwas mit seiner Mutti reden. Wie denn auch, das wusste er sowieso nicht. So gingen die paar Tage, die er Urlaub hatte, in einer bedrückten Stimmung schnell vorbei. Er beschäftigte sich immer mehr mit Fränzchen. Mutti war zwar am nächsten Tag wieder da und sie war bester Laune. So blieb alles ungesagt.

Am 30.12. musste Georg wieder zurück nach Gleiwitz ins Geschäft. Zu Silvester gab es viel Arbeit im Laden. Vor allen Dingen mussten Waren zu den Kunden ausgefahren werden. Die Leute wollten den Jahreswechsel feiern und dabei am liebsten alle Probleme mal für ein paar Stunden vergessen. Ja, es gab wieder etwas mehr Arbeit, besonders beim Wiederaufbau der Häuser und Straßen. Doch was sonst so geschah konnte man nicht gutheißen. Es wurde viel Alkohol, von den ärmeren Leuten oft selbst gebrannt, getrunken. Diejenigen, die etwas mehr Reichsmark hatten und spezielle große Gesellschaften gaben, bestellten die Getränke für Silvester im Kolonialwaren-Geschäft. Die Lehrlinge trudelten am 30.12. alle wieder ein. Als das Geschäft dann endlich nachmittags geschlossen wurde waren alle - vom Lehrling bist zum Chef - geschafft.

In der Küche versammelten sie sich und es wurde auf das neue Jahr mit einem Glas Sekt angestoßen, auch um die Lebensgeister wieder wach zu rütteln. Allerdings mussten die Lehrlinge mit einem Glas Saft vorlieb nehmen. Danach löste sich die Belegschaft auf. Die Lehrlinge und Olga blieben in der Küche. Es wurde gegessen und danach machten sie Spiele. Man musste sich ja die Zeit bis Mitternacht vertreiben.

Dann war es endlich so weit. Sie liefen auf den großen Platz vor den Arkaden. Hier gab es zu Silvester immer ein großes Feuerwerk. Als sie dort ankamen, waren schon viele fröhliche Menschen da. Man wünschte sich gegenseitig ein gutes, gesundes, neues Jahr. Ein paar wenige Raketen wurden in die Luft geschossen. Viele waren es nicht, die meisten Menschen hatten für so einen Luxus kein Geld.

So begann das Jahr 1923. Was würde es wohl bringen? Doch hoffentlich nicht noch einen Krieg, sondern endlich wieder genug zu essen. Die Versprechen der Parteien waren groß, doch die Menschen glaubten nicht mehr viel.

Jetzt hatte am Neujahrstag jeder ein bisschen Zeit, sich vom Feiern zu erholen. Am 2.1. begann das neue Jahr genauso wie das alte geendet hatte, mit Arbeit und Entbehrungen. Der Winter war in diesem Jahr besonders hart. Wenn es nur bald Frühling würde. Jeder wartete schon auf wärmere Temperaturen denn zum Heizen gab es auch schon lange nichts mehr und die meisten froren furchtbar. In den Wäldern lag kein Geäst mehr herum. Alles Holz, was morsch war und auf dem Boden lag, wurde gesammelt und verheizt. Kohle und Brikett gab es zwar, waren aber für das normale Volk zu teuer.

Als endlich der Sommer Einzug hielt gab es direkt mal wieder lächelnde Leute auf den Straßen. Ach, endlich konnte man wieder an die Seen, die es reichlich gab. Am Wochenende gingen die Lehrlinge oft zum Baden an einen See und wenn Konrad wieder Würste mitgebracht hatte, wurden diese gebraten. Das war damals so, dass ein Loch in die Erde gegraben und mit viel gesammeltem Kleinholz Feuer gemacht wurde. Die Würste steckte man auf einen Stock und hielt sie über das Feuer. War das ein Spaß!

So verging auch der Sommer leider sehr schnell und es war schon wieder September. Alle kamen ins zweite Lehrjahr und durften nun auch schon die Kunden bedienen. Freundlich und höflich musste man sein. Der Kunde hatte immer Recht, doch das war manchmal nicht so einfach. Der Konrad hatte da so seine Schwierigkeiten. Den anderen machte das Bedienen viel Spaß. Überhaupt: Christa und Konrad, das war so eine Sache. Als Christa zu Weihnachten mit auf dem Bauernhof von Konrads Eltern war, wurden die beiden dort immer wieder dabei erwischt, wie sie sich in Ecken und Winkeln küssten. Na, da hatte es wohl gefunkt. Am Wochenende waren sie oft nicht mehr dabei, wenn die Lehrlinge etwas unternahmen. Sie fuhren dann meistens zu Konrads Eltern und Geschwistern auf den Bauernhof.

Alle Kolleginnen und Kollegen warteten gespannt auf eine Hochzeit. Die ließ auch nicht mehr lange auf sich warten.

Am Abend vor der kirchlichen Hochzeit gab es auf dem Bauernhof ein großes Fest. Alle Kolleginnen und Kollegen aus dem Geschäft waren eingeladen. Es wurde getanzt, gegessen und reichlich getrunken. Manche wussten am anderen Morgen nicht mehr genau, wie sie nach Hause gekommen waren. Christa und Konrad feierten mit Konrads riesiger Familie und Verwandtschaft und natürlich Christas Eltern und eine ihrer Schwestern eine herrliche Hochzeit bei strahlendem Sonnenschein. Erst gegen Abend regnete es heftig und das bedeutete Reichtum für die Eheleute, man musste nur daran glauben.

Am nächsten Tag ging es ab in die Flitterwochen, ins Riesengebirge zur Schneekoppe, dort wollten sie wandern. Glücklich waren sie. Von Konrads Eltern hatten sie ein kleines Häuschen, etwas abseits gelegen, mit einem Hektar Land geschenkt bekommen. Darauf wollten sie Gemüse und Kartoffeln anbauen. Wohnen wollten sie aber während der Wochentage weiterhin über dem Geschäft, denn sie mussten ja beide erst ihre Lehrzeit zu Ende bringen. Bei Konrad war man sich aber nicht so sicher, er wäre doch lieber Bauer geworden. Konrads Vater sagte immer: „Kommt Zeit, kommt Rat", das war sein Spruch. Im zweiten Jahr mussten die Lehrlinge nun nicht mehr die Waren ausfahren, dafür gab es neue Lehrlinge. Im Zweiten Lehrjahr war jetzt der Kontakt mit den Kunden das Wichtigste, auch Buchführung und Dekoration standen auf dem Stundenplan. So ging es das ganze Jahr durch. Georg schrieb fleißig Briefe an Mutti und Fränzchen, er bekam aber selten ein Antwort. Schreiben war so gar nicht ihre Stärke. Ihre Freundin Gisela hatte inzwischen auch geheiratet und lebte nun in Gleiwitz. Georg hatte sie mal besucht. Sie wohnte in einer ganz neu erbauten Siedlung.

Ja, gebaut wurde viel und Arbeit für jeden versprachen die neuen Politiker. In den Städten geschah wirklich auf diesem Gebiet vieles, doch die Dörfer vergaß man total. Die blieben schmutzig und ohne Fortschritt. Gisela fühlte sich mit ihrem Mann wohl in der Stadt. Auch hatte sie ihre Arbeit in dem Textilgeschäft wieder bekommen.

Dann - es war so um die Osterzeit - kam endlich wieder mal ein Brief von Mutti Frieda. Was sie schrieb verwirrte ihn sehr. Er müsse jetzt dringend mal kommen, es gäbe was zu berichten, was sie nicht im Brief schreiben könne. Sofort ging Georg zu Olga und bat um ein paar Tage Urlaub, den er auch bekam. Am Abend fuhr er dann mit dem Zug nach Hause.

Die Stimmung im Pfarrhaus war sehr bedrückt. Zuerst dachte Georg es wäre jemand gestorben, weil alle so traurig waren. Aber seiner Mutti ging es blendend. „Was ist denn los", fragte er sie. „Komm, wir gehen in mein Zimmer." Der kleine Franz hatte sich schon von Georg auf den Arm nehmen lassen. Er freute sich, dass sein Bruder wieder mal bei ihm war. Als sie alle im Zimmer saßen, wusste Frieda nicht, wie sie anfangen sollte. Doch dann platzte es aus ihr heraus: „Wir ziehen vom Pfarrhaus aus und siedeln um nach Cosel." „Warum?", fragte Georg nur. „Weil die Eltern von Karl mich brauchen." „Wer ist denn Karl?" „Mein neuer Freund, den habe ich kennen gelernt, der ist Soldat und seine Eltern haben in Cosel einen kleinen Hof. Sie brauchen Hilfe, weil sie schon alt sind." „Ja, aber"... Georg konnte es gar nicht fassen. „Warst du denn schon mal bei den Eltern von Karl?" „Nein, Karl hat mir doch alles erzählt." Georg war sprachlos. „Dieser Karl, geht der denn mit oder bleibt der in der Kaserne?" „Nein, der muss hierbleiben, der verdient doch hier sein Geld. Cosel ist ja nicht so weit und wenn er frei hat kommt er natürlich." „Was sagen denn der Pfarrer und Minka dazu?" „Begeistert sind sie nicht, müssen sich wieder eine neue Hilfe suchen. Das tut mir auch leid, aber, weißt du, den Karl liebe ich und irgendwann, wenn seine Eltern gestorben sind, wohnen wir dann mit euch allen auf dem Hof."

Georg dachte, wenn das nur gut geht, aber sagen wollte er nichts mehr. „Heute Abend kommt Karl hierher, dann lernst du ihn kennen." Nun fragte Georg doch: „Wollt ihr denn heiraten?" „Ja, natürlich, aber nicht gleich." Das Gefühl, welches Georg dabei hatte, war sehr gemischt. Was sollte er denn auch dazu sagen? Es hätte sowieso nichts genützt. Mutti war wohl sehr in Karl verliebt. Verstehen konnte er sie schon. Witwe zu sein in jungen Jahren war bestimmt nicht schön. „Wann willst du denn dahin ziehen?" „Das ist noch nicht klar, denn Karl muss sich den Lastwagen aus der Kaserne ausleihen, um unsere Sachen zu transportieren. Ich schreibe dir dann alles, auch die Adresse." Jetzt hatten sie sich nichts mehr zu sagen. Georg nahm Franz auf den Arm und ging die Treppen runter in die Küche, dort konnte er sich von Minka trösten lassen, was er dringend brauchte. Die Tränen liefen ihm nur so die Wangen herunter. Minka nahm ihn in den Arm und hätte am liebsten auch losgeheult. Franz stand dabei und schaute nur beide fragend an. Am Abend kam dann dieser ominöse Karl. Ein schmucker Soldat war er, doch sympathisch war er niemandem, außer natürlich Frieda. Er bemühte sich, nett und freundlich zu allen zu sein. Der kleine Franz hüpfte gleich auf seinen Schoß. Er kannte ihn wohl schon. So ging dieser Abend leidlich gut zu Ende.

Am nächsten Morgen musste Georg wieder nach Gleiwitz ins Geschäft. Länger hatte er vor Ostern nicht frei bekommen. Er verabschiedete sich vom Pfarrer und Minka unter Tränen. Er dürfe jederzeit zu Besuch kommen, meinte der Pfarrer. Mutti sagte nur: „Ich schreib dir alles." Dem Franz gab er einen dicken Kuss. Dann lief er schnell aus dem Haus. Die Tränen kamen schon wieder. Hier hatte er ein schönes zu Hause gehabt, das war nun zu Ende. Wo lag denn dieses Cosel? Als er in Gleiwitz ankam war seine Stimmung nicht besser geworden. Er glaubte, alles Schöne was er gehabt hatte, verloren zu haben!!!

Er stürzte sich in die Arbeit. Die Gedanken konnte er aber nicht abschalten, die waren bei Mutti und Franz und bei diesem Karl. Erst am nächsten Tag ging es ihm etwas besser. Er hatte eingesehen, dass es Muttis Sache war und nicht seine.

Jetzt war es wieder so weit, dass er jeden Tag auf Post von ihr wartete. Als nach einer Woche immer noch nichts angekommen war, dachte er, es habe sich wohl erledigt und seine Liebsten blieben wohl beim Pfarrer wohnen. Doch das war leider nicht so. In der dritten Woche kam endlich ein Brief von Mutti Frieda. Kurz berichtete sie, dass sie nun in Cosel sei. Der Hof wäre sehr klein, nicht so, wie sie wohl gedacht hatte. Ein paar Hühner, ein Schwein und eine Kuh. Leider seien die Eltern von Karl schon alt und sehr gebrechlich. Auch das Haus ist sehr alt, es zieht überall herein, da muss viel gemacht werden. Eine Woche kann der Karl hier bleiben, dann muss er leider wieder in die Kaserne. Dann fuhr sie fort:

Es bleibt für mich viel Arbeit, deshalb konnte ich den Brief erst jetzt schreiben. Dem Franz gefällt es hier sehr gut, am besten findet er die Hühner und das Schwein. Da läuft er immer hinterher. Das sieht sehr lustig aus.
Lieber Georg sei herzlich gedrückt von deiner Mutti und Franz.

Dann schrieb sie noch die Adresse auf.
Georg wusste nicht genau, sollte er sich freuen, oder war das schlimm,

was er da erfahren hatte. Fest nahm er sich vor, bald mal nach Cosel zu fahren und zwar im Sommer, wenn er seinen Urlaub bekommt. Dass er selbst an den Umständen nichts ändern konnte, hatte er schon begriffen.

So kam der 6.6.1924, sein 17. Geburtstag. Den wollte er mit seinen Freunden und Kollegen am See feiern. Das Wetter war gut, das Thermometer zeigte 24 Grad. Mit dem Drahtesel wurde Limonade, Kartoffeln und allerlei gute Sachen hinausgefahren. Es wurde ein richtig tolles Fest. Danach hatte er seinen Urlaub bekommen und den wollte er nun in Cosel, im Bezirk Oppeln, verbringen. Die Gegend war ihm völlig fremd. Von Gleiwitz ging es nicht, wie sonst, in die Gegend von Kattowitz, sondern genau in die andere Richtung. Dort würde es nicht so viele Braunkohle-Zechen geben. Viel, viel grüner sollte es sein. Die nächste größere Stadt war Oberglogau mit dem Schloss der Grafen von Opperdorf, um das es viele Erzählungen gab. Ja, diese Gegend hatte wirklich viele grüne Wiesen, Äcker und Wälder, das sah Georg schon vom Zug aus. Als er in Cosel ausstieg, hätte er vor Freude jubeln können. Wer kam ihm da entgegen gelaufen? Der nicht mehr kleine Franz. Er hob ihn hoch und drückte ihn ganz fest und er lachte laut und rief immer wieder "Gorg, Gorg". Georg konnte er noch nicht richtig aussprechen. Der nahm ihn hoch und wirbelte ihn herum so dass er vor Vergnügen quietschte. Doch Franz konnte nicht allein gekommen sein. Hinter einer Säule spitzelte Mutti hervor, sie kam mit lachendem Gesicht auf Georg zu und umarmte Ihn. „Schön, dass ich dich wieder habe", freute sie sich. Das war ein Empfang. So schön war das! Dann marschierten sie los zum Hof. Was Georg da sah war wirklich keine Offenbarung. Alles, aber auch alles, war alt, renovierungsbedürftig und ohne jegliche Farbe. Er hatte sich fest vorgenommen zu helfen damit es schöner würde.

Zuerst mussten die Fenster mal einen neuen Kitt bekommen, damit sie dicht wurden. Ja, und eine helle Farbe auf das Haus, damit es freundlicher aussah. „Mutti, wo bekommen wir das Material?" „Habe ich schon, hat Karl aus Kattowitz mitgebracht." Karls Eltern saßen in der Küche und schauten Georg mürrisch an. Der sagte freundlich: „Guten Tag." Die Alten murmelten etwas vor sich hin. Nett klang das nicht. Georg schaute Mutti ungläubig an. „Die sind so", flüsterte sie. „Komm, ich zeig dir alles." Zuerst gingen sie zu den Tieren. Der Stall sah einigermaßen gut und sauber aus. Auch das Gatter, hinter dem das Schwein und die Hühner untergebracht waren, ließ nichts zu wünschen übrig. Die Kuh graste auf der Wiese davor. Außerdem gab es noch ein paar Felder, die ungenutzt waren. „Die Tiere versorgt der Vater von Karl regelmäßig, das lässt er sich nicht nehmen. Da bin ich froh drüber denn ich habe hier wirklich genug zu tun... und demnächst wohl noch mehr. Du bekommst noch ein Schwesterchen oder Brüderchen," berichtete Frieda. „Hoffentlich wird es diesmal ein Mädchen. Jungs haben wir jetzt genug", meinte Georg. „Ja, ja, das wäre schon recht. Karl möchte allerdings lieber einen Stammhalter. Demnächst werden wir auch heiraten. Vielleicht bekommen wir einen Termin auf dem Standesamt in Oppeln während du noch hier bist." Am nächsten Tag fingen sie beide schon in der Früh mit dem Ausbessern der Fenster an. Der alte Bauer schaute zuerst kritisch zu. Doch auf einmal kam er zu ihnen und zeigte beiden wie sie den Kitt richtig verstreichen mussten. Auch so kleine Tipps gab er ihnen. Dann arbeitete er fleißig mit, das Eis war gebrochen und er sprach freundlich mit ihnen. Georg und Mutti machte die Arbeit dadurch auch mehr Spaß. Zwischendurch mussten sie immer wieder ihre Hände säubern, der Kitt klebte ganz schön fest. Im Laufe der Woche hatten sie dann alle Fenster abgedichtet. Nun sollten sie durchtrocknen und dann würden die Rahmen beidseitig gestrichen. Auch dabei wollte der Bauer ihnen helfen. Vor allen Dingen wollte er ihnen zeigen wie die Farbe auf die Rahmen und nicht auf die Glasscheiben kommt.

Als Karl am Wochenende nach Hause kam, konnte er es gar nicht fassen, was sie alles geschafft hatten. Es freute ihn auch sehr, dass sein Vater endlich einen Draht zu Frieda gefunden hatte. Nur die Mutter sprach nur das Nötigste. Dabei machte Frieda doch die ganze Arbeit im Haus, die die Eltern eigentlich machen müssten.

So gingen Georgs zwei Wochen Urlaub schnell vorbei. Den Termin für die Hochzeit hatten sie leider vom Standesamt Oppeln nicht bekommen. Aber vielleicht würde Georg ja zur Trauung noch ein paar Tage Urlaub extra bekommen. Er wollte Olga gleich fragen, wenn er wieder im Geschäft war. Zum Abschied hatte sich Frieda ein besonderes Essen ausgedacht. Sie hatte oben auf dem Boden, auf einer Leine, getrocknete Obstspalten gefunden. Es waren Äpfel, Birnen und sogar Pflaumen, damit konnte man einen guten Eintopf kochen, ein *Schlesisches Himmelreich*. Das war Georgs Lieblingsessen. Auch das nötige Rauchfleisch als Beilage gab es. Letztes Jahr war ein Schwein geschlachtet worden und es war alles da, was man zu diesem köstlichen Gericht brauchte. Dass sie damit auch das Herz der alten

Bäuerin erobern würde, hätte sie allerdings nicht erwartetet. Die saß am Tisch, lächelte und kaute vor sich hin. Auch Georg schmeckte es wunderbar. Auf einmal kam ein Wort von der Bäuerin. „Gut!" Alle schauten sie an und lachten. Am nächsten Tag fuhr Georg wieder nach Gleiwitz ins Geschäft. Er ging gleich zu Olga um zu fragen, ob er zur Hochzeit nochmals nach Cosel fahren dürfte. „Das wird schon gehen", meinte diese, er solle nur gleich Bescheid sagen, wenn er das Datum erfährt. Georg setzte sich hin und schrieb schnell einen Brief mit dieser guten Nachricht an Mutti. Im Laden gab es wie immer viel zu tun. Christa und Konrad waren nach ihrer Hochzeitsreise auch wieder da. Sie erzählten viel vom Riesengebirge, von den vielen schönen Wanderungen und dass sie bald wieder dahin fahren wollten. Igor meinte: "Das würde ich mir auch gern mal ansehen." Die anderen nickten alle gleichzeitig mit dem Kopf.

Nun kam der September und die fünf Lehrlinge wechselten ins dritte Lehrjahr. Olga war mit allen zufrieden. Sie hatte nur Bedenken bei Konrad wegen dessen Leistungen in der Berufsschule. Die anderen gaben sich viel Mühe, ihm die Buchführung beizubringen. Doch da war Hopfen und Malz verloren. Seine Einstellung zu diesem Thema war auch ziemlich gleichgültig. „Na, dann werde ich eben Bauer." Auch Christa, seine Frau, konnte daran nichts ändern. Georg erhielt endlich einen Brief von Mutti, in diesem teilte sie ihm mit, dass die Heirat am 19.9.1924 auf dem Standesamt in Oppeln Stattfindet. Er lief gleich zu Olga, um ihr das zu sagen und wegen Sonderurlaub nachzufragen. „Ja, ja, du darfst am 18. fahren." Am liebsten wäre er Olga um den Hals gefallen, aber das konnte er ja wohl nicht machen. Er sagte nur einfach danke und strahlte über das ganze Gesicht.

Am 18.9. kam er dann mittags in Cosel an. Die Aufregung bei Mutti war deutlich zu spüren. Ab morgen würde sie nicht mehr Witwe sein, sondern endlich wieder eine Ehefrau. Ihr Bäuchlein war inzwischen schon ganz schön geschwollen. Aber sie kannte sich aus, es war ja schon das dritte Kind. Am anderen Morgen ging schon ganz früh los. Karl hatte sich in der Kaserne ein Auto ausleihen können. Damit fuhren alle, auch die Eltern von Karl, nach Oppeln zum Standesamt. Trauzeugen hatten sie zwar nicht, denn sie kannten ja dort niemanden, das war aber kein Problem, es kamen Leute vom Amt dazu.

So feierlich wie bei der ersten Trauung mit Fritz war es leider nicht. Gleich nach der Amtshandlung fuhren sie wieder nach Hause. Sie hatten alles vorher schon hergerichtet für eine kleine Feier. Diese wurde dann auch sehr schön. Am nächsten Tag musste Georg leider schon wieder zurück zur Arbeit fahren. Karl dagegen durfte noch eine Woche bleiben. Eine Hochzeitsreise gab es nicht, denn dafür hatten sie weder Zeit noch Geld. Die Arbeiten, vor allem die Renovierungen auf dem Hof, mussten weitergehen. Der neue Erdenbürger oder -bürgerin würde in ein paar Monaten ankommen. Sie wollten das Dach dicht machen und eine Wohnung für die Eltern herrichten. Unten im Erdgeschoss würde dann das Zimmer der Eltern als Kinderzimmer gebraucht. Bis jetzt schlief der Franz bei Frieda und Karl im Zimmer. Bevor das zweite Kind ankommt sollte der Dachausbau fertig sein.

Auch Karls Eltern freuten sich auf ihr neues Heim unterm Dach. Kindergeschrei von einem Säugling war nicht das, was sie gerne wollten in ihrem Alter. Für Georg ging es jetzt ans Lernen. Die schriftliche Prüfung findet in vier Wochen statt. Alle Zimmergenossen waren vertieft in ihre Bücher und Hefte. Nur Konrad nicht, dem war es egal, ob er die Prüfung schafft. Christa gab sich alle Mühe ihm zu helfen doch das war alles erfolglos. Er wollte einfach nicht mehr lernen. Es machte sie sehr traurig denn wenn er die Prüfung nicht schafft muss sie im Geschäft in Gleiwitz bleiben und Konrad daheim auf dem Bauernhof arbeiten. Er wollte einen Stall bauen und auch das Häuschen, in dem sie wohnen würden, vergrößern. Das war ja alles sehr schön aber dafür brauchte man Geld. Ihr Verdienst allein würde da wohl nicht reichen und er könnte dann nichts zur Familienkasse beitragen. Sie verstand ihn nicht. Ihre Liebe hatte einen großen Riss bekommen. Alle Prüfungen fanden Im Juli statt. Konrad schaffte es schon bei den schriftlichen Fragen nicht. Die anderen bestanden mit Bravour. Olga meinte zu Konrad: „Machst halt in einem Jahr die Prüfung noch einmal." „Nee, nee", sagte er, „für mich ist das nichts mehr, ich gehe nach Hause." Dabei drehte er sich um, holte seine Sachen und ging. Die anderen waren sprachlos. Christa war mehr als enttäuscht. Vier Wochen später war dann die mündliche Prüfung. Auch die bestanden alle. Weil zwei von den Ausgelernten übernommen wurden durften Christa und Georg bleiben. Barbara wollte sowieso wieder nach Hause ins elterliche Geschäft und Igor würde in Kattowitz in einem Geschäft in der Nähe seiner Eltern arbeiten. Ende August ging es dann ans Abschied nehmen. Man versprach, sich zu schreiben und auch mal zu besuchen.

Kapitel 3

Schuster Weda und die Familie

Für Georg begann mal wieder eine neue Zeit. Der Lohn war auf einmal ein ganzes Stück höher. Aber wenn er weiterhin in der Firma wohnen und essen wollte musste er nun dafür bezahlen. So blieb ihm auch nicht viel mehr Geld übrig als vorher. Er fragte jeden, den er kannte, nach einer billigen Bleibe. Irgendein kleines Zimmer hätte ausgereicht. Es fand sich aber einfach nichts Günstiges. Er musste sehr sparsam leben. Anständig angezogen musste er immer sein. Das teuerste waren die Schuhe. Er brauchte dringend ein Paar Stiefel, die alten waren total durchgelaufen. Aber ein Paar neue kosteten ein Vermögen. Er fragte Olga nach einem Schuster, der nicht so teuer wäre. Die wusste sofort Rat. „Gar nicht weit, in der übernächsten Straße, da gibt es den Schuster Lazarus Weda. Der hat viele Kinder, die helfen in der Schusterei, dadurch kann er auch etwas billiger sein. Der ist gut, da solltest du mal hingehen. Ach, weißt du was, nebenan ist doch das Textil-Geschäft, da arbeitet eine Tochter vom Schuster, die kann dir sicher den Weg zeigen." Georg ging gleich in seiner Mittagspause rüber, um nach der Tochter vom Schuster Weda zu fragen. Die Verkäuferin, die er ansprach, informierte ihn: „Die sitzt bestimmt draußen auf der Bank. Sie hat jetzt Mittagspause." Draußen auf der Bank saßen gleich drei hübsche Mädchen, die sich angeregt unterhielten und dabei ihre Stullen aßen. Georg stellte sich direkt vor die Bank und fragte: „Ich suche die Tochter vom Schuster Weda?" „Warum?" „Na, weil ich neue Schuhe brauche." „Ach so", sagte Elisabeth, „da bist du bei mir richtig." Georg fragte: „Wo ist denn die Werkstatt?" „Wenn du willst zeige ich dir den Weg wenn ich Feierabend habe, so gegen 20 Uhr wird das sein." „Ja, dann bin ich um 20 Uhr hier vor der Bank, abgemacht." Pünktlich waren beide da und marschierten gleich los. Georg ging schweigend neben ihr her, denn es fiel ihm absolut nichts ein, was er mit ihr reden könnte. Als sie beide am Marktplatz um die Ecke bogen, fragte Elisabeth: „Bist du von hier oder arbeitest du nur hier?" So kamen sie wenigstens mal ins Gespräch und auf einmal fragte der eine den anderen alles mögliche. So verging die Zeit sehr schnell bis sie zum Haus des Schusters Weda, Elisabeths Vater, kamen. „So, jetzt weiß ich ja wo es ist, aber nun ist es wohl zu spät, um mit deinem Vater noch zu sprechen." „Ach was, komm ruhig mit rein." Dieser schmucke Kerl gefiel ihr sehr gut. Drinnen ging sie mit ihm gleich in die Küche. Dort saßen eine Menge Leute an einem Tisch, es war Abendbrotzeit. Alle schauten neugierig zur Tür, wen die Else da mitbrachte. Elisabeth wurde nie zu ihr gesagt, nur einfach Else. „Vater, der Georg braucht neue Stiefel." „Ist gut, machen wir dann nach dem Essen. Setzt euch hin und lasst es euch schmecken." Martha, die Älteste, rückte zur Seite und winkte beide zu sich heran. Neugierig sah sie Georg an. Ein fescher Junge, dachte sie. Es gab einen deftigen Eintopf mit Brot und für die Männer am Tisch sogar ein Bier. Außer dem Vater saßen noch zwei erwachsene Männer am Tisch. Max und Bernhard, die Brüder von Else, waren ungefähr in Georgs Alter, außerdem gab es noch die Mutter und fünf Mädchen. Georg schaute lächelnd in die Runde und dachte, so eine große Familie möchte ich auch mal haben. Diese Elisabeth gefiel ihm aber am besten von allen. Es wurde ein gemütlicher Abend. Nach dem Essen räumten alle gemeinsam die Küche auf und fingen an, Spiele zu spielen. Die Eltern hatten sich wohl schon ins Bett gelegt, von ihnen war keiner mehr zu sehen. „Macht nichts", sagte Else, „kommst morgen wieder, hast sicher noch ein paar alte Treter" und lachte dabei. Der Abend war so richtig schön, fand Georg. Zu dieser Gesellschaft würde er gerne wiederkommen. Allein in seinem Zimmer war er sowieso nicht gerne.

Als er am nächsten Tag Mittagspause hatte schaute er nach, ob die Mädels von nebenan wieder auf der Bank saßen. Zwei waren da, aber nicht die Else. Na, die wird wohl bald kommen. Georg setzte sich zu ihnen und fragte: „Ist die Else nicht da?" Aha, dachten die anderen, die gefällt ihm wohl. „Nein, die hat heute Berufsschule, sie ist noch Lehrling im zweiten Jahr." „Oh, dann ist sie ja erst sechzehn, ich habe sie älter geschätzt." „Prima", meinte eines der Mädchen, „sie möchte gern älter sein, das hört sie gern." „Sag ich ihr", meinte er lächelnd. Am nächsten Tag um die Mittagszeit war er wieder da und Else hatte schon auf ihn gewartet. Die anderen Mädels hatten ihr erzählt, dass er nach ihr gefragt hatte. Beide hatten Gefallen aneinander gefunden und so kam es, dass Georg sie jeden Abend nach Feierabend nach Hause begleitete. An seinem freien Tag ging er dann endlich zum Schuster Weda um sich die neuen Stiefel anmessen zu lassen.

Else und er wurden schnell ein Liebespaar, doch in der Öffentlichkeit zeigen durften sie es nicht. Elisabeth war einfach noch zu jung. Aber irgendwie hatte ihre Schwester Gertrude, genannt Trudel, doch was mitbekommen. „Du bist für so was noch zu jung", meinten die Geschwister, „das geht einfach nicht." Heulend rannte sie in ihr Zimmer, was sie sich mit drei ihrer Schwestern teilte. Hedel, mit der sie sich das

Bett teilte, war gerade da. Sie las ein Buch und schaute ganz erschrocken auf. „Was hast du denn?" fragte sie. Else schluchzte nur noch lauter und setzte sich zu Hedel aufs Bett. Die nahm sie in den Arm und sprach beruhigend auf Else ein. Nach einer Weile wurde das Weinen weniger und sie erzählte Hedel alles, was vorgefallen war. Die dachte nach. „Weißt du was, wenn wir zusammenhalten, kriegen wir das hin. Du darfst dich draußen einfach nicht mit Georg sehen lassen. Ich gehe jetzt immer mit dir raus und verschwinde dann. Da fällt mir sicher was ein, wohin ich dann gehe." „Oh ja, genau so machen wir das." An Wochentagen trafen Else und Georg sich sowieso zur Mittagszeit auf der Bank vor ihrem Geschäft. Die Muttel Weda, die so vieles von ihren Kindern erahnte, sagte mal zu Else: „Pass auf, dass es dir nicht so geht wie mir, lass dir Zeit, schnell geht es und du hast, wie ich, jedes Jahr ein Kind." Nein, das wollte Else auf gar keinen Fall. Einige der Schwestern hätten sich hämisch gefreut. „Schaut hin, die immer schicke Else, die meint, dass sie was Besseres ist." Vor allen Dingen eine würde sich sehr freuen, wenn sie mal reinfiele. Else hatte es eben drauf. Sie nähte sich die hübschesten Kleider und sogar einen Hut hatte sie sich gezaubert. Doch auch unter Geschwistern gab es Neider. Am meisten ärgerte sie damit ihre Schwester Trude. Sie hätte auch gern mal so ein schönes Kleid von ihr genäht bekommen. Else sagte: „Wenn du etwas abnimmst nähe ich dir eines, doch für eine Figur wie du jetzt aussiehst, bekomme ich keinen Schnittbogen." Das stimmte zwar nicht, aber so konnte man ja mal versuchen, dass Trude etwas weniger essen würde. Vater Lazarus, genannt Laza, lachte dann nur. Von ihm hatte sie wohl die Gene. Er war sehr groß und hatte auch ein ziemliches Gewicht, was aber nicht nur vom Essen kam. Den ganzen Tag sitzen und nähen, da fehlte die ausgleichende Bewegung. Und das Bier schmeckte ihm doch auch sehr gut.

Seine Frau Florentine Weda, Muttel genannt, war eine sehr kleine, aber auch energische Person. Die zwei Buben Max und Bernhard bekamen von ihr so manche Backpfeifen und manchmal, wenn sie es zu toll trieben, schlug sie auch mit dem Teppichklopfer zu. Vater Laza hielt sich weitgehend aus der Erziehung raus. Die Muttel macht das schon, das war seine Devise.

Helfen mussten sie alle in der Werkstatt. Das Nähen von Hand und das Putzen war grundsätzlich Mädchensache. Die anderen Arbeiten, wie Nähen mit der Maschine, Anpassen, Ausschneiden der Sohlen und zum Schluss das Blank wienern, war natürlich Männersache. Da waren sich der Vater und Söhne einig, das ist nichts für Mädchen. Die Schwestern waren auch froh darüber. Im Haushalt mit sieben Kindern gab es genug zu tun. Sie mussten der Muttel schon helfen, zumal die auf einem Auge nichts sah. Das linke Auge war aus Glas. Als Kind hatte sie sich da an einem Ast verletzt, der ihr Augenlicht zerstört hatte. Dieses Glasauge hatte viel Geld gekostet. Ihre Eltern konnten sich das Gott sei Dank leisten. Damit sah sie zwar nichts, aber es war so gut gemacht, dass man, wenn man es nicht wusste, gar nichts bemerkte. Else, die Georg alles von zu Hause erzählte, gefiel die Situation mit der Heimlichtuerei überhaupt nicht. Doch auch er konnte daran nichts ändern. Else war eben mal erst sechzehn Jahre alt. Aber er hätte sie gern seiner Mutti vorgestellt.

Er würde bald wieder nach Cosel fahren, denn das dritte Kind von Frieda war schon angekommen. Leider kein Mädchen, wie sich Mutti und auch Georg gewünscht hätten. Karl dagegen war glücklich. Er hatte sich ja einen Stammhalter gewünscht. Und auch die alte Bäuerin und der Bauer freuten sich riesig. Der Junge kam am 14.4.1927 zur Welt. Ein richtiger Brocken war er, 53 Zentimeter groß und 3400gr schwer. Mutti schrieb, der wird mal so groß wie Karl. Er hat immer Durst, aber ich habe ja genug Milch. Komm doch bitte bald zu Besuch, der Kleine wächst so schnell.

Gern wäre Georg gleich mit Else nach Hause gefahren, doch erstens bekam er keinen Urlaub und zweitens wollte er auch Else mitnehmen, was deren Eltern nicht erlaubt hätten.

Die beiden trafen sich weiterhin heimlich. Sie liefen Händchen haltend über die Wiesen und Felder. Hedel half ihr immer, von zu Hause weg zu kommen. Georg suchte weiterhin nach einer günstigen Bleibe. Nichts, aber auch gar nichts, fand er, entweder war es einfach zu teuer oder viel zu weit weg vom Geschäft. Im Hause Weda wurde zwar bald ein Zimmer frei, aber ob die an ihn vermieten würden, war fraglich. Er wollte ja auch nicht nur dort wohnen, sondern Kost und Logis sollte es sein und natürlich würde er dafür auch bezahlen. Wie sollte er es nur anstellen? Am meisten zugänglich war Elses Vater. Bald würden seine Stiefel fertig sein, da würde er einfach fragen. Als er das nächste Mal zum Schuster zur Anprobe kam fasste er sich ein Herz. „Bei euch wird ein Zimmer frei, ich suche eines mit Logis." „Ja, das stimmt, die Martha will heiraten und mit ihrem Bernhard in eine Wohnung ziehen, wenn sie eine gefunden haben, die sie zahlen können." „Ach, sie haben noch keine?" „Die Martha sitzt an der Quelle, die arbeitet auf dem Amt, das wird nicht mehr lange dauern, bis sie was findet." „Und würdet ihr mich dann nehmen als Mieter?" „Na, weißt du, Bürschchen, da muss ich erst mal meine Florentine fragen. Aber wie ist das denn mit dir und der Else, hast du da ernsthafte Absichten?" Georg konnte nur nicken, in seinem Hals war ein dicker Kloß. „Kommst morgen mal abends mit rein, wenn du die Else heimbringst. Meinst wohl, wir hätten das nicht gemerkt, dass ihr euch weiterhin trefft." Beim Abendbrot gab es dann eine große Konferenz, was man mit dem Zimmer von Martha machen wollte, wenn sie denn auszieht. Sie war die Älteste und dass sie bis jetzt als einzige ein eigenes Zimmer hatte war ja in Ordnung. Aber nun wollte die Trude dieses Zimmer haben. Sie wäre altersmäßig als nächste dran. Gott sei Dank wollten es die Jungs sowieso nicht haben. Doch da meldete sich die Muttel zu Wort. „Trude, wie lange bleibst du denn noch hier?"

Sie hatte nämlich vor, bald auszuziehen und zu heiraten. Sie wurde nun ganz kleinlaut und sagte leise: „Es ist bald so weit." Darauf meinte Muttel: „Na, dann ist doch alles klar, der Georg zieht da ein, der kann uns sicher so manches, was wir sonst nicht bekommen würden, aus dem Geschäft besorgen und ein bisschen Geld nebenbei aus der Miete täte uns auch gut." Bei der nächsten Mittagspause erzählte Else ihrem Georg natürlich sofort die Neuigkeit. Beide freuten sich riesig und fielen sich lachend um den Hals. Elses Kolleginnen sagten nur: „Ihr habt es gut." Am Abend gingen sie schneller als sonst zum Weda-Haus. Sie konnten es gar nicht erwarten, die Zustimmung der Eltern zur Anmietung des Zimmers zu bekommen. Nur eins war noch offen: Was die Miete kosten sollte und ob sich Georg das leisten könnte. „Erst wird gegessen, dann reden wir über alles andere", meinte Muttel, „und ab sofort sagst du auch Muttel zu mir. Es klingt so komisch, wenn du Frau Weda sagst." Georg sprang auf und umarmte sie. Vor lauter Rührung standen ihm Tränen in den Augen. Ja, Georg war leicht am Wasser gebaut. Wenn ihm etwas nahe ging, standen ihm schnell die Tränen in den Augen. Else hielt es nicht mehr aus, sie konnte nicht einen Bissen essen. „Sag schon, Muttel, wie viel Miete du für das Zimmer haben willst?"

Alle schauten Muttel an, aber sie schmunzelte nur. „Wartet es doch ab." Als endlich alles aufgegessen und abgeräumt war, schaute sie in die Runde und sagte: „Geld will ich gar keines von dir, Georg." Die anderen schauten sie entgeistert an. Was war denn nun los? „Was ich von dir will, ist, dass du uns was mitbringst aus dem Laden, du bekommst es sicher günstiger als wir und ihr könnt euer Geld für die Zukunft sparen. Schließlich habe ich auch was davon, wenn ich die Lebensmittel billiger bekomme, die ich für meine Rasselbande brauche." Alle schauten Muttel stolz an. Sie hatte wie immer die besten Ideen. Jetzt musste Martha mit ihrem Verlobten nur noch die richtige Wohnung finden.

Jeden Morgen, wenn Else ins Geschäft ging, stand Georg schon auf der Straße und wartete auf sie. Seine erste Frage war: „Gibt es was Neues?" Dabei ging es um die Suche nach einer Wohnung für Martha und Bernhard und das dauerte nun schon sechs Wochen. „Gestern haben sie sich eine angeschaut. Die hat ihnen gut gefallen. Aber sie bekommen sie nur als Ehepaar. Jetzt werden sie wohl erst mal heiraten, denn es ist überall Bedingung um eine Wohnung zu bekommen." „Na, das kann ja noch mehrere Wochen dauern bis das Aufgebot durch ist." Beide waren recht traurig. Es dauerte dann auch wirklich noch sehr lange.

Georgs 19. Geburtstag wurde am 6.6.1926 in der Familie Weda gefeiert. Gern hätte er danach am Abend in seinem Zimmer bei Wedas geschlafen, doch das war leider immer noch nicht frei.

Jetzt war schon November, die Hochzeit von Martha und Bernhard sollte endlich am 12.12.1926 im kleinen Kreis gefeiert werden. Für Georg und Else war auch der 4.12. ein wichtiges Datum, denn da wurde sie 17 Jahre alt. Nun konnten sie auch planen, mal nach Cosel zu Mutti, Karl, Georgs beiden Brüdern und Karls Eltern zu fahren. Elses Eltern waren bisher stur geblieben: „Wenn du 17 Jahre alt bist, kannst du da mal hinfahren." Da hatte auch nicht Bitten und Betteln geholfen. Jetzt jedoch mussten beide nur noch Urlaub an der Arbeitsstelle bekommen. Über Weihnachten und Silvester war das nicht möglich, aber nach der Inventur, ab dem 4. Januar, würden beide acht Tage frei bekommen.

Sie freuten sich sehr, wenn es nur schon so weit wäre. Doch die Zeit verging wie im Flug. Die viele Arbeit im Geschäft, die Hochzeit, der Geburtstag und die Feiertage gingen rasend schnell vorbei. Jetzt standen sie eng aneinander gekuschelt auf dem Bahnsteig und warteten auf den Zug. Bitterkalt war es, wie immer um diese Zeit in Oberschlesien, mit viel, viel Schnee.

Else, die noch nie mit einem Zug gefahren war, hatte ein bisschen

Angst, aber Georg war ja bei ihr. Da hinten kam endlich die Bahn. Weißer Rauch stieg auf und der ganze Zug verschwand total im Nebel. Toll sah das aus, dazu noch der viele Schnee. Endlich hielt er an und sie stiegen ein. Im Waggon war es wenigstens etwas wärmer als draußen auf dem Bahnsteig. Georg erzählte Else, wie die einzelnen Dörfer, durch die sie fuhren, hießen. Langweilig wurde es ihnen nicht, es gab ja viel zu sehen.

Als sie nach etwa einer Stunde am Bahnhof in Cosel ankamen, war die Schneedecke noch höher geworden. Wären sie weitergefahren, wären sie im Riesengebirge angekommen, doch dahin wollten sie nicht heute sondern irgendwann später einmal.
Jetzt mussten sie eine halbe Stunde durch verschneite Äcker laufen um an ihr Ziel zu kommen. Länger hätte der Weg auch nicht sein dürfen. Total erfroren waren sie, aber dennoch hatte ihnen die schöne Landschaft und die frische Luft sehr gut getan.

Diesmal kam ihnen nicht der Franz entgegengelaufen, sondern der kleine Max. Der war nun auch schon zwei Jahre alt. Beide kannten sich noch gar nicht. Er war ein ganz putziger Kerl mit einem verschmierten Marmeladen-Mund. Anscheinend freute er sich sehr, dass da mal jemand in dieser Einsamkeit zur Tür herein kam. Nicht seinem Bruder Georg umarmte er die Beine, sondern Else, die ihn auch gleich hoch nahm. Dabei verschmierte er ordentlich die Marmelade an ihrem Mantel. „Macht nichts, kleiner Mann, kann man alles waschen." Sie fand es einfach schön, so begrüßt zu werden. Nun kam endlich auch Franz angerannt, der zuerst seinen Bruder, den er so lange nicht gesehen hatte, umarmte. Erst danach begrüßten sich die Erwachsenen. „Setzt euch schon mal hin, ihr seid ja anständig unterkühlt, es gibt gleich eine heiße Suppe, damit ihr wieder auftaut."

Die Suppe war ein Genuss. Eine Hühnerbrühe mit viel Nudeln und Eiern. Die brachte die Lebensgeister wieder in Schwung. Beim Essen redeten alle durcheinander, es gab ja auch so viel zu erzählen nach dieser langen Zeit. Danach wurden alle Neuigkeiten auf dem Hof gezeigt, vor allen Dingen der Ausbau des Daches, der wirklich toll geworden war. Im Stall und auf den Wiesen gab es nicht viel zu sehen, denn überall lag sehr viel Schnee. Aber im ganzen Haus waren die Wände neu gestrichen worden, das Kinderzimmer in verschiedenen bunten Farben, Stube, Küche und sogar das Klo in warmem Weiß.

Viel zu schnell verging die Zeit und sie mussten wieder nach Gleiwitz, jeder zu seinem Arbeitsplatz. Im Sommer wollten sie wiederkommen, dann konnte man sich auch mal die Umgebung anschauen. Unbedingt wollten sie das Schloss in Oberglogau sehen. Als erstes fragten sie Martha: „Habt ihr inzwischen eine Wohnung gefunden?" „Ja, wir haben sogar zwei die uns gefallen würden. Morgen sagt man uns Bescheid, ob wir eine davon bekommen, drückt mal fest die Daumen." Es gab nichts, was sie lieber taten!

Am nächsten Tag kam Martha sogar zu jedem in den Laden, um die gute Nachricht zu verkünden: „Wir haben eine Wohnung in der neuen Siedlung und dort sogar die drei Zimmer mit der kleinen Loggia bekommen." Bei allen war die Freude riesengroß. Danach ging dann alles recht schnell. Martha und Bernhard hatten innerhalb einer Woche den Umzug aus dem kleinen Zimmer in die neue Wohnung geschafft. Gott sei Dank ließen sie viele Möbel zurück. Georg hatte ja überhaupt keine eigenen, denn bis jetzt lebte er noch in der Stube über dem Geschäft in dem er arbeitete. Seine wenigen eigenen Sachen waren schnell hinüber getragen.

Am Freitag wollte er ein Einweihungsessen machen. Dafür hatte er sich was Feines ausgedacht. Zur Muttel sagte er, dass sie nur für alle zum Abendbrot Pellkartoffeln kochen sollte. Bei ihm im Laden gab es im vierzehntägigen Abstand immer eine Delikatesse und zwar eingelegte Salzheringe. Für jeden am Tisch sollte es einen ganzen Hering geben. Diese herzurichten war eine Menge Arbeit und deshalb gab es sie auch nur auf Vorbestellung. Am Montag gingen dafür die vorbereitenden Arbeiten schon los. So viele, wie bestellt waren, meistens etwa hundert Heringe, mussten ausgenommen werden. Das konnte man nur mit Handschuhen machen, denn ohne diese fraß das Salz die Haut der Hände regelrecht auf.

Wer dachte, ich mach das ohne Handschuhe, weil das schneller geht, hatte dann tagelang blutige Hände. Das war die Arbeit der Lehrlinge, die es leider immer wieder ohne den Schutz für die Hände versuchten. Bei den Fischen mussten Milcher und Rogen ausgenommen und alles bis Donnerstag in täglich frisches Wasser eingelegt werden. *Wässern* nannte man das. Dann wurde aus der Milch, also dem Inneren der Heringe, mit Essig, Zwiebel, Öl, Milch und Sahne eine schmackhafte Soße zubereitet. der Rogen wurde mit Öl und Gewürzen zu falschem Kaviar. Auch die ausgenommenen Salzheringe mussten täglich gewässert werden. Am Freitag war das Ganze dann endlich fertig und da standen die Kunden auch schon vor dem Laden bevor geöffnet wurde, um ihren bestellten Fisch abzuholen. Eine Schuhmacher-Familie hätte sich so etwas Gutes normalerweise nicht leisten können. Georg freute sich auf die Gesichter seiner neuen Familie. Er hatte auch Else nicht verraten was er plante, obwohl sie ihn natürlich mit neugierigen Fragen löcherte. Der Tag wollte und wollte einfach nicht enden. Als er dann am Abend aus dem Laden durfte ging er stolz mit seinem Eimer mit Fischen und Soße zu Else, die schon vor dem Geschäft wartete. Als erstes sagte er: „Es wird nichts verraten." Bei Familie Weda saßen alle gespannt am Tisch, es war ja auch schon Essenszeit!

Als die Kartoffeln fertig gekocht waren, öffnete Georg den Eimer und der Duft der eingelegten Fische verbreitete sich im ganzen Zimmer. Das war ein aha und oh und alle langten zu. Vater Lazarus sagte: „Dazu brauchen wir Bier." Max und Bernhard ließen sich das nicht zweimal sagen und liefen sofort in den Keller um welches zu holen. Beim Schuster Weda war das immer vorrätig. Nichts ließen sie übrig, es hatte so prima geschmeckt. „Das darfst du gerne öfters bringen", war die Meinung aller. Mit der Zeit löste sich dann die Gesellschaft auf. Fast jeder hatte noch irgend etwas vor. Alle waren erwachsene Leute und hatten meistens einen Freund oder eine Freundin in Gleiwitz. Das war sowieso so eine eigenartige Sache. Als die Martha geheiratet hatte wollten es plötzlich die Trude, die Frieda und der Bernhard auch bald tun. Muttel sagte lachend: „Ja, lasst mich nur allein, erst zieht man euch groß und dann haut ihr alle ab." „Nein, so schnell wirst du uns noch nicht los," meinten Else und Hedel, die Jüngsten.

An diesem Abend durfte Georg das erste Mal hier in seinem Zimmer schlafen, aber allein! Mit Else wäre es zwar noch schöner gewesen, aber da war nichts zu machen, die anderen passten auf wie die Schießhunde. Die beiden dachten aber, irgendwann schaffen wir das auch noch. Die erste Hürde hatten sie ja bravourös gemeistert.

Doch dann ging es Schlag auf Schlag: Die ersten, die heirateten und auszogen waren Bernhard und Trude. Bernhard blieb wenigstens im Ort, doch die Trude zog gleich weit weg, nach Cottbus. Bernhard und seine junge Frau Ingrid kamen öfters zu Besuch. Ingrid war bei dem Bäcker beschäftigt, bei dem auch Bernhard in der Backstube arbeitete. Beide waren ein Herz und eine Seele, aber leider nicht lange. Entweder war es Allergie auf Mehl oder eine Lungenkrankheit. Ingrid musste auf einmal viel husten, sie war immer schlapp und die Gesundheit war sehr angegriffen. Bevor der Arzt die Diagnose stellen konnte, musste sie sterben. Nur drei Jahre waren sie verheiratet gewesen. Bernhard war nur noch ein Schatten seiner selbst. Zurück in die Familie kam er aber nicht. Von Trude hörte man nicht viel, sie war ja weit weg. Einen guten, gemütlichen, ruhigen Mann, der bei der Bahn beschäftigt war, hatte sie erwischt. Trude selbst war eine Frau mit viel Temperament, ja, Gegensätze ziehen sich bekanntlich an.

Bei Wedas in der Wohnung wurde es immer leerer. Nun zog der Max auch noch aus. Er heiratete seine Eva und kurz danach machte sich auch noch Frieda, genannt Friedel, auf den Weg nach Berlin. Dort hatte sie eine neue Arbeitsstelle und sie wollte schon lange in die Großstadt, zu Hause war es ihr immer zu eng gewesen.

Im Haus waren jetzt nur noch die Eltern, die zwei jüngsten Töchter Else und Hedel und natürlich Georg. Hedel hatte eine Lehre als Schneiderin angefangen bei einem Betrieb, in dem hauptsächlich Uniformen für Soldaten genäht wurden. Hosen nähen war etwas besonders Schwieriges, was sie aber sehr gut beherrschte. Für sich selber und ihre Freundinnen nähte sie aber meistens Röcke, Kleider und Blusen. Schnitte für Frauenhosen bekam sie selten und die meisten Frauen zogen auch am liebsten Kleider an. Eine Hose trugen sie nur bei der Gartenarbeit oder eventuell in der Fabrik.

Georg fühlte sich in dieser Familie sehr wohl. Er konnte sich gar nicht mehr vorstellen, jemals woanders gewohnt zu haben. Else und er sparten fleißig. Sie wollten zusammen ein eigenes Geschäft aufmachen. Es musste auch gar nicht in Gleiwitz sein. Da sie beide Kaufmann gelernt hatten war die Voraussetzung also gegeben. Nur ein passendes Geschäft musste man finden. Vorher wollten sie sich erst einmal verloben, denn jeder, der sie kannte, fragte immer wieder: „Wollt ihr nicht bald mal heiraten, ihr seid doch jetzt schon mehrere Jahre zusammen?"

Die Ringe im Schaufenster des Juweliers hatten sie sich schon oft angeschaut. Ein ganz schlichter sollte es sein und natürlich aus Gold. Der, den sie sich schon ausgesucht hatten, war verflixt teuer. Immer wieder standen sie vor dem Schaufenster, sie wussten genau, welchen sie haben wollten. Als er dann eines Tages nicht mehr im Schaufenster lag, schauten sie sich recht enttäuscht an. Da endlich betraten sie den Laden und fragten nach diesem Ring. Gott sei Dank war er nicht verkauft worden, sondern der Juwelier hatte nur das Fenster neu dekoriert. Nun machten sie Nägel mit Köpfen und ließen sich die Ringe anmessen. Eine Gravur mit Namen und dem Hochzeitsdatum würde später gemacht werden. Am nächsten Tag konnten sie die Ringe abholen. Niemandem hatten sie davon erzählt, nicht einmal die Eltern wussten etwas. Sie hatten Elses Geschwister zum Kaffee am Sonntag eingeladen. Else hatte am Samstagabend noch einen Marmorkuchen gebacken, der ihr sehr gut gelungen war. Die Muttel wunderte sich nur über diese Geschäftigkeit. So ganz konnte sie sich das nicht erklären, aber freuen tat sie sich schon, dass mal fast alle ihrer Rasselbande kommen würden.

Punkt 15 Uhr saßen sie schon am langen Tisch. Martha war als Letzte gekommen, denn bei ihr ging es nicht mehr so schnell, weil sie in vier Wochen ihr erstes Kind erwartete. Doch gut sah sie aus mit ihren roten Backen und dem dicken Bauch. Sie ahnte allerdings was los war, sie hatte schon immer so einen sechsten Sinn. „Das wird aber auch Zeit, dass was bei euch passiert. Lange genug seid ihr nun ein verlottertes Liebespaar!" Nun konnten Else und Georg nicht mehr hinter dem Berg halten und holten die Ringe raus. Die musste sich jeder nun erst mal anschauen und alle fanden sie schön und elegant.

Nach dem Kaffeetrinken wurde es sehr feierlich, als die beiden sich die Ringe ansteckten und sich danach hingebungsvoll küssten. Die Muttel meinte nur: „Da sind wir ja mit der Hedel bald allein im Haus."
So ging dieser schöne Tag leider viel zu schnell zu Ende.

Das war im März 1930. Den Menschen ging es etwas besser. Die Partei um Hitler versprach viel und das eine oder andere passierte wirklich. Aber so ganz konnte man ihm und seinen Parteigenossen doch nicht trauen. Die Propaganda und die Märsche auf der Straße machten Angst.

Martha schaffte es nicht mehr bis zum normalen Ende der Schwangerschaft. Das kleine Mädchen, die Hildegard, wollte eher raus. Sie war gesund und munter und machte Martha und Bernhard zu glücklichen Eltern. Bei der Geburt gab es keine Probleme. Die Hebamme wohnte nicht weit und war dadurch schnell zur Stelle.

Am nächsten Tag kamen natürlich alle Wedas und Georg zum gratulieren und um die kleine Hildegard anzusehen. Manche waren der Ansicht, dass sie wie der Bernhard aussieht. Nein, sagten die anderen, die schaut doch aus wie die Martha. Lange blieben sie nicht bei Mutter und Kind, denn diese brauchten ja noch Ruhe.

Else und Georg überlegten, ob sie so ein Baby auch wollten. Aber sie waren sich einig, dass es dafür noch zu früh war. Zuerst wollten sie ein Geschäft pachten. Nur, es fand sich nichts Passendes. So einen kleinen Lebensmittelladen, wie es die auf den Dörfern gab, hätten sie schnell bekommen aber sie wollten was Größeres in einer Stadt. Ostern war in diesem Jahr im April und da wollten sie, wie versprochen, zu Georgs Familie fahren. Wann bekam man schon mal zu den Feiertagen Urlaub? Lange hatten sie ihn schon beantragt, doch dass er wirklich bewilligt wurde und auch noch für beide, das musste man ausnützen. Schokoladenhasen für die Buben und mit Eierlikör gefüllte Schokoeier und noch viele andere gute Sachen, die sie aus dem Laden mitbringen konnten, hatten sie dabei. Karfreitag marschierten sie zum Bahnhof und fuhren nach Cosel. Es war ein richtig schöner Frühlingstag in hellem Sonnenschein. Überall leuchtete das frische Grün, Schneeglöckchen, Osterglocken und Tulpen reckten ihre Köpfe der Sonne entgegen. Im Winter, als sie das erste Mal hier gewesen waren, war es schon sehr schön gewesen, doch jetzt, wo alles frisch grünt und blüht, gefiel es beiden noch besser. Als sie bei Mutti Frieda, Karl, den beiden Jungs und Karls Eltern ankamen, gab es wieder ein freudiges Hallo. Im Flur hatte Frieda eine große Milchkanne stehen. Die war geschmückt mit Weidenkätzchen und Forsythienzweigen und daran hingen bunt bemalte Eier. Man sah genau, welche von den Kindern und welche von den Erwachsenen bemalt worden waren. Es sah wirklich schön aus. Georg fragte seine Mutti zuerst: „Hast du genug Soleier gekocht? Ich kann es kaum noch erwarten bis zum Frühstück." Soleier zu Ostern waren Tradition in Oberschlesien. Ohne diese wurde kein Ostern gefeiert. Ab Weihnachten wurden dafür schon Zwiebelschalen gesammelt. Je mehr man hatte, desto besser wurden die Eier. Etwa zehn Tage vor Ostern wurden die Zwiebelschalen in einen großen Topf mit Wasser gegeben und es kamen schichtweise die Eier, etwas Salz, Kümmel und sechs Esslöffel dunkler Essig, am besten Weinessig, auf einen Liter Wasser, dazu. Diese ganze Mischung musste aufkochen und dann 30 Minuten köcheln. Wenn das dann abgekühlt war mussten die Eier in kaltes Wasser gelegt und dabei die Schalen angeknickt werden. Dadurch bildete sich dann auf dem Weißei ein schönes Muster und außerdem würden sich die Eier später gut schälen lassen. Nun werden sie wieder in den Zwiebelsud gelegt und mindestens zehn Tage kühl gestellt, am besten in den Keller. Zum Frühstück am Ostersonntag wurden frische Brotscheiben mit Butter beschmiert und mit rohem oder gekochtem Schinken belegt. Darauf kamen die in Scheiben geschnittenen Soleier und wahlweise etwas Senf.

Es gab nichts Köstlicheres zu Ostern. Auch Else kannte das von zu Hause. Sie freute sich genauso wie Georg darauf. Die beiden Jungs, Franz und Max, bekamen zu Ostern natürlich schön bunt gefärbte Eier. Jetzt waren sie froh, dass der große Bruder und Else wieder mal bei ihnen waren. Mit denen konnten sie so richtig Blödsinn machen wie beispielsweise auf Georgs Rücken reiten, Seil springen, Luftballons aufblasen und vieles mehr. Sie zeigten den beiden auch alle Neuigkeiten die es auf dem Hof gab. Das alte Schwein war geschlachtet worden. Dafür hatten sie ein neues bekommen und dieses hatte gerade sechs kleine Ferkel. Die quietschten um die Wette. Und es gab noch eine Neuigkeit. Da stand, an den Stall angebaut, so etwas wie ein übereinander gestelltes Haus. Beim näheren Hingehen sahen sie, was darin war. Hasen waren es und zwar sechs Stück. Die waren recht putzig anzuschauen. Franz nahm einen heraus und legte ihn Else in den Arm. Weich und kuschelig war das Fell, so richtig was zum lieb haben. Auch gab es noch einen kleinen allerliebsten weißen Hund, der wohl Gefallen an Else gefunden hatte. Diese, die so gar nichts mit Hunden anzufangen wusste, beachtete ihn zuerst gar nicht. Aber gerade deshalb, weil er nicht beachtet wurde, strich er immer wieder um die Beine von Else herum. Katie hieß der kleine Hund. Als Else sich auf den Stuhl setzte, sah Katie ihre Gelegenheit. Schwuppdiwupp war sie auf dem Schoß von Else. Alle lachten. Nun blieb Else nichts anderes übrig als Katie mal richtig anzuschauen. Sehr behutsam streichelte sie dieses kleine weiße Bündel. Katie, die das genoss, schaute Else mit großen Augen an. Von dem Moment schlossen beide eine innige Freundschaft.

Am Ostersonntag waren die beiden Jungs sehr früh wach. Heute würde der Osterhase draußen auf der Wiese und im Wald seine Eier und Schokoladenhasen verstecken. Da musste man früh hinaus zum Suchen. Es hätten ja auch andere Kinder kommen können, die auf der Suche waren und ihnen ihre Eier wegnehmen würden.

Zuerst wurden Else und Georg aus dem Bett geworfen. Draußen war es noch gar nicht ganz hell. Aber die zwei, Franz und Max, wollten die ersten sein. Als Georg und Else endlich mit vor dem Haus im Garten waren, konnte die Jungen keiner mehr halten. Ja, was war denn da hinter dem Busch, da leuchtete doch etwas Buntes? Ein Name stand darauf. Konnte der Osterhase denn schreiben? Franz hielt Georg das bunte Körbchen hin und fragte: „Was steht darauf?" „Mäxchen." „Du musst wohl noch weitersuchen", sagte Else zu Franz, „ich helfe dir dabei." Erst nach einer Weile, als er schon langsam traurig wurde, ging er auf die andere Seite des Hauses und dort entdeckte er sein Körbchen. Da waren nicht nur Schokoladenhasen und Eier drin, sondern auch ein Malbuch und Buntstifte. Das gefiel ihm noch besser als die Süßigkeiten. Gleich wollte er sich ans Malen machen, doch das ging nun wirklich nicht. Die Erwachsenen wollten jetzt ihr Osterfrühstück, wo sich doch alle auf die Soleier freuten. Das zog sich dann lange hin denn dabei musste viel erzählt werden, weil man sich lange nicht gesehen hatte.

So gingen diese Feiertage schnell vorbei. Ein paar Tage hatten Else und Georg jetzt noch Urlaub. Da wollten sie die nähere Gegend anschauen, vor allem die Stadt Oberglogau und das dortige Schoss der Reichsgrafen von dem man so viel hörte. Es wurde in den Jahren1561 bis 1571 errichtet und während der Kampfhandlungen, *schwedische Flut* genannt, fand König Jan Kazimir samt seinem Gefolge im Schloss ein Versteck. Auch hatte Ludwig van Beethoven seine vierte Symphonie zu Ehren von Franz Wenzel Oppersdorff dort komponiert. Dieses Schloß war eine Sehenswürdigkeit, die man sich unbedingt ansehen sollte. Allerdings war es inzwischen kein Schmuckstück mehr, es war dem Verfall preisgegeben. Die Gemeinde hatte kein Geld für Unterhalt und Renovierungen und so war es nun leider nur noch eine Ruine.

Anschauen wollten sie sich dieses Oberglogau aber noch aus einem anderen Grund. Sie hatten gehört, dass es auf dem Marktplatz einen großen Kolonialwarenhändler gab, der sich mit dem Gedanken trug, sein Geschäft zu verpachten. Also fuhren sie nach den Feiertagen von Cosel nach Oberglogau. So etwa 35 Kilometer waren es mit der Bahn. Früher hieß die Stadt auch noch oft *Klein-* oder *Kraut-Glogau*. Dieser Name stammt vom *glög*, hochdeutsch Weißdorn, der zur Zeit der Gründung dieser Stadt häufig in der Gegend vorkam. Dahin wollten sie also und sich alles anschauen, in erster Linie natürlich das Geschäft.

Als sie hinein gingen benahmen sie sich wie normale Kunden. Es war ein genau so großes Lebensmittelgeschäft, wie das, in dem Georg in Gleiwitz arbeitete. Aber alles war sehr alt, eigentlich musste man sagen, verstaubt, und es bestand ein heilloses Durcheinander. Angestellte gab es auch nicht viele. Ein älterer Mann, wohl der Chef, und eine Verkäuferin, die auch ihre besten Jahre schon gesehen hatte, sowie zwei Lehrbuben. Eine Offenbarung war das nun wirklich nicht!

Nachdem sie ein paar Kleinigkeiten gekauft hatten gingen sie aus dem Laden, ohne sich zu erkennen zu geben. Draußen waren sie erst mal der Meinung, dass dies wohl nicht geeignet ist. Sie wanderten so durch die Stadt, die ihre Stadtrechte angeblich 1275 bekommen hatte. Die entsprechende Urkunde ist aber nach Angaben des *Schlesischen Urkundenbuches* eine Fälschung. Aber andere Urkunden der Stadt zeigen deutlich, dass es sich im Mittelalter um eine nach deutschem Recht und von deutschen Bürgern gegründete Siedlung gehandelt hat.
Die Stadt gefiel den beiden sehr gut, hier würden sie sich gerne niederlassen. Irgendwie war das für sie die Mitte Schlesiens. Auf der einen Seite die Industriestadt Gleiwitz und auf der anderen Seite das Riesengebirge. „Ja", rief Else auf einmal, „das wird unser Schlesisches Himmelreich." Zuerst wollten sie sich mal das Schloss näher anschauen. Hoch über der Stadt thronte und es war auch als Ruine noch eine Sehenswürdigkeit, hier würde es sicher viele Touristen geben.

Auf dem Marktplatz stand die Stadtpfarrkirche St. Bartholomae, bis1810 war sie ein Stift und die Menschen nannten sie das Kollegiatsstift. Die Kirche war wunderschön ausgemalt vom bekannten oberschlesischen Künstler Sebastini. Die Stadt gefiel den beiden jetzt immer besser. Georg meinte nach dem Stadtrundgang: „Man müsste den Laden so richtig neu einrichten. Weißt du was, wir fragen den Herrn Krater", so hieß der Inhaber des Geschäfts, „wie viel Pacht er im Monat haben will." So gingen sie noch einmal in den Laden und stellten sich vor. Aber Herr Krater schien gar nicht so begeistert über dieses Gespräch zu sein. Wollte er wohl gar nicht verpachten? Dann sagte er aber: „Verpachten will ich schon, nur jetzt muss ich ja für meine Kunden da sein. Kommt nach Ladenschluss um 20 Uhr vorbei, dann können wir über alles reden." Else und Georg sagten zu und verließen den Laden. Draußen wurde ihnen dann bewusst, dass später kein Zug mehr nach Cosel fahren würde. Den Termin abzusagen, das kam für sie nun aber nicht mehr in Frage. Doch jetzt brauchten sie zunächst mal was zu Essen und Trinken. Bei dem schönen Rathaus mit dem großen Glockenturm, war da nicht ein Gasthaus? Weit weg war es nicht vom Kolonialwarengeschäft, welches übrigens bis jetzt das einzige seiner Art in der Mitte der Stadt war. Neben dem Laden gab es noch einen Juwelier und auf der anderen Seite ein Bekleidungsgeschäft. Die Lage war eigentlich ein echter Glücksfall. So allmählich reifte der Wunsch, diesen Laden zu besitzen.

Als sie im Gasthaus ankamen, bestellten sie sich erst mal Speisen und Getränke. Was sie aßen war ihnen aber gar nicht so wichtig, denn jeder hatte viele Ideen, was man mit dem Geschäft so machen könnte. Sie fragten den Wirt wie viele Einwohner Oberglogau hat. Der war sehr nett und redselig und sagte: „Das werden wohl so etwa 7.500 Menschen sein. Die meisten sprechen Deutsch, wenige nur Polnisch, aber die meisten können beide Sprachen." Dann mieteten sie in diesem Gasthaus ein Zimmer, was es dort auch gab. Es war nichts Besonderes, sehr einfach, aber sauber. Als es auf 20 Uhr zuging machten sie sich auf den Weg zum Geschäft. Richtig aufgeregt waren beide.

Herr Krater stand vor dem Laden und wartete schon auf sie. „Wir gehen in die Wohnung rüber, da können wir ungestört reden, sie gehört dann auch zur Pacht dazu." Sie gingen im gleichen Haus durch einen anderen Eingang eine Treppe nach oben. „Meine Frau hat uns etwas zu Essen gerichtet und dabei können wir uns unterhalten." Eine ältere Frau kam ihnen entgegen und begrüßte sie. „Setzt euch, ich hole die Suppe", sagte sie. Georg und Else wollten nicht unhöflich sein und sagten deshalb nicht, dass sie schon im Wirtshaus gegessen hatten. Sie aßen eine Kleinigkeit und warteten bis von den Geschäftsleuten ein Gespräch begonnen wurde. Als die Suppe gegessen war, fing Herr Krater auch gleich an: „So, ihr wollt den Laden pachten. Die Wohnung gehört, wie ich euch vorhin schon gesagt habe, dann auch dazu. Wir wollen zum Sohn nach Kazimierz ziehen, wenn er das Haus dort fertig gebaut hat. Kazimierz ist einer von den vielen kleinen Orten hier in der Umgebung. Wann das aber soweit sein wird wissen wir noch nicht genau." „Wie hoch wäre denn die Pacht?" fragten die beiden. „Das kann ich euch jetzt noch nicht genau sagen", antwortete Herr Krater, „denn es werden sicherlich noch zwei oder drei Jahre vergehen bis das Haus vom Sohn fertig ist. Aber ihr seid doch beide gelernte Einzelhändler. Ihr könntet jetzt schon bei uns als Verkäufer anfangen, natürlich gegen Bezahlung. Dann würdet ihr auch in das Ganze hineinwachsen. Zwei Zimmer wären hier im Haus für euch auch frei, Ihr seid doch verheiratet?" Die zwei sahen sich an: „Nein, nur verlobt." „Da müsst ihr aber schnellstens heiraten, sonst wird das nichts mit der Pacht, denn wenn ihr nicht verheiratet seid, bekommt ihr keine Wohnung und könnt auch nichts pachten. Wo seid ihr denn beschäftigt, kenne ich euren Arbeitgeber?" Sie erzählten, wo sie in Gleiwitz arbeiteten. „Na, den kenne ich. Da habt ihr jedenfalls eine gute Lehre gehabt. Wisst ihr was, überlegt euch jetzt mal alles. Ich schreibe mir eure Adresse auf, ihr seid die ersten, die gefragt haben und ich schreibe euch dann, wenn es so weit ist." Sie verabschiedeten sich und gingen zum Gasthaus, in ihr Zimmer. Der Kopf war voll mit den vielen Neuigkeiten. Die Wohnung hatte ihnen dort auch sehr gut gefallen. Sie hatte hohe Räume, mit Stuck an der Decke, so wie es um 1930 in den vornehmen Villen üblich war. Ja, das wäre schon was. Doch ob sie das mit den Einnahmen vom Laden erwirtschaften konnten? Die tollen Möbel, die darin standen, konnten sie sich sicher nicht leisten. Aber sie hatten beide fleißig gespart und haben möchten sie das Geschäft schon sehr gerne. Doch als erstes mussten sie jetzt mal heiraten. Das würde viel Geld kosten und die Ersparnisse schmälern. Elisabeths Familie war groß und Georg wollte auch seine Familie bei der Feier dabeihaben. Vielleicht sollte Georg wirklich seine Arbeit in das Geschäft nach Oberglogau verlegen, um die Umsätze und allgemeine Sachlage zu prüfen.

An Schlaf war in dieser Nacht nicht zu denken. Wie gerädert fuhren sie am anderen Tag wieder zurück nach Cosel. Sie erzählten, was sie erlebt hatten und da waren alle gleich dafür, dass sie das Geschäft pachten sollten. Franz, der auch gerade mal zu Hause war, hatte einen tollen Vorschlag: „Wir könnten euch eine größere Geldsumme leihen." Das war nun ein neuer Gesichtspunkt, den man überlegen musste. Der Kopf brummte von den vielen Eindrücken, die auf Else und Georg zukamen. Am nächsten Tag mussten sie wieder zur Arbeit nach Gleiwitz fahren. Gesprächsstoff hatten sie wirklich genug, doch zu einem Ergebnis kamen sie noch nicht. Auch beim Abendessen mit der Familie Weda gab es kein anderes Thema. Endlich sagte die Muttel: „Ihr habt doch noch gar keine Ahnung, wann der Herr Krater euch den Laden übergeben will. Er hat doch von zwei bis drei Jahren gesprochen, erst dann müsst ihr Euch entscheiden." Das war auch wieder wahr. Tante Martha, die mit in der Runde saß, meinte: „Aber heiraten könntet ihr jetzt wirklich schon mal, euer liederliches Verhältnis sollte nun endlich beendet werden." Ja, lange genug war es jetzt, dass sie sich kannten und liebten, sieben Jahre. Nun konnten sie es wirklich nicht mehr hinausschieben. Jetzt wollten sie das Aufgebot für nächstes Frühjahr bestellen. Sie hatten nicht damit gerechnet, dass auch andere Paare diesen Gedanken hatten. Viele Menschen hatten schon wieder Angst vor einem Krieg. Hitlers Propaganda war gewaltig. Die meisten Menschen glaubten ihm und versprachen sich dadurch Arbeit und Wohlstand. Viele junge Leute wollten vor einem eventuellen Kriegsbeginn noch heiraten.

Kapitel 4

Endlich geht das Lotterleben zu Ende

Mit der Heirat von Else und Georg dauerte es noch bis Februar 1933. Da wurde mit allen Verwandten in der Wohnung bei Wedas gefeiert. Es herrschte eine gewisse Enge, denn es gab dabei schon einige kleine Kinder, nämlich die Hildegard, Tochter von Martha und Bernhard, die Ilse von der Trudel und auch von Max mit Eva gab es schon einen Sohn.

Die Muttel hatte aber alles im Griff. Jeder packte mit an und dadurch wurde es ein sehr schönes Fest. Else hatte sich mit Hedels Hilfe ein schönes, langes, enges weißes Kleid geschneidert. Dazu einen sehr langen Schleier. Sie sah aus wie eine Prinzessin. Jeder, der sie ansah, ließ ein *oh* hören. Georg hatte sich einen neuen eleganten Anzug geleistet. Dazu trug er einen Zylinder. Ein wirklich hübsches Paar waren sie. Viel zu schnell ging das alles vorüber.

Bis der gesamte Besuch wieder abreiste vergingen drei Tage. Danach genoss man dann wieder die Ruhe im Haus. Dem Kolonialwarenhändler Krater in Oberglogau hatten sie auch mitgeteilt, dass sie geheiratet hatten, in der Hoffnung, von ihm wegen der Geschäftsübernahme bald etwas zu erfahren.

Acht Tage später kam auch prompt ein Brief. Zuerst gratulierten die Eheleute Krater dem jungen Paar. Der zweite Teil des Briefes war aber viel wichtiger:

Im Sommer könnt ihr das Geschäft, die Wohnung und
die Möbel übernehmen.

Der Schrei, den sie beide von sich gaben, war weithin zu hören. Muttel und Vater kamen gleich gerannt. „Was ist los?" Als sie es erzählt hatten freuten sich die Eltern mit ihnen. Neu und besonders erfreulich war an der Mitteilung, dass sie auch die schönen Möbel übernehmen könnten. Nun war das Glück perfekt, beide schwebten auf Wolken. Georg schrieb gleich einen Brief an die Familie Krater mit der Bitte, noch mal vorbei kommen zu dürfen, um alles noch genauer zu klären. Die Antwort kam wieder postwendend.

Am besten würde ein Sonntag passen, da hätten sie am meisten Zeit. So meldeten sie sich gleich für den nächsten Sonntag an. Aber vorher ging es erst mal ins Riesengebirge. Das hatten sie sich immer schon vorgenommen, genauso, wie es damals Christa und Konrad nach ihrer Hochzeit gemacht hatten. Christa war schon länger nicht mehr mit Georg im gleichen Geschäft. Sie war nach der Geburt ihrer Tochter mit auf dem Bauernhof bei Konrad geblieben. Der hatte ein großes Haus gebaut auf dem Grundstück, das er vom Vater zur Hochzeit bekommen hatte. Die zwei wollten ja auch einen Stall voll Kinder.

Else und Georg besuchten sie öfters. Von Gleiwitz war es ja nur ein Katzensprung. Auch zur Hochzeit war ein großer Geschenkkorb von Christa und Konrad mit herrlichen Köstlichkeiten angekommen. Selber konnten sie leider nicht kommen da Christa das zweite Baby erwartete und kurz vor der Entbindung stand. Aber jetzt fuhren Georg und Else erst mal in die Flitterwochen, mit dem Zug ins Riesengebirge. Im Februar gab es da noch viel Pulverschnee und etwas Besonderes wollten sie sich gönnen. Da gab es einen großen Schlitten, der von Pferden durch die winterlichen Felder gezogen wurde. Dick eingepackt saßen sie darin und genossen die Fahrt durch die schöne Landschaft. Doch nach zwei Stunden waren sie total durchgefroren. Nun musste erst mal ein heißes Getränk her. Als ein Grog so schön langsam durch die Kehle rann, erwachten ihre Lebensgeister wieder. Am nächsten Tag war ein langer Spaziergang durch den Schnee geplant. Schön waren die Tage, die viel zu schnell vergingen.

Am Sonntag kamen sie dann mit dem Zug in Oberglogau an und gingen gleich zu Familie Krater. Aufgeregt waren sie beide, aber was sollte eigentlich noch schief gehen? In der Mittagszeit kamen sie bei Kraters an. Eigentlich war es unmöglich, um diese Zeit jemanden zu besuchen denn das sah ja so aus, als wollte man zum Mittagessen eingeladen werden. Der Zug fuhr aber nur so, dass sie um diese Zeit da ankamen. Als sie klingelten, kam auch sofort Herr Krater an die Tür. „Gut so, ihr kommt passend zum Essen." Georg wickelte schnell die Blumen aus dem Papier und überreichte Frau Krater den Strauß. Sie war darüber sehr erfreut. Else hatte sich durchgesetzt und an das Mitbringsel gedacht. Die Kraters waren sehr freundlich und nahmen ihnen so ganz die Hemmungen. Man unterhielt sich über die Hochzeit, die Reise und die paar Tage im Riesengebirge. Dann kam natürlich auch das Pachten des Geschäfts und das Mieten der Wohnung aufs Tablett. Als der Preis fürs Geschäft gesagt wurde, machten Else und

Georg ein besorgtes Gesicht, was die Kraters sofort sahen. Da sagte Herr Krater: „Für die Wohnung und die Möbel, die ja schon älter sind, wollen wir nur einen kleinen Betrag." Da wurden die Gesichter von Else und Georg wieder freundlich. Das ganze Gespräch und die Situation waren jetzt einfach harmonisch. Wann die Übernahme des Geschäftes sein sollte hing aber von der Fertigstellung des Hauses von Kraters Sohn ab. Georg fragte dann: „Wenn ich jetzt in Gleiwitz kündige, kann ich dann bei ihnen angestellt werden?" „Das wäre das allerbeste", meinte Herr Krater. „Da könntest du hier schon ein bisschen umbauen und es dir so einrichten wie ihr das haben wollt." Er war einfach zum *Du* übergegangen. „Entschuldigung", sagte er, „aber du könntest ja mein Sohn sein." Georg freute sich über das *Du*. „Das ist sehr schön", meinte er, „darf ich auch du sagen?" So kam es, dass sich alle duzten. Frau Krater stellte sich als Silvia vor, ihr Mann als Peter. Jetzt war nur noch der Vertrag zu unterschreiben, den Peter jetzt dem Georg gab. „Nehmt ihn mit und schaut ihn euch in Ruhe noch mal durch, unterschreibt ihn und schickt ihn dann mit der Post zurück." „Übrigens", meldete sich Silvia, „schlafen kannst du in einem der früheren Kinderzimmer. Kannst dir eines aussuchen, es sind ja zwei da." Na, da war die Frage, wo Georg hier wohnen würde, auch geregelt. Beide konnten ihr Glück gar nicht fassen. Sie sagten „Danke, danke." Jetzt mussten sie sich aber sputen, denn bald würde der letzte Zug nach Gleiwitz fahren. Morgen, am Montag, mussten beide wieder zur Arbeit in ihrem Geschäft sein. Ja, die schönen Zeiten gingen immer zu schnell vorbei. Sie würden bald ein eigenes Geschäft haben und so eine schöne Wohnung. Da würden Elses Geschwister Augen machen.

Es war schon dunkel als sie in Gleiwitz ankamen. Im Haus Weda warteten alle auf sie. Bis spät in die Nacht mussten sie erzählen, was sie auch sehr gerne taten, denn so erlebten sie selber nochmals alles Schöne, vom Riesengebirge, Oberglogau und den Kraters. Am nächsten Morgen ging Georg gleich zum Chef und zu Olga, um zu kündigen. Die wussten schon lange, was Else und Georg vorhatten. „Da habt ihr ja ein richtiges Schnäppchen gemacht." Sie legten Georg nichts in den Weg. Jederzeit könne er zum Kollegen nach Oberglogau gehen. Nun waren sie verheiratet und mussten sich trennen. Else musste ihre Kündigungszeit einhalten, das waren immerhin vier Wochen. Aber die Zeit würde schon vergehen. Die Hedel hatte sich angeboten, neue Übergardinen zu nähen. Der Else gefielen die alten von den Kraters nicht. Sie hatte so elegante in einem Laden gesehen die sie gleich am Montag kaufte.

Hedel, die dann ganz allein noch bei den Eltern wohnen würde, wäre am liebsten mit nach Oberglogau gezogen. Zum Einrichten der Wohnung und des Ladens würde sie jedenfalls erst mal mitgehen. Wenn man nur wüsste wie das mit der Weltpolitik weitergeht..? Überall sprach man vom Krieg. Dabei waren doch seit dem Ende des ersten Weltkriegs erst ein paar Jahre vergangen. Die Bevölkerung war geteilter Meinung über diesen Hitler und seine Partei. Frieden wollte man haben und nicht schon wieder Krieg. Georg blieb noch zwei Tage bei Else. Dann machte er sich auf den Weg nach Oberglogau. Es war die erste Trennung des Paares. Die vier Wochen kamen beiden wie eine Ewigkeit vor, aber es musste sein. Georg, den sie nur noch *Schorschel* nannte, nahm viel Gepäck mit, er wusste ja nicht, wann er wieder mal nach Gleiwitz kommen würde. Auch Georgs Eltern, Karl und Frieda in Cosel, wussten genau Bescheid und freuten sich, dass alles so problemlos über die Bühne ging. So bald wie möglich wollten sie mal hinfahren und sich alles ansehen.

Für Georg begann am nächsten Tag wieder mal ein neues Leben. Peter Krater zeigte ihm alles, das Lager, den Keller mit einem separaten Weinkeller und es war alles sauber und ordentlich, aber eben auch verbaut und alt. Da gab es unheimlich viel zu tun. Peter fragte: „Wo willst du anfangen?" Georg hatte geglaubt, dass er gleich im Laden bei der Kundschaft mit anpacken müsste, weil er ja für seine Arbeit auch Lohn bekommen würde. Aber es passte ihm schon, dass er gleich für sich selbst arbeiten durfte. Er überlegte kurz, dann sagte er: „Im Laden möchte ich anfangen, zuerst die Regale streichen und auch so verschiedenes umstellen, wenn ich darf." „Natürlich darfst du", meinte Peter, „jetzt gehört doch alles dir." Georg stürzte sich in die Arbeit. Das Streichen der Regale in hellen Farben, das hatte er sich schon im Zug vorgenommen. Bis die Farbe trocken war stand so manches einfach in Kisten herum. Das sah nicht so gut aus, aber Peter sagte der Kundschaft, dass renoviert wird. Dabei stellte er Georg gleich als neuen Inhaber vor.

Es war ein schönes gemeinsames Arbeiten. Aber am Abend war Georg richtig fertig. Er wollte nur noch ins Bett. Da hatte er aber die Rechnung ohne Peters Frau Silvia gemacht, die darauf bestand, dass erst zu Abend gegessen wird. Damit hatte er gar nicht gerechnet. Aber nach dem Essen verabschiedete er sich rasch und fiel todmüde in sein Bett. Morgen ist ein neuer Tag, dachte er noch und war schon eingeschlafen.

So ging das bis Sonntag. Als er auch am Sonntag arbeiten wollte, ließen es Silvia und Peter nicht zu. Sie verweigerten ihm einfach den Schlüssel. Da blieb ihm nichts anderes übrig, er musste Pause machen. Am Nachmittag kam Kratzers Sohn mit Frau und zwei süßen kleinen Mädchen zum Kaffee trinken. Da wurde es ziemlich laut und lustig. Als der Besuch nach dem Abendessen wieder fort war tranken die drei noch ein Glas Wein miteinander. So harmonisch hatte er sich das alles gar nicht vorgestellt, aber es gefiel ihm sehr gut. Schließlich sagte er: „Jetzt muss ich meiner Else aber noch schreiben. Die wartet sicher schon sehnsüchtig auf einen Bericht."

Der Brief wurde lang und länger. Er hatte ja so viel mitzuteilen. Else war auch wirklich schon ein bisschen in Sorge gewesen. Eine ganze Woche war kein Lebenszeichen von ihrem Schorschel gekommen. Dabei hätte sie so gerne alles gewusst. Am Mittwoch kam dann aber endlich der Brief von Georg. Sie setzte sich gleich hin um zu antworten. Für den kommenden Montag hatte sie in der Arbeit frei bekommen, da würde sie am Sonntag früh nach Oberglogau fahren und bis Montagabend bei ihm bleiben. Bei beiden war die Freude groß. Die Woche im Laden verging mit dieser Vorfreude schneller als sonst. Am Sonntag gegen Mittag holte Georg seine Else vom Bahnhof ab. Da gab es dann viel zu erzählen. Es war so ein schönes Wetter, die Sonne meinte es gut mit ihnen. Sie liefen durch Oberglogau, ihre neue Heimatstadt, bis zum Lehmbergkirchel, welches ein bisschen außerhalb der Stadt lag und ihnen gefiel alles, was sie ringsum sahen.

Am Montag früh setzte sich die Arbeit für Georg im Geschäft fort und Else packte tatkräftig mit an. Am späten Nachmittag musste sie dann aber wieder zurück nach Gleiwitz fahren. Jetzt waren es noch zwei Wochen bis sie das alles übernehmen konnten. Friedas Mann Karl hatte angeboten, die Sachen von Else und Georg aus Gleiwitz mit einem Lastwagen der Wehrmacht nach Oberglogau zu fahren, er war ja in der Kaserne als Kraftfahrer. Es gab doch eine ganze Menge Möbel, die vielen Geschenke, die sie zur Hochzeit bekommen hatten, Töpfe, Geschirr, der ganze Hausrat, alles war dabei. Alle Geschwister wollten bei diesem Umzug helfen. Hedel würde sogar eine ganze Weile bleiben, weil sie gerade arbeitslos war und Zeit hatte. Die gesamte Familie Weda war sehr neugierig auf den Laden und die Wohnung.

Kraters hatten schon alle Sachen, die sie mitnehmen wollten, ins neue Haus zum Sohn nach Kazimierz gebracht. Das Geschäft blieb für acht

Tage geschlossen. Es gab einfach noch zu viel zu tun. Danach sollte eine große Eröffnungsfeier stattfinden Mit den Inhabern der Geschäfte in der Nachbarschaft war man schon gut bekannt. Auf der einen Seite gab es einen Juwelier und auf der anderen ein Bekleidungsgeschäft. Der Juwelierladen gehörte einem netten jüdischen Ehepaar mit drei Kindern. Die Familie hatte ihre Wohnung über dem Laden. Das Mädchen war 12, die zwei Buben 5 und 7 Jahre alt. Das Inhaber-Ehepaar vom Bekleidungsgeschäft wohnte im Kater-Haus in der Wohnung unter ihnen. Sie hatten das Geschäft auch erst vor einem Jahr übernommen. Kinder gab es da noch nicht, sie waren im gleichen Alter wie Else und Georg. Das würde bestimmt eine angenehme Nachbarschaft werden. Am Dienstag, gegen Mittag, kam Karl mit dem Hausstand der beiden in Oberglogau an. Im Führerhaus saßen außer ihm noch die Muttel und Hedel. Hinten zwischen Kartons und Möbeln krochen Bernhard, Martha und die kleine Hildegard heraus. Alle wollten helfen und besichtigten erst mal alles. Dann ging es aber fix zur Sache. So schnell wie die Möbel und alle anderen Sachen nach oben in den zweiten Stock getragen wurden hatten sie das gar nicht erwartet. Doch nun mussten sie eine Pause machen. Muttel Weda hatte schon für alles gesorgt. Was sie dafür brauchte, war ja unten im Laden vorrätig. Georg sagte: „Du musst nur alles aufschreiben und gibst mir dann den Zettel." Ja, so konnte man ein tolles Essen machen, ohne zu überlegen, wo man die Zutaten bekommen konnte. Beim Abendbrot wurde noch viel geredet, doch die Müdigkeit war bei allen sehr groß und so gingen sie bald schlafen. Wer kein Bett fand schlief einfach auf Matratzen oder Decken auf dem Fußboden. In die vorhandenen Betten legten sie sich jeweils zu zweit oder dritt. Es würde schon für die eine Nacht gehen.

Muttel bekam natürlich ein schönes Bett für sich allein. Sie war auch am anderen Morgen als erste wach und ausgeschlafen. Wie zu Hause richtete sie das Frühstück für ihre *Bagage* her. Der Kaffeeduft zog durch die ganze Wohnung. So wurden alle sehr schnell wach. Danach ging es sofort ins Geschäft, denn es gab noch eine Menge zu richten. Aber mit so vielen Helfern war auch das bald geschafft. Danach begaben sich alle rasch wieder nach oben in die Wohnung denn da gab es auch noch eine Menge Arbeit, die zügig erledigt wurde. Else konnte gar nicht so schnell ihre Anweisungen geben wohin der Schrank gestellt und wohin der Inhalt der Kartons eingeräumt werden sollte. Am Abend hatten alle zusammen viel geschafft und ließen sich in einer fertig eingerichteten Wohnung zufrieden nieder.

Am Samstag sollte die Eröffnung sein und es blieb ihnen nur noch ein Tag. Überall gab es noch Kleinigkeiten zu erledigen. Am nächsten Morgen war die ganze Mannschaft wieder sehr früh am Frühstückstisch. Alle waren irgendwie nervös. Am meisten Else und Georg. Um 8 Uhr wurde das Geschäft geöffnet. Eine Menge Leute standen schon vor der Tür. Manche hatten sogar Blumensträuße dabei. Das war richtig schön. Else und Georg freuten sich sehr und kämpften mit den Tränen. So etwas hatten sie nicht erwartet. Nicht alle Menschen fanden gleichzeitig im Laden Platz. Als die erste Gruppe eingekauft und den Laden wieder verlassen hatte, ließ man die nächste Gruppe herein. So ging das bis zum Abend und da war dann der Laden total leer gekauft. So mussten sie jetzt sogar am Sonntag arbeiten und neue Ware aus dem Lager holen und gleich am Montag früh musste Georg beim Großhändler nachbestellen. Die Einrichtung des Geschäfts, die hellen Regale und die neue Einteilung hatten der Kundschaft gut gefallen. Angestellte hatten sie aber zu wenig, denn ohne die Hilfe der Familie Weda hätte man den Ansturm aufs Geschäft nicht geschafft. Es gab zwei Lehrlinge und eine Verkäuferin. Das war einfach nicht ausreichend. Deshalb klebte Georg einen großen Zettel an die Eingangstür:

Verkäuferin, Verkäufer und Lehrling gesucht!!!

Es würde nicht schwer sein, Personal zu finden, denn Arbeitsplätze wurden gerade jetzt gesucht. Die nächsten Tage waren erst einmal gesichert, die Wedas würden noch eine ganze Woche bleiben und helfen. Hedel wollte sogar am liebsten für immer bleiben. Der Umgang mit Kundschaft machte ihr unheimlich viel Spaß. Aber sie wollten Personal einstellen und warteten auf Bewerber. Schon am Donnerstag kam dann eine Mutter mit ihrer Tochter Andrea, für die sie eine Lehrstelle suchte. Das Mädel machte einen guten Eindruck. Nur konnte sie erst im September anfangen, wenn ihre Schulzeit zu Ende ist. Andrea bot an: „An Nachmittagen, wenn ich keine Schule habe, könnte ich auch schon helfen". Das Mädel stellte sich geschickt an und war voller Begeisterung für das Geschäft. Georg machte mit ihr gleich einen Lehrvertrag. Gott sei Dank wohnte sie in Oberglogau, so dass sie kein Zimmer brauchte. Eines hätten sie ja wohl noch frei, das Kinderzimmer. Das andere war belegt mit Hedel, die partout bleiben wollte, was beide auch sehr gut fanden. Die Woche, in der noch die Wedas als Helfer da waren, ging sehr schnell vorbei. Am Sonntag mussten sie wieder Abschied nehmen. Mit großen Paketen als Dank für die Hilfe fuhren sie mit dem Zug nach Gleiwitz zurück. Am Montag mussten alle wieder auf ihre Arbeitsstellen. Karl war schon letzte Woche nach Kattowitz in die Kaserne zurückgefahren um den Lastwagen zurück zu bringen. Else, Georg und Hedel waren vollauf mit den Kunden beschäftigt und fielen oft todmüde abends ins Bett. Um ein richtiges Gericht zu kochen hatten sie gar keine Zeit. Man aß eben zwischendurch mal eine Stulle, das musste reichen. Nachdem sie zwei Wochen auf diese Art gelebt hatten, kamen sie zu dem Schluss, dass sie eine Mamsell für die Küche engagieren müssten. Also wurde wieder ein Zettel an die Eingangstür geklebt:

Haushaltshilfe gesucht.

Kaum war der Zettel an der Tür, kam auch schon die erste Bewerberin. Die konnte jedoch nur am Vormittag arbeiten wenn ihre Kinder in der Schule sind. Sie brauchten aber eine Hilfe für den ganzen Tag, jemanden, der im Laden aushelfen könnte, wenn im Haushalt nichts zu tun wäre. Im Laufe des Tages meldete sich dann auch ein junges Fräulein das ganz ihren Wünschen entsprach. Sie brauchte aber auch eine Unterkunft und damit war jetzt das letzte freie Zimmer belegt. Das war doch eigentlich sehr gut, denn die Paula, so hieß sie, konnte morgens schon das Frühstück richten und abends die Küche aufräumen. Da blieb für die Glinkas und Hedel mehr Zeit im Laden. Und besonders schön war, dass Paula schon nächste Woche anfangen konnte. So wurde nun mit ihr ein Vertrag gemacht, langsam wurde es immer besser. Der Laden war eine Goldgrube, brachte viel, viel Arbeit aber auch Gewinn. Georg musste immer wieder beim Großhändler nachbestellen. Es hatte sich herumgesprochen, dass es bei Glinkas stets frische Ware und ein umfangreiches Angebot gab und das immer zu günstigen Preisen. Aus vielen kleinen Orten in der Umgebung von Oberglogau kamen die Leute zum Einkaufen zu Glinkas. Manchmal war es allerdings schwierig, beim Großhändler alle Waren zu bekommen, es gab einfach nicht immer alles.

Die Menschen fingen auch wieder mit Hamsterkäufen an, es roch nach Krieg. Richtig zufrieden mit der Politik war niemand. Der eine Teil der Menschen glaubte alles was erzählt wurde und der andere Teil hatte Angst vor diesem Hitler. Was da mit den Juden passierte war für die meisten unvorstellbar, und das war erst der Anfang.

Bei den Glinkas im Geschäft war immer was los. Jeder Tag brachte neue Kunden. Sie konnten sich vor Arbeit kaum retten. Im September fingen im Laden zwei neue Lehrlinge und ein Verkäufer an. Im Haushalt hatten sie Paula, die war eine absolute Perle. Daher konnte sich Else ganz und gar im Geschäft engagieren, alles lief prima. Aber dann merkte sie, dass etwas nicht stimmte. Nur Hedel erzählte sie von ihrer Vermutung. Sie war sich ja nicht sicher. „Willst du warten oder gehst du zum Doktor?" fragte Hedel. Warten war aber gar nicht Elses Stärke. Also gingen sie zusammen noch am gleichen Tag zum Arzt, der nach einer kurzen Untersuchung ihren Verdacht bestätigte. Else war schwanger, was sie eigentlich so schnell gar nicht gewollt hatte. Mit einem Baby würde sie doch nicht mehr im Geschäft mitarbeiten können. Ob ihr Schorschel sich jetzt schon darüber freuen würde? Georg fragte dann auch gleich, was denn los sei, als die beiden vom Arzt kamen. Sie wollte es ihm eigentlich erst am Abend sagen, aber nun ging das nicht mehr. „Wir bekommen ein Kind." Er schaute sie an, hob sie hoch und wirbelte sie einmal herum, dann setzte er sie vorsichtig wieder auf die Erde. „Schööööön, wann ist es denn so weit, man sieht ja gar nichts?" Else musste laut lachen. „Ich bin doch erst am Anfang, im Mai wird das Kind wohl kommen."

Am Abend schmiedeten sie schon Pläne und dabei fiel ihnen auf, dass Hedel fast keinen Abend mehr zu Hause war. Wo war sie eigentlich? Gleich morgen früh würden sie sie fragen. Schon beim Frühstück wollten sie wissen, wo sie immer abends sei. Sie druckste ein bisschen herum. „Ich treffe mich mit einer Gruppe Jugendlicher aus Oberglogau und einer Gastgruppe aus der Grafschaft Rietberg, die hier zu Besuch sind. Rietberg ist eine Stadt in Ost-Westfalen, die Partnerstadt von Oberglogau. Es gibt noch eine weitere Partnerstadt in Tschechien, Vrbno pod Pradedem, auf deutsch heißt diese Stadt Würbenthal, eine Gruppe aus dieser Stadt kommt am Sonnabend auch noch dazu. Es finden Wettspiele statt, die Städte spielen gegen einander. Wir laufen, springen, werfen, ja, die gesamte Leichtathletik. Da mache ich auch mit und wir trainieren fleißig. Ihr kommt doch sicher auch zum Zuschauen und zum Anfeuern?" „Natürlich kommen wir." Am Sonnabend war Hedel schon sehr früh aus dem Haus, aber sie wussten ja, wo sie war.

Um 14 Uhr begann die Veranstaltung. Da mussten die Angestellten das Geschäft mal alleine betreiben. Else und Georg gingen zum Wettkampf der Partnerstädte. Unterhalb des Schlosses fanden die Spiele statt. Eine Menge jugendlicher Sportler und viele Zuschauer waren da. Es war ein heilloses Durcheinander. Überall waren kleine Fähnchen in die

Erde gesteckt worden. Dann ging es auch schon los. Ein Pfiff und die Mädchen und Jungen liefen so schnell sie konnten dreimal um das Schloss. Der erste Sieger war ein großer Junge, danach kamen aber schon zwei Mädchen im Ziel an. Die Zeiten und Heimatstädte der Teilnehmer und wurden genau aufgeschrieben. Genauso ging es beim Springen und Werfen weiter. Zum Schluss wurde dann noch ein Fußballspiel ausgetragen. Sieger mit den meisten Punkten war die Grafschaft Rietberg geworden. Nun begann eine große Feier. Wie es aussah, hatte eigentlich jeder gewonnen.

Else und Georg hielten Ausschau nach Hedel. Die war aber nirgends zu finden, doch zwischen den vielen Leuten konnte man sie schon übersehen. Am Abend kam sie dann sehr spät nach Hause. Die Glinkas waren schon im Bett. Else hörte sie zwar, aber extra aufstehen wollte sie auch nicht mehr. Am nächsten Tag kam dann die Überraschung. Hedel sagte: „Ich fahre mit den Rietbergern nach Westfalen. Da gibt es Arbeit für mich." Sie erzählte nur nicht, dass sie wegen einem Jungen namens Alfons dahin mitfahren wollte. Else und Georg schauten sie ungläubig an. Sie war ja erwachsen, aber warum denn gleich so weit weg? Ob das gut gehen würde? Was würden die Eltern dazu sagen? Aber alles Reden half nichts. Hedel konnte nicht länger schweigen. „Ich habe mich verliebt." „Ja", meinten Else und Georg „bring ihn doch einfach mit, dann lernen wir ihn kennen." „Das geht nicht", sagte Hedel „wir fahren um 17 Uhr schon von Oberglogau mit dem Bus ab." „Aber das kannst du doch nicht machen, du kennst ihn doch gar nicht", sagte Else. „Kommt mit zur Abfahrt, dann lernt ihr ihn noch kennen."

Mit einem mulmigen Gefühl standen sie dann an der Haltestelle. Die Mannschaft aus Rietberg kam fröhlich redend auf sie zu. Welcher Junge war denn nun dieser Alfons? Das beantwortete Hedel sofort, sie lief auf ihn zu und umarmte ihn stürmisch. Nett sah er ja aus, aber musste sie gleich mit ihm mitfahren und dann noch so weit bis nach Ost-Westfalen? Georg steckte Hedel einen Geldschein zu. „Heb ihn gut auf, damit du jederzeit zurück fahren kannst." Hedel lachte nur und stieg mit Alfons in den Bus ein. Noch ein Winken und weg war sie. Die beiden Zurückgebliebenen hatten schlicht Angst um sie. Bedrückt gingen sie nach Hause. Nun musste man auf einen Brief warten, den Hedel hoffentlich bald schreiben wollte, hoffentlich tat sie es wirklich. Am Mittwoch kam dann endlich der ersehnte Brief. Sie waren gut in Rietberg angekommen.

Doch Alfons konnte Hedel nun schlecht mit auf seiner Bude übernachten lassen. So ging sie erst mal mit einem Mädchen aus der Gruppe mit. Am nächsten Nachmittag holte sie Alfons dort ab. Er hatte inzwischen mit seinem Arbeitgeber, einem Wein- und Spirituosen-Großhändler, gesprochen und nach Arbeit für Hedel gefragt. „Ja, bring sie nur her. Du weißt doch, dass wir immer Leute suchen". Alfons war in dieser Firma schon einige Zeit als Buchhalter beschäftigt. Eigentlich, wenn es nach seinem Vater gegangen wäre, hätte er Schreiner werden sollen. Seine Eltern hatten in Druffel, einem Ort, der zwischen Rietberg und Neuenkirchen lag, eine Schreinerei. Das wollte Alfons aber nicht. Ihm machte es Spaß, mit Zahlen zu jonglieren. Er war überhaupt ein bisschen seltsam. Jeden Morgen ging er vor der Arbeit in eine Frühmesse. Er war sehr gläubig. Welcher Junge unter 20 Jahren machte das schon, aber so war er eben. Man konnte sich jedenfalls immer auf ihn verlassen.

In der Gegend um Rietberg herum, im gesamten Kreis Wiedenbrück, gab es viele Schreinereien. Wer etwas auf sich hielt, ließ seine Möbel von einem Schreiner anfertigen.

Hedel wartete schon auf ihn. Ein bisschen Angst hatte sie nun doch, nicht zu wissen, wo man in der Fremde unterkommt, war nicht so gut. Die Freude, als er ihr erzählte, dass sie in seiner Firma Arbeit bekommen würde, war dann aber riesig. Da würden sie sich ja täglich sehen. Die Firma befand sich in der Stadtmitte von Rietberg. Als der Chef sie fragte, was sie so alles kann, sprudelte es aus ihr heraus. Gelernt habe sie Näherin. Sie könne aber auch Verkaufen, Kochen, auf Kinder aufpassen und Putzen. Der Chef meinte dann nur: „Na, da haben wir ja einen Fang gemacht. Und wo wohnst du?" Da mischte sich Alfons ein, der bist jetzt schweigsam daneben gestanden hatte: „Die Kammer oben unter dem Dach, in der nur Gerümpel aufbewahrt wird, könnte man doch ausräumen." „Ja, dann fangt mal gleich an", meinte der Chef. Das ließen sie sich nicht zwei Mal sagen. Schwuppdiwupp, waren sie in der Kammer. Erst mal musste der ganze Kram in den Hof getragen und die Spinnweben entfernt werden. Auf einmal war das Zimmer nun gar nicht mehr so klein. Mit der Wurzelbürste wurde der Boden geschrubbt, das Dachfenster wurde blitzblank geputzt. Richtig schön war das Zimmer danach geworden. Doch jetzt merkten sie, was da fehlte: Es gab kein Bett, keinen Schrank, kein Licht und auch keine Waschgelegenheit. Ach ja, und wo war die nächste Toilette? Für einen Jungen aus einer Schreinerfamilie war es kein großes Problem, ein Bett und einen Schrank anzufertigen. Bis zum Abend waren schließlich auch die anderen Probleme geregelt und als alles fertig war, merkten sie, was für einen Hunger sie hatten. Alfons nahm Hedel mit in die große Küche des Hauses. Da lernte sie dann all die anderen Mitarbeiter dieser Firma kennen. Alle wurden hier beköstigt, und einige wohnten auch im Haus. Hedel wurde sehr freundlich aufgenommen. Ihr fiel ein Stein vom Herzen, dass sie nicht die einzige Angestellte war, die hier im Haus wohnte, so konnte sie sicher mal jemand fragen, wenn sie etwas nicht wusste, denn Alfons wohnte ja nicht hier.

Auch dieser Tag ging zu Ende, sie sehnte sich nur nach ihrem Bett und morgen würde man ihr ja ihre Arbeit zuteilen. Am anderen Morgen wurde sie früh wach und ging als erstes in die Küche. Da waren schon einige Kolleginnen und Kollegen beim Frühstück. Als sie so in der Tür stand und nicht wusste, was sie tun sollte, sagte eine Kollegin zu ihr: „Nimm dir eine Tasse und einen Teller und setz dich zu uns. Danach kannst du mir beim Aufräumen der Küche helfen." So nach und nach kamen immer mehr Angestellte zum Frühstück. Es dauerte etwa eine Stunde, dann wurde aufgeräumt und die Stube gewischt. Eines der Mädchen sagte zu ihr: „Nimm dir da eine passende Schürze und ein Häubchen, wir gehen in den Laden." So einen Laden hatte Hedel noch nie gesehen. Ein riesiger Keller war das aus roten Backsteinen gebaut, ein großes Gewölbe, endlos lang und es ging immer weiter nach unten in die Erde. Da waren hunderte Flaschen Wein und Spirituosen aufgestapelt. Ganz vorn waren auf beiden Seiten Weine in Flaschen gelagert und weiter hinten lagen Holzfässer. Es roch alles so komisch. In der Mitte standen lange robuste Tische mit Stühlen. Erst da wurde ihr so richtig bewusst, dass sie sich in einer Weinhandlung befand. Eine Kollegin zeigte ihr nun, was sie zu tun hatte. Die Tische wurden gedeckt mit vielen Gläsern, Salz, Brot und Servietten. Dazu kamen noch einige Schüsseln auf den Tisch. Hedel konnte sich keinen Reim machen, wofür die denn sein sollten.

Nun ging es so langsam auf zehn Uhr zu, alle standen nur herum als ob sie auf etwas warten würden. Dann löste sich das Rätsel auf: Von der Eingangstür kam ein Gemurmel und Gelächter. Eine ganze Busladung Leute kam in den Keller, die schauten sich um und setzten sich an die Tische. Es waren hauptsächlich Männer, nur drei jüngere Frauen waren dabei. Nun hielt einer der Angestellten eine Rede, danach kamen die Mädchen von der Weinhandlung zum Einsatz, sie mussten jedem Gast aus einer Flasche etwas Wein ins Glas füllen. Die nahmen einen Schluck davon, ließen ihn im Mund kreisen und spuckten den Wein in die Schüsseln, die auf dem Tisch standen. Aha, dachte Hedel, dafür sind also die Schüsseln. Die drei jungen Damen, schrieben dann auf einem Block etwas auf. So ging das mit mehreren Weinsorten. Zwischendurch wurde immer wieder von dem Brot abgebissen, damit sollten die Geschmacksnerven neutralisiert werden. Nach gut drei Stunden war die Weinprobe vorbei, die Gäste zogen lachend und mancher auch ein bisschen beschwipst, von dannen. Die Männer der Weinhandlung stiegen mit Bestellungen hinab in den tieferen Keller. Dort wurden dann die Flaschen in große Kisten, die mit Holzwolle ausgelegt waren, verpackt. Hedel durfte die Bestelllisten ins Büro tragen. Dort sah sie Alfons zum ersten Mal an diesem Tag. Der saß an einem großen Schreibtisch und schrieb etwas in ein Buch. In dem Büro gab es noch drei weitere, kleinere Schreibtische, auch da wurde fleißig geschrieben. Einer der Herren fragte: „Bringst du die Bestellungen?" Hedel legte sie auf den Schreibtisch und schaute dann zu Alfons rüber, der schon aufgestanden war und mit ihr zur Tür ging. Draußen vorm Büro konnten sie wenigstens miteinander reden. „Heute Abend nach dem Essen hol ich dich hier ab, dann können wir uns unterhalten", sagte er. Schnell gaben sie sich noch ein Küsschen und jeder ging wieder zu seinem Arbeitsplatz. Hedel hatte wieder im Laden und im Weinkeller zu tun, da musste alles neu aufgetischt werden. Nachmittags kam der nächste Bus. Alles lief wieder genau so wie am Morgen ab. Zwischendurch kamen auch Einzelpersonen oder einzelne Pärchen, die probierten und kauften dann Schnaps oder Wein. Es war ein reges hin und her.

Einmal kam ein Pärchen, welches für seine große Hochzeit verschiedene Weine probierte und kaufte. Die waren am Schluss sehr lustig, auch ließen sie ein stattliches Trinkgeld da, worüber sich alle sehr freuten.

Am Abend nach dem Essen holte Alfons seine Hedel zu einem Spaziergang ab. Er zeigte ihr die Kirche mitten im Ort, die katholische Stadtpfarrkirche St. Johannes Baptist. In diese ging er jeden Morgen zur Frühmesse und kam deshalb immer erst zehn Minuten nach acht Uhr ins Büro. Mit dem Chef war das so besprochen. Alfons sagte: „Am Sonntag hole ich dich nach der Messe ab, da kommst du mit zu mir nach Hause. Du musst meine Familie ja auch kennen lernen." Hedel fragte ihn, wo sie denn hier Blumen kaufen könne, denn sie wollte etwas mitbringen, wenn sie schon dort eingeladen wurde. „Ach, weißt du was", sagte Alfons, „lass das mit den Blumen, stell dir das nicht wie bei deinen Leuten vor. Die Westfalen sind anders." Hedel begriff das nicht. Sie musste doch etwas mitbringen, wenn sie das erste Mal zu jemanden kam. Da sie nicht wusste, wo sie Blumen kaufen konnte, kaufte sie eine Flasche Wein von der guten Sorte. Am Sonntag ging sie auch in die Messe und fuhr danach mit Alfons auf dem Gepäckträger seines Fahrrads nach Druffel zum Sägewerk seiner Eltern. Das war eine riesige Fabrik. Überall lag aufgestapeltes Holz herum. Auch das Wohnhaus war riesig und hatte einen wunderbar gedrechselten Dachfirst.

So ein Fachwerkhaus hatte Hedel noch nie gesehen. Sie kam nicht aus dem Staunen heraus. Auch innen war alles so übergroß, die Küche, in die sie zuerst gingen, war ein großer Saal. Als die beiden eintraten, blickten alle Anwesenden nur kurz auf, murmelten einen Gruß, sonst wurde nichts gesprochen. Hedel wusste nicht, wie sie sich verhalten sollte, wem sie ihren Wein geben sollte. Sie sah Alfons hilflos an. Sie hätte so gern jedem die Hand gegeben und Guten Tag gesagt aber niemand schien sich für sie zu interessieren. Alfons setzte sich an den Tisch, Hedel machte es ihm nach. Als alle saßen wurde ein Gebet gesprochen und die Suppe aufgetragen. Jeder löffelte so vor sich hin. Hedel hätte am liebsten losgeheult. In Oberschlesien, bei ihr zu Hause, wurde jeder Gast herzlich begrüßt Das Essen war dann auch noch so ganz anders als zu Hause. Dort gab es an einem Sonntag immer Klöße. Hier aß man Kartoffeln und Fleisch mit Soße. Es war nicht schlecht, man musste sich wahrscheinlich erst daran gewöhnen. Als das Essen beendet war, stand Alfons auf und sagte: „Das ist jetzt meine Freundin, die Hedel". Alle schauten sie an, das war so seltsam, Hedel bekam ein knallrotes Gesicht und nickte allen freundlich zu. Dann stellte sie den mitgebrachten Wein auf den Tisch. Der wurde sofort von einer älteren Frau genommen und auf die Anrichte gestellt. Endlich standen alle auf und verließen die Küche. Alfons sagte: „Komm, wir gehen etwas spazieren." Als sie so stumm durch die Landschaft gingen, sagte Alfons nach einer Weile: „Die Westfalen sind so, die reden nicht viel." Hedel schaute ihn nur an, ihr war zum Heulen zumute. Zum ersten Mal bereute sie es, mit Alfons gefahren zu sein. Freude kam an diesem Tag bei ihr nicht mehr auf, deshalb wollte sie nur in ihr Zimmer. Alfons brachte sie mit dem Rad wieder nach Rietberg. Dort trennten sie sich, jeder wollte nur allein sein, der Tag war gelaufen. Am Montag sahen sie sich erst zum Mittagessen wieder.

Beide waren traurig. Sie verabredeten sich für den Abend. Zuerst konnte keiner so richtig mit dem anderen reden. Nach einer Weile sagte Alfons: „Du brauchst nicht mehr mit zu meinen Leuten gehen. Ich will dir erklären, warum die so komisch sind." Sie setzten sich auf eine Bank. „Die sind eigentlich auf mich nicht gut zu sprechen. Ich sollte nach ihren Wünschen im Sägewerk mitarbeiten. Wie du ja weißt, bin ich Buchhalter. Das passt ihnen nicht. Sie wollen mich damit strafen, aber ich werde auch nicht mehr nach Hause gehen. Der Streit mit dem Vater geht schon eine ganze Weile, eben seit ich hier in der Firma als Buchhalter arbeite. Was hältst du davon, wenn wir uns zusammen eine Wohnung suchen?" Hedel schaute ihn ungläubig an. „Das geht doch nicht, wir sind doch nicht verheiratet, da bekommen wir keine gemeinsame Wohnung." „Versuchen können wir es aber und jetzt ziehe ich erst mal zu einem Freund, nach Hause mag ich nicht mehr gehen." Einen Vorteil hatte das, denn der Freund wohnte in Rietberg, so hatten sie mehr Zeit für einander denn Alfons musste nun nicht mehr täglich mit dem Rad von Druffel nach Rietberg und zurück. Die freie Zeit, die Hedel am Sonntag geblieben war, hatte sie genützt, um Briefe zu schreiben. Einer ging an die Eltern, die ja annahmen, sie wäre bei Else und Georg. Sie teilte ihnen aber nur mit, dass sie hier in Rietberg eine neue Stellung hat und sich wohl fühlt. Das Verhältnis mit Alfons wollte sie ihnen später mal mitteilen. Nach Oberglogau zu ihrer Schwester und ihrem Schwager schrieb sie ausführlicher, denn die hatten wirklich das Recht, zu erfahren, wie es ihr in Rietberg geht. Von der Stellung und ihrem Zimmer schrieb sie, aber nichts von Alfons` Eltern. Die Glinkas waren sehr glücklich, endlich mal etwas von Hedel zu erfahren. Sie hatten sich schon große Sorgen gemacht. Else schrieb gleich zurück und teilte mit, dass es ihr in der Schwangerschaft gut geht und man endlich einen kleinen Bauch sieht. Schließlich sollten alle sehen, dass sie ein Kind erwartet. Schwer heben durfte sie jetzt gar nichts mehr, da war Georg gleich da und sagte: „Lass das, Else, das mach ich". Außerdem fragte sie noch an, ob Hedel und Alfons zu Weihnachten nach Gleiwitz kommen würden. Üblich war ja, dass man sich mit allen Geschwistern bei Muttel traf. Dann schrieb Else noch etwas sehr Trauriges: der Vater von Else und Hedel, Lazarus, sei sehr krank. Muttel rechne täglich mit seinem Ableben. Er hatte in letzter Zeit viel gehustet und keine Luft bekommen, mit der Lunge habe er viele Probleme. Else empfahl, Hedel solle doch gleich einen Brief an Muttel schreiben, um alles genauer zu erfahren. Damit schloss sie den Brief und wünschte Hedel und Alfons, den Verliebten, alles Gute für die weitere Zukunft.

Nun überschlugen sich die Neuigkeiten. Ein Telegramm kam von Martha:

Vater gestorben.

Also war das eingetroffen was Muttel schon vorausgesehen hatte. Else und Georg konnten nicht so einfach vom Geschäft fernbleiben. Sie schickten schnell noch ein Telegramm zu Hedel, damit auch sie Bescheid wusste. Sonst hatte ja niemand Hedels Adresse. Hedel nahm den nächsten Zug nach Gleiwitz zu Muttel Weda. Bei ihrer Ankunft waren schon alle anderen Geschwister da. Muttel nahm alles sehr gefasst. Sie hatte es schon kommen sehen und sagte: „Es ist besser so, er hat sich zuletzt nur noch gequält." Bernhard und Martha hatten schon die Beerdigung veranlasst und so war alles geregelt. Nach drei Tagen fuhren die Familienangehörigen wieder nach Hause. Nur Bernhard, der in Gleiwitz bei der Reichsbahn als Dreher arbeitete, war noch bei Muttel im Haus. So war sie nach diesem schweren Schicksalsschlag nicht ganz allein. Bernhard überlegte, ob er von seiner Wohnung in Gleiwitz zurück zu Muttel ziehen sollte. Er hatte seine Frau ja auch schon durch den Tod verloren. Auch finanziell wäre es sicher besser für beide und zur Bahn, wo er jetzt arbeitete, hätte er es auch näher, zumal er da Schichtdienst hatte. Bei Muttel würde er sicher auch richtig verwöhnt werden. Gesagt und getan und so war wenigstens keiner mehr allein.

So verging die Zeit. Muttel war, obwohl Bernhard bei ihr eingezogen war, doch viel allein. Oft dachte sie, die Else und der Georg haben sicher jetzt vor Weihnachten eine Menge Arbeit und ich sitze hier nur herum. Eines Tages wurde es ihr einfach zu viel. Sie packte ihren kleinen Pappkoffer und fuhr mit der Bahn von Gleiwitz nach Oberglogau. Die Glinkas staunten nicht schlecht, als Muttel da plötzlich im Laden stand. Gern nahmen sie ihre Hilfe in Anspruch. Das Mädchen, das ihre Hausarbeit erledigte, half sowieso viel lieber im Geschäft.

Es wäre auch nicht gut gegangen mit Muttel und dem Hausmädchen zusammen in der Wohnung. Muttel Weda war hier so ganz in ihrem Element. Sie konnte kochen und backen was sie wollte und alle waren immer zufrieden. Am liebsten backte sie jetzt Stollen und Plätzchen, denn es ging auf Weihnachten zu und in diesem Jahr würde man eben nicht in Gleiwitz feiern, sondern in Oberglogau. Nur Else und Georg wussten das noch nicht! Etwa acht Tage vor Heilig Abend rückte sie dann damit raus, was ihr vorschwebte. Georg sagte: „Muttel, du bist wirklich immer für eine Überraschung gut. Ja, das machen wir. Wir haben den Laden sowieso bis Nachmittag offen und da würden wir ja mit der Bahn gar nicht mehr nach Gleiwitz kommen. Wir könnten also dort gar nicht bei einer Weihnachtsfeier sein und Else ist in ihrem Zustand auch lieber daheim."

Else machte sich gleich daran, ihren Geschwistern eine Einladung zum Heilig Abend zu schicken. Es würden alle kommen, außer Hedel. Für sie wäre der Weg im Winter einfach zu weit und schwierig, zumal sie ja jetzt auch noch keinen Urlaub bekommen und nur zwei oder drei Tage bleiben konnte. Muttel bekam alle Lebensmittel die sie brauchte von Georg. So leicht war es in ihrem Leben noch nie gewesen, bisher musste sie immer zufrieden sein mit dem was sie bekam. Um die Bezahlung brauchte sie sich auch nicht zu sorgen, Georg machte das schon. Auch für ihn gab es keine Probleme, denn von Anfang an war beschlossen worden, dass er alles aufschreibt was gebraucht wird und die Kosten werden zum Schluss geteilt. Am Heilig Abend wurde schon frühmorgens in der guten Stube der Baum geschmückt. Es war für diesen hohen Raum eine riesige Tanne, die mit silbernen Kugeln, weißen Kerzen und viel, viel Lametta behängt wurde. Alles sah sehr festlich aus. Drei Kinder waren dabei, Hildegard, Tochter von Martha, der Bub Jörg-Beko, Sohn von Eva und Max, sowie Ilse, Tochter von Trude. Für diese Kinder lagen die Geschenke schon unter dem Baum und sie freuten sich am meisten auf das Christkind. Zu dieser Zeit gab es ja erst die drei Kinder, demnächst würde dann das von Else und Georg als viertes dazu kommen.

Wie immer wurde dann die Stube abgeschlossen, nur Muttel wusste, wo der Schlüssel war. Als dann um 17.00 Uhr endlich im Laden Schluss und auch die Weihnachtsfeier mit den Angestellten beendet war, ging es zum gemütlichen Teil mit der Familie über. Else und Georg hatten es wirklich verdient, mal eine Stunde Ruhe zu haben. Um Punkt 19.00 Uhr gab es wie immer das traditionelle Heilig-Abend-Essen. Es begann mit einer kräftigen Suppe mit selbst gemachten Nudeln, danach gab es ein Stück Karpfen, in Butter gebacken, dazu Kartoffeln und Rotkraut. Auf dem Tisch musste für jeden etwas Salz und Brot stehen, das war symbolisch dafür, dass man im nächsten Jahr auch immer genug zu Essen hatte. Zum Schluss gab es noch eine weiße Bratwurst. Den Nachtisch, Mohn-Klösse gab es später. Die Erwachsenen wären jetzt gern sitzen geblieben um zu verdauen. Aber das ging natürlich nicht.

Das Christkind hatte schon geklingelt und die Kinder wollten in die gute Stube. Sie dachten, dass man das Christkind ja vielleicht noch sehen würde. Muttel schloss erst mal die Tür auf, und alle gingen zusammen ins Zimmer. Oh wie hell leuchtete da der Baum, herrlich sah er aus. Diesmal war er besonders schön und so groß. Hier in dem großen, hohen Raum kam er wirklich gut zur Geltung. Die Augen der Kinder waren wie gebannt auf ihn gerichtet. Ja, was lag denn da alles noch darunter? Viele kleinere und größere Päckchen. Da war ein Puppenwagen mit einer Puppe für Ilse und ein Bettchen mit Puppe für Hildegard, für Jörg-Beko gab es einen Tretroller. Die Tanten und die Oma hatten in letzter Zeit viel genäht, gestrickt und gebastelt so dass jeder ein Geschenk bekam. Die Zeit verging wie im Flug bis sie die Glocken der Stadtpfarrkirche läuten hörten. Jetzt wurde es Zeit, sich für die Weihnachtsmesse umzuziehen. Nur Muttel blieb bei den Kindern, die schon selig mit ihren Puppen im Bett schliefen. Auf die von dem oberschlesischen Künstler Sebastini ausgestaltete Kirche waren die Auswärtigen schon sehr gespannt.

Draußen war es bitter kalt, der Schnee knirschte unter ihren Schuhen. Zur Kirche hatten sie es nicht weit, nur ein paar Minuten. Else, die von Georg zu Weihnachten einen Pelzmantel und einen Pelzhut bekommen hatte, fühlte sich wie eine Prinzessin. So zufrieden und stolz war sie, immer hatte sie sich so etwas schon gewünscht. Dafür hatten sie beide auch viel arbeiten müssen, aber sie hätte nicht gedacht, dass es Georg schon im ersten Jahr schaffen würde, das Geld dafür zu sparen. In der Christmette war es sehr feierlich und alle sangen frohen Herzens die Lieder *Stille Nacht* oder *Oh du Fröhliche* mit. Als man danach wieder zu Hause war wurden noch die Mohn-Klöße verspeist und ein Kaffee getrunken. Dann wurde es Zeit, mal ein paar Stunden zu schlafen.

Am ersten Feiertag kamen alle nach und nach gegen Mittag wieder in der Küche zusammen. Es gab Gänsebraten wie jedes Jahr. Alle sahen noch recht müde aus, nur Muttel und die Kinder waren hellwach. Nach dem Essen fuhren die ersten Gäste wieder mit der Bahn nach Hause.

Sie mussten auch Platz machen für den nächsten Besuch, der am Abend kam. Die Verwandtschaft von Georg, die Mutti, Karl, Franz und Max kamen auch für zwei Tage aus Cosel, um endlich mal Oberglogau und das Geschäft zu sehen. Jetzt wurde einfach noch einmal Heilig Abend gefeiert. Auch für die zwei Buben, Georgs Brüder, hatte Georg Geschenke besorgt. Für Franz, der ja nun schon ein großer Junge war,

Schlittschuhe und für Max einen Schlitten. Mutti wünschte sich nur richtigen Bohnenkaffee und für Karl gab es einen guten Gebrannten.

Viel zu schnell gingen die Feiertage zu Ende und der Alltag fing wieder an. Nun kam Silvester, damit verbunden viele Lieferungen zu den Kunden und danach in der ersten Woche des neuen Jahres die Inventur, die viel Zeit und Schreiberei erforderte. Aber auch das ging vorbei. Else bekam einen ganz spitzen Bauch, das Baby wuchs und strampelte heftig. Beide freuten sich sehr, wenn nur schon endlich das Kind geboren wäre.

Eines Morgens im März nach dem Frühstück sagte Muttel: „Ich werde nun mal wieder schauen, wie es bei mir in Gleiwitz aussieht." Der Schnee war geschmolzen und man merkte, wie langsam der Frühling kam. Sie wollte bei sich im Garten einiges tun, was um diese Zeit eben notwendig war. „Zur Geburt vom Baby bin ich wieder da." Schon hatte sie ihren kleinen Koffer gepackt und weg war sie.

Von Hedel kam ein lieber Brief. Sie war so begeistert von ihrer neuen Arbeit und von Rietberg. Vom ersten Lohn hatte sie sich ein Fahrrad gekauft, natürlich ein Gebrauchtes, man musste schon froh sein, wenn man eins bekam und jetzt fuhr sie mit Alfons oder auch mit ein paar Bekannten entlang der Ems. Für sie war ja alles noch so neu. Am allerschönsten fand sie die Fachwerkhäuser im Stadtkern von Rietberg. Das historische Rathaus war für sie das Allerschönste. Ebenfalls mitten im Ort befand sich das Franziskanerkloster mit der Klosterkirche St. Katharina. In der Krypta waren Mitglieder der Hoch Gräflichen Häuser aus Ostfriesland, Rietberg und Kaunitz beigesetzt. Hedel gefiel es hier so gut, dass sie nie wieder zurück nach Oberschlesien wollte. Alfons war ein feiner Mann, der ihr viel von seiner Heimat zeigte. Die zwei waren sehr glücklich miteinander. Nur die gemeinsame Wohnung fehlte noch.

Else und Georg freuten sich, dass es Hedel so gut ging. Sie hatten sich am Anfang, als Hedel einfach mit nach Rietberg gefahren war, große Sorgen gemacht. Im Urlaub im August würde sie mit Alfons auch wieder nach Oberglogau kommen. Jetzt war es aber erst April. Else wartete sehnsüchtig auf die Geburt ihres Babys. Sie fühlte sich nicht mehr wohl. Das Bücken war zur Tortur geworden. Ihr Termin war eigentlich schon da, aber es rührte sich nichts. So ging das dann noch acht Tage lang. Die Muttel war natürlich inzwischen wieder bei ihr. Gott sei Dank.

So nervös wie Else war, so ruhig war Muttel. Na ja, bei Else war es das erste Mal. Muttel hatte es sieben Mal erlebt.

Dann, am achten Mai, war es endlich so weit. Die Hebamme wurde herbeigerufen, denn es sollte eine Hausgeburt sein. Alles ging sehr schnell. Ein Junge kam auf die Welt, sie nannten ihn Wolfgang, diesen Namen hatten sie schon vorher festgelegt. Er war kerngesund, fünfzig Zentimeter groß und wog fast drei Kilogramm. Glücklich waren die Eltern und Muttel über die unkomplizierte Geburt. Nun musste er aber noch richtig saugen, doch das tat er nicht. Else war am Verzweifeln. Muttel tröstete sie und sagte nur: „Das wird schon noch". Sie hatte die Ruhe weg, träufelte ihm Tee ein und ließ ihn einfach schlafen. Am dritten Tag endlich fing er an zu saugen. Nun war auch damit alles in Ordnung und ging seinen geregelten Weg.

Kapitel 5

Frieden erhofft - Krieg gab es !!!

Das Leben im Hause Glinka verlief nun ganz anders. Else war jetzt nicht mehr im Laden. Es drehte sich alles nur um Wolfgang. Wann wurde er gewickelt, gebadet oder gestillt? So lange die Muttel da war und Else stark unterstützte, ging alles glatt. Sie blieb noch drei Wochen. Die Taufe in der Stadtpfarrkirche St. Bartholomäi, mit den Paten Martha und Max, war in dieser Zeit auch vorgenommen worden. Nun sagte Muttel: „Jetzt musst du mal allein mit deinem Kind zurechtkommen." Langsam wurde es draußen auch wärmer. Der Juni versprach, schon ein richtiger Sommermonat zu werden. Da musste Muttel in ihrem Garten werkeln. Auch hatte Bernhard sich in einem Brief beschwert, dass er doch ins Haus Weda gezogen sei, damit Muttel nicht so allein wäre. Aber nun war er es, der schon so lange allein im Haus war. Else kam eigentlich sehr gut mit ihrem Wolfgang zurecht, nur wollte der verflixte Bub einfach nicht genug trinken. Das Hausmädchen hatte viele Geschwister und sagte zu ihr: „Bei uns zu Haus bekommt das Baby einfach, wenn es nicht richtig trinkt, einen dünnflüssigen Brei." Gesagt, getan und siehe da, das schmeckte dem Wolfi. Nun nahm er auch endlich zu. Das Hausmädchen, Erika, durfte ihn ab sofort öfters betreuen. Wodurch natürlich Else wieder mehr Zeit hatte und wieder ein paar Stunden im Geschäft helfen konnte. Da kam es dann sogar vor, dass Else mit ihrem Schorschel und dem im Kinderwagen liegenden Wolfgang nachmittags im Park spazieren ging. Der Sommer 1934 war besonders schön. Unterwegs trafen sie viele ihrer Kunden und so entstanden einige Freundschaften.

Im Haus nebenan wohnten die Eheleute Eichendörfer, die Inhaber eines Kleiderladens mit eigener Näherei. Sie waren im gleichen Alter und hatten auch einen Sohn, der gerade Laufen lernte. Mit Mathilde, die auch öfters mit ihrem Sohn Peter im Park spazieren ging, freundete sich Else an. Die zwei Frauen hatten genug Gesprächsstoff, weil Else ja in einer Näherei ihre Lehre gemacht hatte. Auch sonst gab es Gemeinsamkeiten. Die Männer waren sich auch gleich sympathisch. Sonntags unternahm man dann immer etwas gemeinsam. Mit den beiden Buben, die sich ebenso blendend verstanden, gab es immer wieder was zum Lachen. Peter brachte sie immer wieder zum Lachen wenn er auf seinen kurzen Beinen versuchte zu laufen. Nächstes Jahr um diese Zeit würde es wohl bei Wolfgang so weit sein. Sorgen machte ihnen nur das Reden der Leute, die einen Krieg befürchteten. In Österreich hatte im Juli ein Putschversuch stattgefunden. Der scheiterte zwar, doch Bundeskanzler Dollfuss fiel ihm zum Opfer. Davor, dass es bald zum Krieg kommen würde, hatten alle Angst. Es war doch jetzt alles so gut geregelt. Der Laden lief bombig, alle waren gesund und mit Wolfgang war das Leben vollständig ausgefüllt.

Jetzt im August kamen endlich Hedel und Alfons zu Besuch und darauf freute man sich sehr. Das erste was sie nach ihrer Ankunft sehen wollten war natürlich Wolfgang. Hedel meinte: „Der ist aber dünn." Else standen gleich die Tränen in den Augen. Es stimmte ja, alles Zureden half bei ihm nichts. Hedel versuchte, ihn mit einem weichen Ei zum Essen zu überreden. „Wolfi, das ist was Feines", aber der schüttelte nur den Kopf. Beim Kinderarzt war Else mit ihm schon gewesen, der hatte sie getröstet: „Der Bub ist kerngesund, das wird schon noch werden." Hedel und Alfons gingen mit Wolfgang im Kinderwagen viel an die frische Luft. Sie dachten, dass er dann mehr Hunger bekommt. Aber das war auch erfolglos. Schließlich gab ihm Erika einfach mal eine Scheibe Brot in die eine Hand und in die andere ein Stück Wurst. Zähne hatte er zwar noch keine, aber von Brot und Wurst waren zum Schluss nur noch Krümel übrig. Ab sofort bekam er normales Essen, klein geschnitten oder zerdrückt. Selbst Gemüse und Kartoffeln mampfte er genüsslich in sich rein. Endlich nahm er zu und das war eine große Erleichterung für alle. Hedel und Alfons blieben acht Tage. Zum Abschied kamen sie noch mit einer Neuigkeit raus. Im nächsten Jahr wollten sie heiraten, denn da bekämen sie eine Wohnung in Neuenkirchen. Ohne verheiratet zu sein würden sie die nicht bekommen. Der Vermieter musste sie nehmen, weil er zum Hausbau Geld vom Staat bekommen hatte. Leicht würde das wohl mit diesem Vermieter nicht werden, aber anders kam man einfach nicht an eine Wohnung. Else und Georg freuten sich für sie. Sie sprachen auch über den Krieg, der immer wahrscheinlicher wurde. Beide Männer würden bestimmt einberufen. Beim Gespräch machten sie etwas aus: Wenn der Krieg zu Ende ist wollten sie sich da treffen, wo am wenigsten kaputt ist. Alle vier hofften jedoch, dass es nicht so weit käme. Hitler glaubte ja, alle europäischen Länder im Handumdrehen besiegen zu können und viele Deutsche waren ebenfalls dieser Meinung.

Georg, Else und Klein-Wolfgang brachten sie zur Bahn und winkten noch lange hinterher. Wer wusste schon, wann man sich mal wiedersehen würde. Sie blieben auch in Gleiwitz noch acht Tage, dann fuhren sie wieder zurück nach Rietberg. Eine ganze Weile hörte man nichts von ihnen. Sie hatten wohl viel vorzubereiten für ihre Hochzeit, die am 11. März stattfinden sollte und zwar nur im kleinen Kreis. Die einzigen, die den weiten Weg auf sich nahmen, waren Martha mit Bernhard und Hildegard. Die kirchliche Trauung fand in der Stadtkirche in Rietberg statt. Die Angestellten der Weinhandlung bildeten ein Spalier als die beiden aus der Kirche kamen. Sie mussten sich mit ins Spalier geworfenen Pfennigen freikaufen. In der Firmen-Unterkunft war ein köstliches Buffet vorbereitet und auch der Chef ließ sich nicht lumpen. Den besten Wein und Schnaps gab es zu trinken. So wurde die kleine Hochzeitsfeier sehr fröhlich und schön. Und an diesem Abend durften sie dann zum ersten Mal zusammen in ihrer Wohnung schlafen. Darin hatten sie vorher schon fleißig gearbeitet. Alle Wände waren weiß gestrichen, die Fenster und Böden blitzblank geputzt. Nur Möbel gab es noch nicht viele. In der Küche stand ein Herd, es war das einzige Zimmer, das man heizen konnte. Auch ein Küchenbuffet, stand schon drin, mit ein paar Tellern, Töpfen, Besteck, einer Holzbank und einem Tisch und verschiedenen Kleinigkeiten. Sie waren ja so glücklich, endlich durften sie zusammen sein, ein in Erfüllung gehender Traum.

Die Küche war gleichzeitig auch ihre gute Stube. Außerdem gab es noch zwei Zimmer. Das eine sollte das Elternschlafzimmer sein und das etwas kleinere ein Kinderzimmer. Die Toilette war allerdings draußen auf dem Feld nebenan. Bei manchen neuen Häusern gab es die schon im Haus was aber hier nicht der Fall war und sie kannten es ja auch nicht anders. In der Nacht wurde schnell mal ein Eimer benutzt. Ein richtiges Schlafzimmer mit Schrank und Betten hatten sie noch nicht. Der Bruder von Alfons, der Schreiner war, arbeitete daran und sogar Alfons` Eltern wollten sich an den Holzkosten beteiligen. Zur Hochzeit waren sie nicht eingeladen worden. Nur die Geschwister von Alfons waren da. Vielleicht hatten seine Eltern endlich gemerkt, dass sie sich falsch verhalten haben. Gesprochen hatten sie aber immer noch nicht miteinander. Hedel und Alfons waren nur glücklich und sparten weiter auf das was sie noch in der Wohnung brauchten.

Wenn nur nicht das Schreckgespenst des Krieges immer wieder auf sie zukäme. Anfang des Jahres 1937 merkte Hedel, dass sie schwanger war. Das würde schön passen, denn das Kinderzimmer hatten sie schon fertig. Alles war perfekt, denn in der Weinhandlung wurde gerade eine junge Frau als ihre Vertretung eingearbeitet, da konnte sie dann getrost bei ihrem Kind bleiben. Diese Einarbeitung lag ihr sehr am Herzen, denn für die viele Hilfe, die sie von ihrem Chef bekommen hatte, wollte sie auch mal was zurückgeben. Sie würde nicht mehr auf diese Arbeitsstelle zurück kommen, denn wenn das Baby da war gab es ja keine Verwandtschaft in der Nähe, die während ihrer Arbeitszeit auf das Kind aufpassen konnte. Nur ein bisschen Angst hatte sie vor dem Vermieter. Wenn man in der Wohnung mal lauter sprach oder etwas auf den Boden fiel, klopfte er mit einem Besenstiel an die Decke. Doch mit einem Kind konnte es nicht mucksmäuschenstill bleiben.

Im Oktober kam dann der kleine Gerhard gesund auf die Welt. Da er ein ruhiges Kind war gab es wider Erwarten keine Probleme mit dem Vermieter. Dieser war jetzt leider jeden Tag zu Hause, weil er bei einem Arbeitsunfall eine Hand an der Maschine verloren hatte. Seine Frau und die Tochter hatten kein leichtes Leben mit ihm. Als er noch morgens zur Arbeit ging kamen die beiden oft nach oben zu einem Gespräch. Die Tochter mochte den Gerhard gern und spielte viel mit ihm. Das war jetzt, da ihr Vater den ganzen Tag zu Hause war, leider nicht mehr möglich. Als Gerhard zwei Jahre alt war, kam das Glück noch einmal zu ihnen. Hedel brachte ein gesundes Mädchen, die Monika, zur Welt. Nervig war nur, dass sie ihre Kinder ständig ermahnen musste, ja nicht in der Wohnung zu springen oder gar mit einem Ball zu spielen, denn dann kam von unten gleich wieder der Besenstiel an die Decke. An eine andere Wohnung dachten sie oft, aber es gab fast keine, und diese hier war noch einigermaßen bezahlbar. Sie mussten schon gut mit dem Geld rechnen, denn Alfons war ja der einzige in der Familie, der Lohn nach Hause brachte. Doch mit der Zeit kamen sie ganz gut damit zurecht. Glücklich waren sie über ihre beiden Kinder, die ihnen viel Freude bereiteten. So oft wie möglich gingen sie mit ihnen nach draußen, wo sie sich austoben konnten. Sie wohnten im letzten Haus von Neuenkirchen und die Straße vor ihrem Haus war fast immer leer, die führte weiter in den kleinen Ort Westerwiehe. Gelegentlich fuhr mal ein Auto oder ein landwirtschaftliches Fahrzeug vorbei. Neben der Straße waren nur Wiesen, Äcker und ein Bauernhof mit vielen Tieren, außerdem ein kleiner Bach, der Sennebach, an dessen Ufer man im Sommer toll im Matsch spielen konnte. Hedel konnte ihre Kinder vom Küchenfenster aus immer beim Spielen beobachten. Es war für die Kinder wirklich ein Paradies und schon aus diesem Grund musste man in der Wohnung bleiben.

Der befürchtete Krieg wurde nun immer wahrscheinlicher. In der Nacht vom 11. auf den 12. März 1938 wurde Österreich angegliedert und die Wehrmacht marschierte in Langenrohr in Niederösterreich ein. Die Menschen dort dachten, dass ab jetzt alles besser wird. Sie hofften auf Frieden, doch der Krieg lag schon in der Luft. Dazu kam weiteres furchtbares Geschehen. Am 9. November 1938 begann die brutale Judenverfolgung. Die angsteinflößende Situation nahm in Deutschland neue Dimensionen an. Die Nazis bereiteten den Krieg vor, während sie der Welt und dem eigenen Volk den Frieden versprachen. Polen wurde am 1.September als erstes Land in einem Blitzkrieg besiegt. Im Frühjahr 1940 ergibt sich dann für die deutsche Führung eine neue Konfrontation indem die Westmächte England und Frankreich in den Krieg eintreten.

Alle wehrfähigen Männer wurden aus ihren Familien gerissen und in den Krieg geschickt. Die Frauen mussten hauptsächlich in den Städten, wie z.B. Gleiwitz, Schützengräben ausschaufeln. Das war eine sehr schwere und schmutzige Arbeit, wozu am liebsten die jüngeren Frauen eingesetzt wurden. Zuerst hatte Hitler ja wirklich noch Erfolge, später wurde das Volk nur noch belogen. Auch die rücksichtslose Vernichtung der Juden wurde verschwiegen. Die meisten Menschen in Deutschland hätten sich nicht vorstellen können, dass so etwas möglich wäre. Auch alle Männer aus der Verwandtschaft waren im Krieg und kämpften unter unmenschlichen Umständen gegen den angeblichen Feind. Hin und wieder bekam sogar einer der Soldaten Heimaturlaub. Da wurden Fotografien mit der Familie gemacht, denn man wusste ja nicht, ob man sich wiedersehen würde. Viele bekamen Urlaub um zu heiraten, das waren aber meistens nur drei Tage. So erging es auch dem Bernhard Weda. Er hatte, bevor er in den Krieg musste, Lisbeth kennen gelernt. Ein etwas schüchternes Mädchen, das mit ihrer Mutter in Gleiwitz im selben Haus wohnte wie Martha mit Familie. Martha hatte es arrangiert, dass sie sich kennen lernten. Bernhard war ja nun schon so lange Witwer, da musste mal jemand nachhelfen und das in die Hand nehmen. Gleich am ersten Abend hatte es gefunkt. Er schrieb fleißig Briefe und sie schrieb ihm wieder zurück, so dass die Liebe wachsen konnte. 1941 hatte er nun drei Tage frei bekommen um zu heiraten. Lisbeth wohnte noch mit ihrer Mutter zusammen, die hatte es ihrer einzigen Tochter sehr schön gemacht. Die Frauen der Wedas waren alle da, nur die Männer fehlten. Auch Else stand allein mit ihren Mädchen im Laden denn Georg musste ebenfalls in den Krieg. Gesunde Männer in seinem Alter wurden ausnahmslos einberufen. Es war eine schwere Zeit. Ihr fehlte es zwar nicht an Lebensmitteln, doch vieles gab es nicht. Doch es ging ihr besser als den meisten anderen Menschen, die Hunger leiden mussten. Georg hatte auch im Februar 1941 drei Tage Urlaub bekommen, doch das war schon wieder endlos lange her, und nun war es Mai und sie merkte mit Schrecken, dass sie wieder ein Kind erwartete. Nein, das in dieser Zeit! Sie schrieb es ihrem Schorschel, aber es kam keine Antwort, nichts geschah. Den Brief hatte Georg nie erhalten. Er lag im Lazarett, man hatte ihn und fünf Kameraden mit bloßen Händen aus einem Bunker ausgebuddelt. Bei einem Angriff der Russen wurden die sechs Kameraden so mit Erde zugeschüttet, dass sie sich allein nicht mehr befreien konnten. Zwei der Männer waren schon tot, als man sie endlich ausgegraben hatte. Die anderen vier kamen ins Lazarett und danach durften sie drei Tage auf Heimaturlaub. Als Georg da plötzlich im Laden vor Else stand, weinten sie beide vor Glück. Er sah sofort die Schwangerschaft und freute sich riesig. „Hoffentlich wird es ein Mädchen." Jetzt, da ihr Schorschel bei ihr war, war alles nur halb so schlimm. Doch der Abschied nach den drei Urlaubstagen war fürchterlich. „Ach", meinte er, „bei der Geburt oder der Taufe bin ich wieder da!" Schlimm stand es auch um Karl, Georgs Stiefvater, der Berufssoldat war. Von Anfang an war er als Fahrer abkommandiert und musste die Soldaten bis vorn an die Front fahren. Eines Tages traf ihn eine Granate. Das rechte Bein war total zerfetzt und, als ob das noch nicht genug wäre, war auch die rechte Hand schwer verletzt. Lange lag er im Lazarett. Frieda und ihre Söhne wussten nichts davon. Erst als ein Lastwagen ihn nach Hause brachte, erfuhren sie die grausame Wahrheit. Für Karl war damit die Zeit als aktiver Soldat beendet. Aber wofür hatte er sich zum Krüppel machen lassen? Nur dafür, dass man ein Land mehr besitzen wollte? Das Gegenteil kam ja am Ende raus, denn Deutschland war, wie jeder weiß, der Verlierer. Und die Sieger wollten Wiedergutmachungen. Zahlen, zahlen musste, wie nach dem ersten Weltkrieg, wieder das ganze Volk. Der Führer hatte sich umgebracht, die hochrangigen Verantwortlichen waren eingesperrt aber was nutzte das der armen Bevölkerung?

Else ging es in dieser Schwangerschaft nicht so gut. Das lag einfach daran, dass Georg nicht da war und sie das Geschäft mit den Angestellten allein führen musste. Viel Arbeit war das. Abwechselnd kamen zwar Muttel Weda oder Mutti Frieda um zu helfen. Das meiste hing aber an ihr. Dem Wolfgang fehlte der Vater am meisten. Er besuchte seit kurzem die Grundschule. So wie andere Kinder konnte er aber nie seine Eltern fragen, wenn er im Unterricht etwas nicht verstand. Der Vater im Krieg, die Mutter im Geschäft, keiner hatte Zeit für den Jungen. Hin und wieder kam mal Tante Martha mit Klein-Hildegard und half ihm bei den Schularbeiten. Allerdings konnte er diese Hildegard gar nicht leiden. Die wusste immer alles besser.

Alles war so schwierig und es sah nicht nach Besserung aus. Anfang Dezember sollte Elses Baby kommen. Im Geschäft hatte sie schon eine der Frauen als ihre Vertreterin ausgebildet.

Es kam der Abend des 15. November 1941, im Laden war es bitterkalt gewesen und nun freute sie sich auf eine warme Stube. Sie würde den Kamin anzünden und sich direkt davorsetzen, um endlich wieder warme Füße zu bekommen. Aber, oh Schreck, es war im Wohnraum kein Holz mehr vorhanden. Sie musste also in den Keller und welches holen. Mühsam ging sie mit ihrem Korb die Treppen hinunter. Als sie die ersten Holzstücke in den Korb gelegt hatte, wurde ihr ganz schwindelig und auf einmal merkte sie, dass sie nass wurde. Die Fruchtblase war geplatzt. Sie war ganz allein im Keller und die erste Wehe kam auch schon. Mit riesengroßer Anstrengung schaffte sie die Treppe hinauf in den ersten Stock bis zu ihrer Freundin Mathilde Eichendörfer. Gott sei Dank war die zu Hause und sie sah sofort, was los war. Schnell legte sie noch ein paar Handtücher aufs Bett. Das war im letzten Moment, denn das Baby Sigrid hatte es furchtbar eilig, auf diese Welt zu kommen. Ein kleines Pummelchen mit pechschwarzen Haaren kam zum Vorschein. Die Hebamme sagte: „Na, das ging jetzt aber schnell." Else war das alles sehr peinlich. Hoffentlich war die Matratze nicht voller Blut. Doch dann, als sie ihre Sigrid Maria beim Klaps auf den Po schreien hörte, hatte sie alle Sorgen vergessen und stellte fest, dass ihr Baby eine sehr kräftige Stimme hatte. Alle lachten und waren glücklich mit dem gesunden Kind. Ach, wie würde sich Schorschel freuen, endlich eine Tochter zu bekommen. Bis jetzt gab es in seiner Familie doch nur Buben. Fritz, sein Stiefvater, hätte damals als dessen Sohn Franz geboren wurde, auch gerne ein Mädchen gehabt. Sigrid Maria soll das Mädchen heißen, so war es mit Georg ausgemacht. Sie schrieb ihm gleich. Aber wieder bekam sie keine Antwort. Sie konnte ja nicht wissen, dass er einer Einheit angehörte, die in schwere Kampfhandlungen verwickelt war und es dort keine Feldpost gab. Als er den Brief endlich bekam war seine Freude natürlich groß. Jetzt wollte er unbedingt Urlaub bekommen. Hatte er doch versprochen zur Taufe zu Hause zu sein. Wie er wollten noch mehrere Kameraden aus dieser Einheit Heimaturlaub haben, doch nicht alle konnten ihn bekommen. Georgs Begründung, die Geburt eines Kindes, war schließlich ausschlaggebend, dass er fahren durfte. Gleich schrieb er einen Brief, Else solle alles für die Taufe vorbereiten. Endlich ein Lebenszeichen, schon das war eine riesige Freude. Else machte gleich einen Termin beim Pfarrer in der Stadtpfarrkirche St. Bartholomäi. Nun musste sie noch alle Verwandten von dem Termin verständigen. Muttel war ja schon da und Mutti Frieda kam gleich am nächsten Tag. Die Neugier und die Tatsache, dass endlich ein Mädchen in die Familie Glinka gekommen war, stellte alles auf den Kopf. Auch Georg traf schon zwei Tage später ein. Abgemagert und alt sah er aus. Der Krieg hatte seinen Tribut gefordert und nach ein paar Tagen würde er zurück an die Front müssen, doch daran wollte jetzt gar niemand denken.

Er hätte beinahe vergessen, seine Else zu begrüßen, so zog es ihn zu Sigrid hin. Als er sie das erste Mal auf dem Arm hielt liefen die Tränen der Freude nur so über seine Backen. „Mein Sonnenschein, mein Sonnenscheinchen", so sagte er ständig.

Ab diesem Moment war der Name Sigrid in den Hintergrund getreten. Sigrid war in der ganzen Familie nur noch *unser Sonnenscheinchen*. Wolfgang war davon nicht so begeistert. Keiner achtete mehr auf ihn, das musste ihm ja gegen den Strich gehen. Sieben Jahre war er der Prinz gewesen und nun kam da eine und er zählte plötzlich gar nichts mehr. Die Zeit, die Mutti und Tanten bisher für ihn hatten, war schon sehr knapp gewesen und das würde nun noch weniger werden. Ab sofort verweigerte er jegliches Essen. Diese Art zu protestieren hatte er schon als Baby wunderbar gekonnt. Muttel, die das sofort erkannte, erklärte ihm, dass alle ihn genauso liebten wie früher und dass die Sigrid mit ihm sicher gerne spielen würde. So ein kleines Baby sollte mit ihm spielen? Wolfgang war nicht überzeugt, er war nur eifersüchtig. In der Schule schaute er Löcher in die Luft. Niemand hatte Zeit für ihn. Warum sollte er denn was lernen? Es fiel sowie so keinem auf, wenn er nichts machte. Im Mittelpunkt stand immer nur diese Sigrid. Als Georg dann kam sollte gleich am Samstag die Taufe sein, alle hatten ja nur auf ihn gewartet. Die Taufpatin sollte Mathilde werden, denn bei ihr in der Wohnung war Sigrid ja zur Welt gekommen. Taufpate sollte dann jemand aus der Familie sein. Franz, Georgs Bruder, wurde ausgesucht und nahm die Patenschaft gern an. Die Taufe fand mit allen Verwandten im Dezember statt. Sigrid hatte ein gehäkeltes weißes Kleidchen an und sah allerliebst darin aus. Überhaupt, wenn man mit ihr sprach oder sie nur anlachte, quietschte sie vor Vergnügen. Am meisten mochte sie es, auf dem Arm herum getragen zu werden.

Besonders von den Omas wurde sie sehr verwöhnt. Wie wird das werden, dachte Else, wenn alle wieder weg sind? Auch das Stillen war problemlos, die Kleine hatte immer Hunger und schlief danach auch gleich wieder ein. Wolfgang allerdings konnte so gar nichts mit diesem Baby anfangen. Am Sonntagnachmittag ging die Familie mit den Kindern spazieren. Zuerst wurde Wolfgang fertig angezogen, dann kam Sigrid in den Kinderwagen, der zuvor schon mal draußen hingestellt worden war. Wolfgang sollte nun beim Kinderwagen bleiben und ihn leicht hin und her schieben. Für ihn war aber der Kinderwagen zum Rennauto geworden. Es lag viel Schnee und er konnte wunderbar den Berg hinunter rutschen. Doch plötzlich kippte dieses Ding mitsamt dem Inhalt um. Wolfgang schnappte sich alles einschließlich Sigrid und warf es zurück in den Kinderwagen. Dann stellte er sich ganz brav hin und wartete auf die Eltern. Er hatte aber nicht mit Sigrid gerechnet, die sich beschwerte indem sie aus vollem Hals schrie. Der kalte Schnee war überall, am Gesicht, unter der Decke, einfach überall. Und dafür hatte er doch wegen dieser Ziege eine ordentliche Ohrfeige bekommen.! Na, der werde ich es zeigen, dachte er. Am Montag begann für ihn wieder die Schule und da musste er wenigstens nicht mehr auf seine Schwester aufpassen. Doch mit der Zeit wurde das Verhältnis der beiden zueinander langsam besser. Mutti und Tante hatten ja nun nicht mehr so viel Zeit, auf ihn aufzupassen. So konnte er öfters mit seinen Freunden draußen Schlitten fahren, Fußball spielen oder Blödsinn machen. Nur das Essen, was die Muttel Weda in ihn reinbringen wollte, passte ihm gar nicht. Warum musste man denn so ein weiches Ei essen? Igitt, igitt, so etwas Scheußliches. Jeder aus der Familie oder auch Angestellte aus dem Laden wollten ihm immer was in den Mund stecken. Dabei gab es doch nichts so Furchtbareres wie essen.

Drei Tage nach der Taufe musste Georg wieder in den grausamen Krieg. Wann er das nächste Mal Urlaub bekommen würde, stand in den Sternen. Er wollte gar nicht gehen, aber er musste ja. Nun war Else wieder allein mit den Kindern und dem Geschäft. Für die Kinder blieb Muttel noch eine Weile da. Aber auch sie wollte im Frühling wieder nach Hause in ihren Garten, zumal ihre Wohnung jetzt ganz leer war. Bernhard war ausgezogen, er hatte seine Lisbeth geheiratet. Sie wohnten zwar noch in Gleiwitz, aber eben nicht mehr mit Muttel in ihrer Wohnung. Im Geschäft gab es wie immer viel zu tun. Meistens war einfach gar keine Ware da und wenn welche kam, sprach sich das schnell herum. Es bildeten sich lange Schlangen vor dem Geschäft, jeder wollte etwas haben, doch für alle reichte es meistens leider nicht. Wie sollte man es regeln, wenn man nur kleine Mengen bekam? Die Leute standen stundenlang an, um etwas von dem zu bekommen, was gerade geliefert wurde. Mit Wolfgang wurde es immer schlimmer. Er gehorchte überhaupt nicht mehr und in der Schule machte er nur Blödsinn. Der Lehrer bat Else zu einem Gespräch. Else war den Tränen nahe, wie sollte sie all diese Probleme allein lösen? Doch der Lehrer wusste Rat. In Breslau gab es eine Kriegerwitwe, die Schüler bei sich in Pension aufnahm und mit ihnen lernte. Sie galt als sehr streng und bei ihr war der Unterhalt nicht gerade billig. Aber was sollte sonst gemacht werden? Der Bub wuchs ihr über den Kopf und er musste doch lernen. Was würde sonst noch aus ihm werden? Da sie nicht vom Geschäft weg konnte, brachte ihn Tante Martha zu dieser Witwe, einer ehemaligen Lehrerin, ins Haus. Gut fühlte sie sich nicht dabei. Es waren noch zwei andere Buben da. Alle drei waren in einem Zimmer untergebracht. Wolfgang war der Jüngste. Else hatte für die Frau noch ein reichhaltiges Paket Lebensmittel mitgegeben. Auch für Wolfgang gab es ein Päckchen, das er aber nie bekommen hat. Hier wollte er nicht bleiben, nein, aber er musste. Bei der Witwe herrschte Zucht und Ordnung. Auch die zwei älteren Buben hielten zusammen. So war Wolfgang immer der Dumme und bekam die Prügel.

In dieser Zeit litten viele Menschen nicht nur unter Hunger und Bombardements, sondern man bekam auch langsam Kenntnis über die Judenverfolgung. Diese nahm immer schlimmere Formen an. Mit ihnen zu sprechen oder gar ihnen zu helfen war strengstens verboten und wurde hart bestraft. Neben dem Lebensmittelgeschäft der Glinkas befand sich das jüdische Juweliergeschäft mit deren Inhabern sie befreundet waren, was jetzt aber streng geheim bleiben musste. Der Juwelier trat mit einer Bitte an Georg heran als dieser zur Taufe von Sigrid zu Hause war. Wenn Rachel, seine Tochter, mit einer Taschenuhr bei ihnen klopfen würde, möge er sie doch bitte für ein bis zwei Tage im Weinkeller verstecken. Einfach war so etwas in dieser Zeit nicht, denn man begab sich damit in große Gefahr, selber erschossen zu werden. Aber abschlagen konnten sie die Bitte auch nicht. Hinter den Regalen im Weinkeller gab es eine kleine Nische, in der man jemanden verstecken konnte. Es verging einige Zeit, Georg war schon wieder an der Front, als eines Morgens Rachel bei Else klingelte. Sie zeigte nur die Taschenuhr und lief gleich wieder fort. So war es ausgemacht. Else hatte ja alle Schüssel, jetzt musste sie nur aufpassen, dass keiner ihrer Angestellten in den Keller musste. Wenn doch, sagte sie einfach: „Ich weiß gerade nicht, wo der Schüssel ist." In der folgenden Nacht schlich sie sich mit ein paar Lebensmitteln zu Rachel hinunter. Die erzählte ihr nun, was zu Hause passiert war. Um vier Uhr früh war die SS gekommen und hatte ihre Eltern und ihre Brüder abgeholt. Sie sei beim ersten Klopfen gleich durchs Fenster gesprungen und habe sich erst mal versteckt. Als dann wieder Ruhe war sei sie mit der Uhr zu Else gegangen. Was mit ihren Eltern geschehen sei, wisse sie nicht. Else hatte natürlich schon alles beim Gespräch mit ihrer Kundschaft gehört. Am besten war, man sagte gar nichts dazu. Denn egal, was man sagte, es konnte falsch ausgelegt werden. Auschwitz war nicht weit von Gleiwitz entfernt, dahin wurden die Juden aus dieser Gegend meistens gebracht. Rachel sagte dann noch: „In der nächsten Nacht verschwinde ich von hier." Sie erzählte aber nicht, was sie vorhatte und es war auch besser, wenn es niemand wusste. In der nächsten Nacht war sie schon nicht mehr da. Else räumte alles, was auf einen Gast im Weinkeller hindeutete, weg und so konnte sie ihren Angestellten am nächsten Tag auch den Kellerschlüssel wieder geben. Er sei in einer Schürzentasche gewesen, behauptete sie und niemand stellte eine Frage.

Die Taschenuhr war ein sehr wertvolles Stück, was sie in ihre Schmuckschatulle legte. Damit wollte sie die ganze Sache möglichst rasch vergessen, doch das war nicht so einfach. Schließlich hatte man die Nachbarn gut gekannt und auch gemocht. Doch diese Zeit war einfach grausam. Selbst Kinder wurden von der SS an die Front geschickt. Das Elend war kaum mehr zu ertragen. Angst um den Mann, um die Kinder und um alles was man sich aufgebaut hatte bestimmte den Alltag.

So begann das Jahr 1942. Hitler sprach ständig vom Endsieg, bald sollte es besser werden. Doch alles war gelogen, das ganze Jahr gab es nur Hunger und Angst.

Am 6. Januar 1943 war in der Familie endlich wieder mal etwas Erfreuliches geschehen. Lisbeth und Bernhard bekamen ihr erstes Baby, eine Tochter, die sie Christiane nannten. Wie bei allen Familien in dieser Zeit war der Papa an der Front. Lisbeths Mutter Viola wohnte bei ihr, so dass sie beim ersten Kind die Hilfe hatte, die eine junge Frau wirklich braucht.

Kurz danach gab es dann gleich noch eine schöne Feier, denn Muttel Florentine hatte ihren siebenundsechzigsten Geburtstag. Zu diesem Anlass versuchten alle Geschwister zu ihr zu kommen, man wusste ja nicht, wie oft man sich noch sehen würde. Selbst Hedel, Alfons und deren Kinder Gerhard und Monika aus Neuenkirchen schafften es, dabei zu sein. Auch Martha, Bernhard, Hildegard und natürlich Lisbeth mit der kleinen Christiane, die in Gleiwitz wohnten. Aus Oberglogau waren die Glinkas, außer Georg, ebenfalls vollständig angereist und aus Cottbus kam dann etwas verspätet noch Trude mit ihren zwei Mädchen Ilse und Ingrid, leider ohne ihren Mann, der auch keinen Urlaub von der Front bekommen hatte. Muttel wollte nur alle ihre Liebsten um sich haben, das war ihr größter Wunsch. Endlich mal wieder ein Tag, an dem man die Sorgen vergessen sollte. Jeder brachte etwas zum Essen und Trinken mit denn in dieser Zeit war das am Wichtigsten. Leider ging dann dieser Tag viel zu schnell vorüber, nur die Erinnerung blieb in allen Herzen. Beim Fotografen wurden noch Familienfotos gemacht.

Der Krieg wurde immer grausamer und plötzlich war er so nah. Nach der Propaganda im Radio müsste der Krieg längst gewonnen sein doch das Gegenteil war der Fall. Erst am 8. Mai 1945 ging er dann zu Ende. Was heißt zu Ende? Da marschierten die russischen Soldaten in Oberglogau ein, besetzten auch den Laden und die Wohnung. Alles, aber auch alles verwüsteten sie und quartierten sich in die schöne Wohnung ein. Gott sei Dank waren die Kinder Wolfgang und Sigrid von Tante Martha schon vorher abgeholt worden. Die wohnte seit einiger Zeit nicht mehr in Gleiwitz, sondern in Altenburg in Thüringen. Else hatte ihren wertvollen Besitz, Pelze, Schmuck, Kleidung und Lebensmittel, Papiere und was sie noch an Geld hatte, schon Wochen vorher zu Martha nach Altenburg gebracht. Sie hatte sich mit ihrem Schorschel abgestimmt, dass, wenn sie vertrieben würden, sie sich bei Hedel in Westfalen wieder treffen wollten. Die wohnte jetzt in Neuenkirchen. Nur wie man dort hinkommen würde das wusste sie noch nicht. Manchmal fuhren ja Züge, doch die Gleise waren in den letzten Kriegstagen oft bombardiert worden und mussten erst wieder in Ordnung gebracht werden. Jetzt hieß es, erst mal bis Altenburg zu kommen. In ihrer schönen Wohnung hatten sich die Russen breit gemacht und die waren grausam, vor allem gegenüber Frauen. Else floh durch den Keller, ihre Angestellten ebenso. Jeder versuchte, so schnell wie möglich zu entkommen. Der Krieg war zwar zu Ende, doch die Besatzer nahmen jetzt Rache an den Deutschen, die diesen Krieg angefangen hatten. Menschenmassen waren auf der Flucht. Nachts war es bitterkalt. Else kam nach drei Tagen endlich in Altenburg an. Einmal hatte sie unterwegs jemand auf einem Leiterwagen mitgenommen. Wer zahlen konnte, wurde mitgenommen. Dann ging es wieder mal ein Stück mit der Bahn. Zuletzt wusste sie gar nicht mehr genau wo sie war. Aber irgendwie schaffte sie es, zu ihrer Schwester Martha zu kommen, die heilfroh war, als sie durch die Tür kam. Das Haus in dem Martha wohnte stand noch und den Kindern ging es gut. Ein paar Tage wollte Else sich erholen, dann aber mit den Kindern weiter ziehen nach Westfalen. Marthas Wohnung war klein und so ging man sich auch schnell auf die Nerven.

Am dritten Tag wollte sie sich wieder auf den Weg machen. Zuerst mit dem Zug möglichst weit kommen, am liebsten bis Kassel. Das stellte sich aber bald nur noch als Wunschdenken heraus, denn es fuhr an diesem Tag überhaupt kein Zug. Am nächsten Tag versuchte sie es wieder und so ging das sieben Tage lang. Sie musste aber nun bald gehen, denn auch in Altenburg waren die Russen einmarschiert. Auf den Straßen waren viele Menschen mit Leiterwagen, Pferdekutschen und Bollerwagen unterwegs auf der Flucht. Ihr blieb auch nichts anderes übrig, sie musste weg aus Altenburg, denn ihr Ziel war Rietberg in Westfalen. Georg hatte bei seinem letzten Heimataufenthalt eine Landkarte mitgebracht, auf der sie die Städte, die sie ansteuern sollte, rot umzingelt hatten. Jetzt wollte sie als erstes in Richtung Gera fahren. Aber was heißt hier fahren? Sie konnte nur mit der Masse marschieren. Den Kinderwagen hatte sie mit einem Pelz unten gepolstert, obendrauf saß Sigrid, wiederum mit einem Pelzmantel zugedeckt. Damit hatte sie es wenigstens warm. Wolfgang mit seinen elf Jahren musste laufen und Else natürlich auch. So waren sie mit den anderen Leuten einen halben Tag unterwegs, als sie zwei Mädchen heulend am Straßenrand sitzen sahen. Die hatten ihre Mutter und ihre Tante verloren. Else, die von Martha einiges Essbares mitbekommen hatte, gab ihnen davon ab. Sie blieben bei den Mädchen und machten eine Pause, in der Hoffnung, dass die Mutter ihre Kinder suchen würde. Aber niemand suchte die Mädchen und so entschloss sich Else, die Mädchen erst einmal mitzunehmen. Vielleicht gab es irgendwo auf dem Weg eine Organisation, bei der sie sie abgeben könnte. Kurz vor Gera kam aus einer Nebenstraße eine Kompanie Soldaten marschiert. Schon am Schritt erkannte man, dass es Russen waren. Die Vertriebenen gingen alle in die Straßengräben und waren froh, als diese Soldaten vorbei waren. Erst jetzt merkte Else, dass Wolfgang nicht mehr da war. Sie fragte die anderen Leute, ob sie ihn gesehen hätten. „Ja", sagte jemand, „der ist mit den Soldaten mitmarschiert". Nun konnte Else sich nicht mehr um die beiden Mädchen kümmern, denn sie musste jetzt sofort nach Wolfgang suchen. Die Mädchen übergab sie einer Familie, die aus mehreren Kindern, Oma, Opa und zwei Frauen bestand. Dann machte sie sich auf den Weg, hinter den Soldaten herzulaufen. Die Angst, ihren Jungen nicht mehr wiederzufinden war riesengroß. Es ging jetzt nicht mehr in Richtung Gera, sondern es kam ihr vor, als ob es wieder zurück ging, aber das war nun auch ganz egal. Bis zum Abend hatte sie ihn immer noch nicht gefunden. So lief sie am nächsten Morgen weiter den Soldaten hinterher in der Hoffnung, Wolfgang bei ihnen zu finden. Die Verzweiflung wurde immer schlimmer. Viele der Kinder auf der Flucht blieben für immer verschwunden. Schließlich war sie bei den Soldaten und fragte nach ihrem Sohn. Sie kam an einen, der etwas Deutsch konnte und der führte sie zu einigen seiner Kameraden, die in einer Runde auf dem Boden saßen und mittendrin saß Wolfgang, aß in aller Ruhe Schokolade und fühlte sich dabei pudelwohl. Else konnte ihre Tränen der Erleichterung nicht mehr zurückhalten. Sie schnappte ihren Sprössling und ging mit ihm und Sigrid im Kinderwagen wieder zurück hinter die Soldaten-Kompanie. Jetzt musste sie sich erst einmal auf der Karte orientieren wo sie war. Zurück war sie gegangen und befand sich nun kurz vor Glauchau. Das nächste Dorf hieß Meuselwirt. Es blieb ihr nichts anderes übrig, als wieder in die richtige Richtung zu gehen. Die Füße taten weh und die Ungewissheit, wo sie sich befand und ob sie nun auf dem richtigen Weg war, war sehr beunruhigend. Im nächsten größeren Ort wollte sie sich wieder am Bahnhof erkundigen, ob ein Zug in Richtung Kassel fahren würde.

In dieser Nacht hatte sie Glück. Sie durfte bei einem Bauern im Heu nächtigen und mal ihre Füße ausstrecken. Die Bäuerin gab ihr auch noch für die Kinder eine warme Suppe und ein paar Scheiben Brot. Sie hatte selbst vier Kinder und deshalb wohl Mitleid mit dieser Mutter und ihren Kindern.

Frühmorgens ging es dann weiter Richtung Weimar und Erfurt. Mal sehen, wie weit sie heute kommen würde. Es waren viele Menschen auf der Flucht vor den Russen. Alle schleppten sich so dahin. Die Kinder weinten und manche konnten einfach nicht mehr laufen. Schlangen von Menschen bildeten sich, wenn es mal am Wegrand Wasser oder einen warmen Tee gab. Kinder stocherten in den

Trümmern der Häusern herum auf der Suche nach etwas Essbarem oder auch nach Schuhen. Else hatte an diesem Tag auch wieder viel Glück. Ein Leiterwagen voller alter Leute und Kinder nahm sie ein Stück mit bis in die Nähe von Jena. Sie hatte in ihrer Unterhose noch ein bisschen Geld eingenäht gehabt. Das sie dem Wagenbesitzer gab und deshalb durfte sie mit ihren Kindern noch auf den Leiterwagen steigen. Der wurde von einen alten Gaul gezogen, der eigentlich gar nichts mehr ziehen durfte. Immer wieder schlug der Bauer mit der Peitsche auf ihn ein.

Am nächsten Tag ging Else mit den Kindern in Jena Richtung Bahnhof um einen Zug für die Weiterfahrt zu bekommen. Da kamen ihr einige Russen entgegen. Etwa zehn Männer waren es und man sah ihnen an, dass sie nichts Gutes vorhatten. Sie hatten wohl viel zu viel Wodka getrunken und dadurch waren sie zwar lustig aber was sie vorhatten, war klar zu erkennen. Jeder, der konnte, lief schnell in eine andere Richtung. Man war zwar von vielen Leuten umgeben, aber jeder kümmerte sich nur um sich selbst und war froh, wenn er unbeschädigt davon kam. Sie umkreisten Else mit ihren Kindern und auf einmal merkte einer, worauf Sigrid in ihrem Kinderwagen saß. Diesen Pelzmantel konnte er gut gebrauchen ... und schon war er weg. Sigrid schrie aus Leibeskräften, aber das half nichts. Die Russen machten sich einen Spaß draus und es ging immer weiter. Else wurde bis auf den Unterrock ausgezogen. Nun stand sie da, frierend und voller Scham. Wer weiß, wie weit das noch gegangen wäre, wenn nicht einer dieser Russen Mitleid mit der Frau gehabt hätte. Er gab Else eine Uniform-Hose sowie eine -Jacke. Wahrscheinlich von einem toten Kameraden. Else war es egal, Hauptsache sie konnte sich bedecken und etwas Wärmendes anziehen. Wolfgang stand dabei, schaute nur, sagte kein Wort und klammerte sich an Mutti. Nur schnell fort, dachte Else, wer weiß was denen sonst noch einfällt. Keiner der Menschen, die vorbeiliefen, machte Anstalten ihr irgendwie zu helfen, jeder hatte genug mit sich selbst zu tun. Gott sei Dank hatten die Russen genug von ihrem Spiel und zogen weiter. Auch die Schuhe hatten sie ihr gestohlen und sie musste auf Strümpfen weiterlaufen. Etwas Geld hatte sie noch versteckt, damit hätte sie sich wohl Stiefel kaufen können, aber wo??? Gegen Abend hatte sie mühsam den Bahnhof erreicht. Viele der Vertriebenen saßen und lagen da herum. Einen Fahrplan gab es nicht. Alle warteten auf einen Zug. Meistens war es ein Viehwagen oder ein Güterzug. Da kam man vielleicht mit. Else hatte Blasen an den Füßen, sie taten furchtbar weh, teilweise bluteten sie. Wo bekam sie nur Stiefel her? In der Nähe gab es ein Lazarett, dahin musste sie noch humpeln. Sie machte sich auf den Weg und kam mit großer Anstrengung auch dort an. Eine der Helferinnen nahm sich nach einer Weile ihrer an und kümmerte sich zuerst um die Kinder. Die bekamen etwas zu Trinken und zu Essen. Während dem Essen wären sie fast schon eingeschlafen. Auch eine Strohunterlage gab es, auf der sie dann alle drei zusammen schlafen konnten. Die Helferin kümmerte sich auch noch um Elses blutende Füße, verband sie und brachte ihr ein Paar Stiefel von einem Soldaten, der hier seinen Verletzungen erlegen war. Danach fielen Else und die Kinder nur noch auf das bisschen Stroh, was da lag. Erst in der Früh hörte sie das Stöhnen aus den anderen Betten. Verletzte über Verletzte lagen hier. Manchmal lagen sie auch zu zweit in einem Bett. Es stank fürchterlich nach Blut und Urin. Wie gut ging es ihr doch dagegen. Bis auf ihre wunden Füße war ja alles bei ihr und den Kindern in Ordnung. Dass sie Wolfgang wieder bei sich hatte war für sie im Moment das größte Glück.

Jetzt bekamen sie auch noch einen heißen Tee und etwas Brot. Danach ging es zurück zum Bahnhof um heute endlich einen Zug zu erwischen, der in Richtung Kassel fuhr. Hin und wieder fuhren auch Güterzüge durch den Bahnhof, aber die hielten nicht an. Erst am dritten Tag bog endlich ein sehr langer Güterzug in den Bahnhof ein und hielt auch an. Alle sprangen auf und liefen an den Waggons entgegen. Als der Zug dann endlich zum Stehen kam, war die Enttäuschung groß. Die Schiebetüren öffneten sich zwar, aber in den Waggons waren Massen von Menschen, die aber nicht ausstiegen um andere herein zu lassen. Sie ließen nur etwas frische Luft hinein und das war wohl auch dringend nötig. Sie warfen das alte, stinkende Stroh auf den Bahnsteig. Eine Frau mit drei Kindern sagte zu Else: „Komm schnell, die letzten Waggons sind vielleicht nicht so voll." Else lief so schnell sie mit ihren Kindern konnte dieser Frau, die drei Kinder bei sich hatte, hinterher. Inzwischen hatten aber scheinbar auch andere Flüchtlinge diese Idee. Am Ende des Zuges war wirklich ein Waggon noch fast leer. Die beiden Frauen halfen sich gegenseitig, ihre Kinder in den Waggon zu bugsieren. Zuletzt schoben sie sich selbst hinein. Ihre Knie und die Arme waren total aufgeschürft, doch das war alles egal. Sie lachten aus vollem Hals, umarmten sich und freuten sich riesig, es geschafft zu haben. „Ich bin die Ingrid", „und ich die Else." Ingrids Kinder waren etwas älter und hatten sich schon längst mit Wolfgang und Sigrid bekannt gemacht. Selbst der Kinderwagen von Sigrid fand noch Platz im Waggon. Das Stroh roch jetzt noch frisch, was jedoch leider nicht so bleiben würde. Jeder würde mal austreten müssen und an einem Bahnhof aussteigen um zur Toilette zu gehen, würde bedeuten, keinen Platz mehr im Zug zu bekommen. Auf einmal hörten sie eine Trillerpfeife, danach ruckelte der Zug und fuhr an. Auch dieser Waggon war übervoll. Jeder, der drin war, freute sich, dass er nicht mehr laufen musste.

Irgendwann in der Nacht blieb der Zug plötzlich stehen. Alle, außer den Kindern, waren sofort wach. Der Krieg war doch vorbei, oder gab es doch noch Bomben, die auf die Züge geworfen wurden? Die Angst war wieder da. Manchmal konnten auch keine Züge mehr fahren, weil es einfach keine Gleise mehr gab. Die waren schlichtweg total kaputt gebombt worden. Aber nach gut zwei Stunden ging die Fahrt dann doch weiter. Wohin sie fuhren wussten sie nicht. Jeder wollte nur aus der Sowjetischen Zone raus. Else wünschte sich, irgendwie in Kassel anzukommen. Von dort würde sie schon weiter kommen zu ihrer Schwester nach Neuenkirchen bei Rietberg. Es verging eine weitere Nacht und noch ein halber Tag, dann hielt der Zug auf dem Bahnhof Hersfeld. Das hatte sie schon mal gelesen. Sie holte schnell die Karte raus, schaute nach und stellte fest, dass sie sich in der Nähe von Kassel befand. Der Zug würde möglicherweise nicht nach Kassel fahren. Wenn sie hier nicht aussteigt und der Zug fährt weiter nach Gießen, was dann??? Dann müsste sie viel länger wieder zu Fuß bis nach Kassel laufen. Sie wollte hier den Zug verlassen und Ingrid half ihr beim Absprung. Andere Leute gaben ihr den Kinderwagen und die Kinder hinterher. Gleich waren wieder andere Vertriebene da, die ihren Platz einnahmen.

Am Bahnhof erkundigte sich Else, ob heute noch oder überhaupt irgendwann, ein Zug nach Kassel ginge. Nein, sagte man ihr, denn hier ist nur eine Nebenstrecke. Jetzt wusste sie Bescheid. Also ging es nun wieder zu Fuß weiter. Ihre Füße hatten sich erholt und überhaupt war sie jetzt wieder etwas zuversichtlicher, dass sie ihr Ziel erreichen würde. Auch die Kinder waren froh, sich wieder bewegen zu können, denn im Waggon war dafür kein Platz gewesen. Es tat allen dreien gut, zu Fuß weiter zu laufen. Nur nachts war es jetzt, im Oktober 1945, schon empfindlich kalt.

Sigrid, die früher Pelzmäntel hatte um sich zuzudecken, fror sehr. Die Beine waren immer kalt, denn sie hatte nur Kniestrümpfe an. Plötzlich bekam sie hohes Fieber, doch Medikamente gab es nirgendwo. Die

Beine fingen furchtbar an zu jucken und natürlich kratzte sie sich, was zu großen Eiterblasen führte, die dann auch noch aufplatzten. Doch bis nach Kassel mussten sie es schaffen, dort würde es bestimmt ein Krankenhaus geben. Leider war der Kinderwagen inzwischen auch total unbrauchbar geworden. Die Reifen gingen nacheinander einfach kaputt. Laufen konnte Sigrid gar nicht mehr, deshalb musste sie von Else getragen werden. Als sie auf ihrem Weg nach Kassel auf einem Hügel einen Bauernhof sahen, ging Else mit Ihren Kindern zu der Bauersfrau, die gerade draußen Wäsche auf eine Leine hing und fragte, ob sie Arbeit für sie hätte, sie könnte gut nähen. Die Bauersfrau überlegte kurz und dabei sah sie, wie schlecht es Sigrid ging. Sie hatte selber vier Kinder. Drei größere und noch ein Baby. Sie hatte wohl Mitleid mit dieser Frau. Zuerst bekamen alle ein Getränk und etwas Warmes zu Essen. Als sie die Beinchen von Sigrid sah, meinte sie: „Die sind bestimmt erfroren, hier im Ort gibt es eine Rot-Kreuz-Station, da musst du hin." Else, die das Leid ihrer Tochter kaum noch ertragen konnte, machte sich gleich auf den Weg. Als sie dort ankam wurde es schon dunkel und der einzige Arzt, der anwesend war, hatten alle Hände voll zu tun. Zwar kam jeder, der da wartete, auch dran, aber es dauerte sehr lange. Else setzte sich einfach hin und musste geduldig warten, bis sie dran war. Es war etwa Mitternacht als man ihren Namen rief. Sie war eingeschlafen, als sie jemand an der Schulter rüttelte. Der Arzt schaute sich Sigrids Beinchen an und sagte dann: „Ich kann sie hier mit Salbe einreiben und verbinden. Aber sie müssen unter eine Wärmeglocke in einem Krankenhaus, sonst heilt das nie mehr." So etwas hatte er wohl bei Soldaten gesehen, aber noch nie bei einem Kind.

Er schrieb einen Bericht für den Arzt im Krankenhaus und gab Sigrid ein Medikament gegen das Fieber. Als Else fragte, wo denn ein Krankenhaus sei, sagte er nur: „Der Sanitäter fährt sie mit dem Krankenwagen hin." Else bedankte sich und ging mit den Kindern zu diesem Sanitätsauto. Der Fahrer wusste Bescheid. Im Wagen waren noch vier andere Patienten, die auch ins Krankenhaus mussten. Der eine Mann hatte einen Verband um den Kopf und eine Armschlinge und er stöhnte die ganze Zeit vor sich hin. Zuerst mussten sie aber noch auf einen Schwerstverletzten warten. Nach gut einer Stunde brachten sie ihn auf einer Liege. Er war am Kopf total verbunden und lag noch in Narkose. Gesprochen wurde während der Fahrt kein einziges Wort. Jeder hatte mit sich selber genug zu tun. Als sie dann beim Krankenhaus in Kassel ankamen, wurden sie alle in ein Wartezimmer gebracht. Sigrid war eingeschlafen, das Medikament zeigte Wirkung. Der Arzt kam nach einer sehr langen Zeit, aber Else hatte inzwischen schon jedes Zeitgefühl verloren. Sigrid war das einzige Kind in der Runde und kam als erste dran. Nach der Untersuchung nahm sie eine Schwester an sich und legte sie in ein Bettchen. Ihre Beine blieben nackt und wurden unter eine Glocke gelegt, die rotes Licht ausstrahlte. Damit wurde die Haut der Beine erwärmt. Für Sigrid war das Ganze eine Tortur. Ihre Arme wurden angebunden, so dass sie sich nicht drehen konnte. Die Helferin tröstete sie und sagte: „Zwischendurch binden wir dich schon wieder los". Als Else das sah, konnte sie die Tränen nicht mehr zurückhalten.

Die Schwestern hatten alle so steife Hauben auf, sie sahen dadurch aus wie große fliegende Engel. Als Kind hatte man wohl Angst vor solchen riesigen Gestalten. Momentan durfte Else mit Wolfgang sich noch bei Sigrid am Bett aufhalten, doch wie lange noch? Das Krankenzimmer war ein großer Saal. An jeder Seite standen neun Betten. Das Stimmengewirr und das Stöhnen und Jammern war grausam. Wie sollte Sigrid das nur aushalten? Eine Nacht durften sie bleiben, doch am Morgen wurde Else gesagt, sie müsse sich eine Unterkunft suchen. Leichter gesagt als getan. Als sie fragte, wie lange ihre Tochter wohl im Krankenhaus bleiben müsste, wusste keine der Schwestern Bescheid. Sie solle doch den Arzt fragen. Also ging sie wieder ins Wartezimmer. Hier war es wenigstens warm und einen Tee gab es auch. Nach geschätzten drei Stunden war Else dann beim Arzt dran. Er konnte ihr aber auch nicht sagen, wie schnell die Wärme der Glocke bei Sigrid wirken würde. Sie solle halt alle zwei bis drei Tage vorbeikommen, doch wie sollte sie das denn machen? Die einzige Adresse, die sie hatte, war die von der Bauersfrau, die sie als Näherin beschäftigen wollte, aber das war einen halben Tag Fußmarsch vom Krankenhaus entfernt. Doch es blieb ihr nichts anderes übrig, sie hatte keine Wahl.

Der Abschied von Sigrid war eine Qual. Sie machte sich auf den Weg zurück zum Bauernhof, der da irgendwo auf dem Hügel stand. Wäre er nicht da auf der Höhe gestanden, hätte sie ihn wohl gar nicht mehr gefunden. So kamen sie in der Abenddämmerung auf dem Hof an. Müde und hungrig waren sie. In der Stube saßen die Bauersleute mit ihren Kindern beim Abendbrot. Sie boten ihnen aber nichts zum Essen und Trinken an. Der Bauer sagte nur: „Ihr könnt drüben in der Scheune im Heu schlafen." Die Bäuerin fügte noch zaghaft hinzu: „Um sieben

Uhr früh fängst du dann mit dem Nähen an." Hier hatte wohl die Bäuerin nicht viel zu sagen. Mit knurrenden Mägen ließen sie sich ins Heu fallen. Als sie früh am Morgen erwachten, stand neben ihnen ein Korb mit Brot und Äpfeln. Da hatte sicher die Bäuerin ihre Hände im Spiel gehabt. Oh wie das schmeckte. Sie waren aber auch fast am Verhungern. Danach gingen sie in die warme Küche. Nur die Kinder und die Bäuerin waren anwesend. Die sagte nur: „Setzt euch erst mal, trinkt und esst etwas". Das ließen sie sich nicht zweimal sagen. Danach ging es für Else ans Nähen. Aus alten Bettlaken sollte sie Geschirrhandtücher machen. Else erzählte der Bäuerin von Sigrid im Krankenhaus und fragte auch gleich, ob es eine Möglichkeit gibt, wie sie dorthin kommen könnte, denn zu Fuß war es einfach zu weit. Die Bäuerin wollte ihren Bruder fragen, ob der sie mit dem Motorrad fahren würde. Sie solle aber nichts ihrem Mann davon sagen. Else nähte bis zum Abend auf der uralten Nähmaschine Geschirrhandtücher.

Am nächsten Tag kam um die Mittagszeit ein junger Mann mit einem knatternden Motorrad auf den Hof gefahren. Das war Jakob, der Bruder der Bäuerin. „Schnell, zieh dir diese Jacke und die Hose an, der Jakob fährt dich ins Krankenhaus. Mein Mann darf das nicht wissen." Else umarmte die Bäuerin glücklich und zog schnell die Sachen an, dazu noch eine dicke Mütze auf den Kopf und Handschuhe, und weg war sie, als Sozius auf dem Motorrad. Sie klammerte sich an den jungen Mann, denn sie hatte noch nie auf so einem Gefährt gesessen. Jakob merkte wohl die Angst der Frau und fuhr nach einer Weile etwas langsamer. Als sie am Krankenhaus ankamen sagte er: „In zwei Stunden hole ich Sie hier wieder ab." Else war glücklich, die Fahrt auf dem Teufelsgefährt überstanden zu haben. Nun musste sie sich erst einmal einen Weg bahnen durch die vielen Leute, die vor dem Hospiz standen. Das war gar nicht so einfach, weil ja alle hinein wollten. Sie nahm allen Mut zusammen und rief einfach laut: „Ich muss zu meiner sehr kranken kleinen Tochter." Das wirkte, es wurde eine Gasse gebildet und sie konnte hindurch gehen. Sigrid lag mit offenen Augen starr in dem kleinen Bettchen. Sie war nicht mehr an den Armen angebunden, aber sie nahm überhaupt nichts wahr. Else streichelte ihr Gesicht, aber auch darauf kam keine Reaktion. Da nahm sie sie einfach raus aus dem Bett und drückte sie fest an sich. Nun endlich wurden ihre Sinne wach. Vielleicht hatten sie ihr ein Beruhigungsmittel gegeben oder war sie vor lauter Angst und Schmerzen so fern von dieser Welt. Else hätte ihre Kleine am liebsten gleich mitgenommen. Jetzt musste sie unbedingt mit dem Arzt reden. So ging sie mit ihr einfach ins Wartezimmer. Einer Schwester, die gerade im Zimmer war, sagte sie zwar Bescheid, aber sie war nicht sicher, ob die begriffen hatte, was sie gesagt hatte. Es waren hier so viele kranke Menschen in den Betten, dass man zehn Hände haben müsste, um alle versorgen zu können. Da kam ihr ein Gedanke: Sie könnte doch hier im Krankenhaus helfen, dann wäre sie näher bei Sigrid. Endlich kam sie beim Arzt dran und erfuhr, dass Sigrid wohl noch zwei Wochen unter der Glocke liegen müsste. Jetzt stand ihr Entschluss fest: Sie würde hier im Krankenhaus helfen. Der Arzt freute sich sehr über ihren Entschluss. Er schickte sie zu Schwester Clara, die für die Organisation zuständig war.

Bei den Schwestern handelte es sich um Ordensschwestern, die es als ihre Aufgabe ansahen, den Menschen zu helfen und zu dienen. Die Suche nach der Oberin Clara dauerte eine Weile. Die freute sich dann sehr über Elses Hilfsangebot. Aber erst in drei Tagen hätte sie eine Schlafstätte für Else und Wolfgang frei. Doch das war kein Problem und kam der Else sehr entgegen, denn ihr Sohn war ja noch auf dem Bauernhof. Nun musste sie sich aber sputen, denn die mit dem Bruder der Bäuerin vereinbarte Abholzeit war längst vorbei. Sie legte Sigrid einer Schwester auf den Arm, nicht ohne ihr zu sagen, dass sie in drei Tagen wiederkommen würde. Die Schwester lenkte Sigrid ab, so dass diese mal nicht zu weinen anfing. Der junge Mann stand schon mit dem Motorrad vor der Klinik und wartete auf Else. Gleich ging die Höllenfahrt los, dabei redete er kein Wort. Als sie auf dem Hof ankamen war der Bauer glücklicherweise noch nicht von der Feldarbeit zurück. Else setzte sich sofort an die Nähmaschine, so dass es keine Probleme mit dem Bauern geben würde. Der Bäuerin erzählte sie dann von ihrem Plan, in der Klinik zu arbeiten. Die fand das gut und gab ihr noch schnell, bevor der Bauer kam, zu essen und trinken. Das nahm sie gleich mit, zu ihrer Schlafstätte im Heu. Dem Bauer wollten sie lieber nicht begegnen, irgendwie hatte Else vor ihm Angst, und es stellte sich heraus, dass diese auch berechtigt war. Der hatte nichts Gutes vor. Es war der letzte Abend. Else und Wolfgang schliefen nach einem schweren Tag schon in ihrem Heu, da schlich sich der Bauer zu ihnen. Sie hatten ihn nicht kommen hören. Else schrie auf, als jemand sie berührte. Der Bauer legte eine Hand fest auf ihren Mund, mit der anderen begrapschte er sie überall. Wolfgang, der neben Else lag, fing laut an zu schreien. Das hörte die Bäuerin, die ahnte, was der Bauer vorhatte und hinter ihm hergekommen war. Als der Bauer seine Frau wahrnahm, sprang er auf und ließ ab von Else. Dann entstand zwischen den beiden ein gewaltiger Streit, sie gingen dabei in ihr Wohnhaus. Noch lange hörte man sie beide schreien.

Am nächsten Tag machte sich Else mit Wolfgang schon früh auf den Weg zum Krankenhaus. Gegen Mittag kamen sie da an und besuchten sofort Sigrid. Die war gerade einmal ohne die Wärmeglocke über ihren Beinen und hopste vor Freude in ihrem Bettchen herum. Else nahm sie gleich auf den Arm, so gingen die drei zu Schwester Clara. Die zeigte ihnen das Zimmer wo sie nachts zusammen mit anderen Leuten ein Bett hatten. Es war absolut kein Luxuszimmer. Drei Betten standen darin, es war so eng, dass man sich dazwischen durchdrängeln musste. Aber das war Else ganz egal. Sie war im warmen Haus, bekam sogar etwas zu essen und hatte ihre Kinder um sich. Sigrid musste schnell wieder unter ihre Glocke. Wolfgang blieb jetzt bei ihr. Im Zimmer lagen noch andere Kinder, es gab sogar Lese- und Malbücher. Wolfgang war sehr begehrt. Er konnte Vorlesen und brachte Spielzeug in die Betten. Auch half er den Schwestern bei der Essensverteilung, da blieb für ihn immer etwas übrig. Else hatte fast den ganzen Tag mit den bettlägerigen Kranken zu tun. Ihre Hilfe wurde dankend angenommen. Lange würden sie nicht mehr hier bleiben dürfen, denn nun waren es schon drei Wochen, dass Sigrid unter der Wärmeglocke lag. Die schweren Geschwüre waren verheilt und Sigrid lief auch wieder flott durch die Zimmer. Draußen war es bitter kalt, es war Ende November. Wie sollte Else jetzt weiter kommen zu ihrer Schwester Hedel? Als sie mit Schwester Clara darüber sprach, sagte diese: „Es fahren doch Züge ab Kassel in Richtung Paderborn und dann musst du halt sehen, wie du weiter kommst." Für die Schwester war alles so einfach. Sie fügte dann noch hinzu: „Du musst mehr Gottvertrauen haben." Das war leichter gesagt als getan mit zwei kleinen Kindern auf der Flucht. Sie gab dann noch einen guten Rat mit auf den Weg: „Deine Sachen musst du immer gepackt haben, damit es schnell gehen kann." „Warum?" fragte Else. „Damit du jederzeit mit einem Lastwagen oder anderem Auto nach Kassel zum Bahnhof mitfahren kannst." Else war glücklich über diesen Vorschlag von Schwester Clara, denn bei dem Schnee, der draußen lag, würde ein Marsch zum Bahnhof eine Tortur werden, zumal sie auch gar keine dicke Kleidung hatten. Aber auch daran hatte Schwester Clara schon gedacht und hatte wieder einen guten Rat. Viele Kriegsverletzte waren im Krankenhaus gestorben und deren Sachen waren fast alle noch da. Sie legte einiges auf Elses Bett. Die wusste gar nicht, wie ihr geschah. Alles wurde von ihr gewaschen und getrocknet und was sie nicht gleich anzogen wurde in einen Rucksack gepackt. Wie eine Königin kam sich Else vor. Als der Arzt dann Sigrid als geheilt entließ, war alles gepackt und die Reise konnte losgehen. Der Fahrdienst wusste Bescheid: Wenn es eine Fahrt in die Nähe des Bahnhofs gab würde man sie mitnehmen. Das ließ auch nicht lange auf sich warten und so nahmen sie Abschied mit gemischten Gefühlen, hinein in den kalten Wintertag. Einen Zug zu bekommen war dann gar nicht so einfach, erst am nächsten Tag hielt ein Viehtransporter mit vielen Waggons, der in Richtung Paderborn fahren sollte. Die Wagen waren schon wieder sehr voll und stanken erbärmlich. Jetzt war der Zug mit den Vertriebenen besetzt, vorher bestimmt mit Vieh, wahrscheinlich mit Schweinen. Aber was nützte es, sie mussten da rein. Wie sollte es auch anders sein, ein Klo gab es da nicht, man machte sein Geschäft in eine Ecke. Bis es wieder frisches Stroh auf einem Bahnhof geben würde konnte es lange dauern. Dann wurde das alte einfach auf den Bahnsteig geworfen und irgend jemand würde es wohl mal wegräumen. Der Schnee deckte es jetzt im Winter gnädig zu. Es dauerte drei Tage bis sie in Paderborn ankamen. Der Viehtransporter durfte nicht in den Bahnhof einfahren, erst musste das alte Stroh aus den Waggons entfernt werden. Jeder packte mit an. Einen Besen hatte man nicht, aber ein paar Stöcke und damit entfernte man die stinkende Masse. Endlich wurde die Einfahrt in den Bahnhof freigegeben. Die Flüchtlinge stanken alle gleichermaßen. Das Rote Kreuz verteilte warmen Tee und trockenes Brot., denn die meisten hatten ihren Proviant längst aufgegessen. Else hatte von Schwester Clara einen großen Beutel voll Lebensmittel mitbekommen. Der warme Tee, der auf dem Bahnhof ausgeschenkt wurde, tat besonders gut bei dieser Kälte. Else erkundigte sich, wie sie denn mit dem Zug in Richtung Paderborn käme. „Da fährt zur Zeit kein Zug", erfuhr sie, „das ist eine Nebenstrecke. Vielleicht in ein paar Tagen wieder." Außer ihr waren noch viele Menschen, die diese Strecke fahren wollten. Jetzt war sie so weit gekommen, fast am Ziel, auch war bald Weihnachten und sie saßen hier fest. Sie konnte Sigrid mit ihren Beinen nicht dieser Kälte da draußen aussetzen. Es blieb ihr nichts anderes übrig als zu warten. Der Bahnhof war so voller Menschen, dass es kaum einen Platz auf dem Erdboden gab, wo man sich hinsetzten konnte.

Als nach drei Tagen und Nächten noch immer kein Zug in Aussicht war, traute sie sich doch, zu Fuß ihren Weg zu gehen. Wenn sie nur erst mal bis Delbrück käme. Es hatte Tauwetter eingesetzt, dadurch war es nicht mehr ganz so kalt und gar nicht so schlimm, wie sie befürchtet hatte.

In Delbrück war man auf viele Flüchtlinge vorbereitet. Platz gab es in einer Schule, denn die Kinder hatten ja Weihnachtsferien. Oh, wie schön war das, alles war weihnachtlich geschmückt, mit einem großen Baum vor der Schule und sie wurden freundlich begrüßt. Speisen und warme Getränke gab es. Schlafen konnte man auf den Stühlen in den Klassenzimmern. Wer sehr viel Glück hatte, durfte auf Matten in der Turnhalle schlafen.

Kapitel 6

Rietberg und Neuenkirchen

Morgens, als die meisten Vertriebenen weiter wandern wollten, fuhren zwei Lastwagen vor, welche die Leute einsammelten, die in Richtung Paderborn wollten. Auch Else und die Kinder hatten das Glück bis Rietberg mitfahren zu dürfen. Dort kamen sie nach zwei Stunden an. Direkt vor dem Rathaus hielt der Lastwagen. Noch vier andere Personen stiegen mit ihnen aus. Else wusste ja, dass Hedels Mann Alfons in der Nähe des Rathauses in einer Weinhandlung arbeitete. Ob er wohl schon wieder aus dem Krieg zurück war? Den erstbesten, den sie auf der Straße traf, fragte sie nach der Weinhandlung. Wie die hieß, wusste sie nicht. Der Mann schaute sie fragend an. Meinte der wohl, sie wolle jetzt Wein kaufen? Aber da sagte er: „Die ist da drüben auf der anderen Straßenseite." Jetzt verstand Else, warum er sie so komisch angeschaut hatte. In dem Haus gegenüber war alles dunkel, da war wohl niemand zu Hause. Hinter dem Haus war ein großes Tor, das war leider auch verschlossen. Dann sah sie die kleine Tür daneben und eine große Glocke daran. Als sie an dem Seil zog, erklang ein schriller lauter Ton.

Erst rührte sich gar nichts. Sollte sie noch mal die Glocke bewegen? Dann vernahm sie Schritte hinter dem Tor. Ein bisschen bang war ihr schon. Dann ging die kleine Tür auf und ein Mann schaute sie fragend an. Else stellte sich als die Schwägerin von Alfons vor und fragte ob der da sei. Der Mann wurde sofort zugänglicher und bat sie erst mal herein. Sie gingen über einen großen Hof ins warme Haus. Dort kam ihnen zwei erwachsene Mädchen und eine Frau entgegen. Der Mann erzählte ihnen gleich: „Das ist die Schwägerin von Alfons." Leider war der noch nicht aus dem Krieg zurück. Die Weinhandlung war auch noch nicht wieder eröffnet, der Krieg war ja eben erst zu Ende gegangen. Auch hatte man keine Ahnung wie es jetzt unter der Besatzung weiter gehen würde. Die Frau sagte „Ich mach jetzt erst mal was zu essen. Nachher können wir immer noch reden." Die Mädchen hatten sich gleich um Wolfgang und Sigrid gekümmert. Else fragte den Weinhändler, ob es noch weit bis Neuenkirchen wäre, wo Alfons und Hedel wohnen. „Neuenkirchen ist zu Fuß eine halbe Stunde von hier, aber die Zwei wohnen ganz am anderen Ende, das ist nochmal gut eine halbe Stunde Fußweg. Aber keine Angst, morgen bekomme ich sicher von irgend einem Nachbarn ein Fahrzeug und damit bringe ich euch zu euren Verwandten." Der Abend wurde mit Elses Erzählungen noch recht interessant für die Gastgeber und zum Ende des Tages tranken sie noch einen Wein, der bei einem Weinhändler ja wohl immer vorhanden war. Danach fiel Else nur so ins Bett. In ein richtiges Bett und ganz für sich allein. Wie lange war das her? Die Kinder schliefen schon lange, auch jeder allein in einem Bett. Am Morgen gab es warme Milch und Brot mit Margarine und Rübenkraut. Sie kamen sich vor wie im Paradies. Dann ging es auf der Rückbank in einem Karren mit drei Rädern, warm eingepackt, nach Neuenkirchen. Die Frau des Weinhändlers hatte noch einen großen Karton mit Wintersachen und Lebensmitteln vollgepackt, der auch mit auf den Karren kam. Dann fuhren sie los mit diesem sehr lauten Gefährt. Aber egal, Hauptsache man musste bei dieser Kälte und dem Schnee, der jetzt wieder vom Himmel fiel, nicht laufen. Der Weinhändler fuhr mit diesem Dreirad sehr langsam, denn zusätzlich war es nun auch noch glatt geworden. Endlich angekommen, bedankte sich Else vielmals für den schönen Abend, die Übernachtung und die Fahrt im Dreirad.

Im Dezember 1945, eine Woche vor Weihnachten, war es bitterkalt. Als sie mit dem lauten Dreirad bei Hedel vor dem Haus ankamen, schaute der Vermieter sofort raus um nachzusehen, was da auf seinen Hof gefahren kam. Den Groll auf seinem Gesicht konnte man sofort erkennen. Auch die Nachbarn kamen alle heraus und bestaunten das seltsame Fahrzeug. Nur Hedel war nicht zu sehen. Alle Sachen wurden abgeladen. Als Else die Wolldecken, mit denen sie sich auf der Fahrt zugedeckt hatten, wieder auf den Karren legen wollte, sagte der Weinhändler: „Nein, behaltet die mal, wer weiß, ob Hedel was zum Zudecken für euch hat." Jetzt erschien oben im Flurfenster ein Gesicht, es war Hedel, mit einem blonden Krauskopf auf dem Arm. Sie sprang die Treppen herunter und fiel Else um den Hals. Beide weinten und lachten um die Wette. Erst dann nahm sie Wolfgang und Sigrid wahr. Auch die wurden abgeküsst und gedrückt. „Kommt mit rauf, kommt rauf" sagte sie immerzu. Doch der Vermieter schaute immer unfreundlicher. Er hatte wohl Angst, dass ihm noch mehr Menschen auf dem Kopf herumtrampeln würden. Die Nachbarn, die dabeistanden, halfen dem Weinhändler, die Kisten und Decken nach oben zu tragen. Aus der Küche waren jetzt auch die beiden Kinder von Hedel und Alfons, Gerhard und Monika gekommen, Sie schauten neugierig, was war da nur los? Als alles Gepäck in der Küche abgestellt und sie wieder allein waren, fragte Else ihre Schwester: „Wer ist denn das auf deinem Arm, dieser Lockenkopf?" „Das ist der Johannes von der Nachbarin, den ich manchmal hüte." Nun wurde überlegt, wie man sich in der Wohnung verteilen könnte, irgendwie musste es ja gehen. Alfons´ Bett neben Hedel war noch frei, darin könnte Else schlafen. Mit den Kindern gab es auch kein Problem, dachten sie, da teilen sich eben zwei ein Bett, so wie Else und Hedel in Gleiwitz auch in einem Bett geschlafen hatten. Da hatten sie aber falsch gedacht. Monika wollte partout nicht mit Sigrid in einem Bett schlafen. Wolfgang und Gerhard, genannt Gerd, machten dagegen überhaupt kein Problem. Hedel sprach ein ernstes Wort mit ihrer bockigen Monika, die dann auch nachgab. Aber nicht wirklich. Mitten in der Nacht schubste sie Sigrid aus dem Bett. Die war viel zu müde, um sich dagegen zu wehren. Sie blieb einfach auf dem Fußboden liegen und schlief weiter. Am Morgen kam Hedel ins Kinderzimmer und bemerkte sofort was da passiert war. Als Strafe gab es für Monika kein Frühstück. Das war ein Geheule und Gejammere. Sigrid, die nicht wusste, warum Monika nichts zu essen bekam, gab ihr die Hälfte ihres Brotes und streichelte ihr den Arm. Monika schaute sie nur böse an, nahm das Brot und rannte ins Kinderzimmer. Hedel und Else sahen sich an und lächelten. Von dieser Zeit an spielten dann die zwei Cousinen miteinander, wenn auch Monika immer diejenige war, die bestimmte. Aber es gab andere Sorgen. Wie sollte das Leben in dieser Wohnung weiter gehen, wenn Alfons und Georg aus dem Krieg kommen, worauf sie ja beide hofften. Else ging als erstes zur Gemeinde und fragte nach einer Wohnung und auch nach Essensmarken. Viele, viele Vertriebene standen Schlange vor den Ämtern. Essensmarken mussten beantragt werden. Was sie dabei so mitbekam ging es ihr mit den Kindern noch gut. Die meisten lebten nicht bei Verwandten, sondern in einer Halle, wo mindestens hundert Menschen zusammengepfercht wohnen mussten. Die jeweiligen Verwandten hatten schlichtweg keinen Platz mehr in ihren Wohnungen. Wo sollten aber so schnell Wohnungen für diese Heimatvertriebenen herkommen? Behelfsheime aus Holz entstanden überall. Das war zwar immer nur ein Zimmer, aber jeder, der eines bekam, war erst einmal erleichtert. Bis zu zehn Baracken wurden aneinander gebaut, mit Gemeinschaftsklo in der Mitte, natürlich ein Plumpsklo. Wer sein Behelfsheim direkt daneben bekam, war nicht ganz so glücklich. Im Winter war der Gestank einigermaßen erträglich, doch später, im Sommer, würde es kaum auszuhalten sein. Das Wasser zum Waschen, Kochen, Wäsche waschen, holte man vom nahen Bach.

Rings um Neuenkirchen wurden für die Vertriebenen solche Behelfsheime gebaut. Jeder, der ein bisschen was vom Bauen verstand, half mit so gut er konnte. Immer wieder kamen auch die Männer von der Front, abgemagert, verletzt und krank, nach Hause.

So stand eines Tages auch Alfons vor der Tür. Das Wiedersehen verlief sehr herzlich. Er besorgte eine mit Stroh gefüllte Matratze, darauf schlief nun Else, mitten im Kinderzimmer. Der Flur, der im Verhältnis sehr geräumig war, hätte ihr viel besser gefallen. Sie überlegte, wie sie da ein Stück abtrennen und ihre Matratze hinlegen könnte. Bei Muttel zu Hause in Gleiwitz hatten sie einen Paravent aufgestellt, wenn alle Geschwister zu einer Feier zusammen waren. Aber wo sollte sie jetzt so einen Raumteiler herbekommen? Da kam ihr der Zufall zu Hilfe. Der Bruder von Alfons, der die Schreinerei und das Sägewerk der Eltern übernommen hatte, lieferte gerade ein paar Stühle, denn auch davon hatten sie zu wenige. Dieser Bruder konnte doch sicher so ein Gestell für einen Paravent zimmern und die Gardinen dazu konnte Else nähen, zur Not aus alten Bettlaken oder Kartoffelsäcken. Sie fragte ihn und er war sofort dazu bereit. Das wurde dann sogar ein Verkaufsschlager für die Schreinerei, denn da alle Flüchtlinge beengt wohnten war das die Lösung, sich ein wenig abzugrenzen. Die Schreinerei fertigte die Holzgestelle und Else nähte die Gardinen aus irgendeinem Stoff, den sie irgendwo bekam.

Jede Woche ging sie ins Haus der Gemeinde um sich für eine Baracke eintragen zu lassen. So schön es auch war mit Hedel und Alfons in einer Wohnung, aber das war einfach kein dauerhafter Zustand. Zumal sie ja täglich ihren Mann erwartete. Doch der kam und kam nicht. Der Krieg war doch zu Ende. Die Amerikaner, Briten, Franzosen und Russen hatten Deutschland als Besatzer in Beschlag genommen. Aber am schlimmsten war für Else, dass ihre Heimat, ganz Schlesien, ihr geliebtes Oberglogau, polnisch wurde. Es gab kein Zurück mehr. Also musste ihr Schorschel doch auch nach Neuenkirchen kommen. Lange hatte sie nichts mehr von ihm gehört und die Angst, dass er gar nicht wiederkommen würde, wurde von Tag zu Tag größer. Else war eine praktische Frau. Sie überlegte, wie sie zu Geld und zu einer Wohnung kommen konnte. Lebensmittel hatten nur die Bauern in dieser Zeit. Aber wie kam sie daran?

Als sie eines Tages die Betten neu bezog kam ihr eine Idee. Eines der Bettlaken hatte einen Riss. Einzelne Fäden konnte man herausziehen. Mit diesen Fäden könnte man doch stricken und häkeln. Sie fing sofort damit an. Für die Kinder strickte sie Pullover, denn es gab ja keine

Wolle zu kaufen. Hedel fand die Idee sofort gut und half ihr. Das sprach sich in der Nachbarschaft schnell herum und die Bestellungen ließen auch nicht lange auf sich warten. Sie bekamen zwar kein Geld dafür aber die Bauern gaben Mehl, Milch, Eier, Kartoffeln und Gemüse. Das war viel wertvoller als Geld. Sogar ein Fahrrad erhielten sie für Ihre Arbeiten. Als eine Brombeere auf Sigrids Pullover fiel und einen riesigen Fleck darauf hinterließ, kam Else auf die Idee, die weißen Pullover mittels Brombeeren zu färben. Anfangs waren sie fast lila, nach mehrmaligem Waschen wurden sie dann rosa. Der Umsatz stieg enorm und dadurch hatten sie alle richtig gut zu essen. Selbst Gerhard strickte fleißig mit. Nach den Pullovern kamen Socken, Röcke und kurze Hosen dran. Else hatte inzwischen nebenbei andere Flüchtlingsfrauen unterrichtet wie man Stricken und Häkeln konnte. Die arbeiteten nun für sie, aber den Verkauf ließ sie sich nicht aus der Hand nehmen. Da war sie wieder, die Kaufmannsfrau.

Jetzt müsste nur noch Schorschel endlich heimkommen. Viele der vertriebenen Frauen warteten auf ihre Männer. Inzwischen wusste man ja, dass noch sehr viele Soldaten in Gefangenschaft waren. Amerikaner, Engländer und Franzosen ließen ihre Gefangenen jetzt so langsam alle frei. Doch die Gefangenen der Russen mussten in Bergwerken in Sibirien unter schlimmen Bedingungen in grausamer Kälte arbeiten und wurden mit Peitschen dazu getrieben. Wer dort als Gefangener war, hatte meistens mit dem Leben abgeschlossen. Viele versuchten, zu fliehen, aber nur sehr, sehr wenigen gelang die Flucht. Die Russen ließen die Männer gnadenlos dafür büßen, dass die Deutschen den Krieg angefangen und verloren hatten. Überhaupt hatte man vor den Russen furchtbare Angst. Nicht vor dem einfachen Bürger sondern vor Stalin und der russischen Regierung die alle Grausamkeiten veranlasste.

In Rietberg wurde das eine oder andere Geschäft wieder geöffnet. Alfons bekam seine alte Arbeit wieder als Buchhalter beim Weinhändler. Mit den Büchern gab es zwar noch nicht viel zu tun, denn die Firma musste erst einmal wieder aufgebaut werden. Er half, nein, alle halfen, wo sie konnten. Zuerst musste das Lager hergerichtet werden, das war total kaputt, kein Stein lag mehr auf dem anderen. Die Weine waren alle von den Besatzern beschlagnahmt worden, jetzt musste man die neue Ernte abwarten. Eines Tages, es war so um die Osterzeit, machte der Chef seinem Angestellten Alfons eine große Freude. Er brachte ihm ein Herrenfahrrad mit. Es war zwar total verrostet aber es war noch fahrbereit. Alfons ging, seit er wieder in der Firma arbeitete, jeden Morgen von Neuenkirchen nach Rietberg zu Fuß. Das war mehr als eine Stunde Weg und das morgens und abends. Er freute sich riesig. Nun ging er daran, das Rad auf Vordermann zu bringen. Der Chef erlaubte ihm, während der Arbeitszeit damit anzufangen. Er schmirgelte und wienerte es blitzblank, bis es wie ein neues aussah. Irgendwo musste er noch neuere Reifen herbekommen, die alten konnte man nicht mehr flicken. Es dauerte eine ganze Weile bis er bei einem Bekannten fündig wurde. Aber danach sah man Alfons nur noch auf dem Rad zur Arbeit fahren.

Die beengte Situation in der Wohnung war abends und nachts besonders schlimm, morgens entzerrte es sich wieder. Gerd, Wolfgang und Monika gingen in die Schule, Alfons zur Arbeit und Sigrid ging neuerdings in den Kindergarten, wo sie auf die Schule vorbereitet wurde. So blieben nur Hedel und Else zu Hause, das ließ sich gut aushalten. Sigrid ging gar nicht gern in den Kindergarten, denn sie musste dafür schon sehr früh aufstehen und das gefiel ihr gar nicht. Monika begleitete sie bis zur Schule und Sigrid lief dann noch etwa fünf Minuten bis zum Krankenhaus, wo der Kindergarten untergebracht war. Aber, wie gesagt, hatte sie gar keine Lust in diesen blöden Kindergarten zu gehen, denn da waren die Schwestern mit ihren steifen Uniformen, das sah immer so aus als fliegen die wie Engel im Zimmer herum. Reden durfte man auch nicht, nur wenn man gefragt wurde. Am schlimmsten aber war es, wenn man zu spät kam. Sigrid trödelte sehr gern auf dem Weg von der Schule bis zum Kindergarten. Wer aber zu spät kam, musste warten bis alle anderen ihre Milch bekommen hatten und bekam nur noch etwas ab, wenn was übrig war. Nach einer Woche bekam sie einen Brief mit, den sie Mutti Else geben sollte und auch brav ablieferte. Hätte sie gewusst was da drin stand, hätte sie ihn sicher lieber verloren. Mutti brachte sie ab sofort jeden Morgen persönlich in den Kindergarten. War das ein Theater! Dann bekamen einige Kinder Läuse und der Kindergarten wurde geschlossen. Weniger schön war dann allerdings das ständige Haare bürsten mit so einem Läusekamm, denn der hatte ganz enge Zacken und das zippte so furchtbar. Alle Kinder und auch viele Erwachsenen hatten dieses Ungeziefer. Es juckte so furchtbar. Und kaum hatte einer die Plage nicht mehr, bekam sie ein anderer wieder. Das ging so über einige Zeit, doch irgendwann waren die Läuse endlich besiegt.

Inzwischen ging es auf den Sommer zu. Man durfte draußen spielen, so oft man wollte. Gegenüber wohnte eine Familie mit zwei Mädchen mit denen Monika immer spielte, doch die Sigrid wollten sie nicht dabeihaben. Sie versteckten sich immer und lachten sie dann aus, weil sie ihre Verstecke nicht kannte und sie daher meistens auch nicht fand. Irgendwann hatte Sigrid auf dieses Spiel keine Lust mehr. Da war so ein schöner Feldweg und am Wegrand blühten Löwenzahn und viele andere Blumen, rote, blaue und weiße, dort gefiel es ihr gut. Sie ging den Weg entlang, an dessen anderem Rand standen Weizen und Runkelrüben (Zuckerrüben). Ach, das war viel schöner als mit den Mädchen Verstecken zu spielen. So kam sie auf diesem Weg zu einem Bauernhaus. Viele Kinder waren da auf dem Hof und ein Hund lief aufgeregt an der Kette hin und her. Die Kinder spielten Fangen und sie hätte zu gern da mitgemacht. Sie versteckte sich hinter einer Scheune wo sie den Buben und Mädchen zuschauen konnte. Sie hatte nicht bemerkt, daß sich ein Mädchen von hinten an sie herangeschlichen hatte und diese tippte ihr auf die Schulter und fragte: „Willst du mitspielen?" Sigrid nickte heftig. Das war toll und sie vergaß alles um sich herum. Das Mädchen hieß Elisabeth. „Ich heiße Sigrid." Dann ging das wilde Laufen wieder los. Dabei wurde es langsam dunkel und Sigrid musste nun schnell nach Hause. Dort gab es eine heftige Standpauke. Das war aber noch gar nichts gegen die Schimpfe die Monika vorher bekommen hatte, denn sie war die Ältere und sollte auf Sigrid aufpassen. Monika hatte nun natürlich einen Zorn auf ihre Cousine und das Verhältnis zwischen den beiden wurde dadurch nicht besser. Sigrid hatte den Gerd sowieso lieber als diese Ziege Monika. Für Monika war Sigrid natürlich die Ziege. Hedel und Else verstanden das nicht, sie waren schon ein Leben lang ein Herz und eine Seele. In den Kindergarten musste Sigrid dann nicht mehr, die großen Ferien waren da, und Monika den ganzen Tag auch zu Hause. Die Mädchen spielten Mutter und Kind im vorderen Garten, im Schatten der Apfelbäume, mit Puppen aus Flaschen, die sie mit gehäkelten Sachen anzogen. Die Puppenkleider hatte Else aus Wollresten gehäkelt. Eine richtige Puppe konnte man nicht kaufen und dafür hätte man auch kein Geld ausgegeben. Die Mädchen kannten es ja auch gar nicht anders.

Sigrid und Monika hatten jetzt ganz kurze Haare, das war ein Überbleibsel der Entlausungen. So sahen sie wie Buben aus, kurz geschoren. Sigrid gefiel es gut und das ewige Zupfen beim Kämmen gab es so auch nicht mehr. Eines Tages schaute sie hoch, als sie ihre Puppe angezogen hatte und sah einen Soldaten die Straße entlang kommen. Sie ließ ihre Puppe einfach fallen und lief auf den Mann zu und rief immer wieder: „Vati, Vati, Vati." Der Soldat blieb stehen, nahm Sigrid auf den Arm und drückte sie fest an sich. Das letzte Mal hatte sie ihren Vater Anfang 1944 im Frühling gesehen, als er ein paar Tage Urlaub hatte. Sigrid war damals gerade mal zweieinhalb Jahre alt. Keiner konnte erklären, woher sie wusste, dass es ihr Vater Georg war. Bis zur Haustür kamen sie, da wurde diese von innen aufgerissen und Mutti stand da. Alle, die zu Hause waren, kamen die Treppen herunter gerannt. Jeder wollte ihn umarmen. Selbst die Vermieter mit Tochter freuten sich.

Georg war ein Schatten seiner selbst, abgemagert und mit grauer Gesichtsfarbe. Wie er dann erzählte, war er zuletzt in amerikanischer Gefangenschaft gewesen. Aber eigentlich wollte er gar nichts mehr davon erzählen. Er war nur glücklich, seine Familie wieder gefunden zu haben.

Nun war die Situation in der Wohnung allerdings noch mehr beengt. Als er sich etwas erholt hatte, nahm er Else den Weg ab und ging selbst zur Gemeinde um nach einer Unterkunft zu fragen. Sie waren ja jetzt vier Personen, da musste es eine Wohnung für sie geben. Genau so war es auch. Sie rutschten auf der Bewerberliste für eine Baracke auf die oberste Stelle. Das war nun endlich ein Freudentag, ein bisschen Glück.

Er meldete sich auch gleich als Hilfe beim Bauen der Baracken an, obwohl er doch überhaupt kein Praktiker war. Mit Hammer und Nägeln konnte er nicht viel anfangen. Nur fünf Minuten von der jetzigen Wohnung wurden gerade sechs neue Baracken gebaut. Wenn man davon eine beziehen dürfte, wäre das ein schöner Anfang!

Nun ging es Schlag auf Schlag. Die Zusage für eine Baracke kam schon nach wenigen Tagen. Auf der Suche nach brauchbaren Möbeln und Einrichtungsgegenständen trafen die Glinkas immer wieder mit Vertriebenen und Flüchtlingen zusammen, denen es genau so ging. Da Georg immer schon gut delegieren konnte, war er in kurzer Zeit derjenige, der die Organisation der Vertriebenen übernahm. Er wurde deren Vorstand. Jede Woche trafen sie sich um ihre Lage zu besprechen und nach Möglichkeit zu verbessern. Der eine brauchte dringend ein Bett, der andere einen Schrank und so weiter. Es wurde eine Organisation, die sich selber half.

In diese Versammlung kam eines Tages auch der ebenfalls aus Schlesien geflüchtete Fabrikbesitzer Räuchle. Er suchte Arbeiter für eine Metallfabrik, die er hier übernommen hatte. Diese war vorher Eigentum einer jüdischen Familie. Niemand in Neuenkirchen wusste, was mit den Leuten geschehen war. Die Fabrik lag am Ortsende in Richtung Rietberg. Viele der Hallen waren zerbombt, die mussten erst wieder aufgebaut werden. Die Familie Räuchle übernahm die Fabrik für einen geringen Geldbetrag. Sie hatten in Schlesien vor dem Krieg ebenfalls eine Metallfabrik besessen. Viele Männer aus der Umgebung fanden hier endlich wieder Arbeit. So konnte es weiter gehen. Georg und Herr Räuchle waren aus dem gleichen Holz geschnitzt. Beide wollten helfen, natürlich hauptsächlich den Flüchtlingen. Davon würden alle Geschäfte und Handwerksbetriebe in der Umgebung profitieren. Wer beim Aufbau der Fabrikhallen mithalf bekam garantiert später in der Fabrik eine Anstellung. Fritz Räuchle und Georg stellten zuerst mal die Leute zum Aufbau der Hallen ein. Das ging so gut und schnell vonstatten, dass man in einer Halle schon sehr bald mit der Eisengießerei anfangen konnte. Dafür brauchte man aber Leute die davon eine Ahnung hatten. Das sprach sich schnell herum. Es gab ja sonst nirgends eine vernünftige Arbeit. Selbst aus dem Ruhrgebiet meldeten sich Arbeiter, die vor dem Krieg in Stahlwerken gearbeitet hatten. Fritz und Georg nahmen die erfahrensten und sorgten auch für die Familien, die hier Wohnungen brauchten. Als alles so weit fertig war, kamen nach Neuenkirchen natürlich auch die Besatzer. In diesem Fall waren es Briten und Amerikaner. Sie trauten der neuen Firma aber wohl nicht zu, jetzt schon Gewinn zu erzielen und deshalb verlangten sie auch keine Zahlungen, was normalerweise üblich gewesen wäre. Für Georg war aber im Moment der Bau der Baracken noch wichtiger als die Fabrik. Die ersten drei waren schon aufgestellt, danach kam ein breiter Weg, die vierte rechts neben dem Weg sollte den Glinkas gehören. Vor dem Weg lief ein Bach, in diesen wurde ein großes Rohr als Wasserleitung gelegt und darüber der Weg mit Sand und Kies befestigt. Dieser Weg führte weiter zu den Gärten, die sich hinter den Baracken befanden. Zu jeder Baracke gehörte ein kleiner Garten. Ganz hinten, hinter den Gärten, war dann das Plumpsklo, leider gemeinschaftlich für alle sechs Baracken.

Am Anfang der Gärten gab es sogar einen Wasserhahn, so dass man die Beete bewässern konnte. Mit einer Pumpe holte man Wasser aus dem Bach, das dann durch einen Schlauch zum Wasserhahn floss. Die Baracken hatten sogar einen Keller. Da konnte man Speisen und

Getränke kühl lagern. Es war direkt ein Luxus, darin zu wohnen. Man hatte immer zwei Zimmer, nicht wie bei den ersten, die viel kleiner waren und in denen es nur ein Zimmer gab. Bald würde es bei Hedel und Alfons wieder normal zugehen. Zu Weihnachten sollten die Glinkas in ihrem neuen Heim sein. Neben seiner Arbeit bei Firma Räuchle half Georg seinen Landsleuten und tauschte und organisierte wo immer er konnte. Eine große Hilfe war ihm dabei das Bekleidungsgeschäft Spickers mitten im Ort, gegenüber der Pfarrkirche, deren Inhaber immer wieder gerne halfen. Zum Beispiel fehlten stets Matratzen. Diese gab es zwar nur mit Stroh gefüllt, aber darauf lag es sich schon viel besser als auf dem harten Fußboden.

Wer in dieser Zeit ein Fahrrad besaß konnte sich besonders glücklich schätzen und es wurde natürlich von allen Familienmitgliedern benutzt. Aber eines zu bekommen war sehr schwierig. Die Flüchtlinge wussten, wenn Georg ein Fahrrad besitzen würde, könnte er noch mehr für sie tun. Sein Tag war weitgehend ausgefüllt mit der Arbeit in der Fabrik. Bei der Weihnachtsfeier, die er organisiert hatte, mit Stollen und Plätzchen, gebacken von den Flüchtlingsfrauen, schoben die Männer ein Fahrrad in den Saal. Georg wusste nichts davon. So fragte er den Mann, der neben ihm stand: „Für wen ist denn das?" Der schüttelte jedoch nur den Kopf und ging schnell weiter, denn er musste so grinsen, da hätte er sich womöglich verraten. Es wurden Weihnachtslieder aus der alten Heimat gesungen und Gedichte aufgesagt. Das alles geschah unter der schön geschmückten großen Tanne, die der Pfarrer gespendet hatte. Auch alle, die in letzter Zeit den Vertriebenen geholfen hatten mit Möbeln, Geld oder Wohnungen, waren eingeladen. Noch Wochen danach sprach man von der schönen Weihnachtsfeier. Auch die Spenden, die einige Neuenkirchener Bürger in die große Spardose gaben, waren beachtlich. Am Ende der Feier schoben sie das Fahrrad auf die Bühne und riefen Georg hinauf. Sie bedankten sich für die viele Hilfe und die Arbeit, die er für die Vertriebenen erledigt hatte. Georg bedankte sich und wollte die Bühne wieder verlassen, doch drei Männer hielten ihn auf. „Wir haben noch ein Geschenk für dich." Mit diesen Worten überreichten sie ihm das Fahrrad. Georg war sprachlos. Tränen der Rührung liefen ihm über die Backen, die konnte er nicht zurückhalten. Aber das war ja auch ein ungeheures Geschenk von diesen Leuten, die selber nicht viel hatten. Mit dem Rad würde so vieles in seinem Tagesablauf leichter, den Weg zur Fabrik würde er in zwanzig Minuten schaffen, vieles würde schneller gehen und er hätte mehr Zeit für seine Hilfsleistungen. Er bedankte sich bei allen im Saal und schob sein Rad von der Bühne. Jetzt ging er mit der Familie in sein neues Heim in dem sie seit gestern wohnten. Es fehlte noch an vielem, aber was machte das schon aus, man wusste, wo man hingehörte und fiel Hedel und Alfons nicht mehr auf die Nerven. Man hatte eine neue Heimat gefunden. So wie vorher in Oberglogau war es zwar nicht. Aber die Familie war wieder zusammen, alles andere würde sich schon irgendwie finden.

Die Weihnachtsfeier mit den Vertriebenen hatte am vierten Adventssonntag stattgefunden. Nun waren bis zum Heiligen Abend nur noch drei Tage. Hinter ihrem Haus stand ein kleiner Tannenbaum, für den musste man etwas zum Schmücken finden. Abends, wenn die Kinder schliefen, bastelten Else und Georg Sterne und Engelchen aus Stroh. Das würde zwar nicht so toll aussehen wie der große Baum in Oberglogau mit dem vielen Lametta, aber mehr gab es eben in diesem Jahr noch nicht. Else hatte einige Sachen gestrickt, so konnte das Christkind etwas unter den Baum legen. Das größte Geschenk hatten sie ja schon bekommen, ein neues Heim. In fünf der Baracken wohnten Familien mit zwei bis vier Kindern. Neben ihnen wohnte eine Kriegerwitwe mit zwei Mädchen, die schon etwas älter waren. Jetzt hätte alles so gut sein können, wenn es Else nicht nach Neujahr immer schwindelig und vom Magen schlecht gewesen wäre. Fast jeden Morgen musste sie brechen. Als sie sich keinen Rat mehr wusste, fragte sie Hedel wo es in Neuenkirchen einen Arzt gebe. Hedel schaute sie nur an und fing laut an zu lachen. Else begriff gar nichts. Hedel meinte nur: „Du hast doch schon zwei Kinder." Nun endlich hatte Else begriffen. Aber ihre Tage hatte sie doch noch bekommen, wenn auch nicht so stark wie üblich. Jetzt musste sie erst recht zu einem Arzt. Der wohnte gar nicht weit weg, so etwa eine Viertelstunde von ihrer Baracke. Begeistert war sie gar nicht, denn wie sollte noch ein Esser satt werden? Bei Else gab es keine Freude. Als sie Georg diese Neuigkeit am Abend erzählte, kullerten ihr die Tränen nur so aus den Augen. Vati aber freute sich riesig und sagte: „Das wird schon werden. Sieh doch mal, was wir alles in den letzten Monaten geschafft haben." Damit hatte er ja recht, aber das dritte Kind hätte ruhig gar nicht oder später kommen dürfen. Darauf meinte Vati nur: „Wir haben doch noch viele Monate Zeit um alles herzurichten." Am nächsten Tag gingen Hedel und Else zum Frauenarzt im Ort, der bei seiner Praxis auch eine kleine Klinik hatte. Im Wartezimmer saßen Frauen verschiedenen Alters. Als er Namen und Geburtsdatum notiert hatte, hieß es nun warten.

Nach gut einer Stunde durfte sie dann endlich ins Sprechzimmer. Der Arzt untersuchte sie gründlich und gratulierte ihr. Nun war es amtlich: Else war schwanger im zweiten Monat. Wieder liefen die Tränen. Der Arzt fragte: „Ist das denn nicht recht, was für Sorgen gibt es denn?" Else erzählte ihm ihre Lage. Darauf lachte der Arzt und schrieb ihr eine Adresse auf, wo sie in ihrem Fall vom Staat Hilfe bekommen würde. Das war ein Lichtblick. So konnte sich Else doch endlich auf ihr Baby freuen. Auf dem Oberboden von Hedel stand noch der alte weiße Kinderwagen. Auch sonst hatte Hedel noch alles von ihren zwei Schwangerschaften aufgehoben. „Das wird nun alles gut", meinte sie.

In der Baracke nahm das Leben nun eine ganz neue Form an. Es wurde jeden Tag etwas wärmer und draußen in ihrem Garten wuchs eine ganze Menge Salat und Gemüse. Oft hatten sie schon zu viel, so dass sie Hedel mitversorgen konnten. Als es in der Schule die großen Ferien gab, war Wolfgang fast den ganzen Tag irgendwo zum Mitarbeiten auf einem Bauernhof. Er wollte auch so schicke Hosen und Schuhe haben, wie seine Freunde in der Klasse. Das Geld dafür musste er sich jedoch selber verdienen. Jeden Groschen sparte er. Die Witwe nebenan brauchte immer wieder Hilfe beim Einkaufen oder Garten umgraben. Wolfgang half ihr immer gern, denn sie zahlte sehr großzügig. Die Töchter dieser Witwe waren tagsüber schon in einer Anstellung. Am 8.8.1947 war Wolfgang ausnahmsweise zu Hause, als bei Else die Wehen einsetzten. Er lief schnell zu Tante Hedel, die auch sofort kam. Nun musste man es zu Fuß bis zur Klinik schaffen, doch wofür man sonst eine Viertelstunde brauchte, war jetzt beschwerlich wie eine Bergbesteigung. Immer wieder mussten sie stehen bleiben, weil Else eine Wehe bekam. Zum Eingang der Klinik musste Else noch sechs Stufen hinauf steigen. Das war zu viel, die Fruchtblase platzte und Else ließ sich auf die Stufen fallen. Hedel rannte in die Klinik hinein und rief nach dem Arzt, der daraufhin sofort kam, zusammen mit einer Schwester. So wurde Klaus-Dieter auf den Stufen einer Klinik in Neuenkirchen geboren. Ach du Schreck, was hatte das Kind denn da mitten auf der Stirn? Einen riesigen Blutschwamm. Der Schreck vor der Geburt oder die Sorgen in der Schwangerschaft waren wohl die Ursache. Der Arzt beruhigte Mutti Else. Wenn es nicht weiterwächst, kann man das evtl. später wegschneiden. Das war zwar kein echter Trost, aber immerhin eine Hoffnung. „Ihr Sohn ist vollkommen gesund, freuen sie sich darüber, das ist in dieser Zeit nicht immer der Fall, und das andere wird schon werden." Klaus-Dieter war ein kräftiges Kerlchen und machte beim Trinken keine Schwierigkeiten. Allerliebst sah er aus mit seinen blonden Löckchen. Georg nahm ihn auf den Arm, als er von der Arbeit in die Klinik kam und flüsterte ihm liebe Worte zu. Dann legte er ihn wieder in die Wiege, die neben Elses Bett stand, zurück. Sie musste jetzt noch eine Woche in der Klinik bleiben, denn nach einer solchen Sturzgeburt war erst mal Ruhe verordnet. Sie bekam sehr viele Besuche, denn die Frauen der Flüchtlinge wollten ihr doch alle gratulieren. Dabei brachten sie so viele Babysachen mit, dass Else ruhig Zwillinge hätte bekommen können. Frau Räuchle, die Frau von Georgs Chef, besuchte sie ebenfalls und brachte eine wunderschöne Decke für den Kinderwagen mit.

Kapitel 7

Sigrid, die Autorin dieses Buches und ihr Bruder Klaus-Dieter

Als Else dann nach Hause kam, hatten Vati, Wolfgang und ich alles für den Empfang hergerichtet. Es war zwar etwas enger geworden, aber dieses Baby wollten wir alle nie wieder hergeben. Leider musste ich ab September 1947 jeden Tag in die Schule. Das passte mir gar nicht, viel lieber wäre ich bei Klaus-Dieter geblieben und hätte ihn spazieren gefahren. Nur auf dem Weg vor den Baracken durfte ich ihn hin und her schieben, auf die Straßen, die an jedem Ende des Fußweges waren, durfte ich mit dem Kinderwagen nicht fahren. Auf den Straßen war zwar nicht viel Verkehr, aber neuerdings kamen immer wieder Lastwagen mit britischen Soldaten, die Besatzer, bei denen auch viele dunkelhäutige Männer waren. Dorthin durfte ich nicht mit dem Kinderwagen fahren und ich hatte auch furchtbare Angst vor den dunkelhäutigen Soldaten. Ich war ja noch nicht einmal sechs Jahre alt und hatte solche Männer vorher nie gesehen. Als die anderen Kinder sich aber trauten, den fremden Soldaten zu zuwinken und dafür auch noch Kaugummi und Schokolade bekamen, traute ich mich auch. Dass man so einen Kaugummi im Mund behält und darauf immer länger herumkaut, das war eine ganz neue Erfahrung.

Mein sechster Geburtstag war am 15.November 1947 und damit wäre ich erst im nächsten Jahr in die Schule gekommen. Da es aber in dieser Zeit viel zu wenig Lehrer gab weil viele aus dem Krieg nicht wieder gekommen waren, mussten zwei Klassen gemeinsam unterrichtet werden. Das mit der Schule war auch so eine neue Erfahrung. Der erste Tag war ja sehr schön, jeder bekam eine große Tüte mit Buntstiften und Malblocks, außerdem waren noch Äpfel und Süßigkeiten drin. Wenn es so weiter gegangen wäre, hätte ich nichts dagegen gehabt, aber schon am zweiten Tag änderte sich das. Auf eine Tafel musste man mit einem Griffel so komische Buchstaben schreiben. Einige Kinder aus der Klasse konnten das ganz schnell, die hatten das auch schon zu Hause öfters gemacht, für mich war es das erste Mal. Bei den meisten Schülern waren aber die Buchstaben genauso krumm wie bei mir. Bis zum nächsten Tag sollten wir zu Hause die ganze Tafel mit diesen Buchstaben vollschreiben, aber alle schön gerade. Viel lieber hätte ich doch mit den Buntstiften gemalt. Mogeln konnte man aber nicht. Jeder bekam einen Zettel mit, darauf stand, was man zu tun hatte. Mutti schaute mir über die Schulter und schwuppdiwupp, wurde jedes schiefe Ding wieder weggewischt. So verging fast der ganze Nachmittag, dabei wollte ich doch lieber draußen spielen. Am Abend als Vati von der Arbeit kam, musste ich dann auch noch die Tafel mit den großen A vorzeigen. Gelobt wurde ich nicht, für Vati waren noch viel zu viele krumme A dabei. Na, das konnte ja was werden mit dieser Schule. Am nächsten Morgen ging das Ganze weiter, wieder so ein Buchstabe. Von Tag zu Tag wurde es dann aber doch besser und es ging auch schneller mit der Schreiberei. Nun kam etwas Neues dazu: Rechnen. Das fand ich sehr schön, da konnte ich meine Finger dazu nehmen und es war endlich etwas, das mir Spaß machte. Am besten aber gefielen mir die Pausen.

In der ersten bekamen alle Flüchtlingskinder eine große Tasse Milch. Das war toll und schmeckte so lecker. Das Milchgeschäft war gegenüber der Schule. Günther Wolf, der Sohn aus diesem Geschäft, saß in der Bank vor mir und der hatte auch immer so tolle Stullen in der Pause. Sehnsüchtig schaute ich darauf, hin und wieder durfte ich sogar mal beißen. Ich hatte immer nur Rübenkraut auf meinem Brot. Wurst oder Käse gab es bei Glinkas nicht. Nur Reiner durfte es nicht sehen, wenn ich von Günthers Brot abbiss. Er maulte Günther an: „Du kannst doch diese Zigeunerin nicht beißen lassen." Das tat ganz schön weh. Ja, ich hatte dunkle, schwarze Haare, aber deshalb war ich doch keine Zigeunerin. Wenn Elisabeth, die mich ja schon vor der Schulzeit auf ihrem Bauernhof beim Versteckspiel kennen gelernt hatte, dies mitbekam, nahm sie mich einfach in den Arm, denn ich musste dann immer weinen. Dieser Reiner konnte mich einfach nicht leiden. Nachdem das mein Cousin Gerd einmal auf dem Schulhof mitbekommen hatte, packte er den Reiner und schüttelte ihn heftig. Gerd erklärte mir dann, dass der eifersüchtig ist, weil Günther mit mir redet und mich auch noch von seinem Brot abbeißen lässt. Aber mir ging es danach besser und mit Günther hatte ich einen Freund, der mich immer beschützte. Auch Wolfgang war hier in der Schule. Der wollte aber vor den anderen nichts mit mir zu tun haben. Er war sieben Jahre älter, da waren seine Gedanken wirklich nicht bei seiner kleinen Schwester. Er hatte viele Freunde in der Klasse, so auch den Bruder von Günther. Die zwei hingen immer beieinander. Nächstes Jahr würden sie aus der Schule kommen, beide hatten sich schon bei einer Elektrofirma im Ort beworben. Elektriker wurden überall gesucht und so hatten sie beste Aussicht, als Lehrlinge genommen zu werden.

In der Baracke mit Wolfgang als Erwachsener und dem Baby Klaus-

Dieter war es sehr eng geworden. Eine richtige Wohnung mit wenigstens drei Zimmern wäre schon schön. Aber auf dem Weg neben der Baracke gab es jetzt viel zu ernten. Herrliche Himbeer- und Brombeersträucher standen da. Mit der Milchkanne sammelten wir alles, was essbar war. Natürlich war unsere Zunge vom Naschen der Beeren immer blau gefärbt. Auf der anderen Seite der Baracke waren große Kartoffel-, Zuckerrüben- und Getreidefelder. Wenn der Bauer, Elisabeths Vater, die abgeerntet hatte, durften wir darauf gehen und alles, was wir noch fanden, mit nach Hause nehmen. Mutti machte die feinsten Sachen daraus. Aus Kartoffelschalen machte sie zum Beispiel Marzipan. Auf die Felder konnte man aber nur mit Gummistiefeln gehen, denn die kurzen stehen gebliebenen Halme stachen gewaltig in die Fußsohlen. Leider waren meine Stiefel viel zu groß, die hatte ich von jemandem geschenkt bekommen. Da wurde vorne einfach Zeitungspapier reingesteckt, so passten sie dann schon. Sie hielten aber nicht lange, denn sie wurden von den Getreidehalmen regelrecht aufgespießt. Holzschuhe müsste man haben wie die Holländer. Vati, der mit Herrn Räuchle darüber sprach, traute seinen Augen nicht, als dieser mindestens hundert Paar geliefert bekam. Er verkaufte sie für wenig Geld an die Flüchtlinge.

Die Räuchles wohnten mitten in Neuenkirchen, für mich war das Haus, in dem sie wohnten, ein Märchenschloss, riesig groß. Wenn man durch die Haustür hineinging gelangte man erst mal in einen großen Flur. Von diesem gingen viele Türen ab zu verschiedenen Wohnräumen. Eine Treppe führte in den Keller und eine nach oben zu den Schlafzimmern. Am schönsten fand ich allerdings den Garten. Große schöne Bäume standen darin und dazwischen Rasen und Blumenbeete. Das sah alles so aus wie in einem Märchen. Der Sohn von Räuchles war ein ganzes Stück älter als ich, aber wenn Mutti und Vati am Sonntag zum Nachmittagskaffee dort eingeladen waren, spielte er mit mir Federball auf dem Rasen. Wolfgang wollte nie dorthin mitgehen. Er traf sich dann meistens mit seinen Freunden aus der Schule. Als wir wieder einmal bei Räuchles waren, fragte mein Vater den Fritz Räuchle: „Könnte man das Haus, das hinter der Fabrik steht, nicht wieder bewohnbar machen?" Dieses Haus war ziemlich baufällig. Die Fensterscheiben waren alle zerbrochen und das Dach gab es auch nicht mehr. In diesem Haus hatten die früheren Fabrikbesitzer vor dem Krieg gewohnt. An dem Haus war noch ein Anbau aus Stein. Auf der anderen Seite des Hofes befanden sich zwei Holzhütten und zu jeder gehörte ein eingezäunter Garten. Dann gab es noch eine große Rasenfläche, an deren Rand standen auf der einen Seite große Pappeln und auf der anderen Seite viele Sträucher mit Stachelbeeren und schwarzen Johannisbeeren. Das ganze Grundstück war aber, genau wie die Fabrik, mit einem hohen Drahtzaun umgeben. Für das Haus befand sich in dieser Umzäunung eine Tür und in die Fabrik gelangte man von der Straße durch ein großes Tor mit einem kleinen Häuschen, in dem ein Pförtner saß. Dieser öffnete es, wenn Lieferung kam oder die Arbeiter rein und raus wollten zur Schichtarbeit. Herr Räuchle sagte nur: „Das schauen wir uns mal an, du möchtest da wohl einziehen?" Vati nickte.

Am Montag wurden dann Nägel mit Köpfen gemacht und beschlossen, dass das Haus wieder hergerichtet werden sollte. Allerdings müsste Vati dann die Aufgaben eines Hausmeisters übernehmen. Das hieß, jeden Abend als letzter noch mal alles durchgehen, nachsehen ob alles in Ordnung ist. Auch sonntags sollte er dann wenigstens einen Kontrollgang machen. Wenn es sonst nichts war, das würde Vati gern übernehmen. Die Wiederherstellung dieses Hauses zog sich aber noch fast ein Jahr hin bevor man dahin umziehen durfte, aber bekanntlich ist die Vorfreude etwas besonders Schönes. Im Sommer 1948 waren wir fast jeden Sonntag beim Haus hinter der Fabrik. Ein sehr großes Feld hatten wir da auch zur Pacht übernommen. Dort pflanzten wir Kartoffeln, Stangenbohnen, Möhren, Tomaten und weiteres Gemüse an. Mutti und Vati hatten jedoch gar keine Ahnung von Ackerbau, doch Vati fragte einfach die Bauernsöhne, die in der Fabrik arbeiteten. Für mich waren die Möhren das Beste was es da gab. Aus der Erde ziehen, am Gras abputzen und dann hinein beißen. Auch als wir endlich eingezogen waren, holte ich mir gerne vor der Schule so eine Möhre. Ach, war das schön in einem Haus aus Stein zu wohnen. Aber das Beste war, dass wir eine Toilette im Haus hatten, aus der es auch nicht stank, denn wenn man fertig war zog man an einer Kette und es kam Wasser oben aus dem Kasten. Es gab zwei solche Toiletten, eine für unsere Familie und eine für die Leute, die noch kommen und oben wohnen sollten. Es war auch in jeder Toilette ein kleines Fenster zum Lüften. Nicht mehr nach draußen auf ein Plumpsklo gehen zu müssen war Luxus pur. Vor den Toiletten war die Waschküche mit einem großen Bottich, den man durch einen Ofen, der sich darunter befand, beheizen konnte. Darin wurde die Wäsche gekocht. Es gab ein Waschbecken aus Stein und besonders toll war eine große Zinkwanne, in die passten die Erwachsenen der Länge nach hinein. Das Badewasser wurde in dem Bottich erwärmt. In der Wanne konnte man richtig plantschen.

Hinter der Haustür kam man zunächst in einen Flur, davon zweigten drei Türen ab. Durch die linke kam man ins Kinderzimmer, durch die rechte ins Elternschlafzimmer und geradeaus in die große Küche. Von der Küche ging dann nach links noch ein Zimmer ab, das war die „gute Stube". Die durfte man nur zu besonderen Anlässen betreten, z.B. wenn Besuch kam, oder zu Weihnachten, Ostern usw. Über dieses Wohnzimmer freute sich Mutti am meisten, denn so etwas hatte sie in Oberglogau auch gehabt. Hier fühlten sich alle wohl. Ja, hier würde mit der Zeit ein neuer Heimatort entstehen. Geheizt wurde nur in der Küche mittels Holz und Brikett im Kochherd. In der guten Stube war auch ein kleiner Ofen, der wurde aber, wie gesagt, nur beheizt wenn die Stube bei besonderen Anlässen geöffnet wurde.

Im Kinderzimmer hatten wir zwei Eisenbetten. Am Anfang waren die nur mit Strohmatratzen ausgelegt, später bekamen wir vom Kaufhaus Spieckers auch zwei richtige Rosshaar-Matratzen. In dem einen Bett schlief Wolfgang und ich schlief mit Klaus-Dieter im anderen, der Kopf des einen lag bei den Füßen des anderen. Im Winter war es sehr kalt im Zimmer, wir hatten oft Eisblumen am Fenster. Für die Eltern waren am Anfang nur Strohmatratzen auf dem Fußboden. Eine Schreinerei in Druffel war beauftragt, ein Schlafzimmer zu bauen. Die Firma hatte alles für einen Schrank, ein Doppelbett und eine Frisierkommode ausgemessen. Aus Eiche sollte es sein, so wie in der alten Heimat, in Oberschlesien. Damit wollte man hier wieder heimisch werden.

Mein Schulweg war jetzt etwas weiter geworden. Das machte aber nichts aus, weil viele Kinder aus meiner Klasse am Weg wohnten. Schlimm war aber, dass zweimal in der Woche Pflichtgottesdienst war, das hieß, um sieben Uhr früh musste man schon in der Kirche sein. Im Sommer war das ja ganz schön, aber im Winter, wenn hier oft viel Schnee lag, war es richtig scheußlich. Hosen gab es für Mädchen noch nicht. Selbstgestrickte Strümpfe hatten wir an, die an einem Leibgürtel befestigt wurden. Die Strümpfe schnitten an den Oberschenkeln grundsätzlich ins Fleisch und waren nie lang genug, so dass immer ein Stück der Oberschenkel nicht bedeckt war, da mussten wir Mädchen immer frieren. Im Mai, wenn es wärmer wurde, war der lange Weg dann wieder besonders schön. Es war jeden Tag um 19 Uhr die Maiandacht und da gingen wir alle gerne hin. Wenn wir dann nach Hause gingen, schwirrten Maikäfer und Fledermäuse um uns herum. Vor den Fledermäusen schützten wir uns mit Tüchern auf dem Kopf, denn es gab die Befürchtung, dass die sich in die Haare setzen würden und um sie wieder raus zu bekommen, müsste man die ganzen Haare abrasieren. Das wollte ich auf gar keinen Fall, denn sie waren gerade wieder am Wachsen. Einmal mussten sie ja schon wegen der Läuse abgeschnitten werden aber jetzt konnte man wieder Zöpfe flechten. Die Maikäfer sammelten wir in Marmeladengläsern.

In die obere Wohnung zog bald eine Familie mit einem Mädchen im Alter von Wolfgang ein. Die zwei verstanden sich auf Anhieb. Morgens gingen sie schon immer händchenhaltend zusammen zur Schule, was dem Vater dieser Birgit gar nicht gefiel. Auch nachmittags waren sie nur im Doppelpack zu sehen. Sie ließen mich öfters mitspielen, aber wohl als Alibi, dass ich als Aufpasser dabei war. Einmal spielten wir *Doktor* im Elternschlafzimmer, da stand ein großer Esstisch, bedeckt mit einem langen, bis zum Fußboden reichenden Betttuch. Unter dem Tisch war das Arztzimmer. Wolfgang war der Arzt und Birgit war die Patientin. Ich befand mich vor dem Betttuch, im Wartezimmer. Das machte mir aber nach einer Weile keinen Spaß mehr und so lief ich davon. Erst Jahre später begriff ich das Doktorspiel! Nach nur einem halben Jahr zog Birgit mit ihren Eltern wieder aus. Dafür kam eine große Familie in die Wohnung über uns. Ein Elternpaar mit vier erwachsenen Kindern, Marlies, die Älteste, war schon verlobt mit einem Architekten. Die Zweitälteste war Käthe, die war blind, dann kam der Junge, Klemens, und die Jüngste, Brigitte, die mit in meine Klasse ging. Sie kamen aus Druffel. Käthe ging mit Brigitte jeden Morgen in die Kirche zum Gottesdienst und Brigitte danach weiter in die Schule. Die blinde Käthe lief allein den Weg zurück nach Haus. Nie hat sie sich dabei verlaufen, wohin sie auch wollte, sie fand den richtigen Weg. Für mich war das ein Wunder. Brigittes Vater und ihr Bruder Klemens waren in der Fabrik beschäftigt. Klemens war mehr Laufbursche, aber der Vater war bei dem großen Ofen mit den riesigen Flammen, die man an manchen Tagen vom Anbau aus sah. Auf das Fabrikgelände durften wir nie, das war auch immer abgeschlossen. Vati hatte zwar einen Schlüssel, aber wir durften nie mit ihm gehen. Dabei hätte ich doch zu gern mal gesehen, was die da mit dem großen Feuer machten. Ich weiß nur, dass Vati die Kontrolle über alles hatte. Daneben war er auch zuständig für Lieferanten, die Waren aufs Gelände brachten. Manchmal saß er auch vorn am Tor im Wachhäuschen.

Im Büro gab es einen Herrn Freund, mit dem hatte Vati wohl Freundschaft geschlossen. Man sah sie öfters zusammen über den

Fabrikhof laufen. Die Familie wohnte in Rietberg. Von unserem Haus lief ich über einen kleinen Bach zur Wiese und weiter zum größeren Bach, den Sennebach. Dort traf ich mich an heißen Tagen mit Freunds Tochter Brigitte. Natürlich konnte ich ebenfalls auf normalem Weg zu Brigitte gehen und zwar über den Feldweg entlang der Fabrik, dann ein Stück am Rand der Straße bis Rietberg und wieder rechts in einen Weg entlang des Baches abbiegen, der zu dem Haus führte, in dem Brigitte mit ihrem Vater und zwei Brüdern wohnte. Eine Mutter gab es nicht, nur eine Frau, die tagsüber die Kinder versorgte und abends zu ihrer Familie ging. Dieser Weg über die Straße war aber viel länger als über die Wiese und den Bach. Schon wieder eine Brigitte! Dieser Name war zu jener Zeit einfach in Mode. Brigittes Brüder hatten über den Bach eine Brücke aus ein paar Brettern gebaut. Die war nicht sehr stabil, aber uns Kinder hielt sie gut aus. Wir konnten zu dieser Zeit beide noch nicht schwimmen, aber wir lernten es in diesem Sennebach. Rückenschwimmen konnten wir am schnellsten. Wir haben uns dabei immer mit den Beinen vom Rand abgestoßen. Der Bach hatte einen herrlichen Sandboden, da konnte man sich mit den Zehen so richtig hinein wühlen. Hin und wieder schwammen Entenpaare mit kleinen Küken vorbei. Einmal, ich hatte Klaus-Dieter dabei und sollte auf ihn aufpassen, da war er etwa drei Jahre alt, da liefen wir den Küken hinterher, die waren so goldig. Die Fabriksirene hatte ich dabei nicht gehört. Sie war immer das Signal, dass ich nach Hause kommen musste. Doch erst als es langsam dunkel wurde, merkte ich, dass es schon spät war. Wir waren recht weit hinter den Enten hergelaufen. Als wir endlich zu Hause ankamen, ging die Hölle los. Ich kam gar nicht dazu, etwas zu sagen. Vati packte mich und brachte mich in den Stall zu unserem Schwein Susi und den Hühnern. Wenn Susi im eingezäunten Hof rumlief hatte ich keine Angst vor ihr. Aber hier, in dem engen Stall, bekam ich Panik und schrie so laut ich konnte. Aber alles Schreien half nichts, die Tür zum Stall tat sich nicht auf. Da hörte ich auf, ich konnte auch nicht mehr. Auf einmal ging dann doch die Tür auf und ich durfte heraus. Omi, die Muttel aus Gleiwitz, die seit zwei Tagen bei uns wohnte, stand in der Tür und nahm mich in den Arm. Ich schluchzte und heulte weiter. Omi Weda streichelte mir immer wieder über den Kopf, so dass ich mich langsam beruhigte. In die Küche zu meinen Eltern wollte ich nicht gehen, so gingen wir beide in Wolfgangs Zimmer, in dem Omi jetzt wohnte. Das war das Zimmer in der oberen Etage, gleich rechts rein. Die Familie, die daneben ihre Wohnung hatte, hätte dieses Zimmer gern dazu gehabt, aber es war schon vorher vereinbart worden, dass es für Wolfgang reserviert ist. Nun hatte es

Muttel bekommen, die Gleiwitz verlassen musste. Sie besaß dort immer noch die schöne Wohnung mit Garten in der Innenstadt. Die polnische Stadtverwaltung benötigte nun diese Wohnung für eine polnische Familie und wollte Muttel einfach in ein Altenheim bringen, was sie nicht wollte. So kam sie zu uns nach Neuenkirchen.

Alle Ortschaften im ehemaligen Schlesien bekamen jetzt polnische Namen, Gleiwitz hieß nun Gliwice und Oberglogau hieß Glogwek. Die schöne Stadt Oberglogau war im Krieg zu 40% zerstört worden. Die andere Oma, Frieda, die in Cosel im Bezirk Oppeln, was jetzt Opele hieß, ihren Hof mit ihrem Mann Karl und den zwei Söhnen, Franz und Max, hatte, wollte da nicht wegziehen. In Gliwice lebten jetzt von der Familie Weda nur noch Lisbeth mit Bernhard, Tochter Christiane und Lisbeths Mutter Viola. Alle anderen Geschwister waren in ganz Deutschland verstreut. In Cottbus wohnte Trude mit Mann, Ilse und Ingrid. Martha lebte mit Mann und Hildegard in Altenburg in Sachsen. Da hatten sie selbständig mit einem Möbelgeschäft angefangen. Möbel brauchte jeder nach dem Krieg, deshalb ging es ihnen recht gut. Nur eine große Sorge gab es, ihr einziger Sohn wurde vermisst. Friedel wohnte mit ihrem Mann und einem Sohn in Ostberlin. Es war aber keinem bekannt, wo Max, der zweite Sohn von Muttel mit Eva und den zwei Söhnen Jörg und Beko, jetzt wohnten. So war es nur für Hedel mit ihrer Familie und Else mit Familie möglich, sich zu besuchen, weil sie im gleichen Ort wohnten. Der Krieg hatte die ganze Familie auseinander gerissen. Wenigstens hatten sie nun Muttel Weda nach Neuenkirchen geholt, sie war aber nicht mehr die alte Muttel von früher. Sie war alt und gebrechlich geworden. Für mich war sie jedoch das Beste, was ich hatte, denn sie nahm sich immer Zeit für mich. Ich liebte sie sehr. Und eines ließ sie sich nicht nehmen, sie kümmerte sich ab sofort ums Kochen. Für Mutti war sie eine große Hilfe, denn sie hatte Änderungsarbeiten für Kunden des Bekleidungshaus Spiekers übernommen. Das brachte etwas Geld in die Haushaltskasse. Auch Stoffreste blieben umsonst bei ihr, aus denen nähte sie für ihre Familie hübsche Sachen, unter anderem auch für mich. Sie hatte gerade einen Winterstoff, daraus nähte sie mir einen Mantel. Hübsch aussehen tat der schon, aber wenn ich mit dem Fingernagel am Stoff hängen blieb, zog er Fäden. Es war wieder so ein Kleidungsstück, das man nur sonntags in die Kirche und zum Spaziergang anziehen konnte, ich hasste ihn schon bevor er fertig war. Dazu kam das ewige Anprobieren. Weil der Stoff kratzte und auch noch zu wenig war, wurde dieser Mantel viel zu eng. Mein Wunsch war nur, dass er nie fertig würde.

Aber jetzt war erst mal Sommer und wir hatten Ferien. Eigentlich wollte ich jeden Tag ausschlafen. Aber Brigitte, die über uns wohnte, hatte eine gute Idee. Weil sie mit ihrer Familie vorher in Druffel gewohnt hatte wusste sie, dass dort viele Straßen von Apfelbäumen gesäumt waren. Das Fallobst durfte man aufsammeln, das hatte sie schon letztes Jahr gemacht. Es wurde dann zu Hause zu Apfelmus und Saft verarbeitet. Beim ersten Mal fuhr ich mit Brigitte mit dem Fahrrad so gegen zehn Uhr dort hin. Das gefiel mir ganz gut, da hatte ich ausgeschlafen. Weil aber andere Leute schon viel früher da gewesen waren fanden wir nicht mehr viel. Also standen wir um fünf Uhr früh auf und schwangen uns aufs Fahrrad. Wir hatten Körbe und Taschen dabei. So früh waren noch keine anderen Menschen bei den Apfelbäumen und nun konnten wir uns die Besten aussuchen. Da weit und breit niemand zu sehen war, schüttelten wir die Bäume kräftig. Um sieben Uhr waren wir schon wieder zu Hause mit vollen Taschen. Die Äpfel waren jetzt nicht angeschlagen, das war nun Güteklasse eins und wir wurden gelobt. So kam es, dass wir jeden Morgen zum Äpfel sammeln loszogen. Nachmittags durften wir auch die Fahrräder weiter benutzen. Meistens fuhren wir dann nach Rietberg ins neue Schwimmbad an der Ems. Wir Flüchtlingskinder durften da sogar umsonst hinein. Erst hier im Freibad lernte ich dann richtig schwimmen. Als eines Nachmittags vom Bademeister die Meldung durch den Lautsprecher kam, dass alle, die das Seepferdchen machen wollen, jetzt zu ihm kommen können, waren wir beide dabei. Wir wussten gar nicht genau, was das überhaupt ist, aber wir schafften alles. Sogar der Sprung vom Dreimeterbrett war kein Problem. Vorher hatten wir uns das nicht zugetraut. Jetzt aber, nachdem ich das Seepferdchen-Abzeichen hatte, wagte ich mich sogar aufs Zehnmeterbrett. Aber das tat ich nur einmal, denn wie tief man da ins Wasser tauchte, das hatte ich nicht erwartet. Am Abend, wenn wir von einem Besuch im Freibad nach Hause kamen, waren wir immer total erschöpft.

Langsam ging der Sommer zu Ende. Hinter der Fabrik gab es aber trotzdem immer etwas zu tun. Einmal in der Woche musste ich zu den Baracken in Druffel fahren um die Kartoffelschalen und Gemüsereste abzuholen, denn die wurden von den Flüchtlingen gesammelt und damit wurde unser Schwein Susi gefüttert. Das hatte Vati, als Vorstand der Flüchtlingsgruppe, mit ihnen so vereinbart. Einmal wöchentlich musste ich einen Sack voll Brennnessel vom Bach hinter unserem Haus holen. Wolfgang hatte ebenfalls diese Aufgabe an zwei anderen

Wochentagen solange er noch Schüler war. Für Susi und die Hühner war das wohl so etwas wie Kaviar. Die Hühner legten Eier mit einem schönen dunklen Gelb und Susi wurde kugelrund. Sie sollte bald geschlachtet werden. Durch Brigitte lernte ich die Wiesenchampignons kennen, die jetzt im Herbst auf den Wiesen hinter dem Haus wuchsen. Wir zogen mit einem sehr schweren Zehnliter-Email-Eimer los um die Pilze zu sammeln. Die Grundstücke gehörten verschiedenen Eigentümern und waren jeweils mit Stacheldraht eingezäunt. Beim ersten Stacheldraht halfen wir uns noch gegenseitig beim Durchkriechen. Beim nächsten Zaun versuchte jeder ohne Hilfe so schnell wie möglich hindurch zu kommen wenn dahinter ein Pilz zu sehen war, um diesen als Erster zu erreichen. Dabei verletzte man sich oft. Ich bekam viele Narben an den Beinen, sie stammen alle aus dieser Zeit und sind heute noch zu sehen. Aber es war doch auch eine sehr schöne Zeit. Ich musste allerdings fast immer Klaus-Dieter mitnehmen. Er war ja ein goldiger Kerl, mit blonden lockigen Haaren, aber für Spiele, die achtjährige Kinder spielen, war er überhaupt nicht geeignet. Seit nun Muttel da war, hatte ich öfters die Möglichkeit, ohne meinen Bruder allein mit Kindern im gleichen Alter etwas zu unternehmen, was natürlich schöner war. Am liebsten waren mir die Nachmittage, an denen in der Schule Handarbeit oder Völkerball auf dem Plan stand. Auch durfte ich einmal im Monat, wenn Vati Gehalt bekommen hatte, mit dem Fahrrad nach Rietberg in eine Bäckerei und eine Fleischerei zum Einkaufen fahren. Da musste ich beim Bäcker ein warmes großes Brot und beim Fleischer 200gr dünn geschnittene Blutwurst und Salami kaufen. Auf dem Heimweg konnte ich es nicht lassen, das Brot am Rande anzuknabbern. Auch von der Wurst fehlten immer ein paar Scheiben. Dabei bekam ich doch vom Fleischer immer eine Scheibe geschenkt. Doch der Versuchung konnte ich einfach nicht widerstehen, auch wenn ich dafür später zu Hause eine Backpfeife bekam.

Im Frühjahr 1949 war die ganze Familie bei Tante Hedel eingeladen, es gab etwas zu feiern, nämlich die Taufe des kleinen Werner. Tante Hedel hatte noch ein Baby bekommen. Der war zwar ganz goldig, aber mir reichte mein Bruder Klaus-Dieter vollkommen. In der Schule hatte ich immer noch Schwierigkeiten mit der Rechtschreibung. Wolfgang sollte mir helfen, er sagte auch immer zu Vati, dass er mir geholfen hat, was aber nicht stimmte und dadurch gab es eben keine Besserung, zumal ich einen furchtbaren Lehrer hatte. Wir waren in der Klasse etwa sechzig Schüler. Im Schulgebäude gab es keinen Raum, der für uns groß genug gewesen wäre, deshalb wurden wir im Kolping-Saal untergebracht. Der Lehrer, der uns unterrichtete, hatte im Krieg an der rechten Hand die drei mittleren Finger verloren. Wenn er durch die Reihen ging, boxte er uns Schüler mit dieser Hand oder mit dem langen Zeigestock in den Rücken. Das machte ihm anscheinend viel Spaß. Wenn er in meine Nähe kam, wusste ich schon, dass ich wieder drankam. Die anderen Schüler in meiner Nähe brauchten keine Angst zu haben ich saß ihm ja am nächsten. Mir lief vor lauter Angst der Schweiß den Rücken und das Gesicht runter. Erst Jahre später erfuhr ich, warum er es so auf mich abgesehen hatte. Mein Vater hatte als Elternbeirat gegen seine Beförderung zum Schuldirektor gestimmt. Vati kannte einen Lehrer, auch ein Flüchtling, der in Rietberg am Gymnasium unterrichtete. Zu dem musste ich nun jeden Sonnabend hin und bekam Nachhilfe in Rechtschreibung. Er erkannte sehr schnell wo es bei mir haperte. Er übte mit mir nicht nur Diktate, sondern gab auch Aufsätze auf. Daran hatte ich richtig viel Spaß. Die Fehler wurden zwar mit der Zeit weniger, aber das hieß nicht, dass ich in der Schule besser geworden wäre. Wenn ich den Lehrer Beh, so hieß er, kommen sah, zitterte ich wie Espenlaub. Es war alles für die Katz, Rechtschreibung wurde nicht besser, Mathe ging gut.

An einem Montag bekam ich während dem Unterricht plötzlich Seitenstechen, ich musste mich ständig übergeben und konnte keinen Schritt tun ohne starke Schmerzen im Bauch. Wir hatten gerade Musikunterricht und dieser Lehrer erkannte den Ernst der Situation. Brigitte lief schnell nach Hause und holte meine Mutti. Dann gingen wir, nein, sie schleppten mich, ins Krankenhaus, das nur fünf Minuten von der Schule entfernt war. Als wir dort ankamen, war ich gar nicht mehr richtig bei mir. Ich sah nur die Schwestern mit ihren furchterregenden, steifen Hauben und dann weiß ich nichts mehr. Als ich wieder bei Sinnen war, lag ich in einem Krankenhausbett. Mir war schlecht und ich musste mich übergeben. Aus meinem Magen kam aber nur grüngelber Schaum. Dann muss ich wohl wieder eingeschlafen sein. Wie es weiter ging weiß ich nur aus Erzählungen. Als ich nach gut zwölf Stunden aufwachte saß Mutti neben meinem Bett. Eine Schwester träufelte mir einen Tee aus einer Schnabeltasse ein. Den behielt ich dann bei mir. Das war wohl ein Zeichen, dass ich auf dem Weg der Besserung war. Ich erfuhr dann, dass mir der Blinddarm entfernt wurde, die Narkose aber wohl zu stark gewesen war. Nun hatte ich am Bauch eine hässliche Narbe, denn der Schnitt war mit sechs Klammern verschlossen worden. Nach sechs Tagen wurden diese entfernt.

Scheußlich sah das aus. Erst da durfte ich aufstehen und ein bisschen laufen. Ich sehnte den Tag herbei, an dem ich aus diesem Zimmer nach Hause durfte. Um jedes Bett war ringsum ein Vorhang, so dass ich zwar von nebenan etwas hörte, aber niemanden sah. Ich weinte viel bis ich endlich am zehnten Tag nach Hause entlassen wurde. Ich durfte noch nicht viel laufen und keinesfalls springen, sonst würde die Naht wieder aufplatzen. Aber für mich war die Hauptsache, dass ich aus diesem Gefängnis raus war.

Zu Hause habe ich mich dann erst mal richtig ausgeschlafen. Und nun musste ich auch nicht mehr mit Klaus-Dieter in einem Bett schlafen, ich bekam Wolfgangs Bett. Der durfte auf dem Sofa in der guten Stube schlafen, was er sich schon lange wünschte. Sechzehn Jahre alt war er und hatte nun endlich ein eigenes Zimmer und das wurde auch Zeit. Er war zusammen mit seinem Freund in der Lehre bei einem Elektrogeschäft in Neuenkirchen. Von seinem Lohn sparte er fleißig, denn er wollte sich ein Motorrad kaufen, wie es seine Freunde hatte. Abends war er fast nie mehr daheim. An Sonnabenden kam er immer sehr spät nach Hause und hatte großen Hunger. Alle anderen schliefen dann schon, so dass er ungestört futtern konnte. Doch Mutti mochte es gar nicht leiden, wenn er von ihrem Braten für Sonntagmittag etwas stibitzte. Er war dabei auch nicht sparsam und schnitt sich ein ordentliches Stück ab. So gab es bei jedem Sonntagsfrühstück erst mal ein Donnerwetter. Trotzdem ließ er es nicht sein, die Versuchung und der Appetit waren wohl zu groß. Mutti versteckte deshalb ab sofort den Braten weit weg im Anbau, dort war es auch im Sommer schön kühl. Da half dem Wolfgang alles Suchen nichts, das Versteck wurde nicht verraten, auch wenn er mir wieder einmal Geld versprach. Ich wusste aus Erfahrung, dass er Versprechungen nie hielt, und so sagte ich nichts. Seine Rache kam später! Als er genug Geld gespart und dafür ein gebrauchtes Motorrad gekauft hatte, fragte er mich scheinheilig, ob ich mal mitfahren möchte. Meine Narbe war inzwischen verheilt und so sagte ich natürlich zu. Er erklärte mir nichts, zum Beispiel wo ich mich festhalten sollte. Unwissend setzte ich mich auf den Sozius und da ging auch schon die Fahrt los. An ihm wollte ich mich festhalten, aber das ließ er nicht zu. Er schob meine Hände einfach weg. Vor mir war jetzt nur ein Bügel, an dem ich mich festklammerte. Auf dem Feldweg bis zur Straße fuhr er so wild, dass ich dachte, er will mich umbringen. Dann drehte er um und fuhr genauso wieder auf dem Feldweg zurück. Als ich endlich absteigen durfte, hatte ich für den Rest meines Lebens genug vom Motorrad fahren. Aber geheult habe ich nicht, diese

Genugtuung sollte er nicht haben. Niemandem habe ich je erzählt, warum ich nie wieder auf ein Motorrad gestiegen bin.

An einem Samstag früh hörten wir lautes Gebell von mehreren Hunden. Wir liefen alle hinter unseren Hühnerstall, wo das Gebell herkam. Da sahen wir mindestens zehn Reiter und doppelt so viele Hunde. Auf den Äckern und Wiesen fand eine Treibjagd statt. Die Jäger auf den Pferden stießen immer wieder ins Horn, das nannte man Halali. So etwas hatten wir noch nie gesehen, es war sehr bunt und interessant. Etwa eine Stunde lang konnten wir diesem Treiben zuschauen, dann ritten die Jäger wieder weg. Sie hatten sehr viele Hasen und Füchse erbeutet.

In der Schule hatten die katholischen Kinder jetzt Kommunionunterricht. Daran mussten wir jeden Nachmittag teilnehmen. Danach kannte ich die Bibel fast auswendig. Auch das Beichten mussten wir lernen, denn am Sonntag bekamen wir das erste Mal in der Kirche die Heilige Hostie, es war sehr feierlich. Alle Mädchen hatten ein weißes Kleid an und Kränze auf den Haaren, wir sahen aus wie Bräute. Die Buben trugen meist einen schwarzen Anzug und ein weißes Hemd. Mein Kleid hatte Mutti natürlich selbst genäht. Jedes Kommunionkind trug eine dicke weiße Kerze in der rechten Hand. Die wurde erst angezündet als wir zum Altar gingen um die Heilige Kommunion zu empfangen. Danach verbrachte man den Nachmittag mit Verwandtschaft und Freunden. Für mich gab es in der darauffolgenden Woche aber noch ein anderes Ereignis. Meine Eltern brachten mich zum Bezirksarzt nach Rietberg weil sie nicht mehr mit ansehen konnten, wie ich oft ohne ersichtlichen Grund voller Angst in Schweiß ausbrach und zu zittern anfing. Neben dem schönen Rathaus in Rietberg war die Arztpraxis. Das Wartezimmer war zwar sehr voll, aber wir kamen schnell dran, weil Vati den Herrn Doktor vom Gericht kannte, Vati war damals Schöffe. Beim Arzt musste ich mich ganz ausziehen und da stand ich voller Schweiß am ganzen Körper. Er untersuchte die Narbe, die krumm und hässlich aussah und dann durfte ich mich wieder anziehen. Warum diese Untersuchung gemacht wurde hat mir aber niemand erzählt. Nach etwa vier Wochen erfuhr ich dann: „Du brauchst jetzt eine Weile nicht mehr in die Schule gehen". Dann wurden mir neue Hemden, Unterhosen, Strümpfe, sogar eine lange Hose und noch ein paar andere Klamotten gekauft. Als ich fragte, was das soll, kam man endlich damit raus. Ich hätte das Glück und dürfe nach Amrum an die Nordsee fahren zu einer Kindererholung. Wo war denn das? Ich bekam keine Erklärung, sie wussten es wohl selber nicht so genau. Eines Morgens holte Onkel Alfons Vati und mich mit einem Auto ab und wir fuhren zum Busbahnhof in Gütersloh. Dort gab mir Vati ein Kuvert mit Geld, darauf sollte ich gut aufpassen. Es war wohl ziemlich viel und ich dürfte mir dafür in Amrum etwas kaufen. Alles andere würde ich, wie die anderen Kinder im Bus, dort in Nebel auf Amrum erfahren. Nun gab es noch für jedes Kind im Bus eine Tüte mit Proviant. Die meisten fingen im Bus gleich an zu essen. Ich fand aber das, was alles in der Tüte war, viel zu wertvoll um es gleich zu essen. Da gab es Brote mit Wurst und Käse und Äpfel. Aber am besten sahen diese orangenen Bälle aus. Die rochen auch so gut, die wollte ich bis zuletzt aufheben.

Die Fahrt im Bus dauerte lange, aber endlich waren wir am Meer in Dagebüll. Nun gingen wir auf ein Schiff. So etwas wie das Meer und das Schiff hatte ich noch nie gesehen. Ich wollte alles erleben und ging nicht, wie die meisten anderen Kinder, nach innen ins Schiff. Jetzt wollte ich meine Apfelsinen essen, nachdem ich wusste, wie die heißen, und gesehen hatte wie man die schält. Hätte ich die nur jetzt nicht gegessen! Ich wurde seekrank und es ging mir hundsmiserabel. Doch so wie mir ging es den meisten anderen Kindern auch. Die Möwen freuten sich und es kamen immer mehr. Als wir nach etwa zwei Stunden im Hafen Wittdün auf Amrum ankamen, schleppten sich die meisten nur noch so dahin. Dann stiegen wir wieder in einen Omnibus und fuhren auf einer geraden Straße am Leuchtturm von Wittdün vorbei nach Nebel. Die gesamte Fahrt hatte einen ganzen Tag von sieben Uhr früh bis zum Abend gedauert und war sehr anstrengend gewesen. Aus dem Koffer nahmen wir nur Zahnbüste, Schlafanzug und Hausschuhe. Den Koffer mit dem restlichen Inhalt schoben wir einfach unter das Bett, keiner wollte ihn noch auspacken. Zum Abendessen gab es geschmierte Brote und einen ungenießbaren Tee. Danach durften wir alle ins Bett. In unserem Zimmer standen fünf Betten. Zwei links parallel an der Wand und drei an der rechten Wand, längs ins Zimmer. Im Alter waren wir sehr unterschiedlich, ein Mädchen war 17, zwei 15, eines 14 und ich mit 10 Jahren. Das ging für mich nicht lange gut. Aus dem Fenster sah man auf das Wattenmeer. So hatte ich mir das nicht vorgestellt. Es war kein Wasser da, zum Baden war das jedenfalls nichts. Auf der Überfahrt hatten wir doch aber das Wasser mit den Wellen gesehen, wo war das Meer bloß? Ich fragte die Mädels, die mit mir im Zimmer wohnten. Antwort bekam ich nicht, sie lachten nur. Dadurch war ich aber nicht schlauer geworden. Um Mitternacht trafen sich die Mädels mit älteren Jungs aus anderen Zimmern. Die standen vor unserem Fenster und die Mädels stiegen nach draußen. Mich wollten sie nicht dabei haben. Wenn sie draußen waren, bin ich dann ans Fenster gegangen und wollte wissen, was die so machen. Die müssen aber immer gleich verschwunden sein, nie habe ich sie beobachten können. Nun war ich aber wach und das ging so jede Nacht. Neugierig wie ich war, blieb ich wach, bis sie wiederkamen. Alles Mögliche wollten sie mir antun, wenn ich sie verpetzen würde, drohten sie mir. Im anderen Zimmer war auch eine 17jährige, die bekam nach einer Woche mein Bett. Wie sie das gedeichselt hatten, weiß ich nicht. Nun war ich in einem Zimmer mit gleichaltrigen Mädchen. Für meinen Schlaf war das wirklich besser. Da war eine dabei, sie hieß Annemarie, die musste Diät halten, weil sie zu dick war und Zucker hatte. Sie hatte wirklich immer Hunger, aber sie bekam alles Essen abgewogen. Sie tat mir so leid und ich besorgte für sie immer zusätzlich etwas Essbares. Ich fand es furchtbar, dass sie sich nicht satt essen durfte. Ich wusste was Hunger bedeutete. Auf der Flucht von Schlesien nach Westfalen , hatten wir oft Tagelang nichts zu essen. Wenn wir dann beim Spaziergang waren, der jeden Nachmittag nach dem Mittagsschlaf stattfand, gab ich Annemarie was ich für sie besorgt hatte. Mit ihr habe ich die meiste Zeit auf Amrum verbracht.

Jeden Morgen nach dem Frühstück hatten wir so eine Art Schule. Das hieß, an die Eltern einen Brief schreiben, dann auch an die Geschwister und an die Schulklasse. Für diese hatte ich mir zu Hause schon einen Zettel gemacht, der von Vati kontrolliert worden war, damit ich keinen Fehler machte, und den ich an meine Schulklasse abschicken würde. Das habe ich dann auch gemacht. Da war 100%ig kein Fehler drin. Aber der Lehrer Beh hatte meinen Brief als Schulstunde genommen, um das Schreiben von Briefen und Karten zu üben. Wie mir Brigitte später erzählte, waren in meinem Brief sehr viele Fehler drin, wie kamen die plötzlich da hinein? Fast am Ende unseres Kuraufenthalts machten wir einen langen Spaziergang. Von Nebel durch die Heide und den Wald, dann am Meer entlang nach Norddorf, dieser Ort liegt direkt am Meer. Der Kiepsand klebte an unseren Schuhen und der Wind war bitterkalt. Die Entschädigung gab es dann in Norddorf, denn dort fanden wir einen Andenkenladen neben dem anderen. Jeder wollte ein Andenken nach Hause mitnehmen. Nach längerem Suchen und Abwägen kaufte ich einen kleinen, etwa 5 cm langen Seehund. Mehr war in meinem Geldbeutel nicht mehr drin. Eigentlich wollte ich ihn den Eltern schenken. Aber die waren gerade so mit Sorgen beschäftigt, dass sie nichts anderes wahrnahmen. Ich wurde von Onkel Alfons mit dem Auto in Gütersloh abgeholt. auf der Fahrt nach Hause erzählte er mir, dass Muttel Weda jetzt eine Weile zu ihnen ziehen würde. Schade, dachte ich nur, ich wollte ihr doch so viel erzählen vom Meer. Auch hatte ich für sie ein Seepferdchen mitgebracht. Muttel Weda war für mich, alles. Zu ihr konnte ich immer kommen. Sie hatte für mich immer Zeit und wusste aus allen meinen Sorgen einen Ausweg. Nun würde ich mit dem Fahrrad in den Ferien, die in einer Woche begannen, mal zu Tante Hedel und Muttel fahren. Als Onkel Alfons mich zu Hause absetzte, gingen die Eltern mit ihm in die gute Stube und sprachen da lange miteinander. Als sie aus der Stube kamen, sah man sofort, dass Mutti geweint hatte. Ich wollte wissen, was denn passiert ist, aber mir wurde nichts erzählt. Auch Wolfgang und Klaus-Dieter hatten keine Ahnung. Am nächsten Morgen ging Vati komischerweise nicht in die Fabrik. Dann sagte er mir etwas, was ich gar nicht kapierte: „Wenn du dich bei deinem Lehrer wieder anmeldest, kannst du gleich sagen, dass du nach den Ferien nicht mehr zur Schule kommst, wir ziehen hier weg." Mehr wurde mir nicht gesagt. Irgendwie war ich glücklich, nicht mehr zu diesem Lehrer Beh zu müssen. Aber , meine vielen Freundinnen und Freunde nie mehr zu sehen. Das konnte ich mir gar nicht vorstellen. Plötzlich fiel mir dann auch ein, dass Muttel Weda auch nicht mitkommen würde. Das war alles so furchtbar. Als ich mich in der Klasse zurückmeldete, sagte ich gleich, dass ich nach den Ferien nicht mehr in diese Schule kommen würde, und muss dabei wohl recht glücklich geschaut haben. Die Überraschung war mir geglückt! Doch ich musste ja noch acht Tage aushalten. Zum ersten Mal habe ich in dieser Zeit vom Lehrer keinen Stupser mehr in den Rücken bekommen. Brigitte erzählte mir dann, dass der Lehrer in meine Karte, die ich von Amrum geschickt hatte, sehr viele Fehler eingebaut hatte.

Aber wo würden wir denn hinziehen? Es war hier doch so schön, ich hatte so viele Freundinnen. Zum ersten mal in meinem Leben hatte ich das Gefühl, eine Heimat gefunden zu haben. Ich wollte hier niemals weg. Aber ein Kind mit 10 Jahren muss ja wohl mit seinen Eltern mitgehen. An dem Nachmittag kam Vati schon um 17 Uhr nach Hause, von der Arbeit, wie er sagte. Ja, aber nicht aus der Fabrik, denn die Sirene schrillte doch erst um 18 Uhr. Nun setzten wir uns alle in die Küche an den Tisch und dann fing er an zu erzählen. Begriffen habe ich erst viel später, was da passiert war. Die Fabrik gehörte vor dem Krieg einer jüdischen Familie, die musste sie bei Kriegsanfang an die Gemeinde abgeben und wurde enteignet. Danach war diese Familie verschwunden und niemand wusste, was mit den Leuten geschehen war. Nach Kriegsende suchte die Gemeinde einen Pächter für die Fabrik und dabei wurde sie – wie schon weiter oben berichtet - fündig bei der Familie Räuchle aus Schlesien. Es war nach Kriegsende für die Gemeinde und den Kreis Wiedenbrück ein Glücksfall, jemanden wie die Familie Räuchle zu finden, die wieder vielen Familienvätern Arbeit gab. Nun hatte sich aber eine Tochter der jüdischen Familie gemeldet, die ihre Fabrik zurück haben wollte. In einem Urteil entschied das Gericht, dass die Jüdin alles wiederbekommen musste. Nicht nur für Familie Räuchle war das furchtbar. Alle Angestellten im Büro, einschließlich meinem Vater, wurden entlassen. Es war ja verständlich, dass die neue Fabrikbesitzerin den engsten Vertrauten des bisherigen Besitzers nicht mehr bei sich haben wollte.

Eine neue Arbeit hatte Vati sehr schnell gefunden. Das Ganze war in der Zeit als ich auf Amrum war passiert. Nun ergab sich aber das nächste Problem. Die Wohnung, in der wir wohnten, gehörte zur Fabrik. Vati fuhr jeden Morgen nach Rietberg ins Büro der Firma A&O-Lüning. Die Büroarbeit hätte ihm auch weiterhin gefallen, wenn das Problem mit der Wohnung nicht gewesen wäre. Das Schicksal wollte es wohl so. Lüning war ein Großhändler, der die A&O-Läden in ganz Deutschland mit Lebensmitteln belieferte. In Brakel im Kreis Höxter stand nun so ein Geschäft mit Wohnung zur Verpachtung an. Ein eigenes Geschäft wie in Oberglogau, das war der Traum meiner Eltern. Sie sahen sich das Geschäft an und waren begeistert. In der Wohnung waren aber noch nicht gleich alle Zimmer frei. In zwei Zimmern wohnten noch zwei alte Leutchen, die in ein Altenheim umziehen wollten, sie hatten aber noch nichts Passendes gefunden. Na ja, da werden wir uns halt erst einmal provisorisch behelfen und alle zusammen in einem Zimmer schlafen. Hauptsache, das mit dem Laden haut hin. Als die Eltern von Brakel zurück kamen wartete auf sie schon der nächste Schock. Muttel, die in letzter Zeit öfters Bauchschmerzen hatte, die sie mit einer Wärmflasche bekämpfte um bloß nicht zu sagen, dass ihr etwas weh tat, war mit Blinddarmdurchbruch ins Krankenhaus eingeliefert worden. Es ging ihr sehr schlecht. Als Mutti und Vati im Krankenhaus ankamen, bekam sie gerade die letzte Ölung. Kurz danach starb sie mit fünfundsiebzig Jahren. Für mich war das sehr schlimm. Sie war der erste Mensch in meinem Leben, den ich sehr liebte und der auf einmal nie mehr da war. Die Beerdigung, die nach einem Trauergottesdienst in der Pfarrkirche St. Margareta auf dem Friedhof in Neuenkirchen stattfand, war für mich ein ganz besonders schlimmes Erlebnis. Monika, meine Cousine, die neben mir ging, weinte überhaupt nicht. Ich verstand die Welt nicht mehr. Viele von den Flüchtlingen, die mein Vater betreute hatte, waren zur Beerdigung gekommen. Sie wussten inzwischen alle, dass wir bald von Neuenkirchen fortziehen würden. Wieder war es nichts mit einer neuen Heimat. Jeden Tag wurde in Kisten und Kartons unser Hab und Gut gepackt. Inzwischen hatten wir ja einiges davon. Die Hühner nahm der Vater von Brigitte. Susi, unser Schwein, war schon im letzten Winter geschlachtet worden. Die paar Gläser die noch eingekocht da waren, wurden auch in einen Karton gepackt.

Kapitel 8

Neuer Anfang !!!

Dann kam eines Tages ein Lastwagen von A&O mit zwei Männern, die alle Möbel und Kartons aufluden. Mutti und Klaus-Dieter quetschten sich vorne mit ins Führerhaus. Vati, Wolfgang und ich mussten hinten auf den Laster. Erlaubt war das nicht. Wir sollten uns nur unterwegs nicht sehen lassen, das würde dann eine hohe Strafe kosten. Am schlimmsten war der Umzug wohl für Wolfgang, der ja in Neuenkirchen zusammen mit seinem Freund in der Elektrolehre war. Wie er diese nun zu Ende machen würde, stand in den Sternen.

Als wir in Brakel ankamen war nichts, rein gar nichts, für uns vorbereitet. Das Geschäft gehörte einem Heinrich Meyer, der wegen eines Herzinfarkts, den er überstanden hatte, mit der Arbeit aufhören musste. Das Büro war voll gestellt mit alten Möbeln. Der Betrieb im Laden ging einfach weiter wie vorher, keine Inventur war gemacht. Es gab kein freies Zimmer, wo wir unsere Möbel abstellen konnten. Wir standen da und keiner wusste, was zu tun war. Die zwei Männer von Lüning fingen an, die beiden Zimmer, die sich im Erdgeschoss befanden, auszuräumen, teils in den Keller und teils auf den Hof. Auf einmal war doch jemand da, der sagte, wohin die Möbel von Meyers gebracht werden sollten. Die hatten nur darauf gewartet, dass jemand ihre Möbel aus den Zimmern tragen würde. Nun mussten diese Zimmer erst mal gereinigt werden. So kaputt wie wir waren, mussten wir das jetzt auch noch machen. In das etwas größere Zimmer kam das Elternschlafzimmer und die Matratzen von den Kinderbetten. Alles andere stellten wir da ab, wo noch etwas Platz war. Das Suchen nach ein paar Strümpfen oder einer Unterwäsche war sinnlos. Irgendwie fielen wir alle auf unsere Matratzen und schliefen bis zum Morgen wie Tote. Dann ging das Aufräumen weiter. Wir nahmen uns als erstes die Küche vor. Die Töpfe, das Geschirr und was sonst noch in den Schränken war, stellten wir einfach in den langen Flur. Irgendwer würde das schon wegnehmen. Dann räumten wir unsere Sachen ein. Die Küche war groß und gemütlich. Ein steinernes Waschbecken war darin. Genügend Schränke, ein Tisch und Stühle, ein großer Feuerofen und ein Liegesofa. Nun konnten wir erst mal frühstücken. Alle hatten einen Bärenhunger. Wolfgang hatte vorn im Laden frisches Brot geholt, alles andere hatten wir ja mitgebracht. Von den Meyers hatte sich noch keiner blicken lassen. Wir hätten doch gern unsere anderen Zimmer mal gesehen. Wie wir dann im Laufe des Tages erfuhren, gab es für uns jetzt noch keine anderen Zimmer. Da wohnten noch die Senioren drin, die ins Altersheim gehen sollten. Die Eltern liefen wie Trauerweiden herum. So hatten sie sich das nicht gedacht. Wann die Zimmer frei würden, stand in den Sternen. Nach einer Woche hausten wir immer noch wie in der ersten Nacht. Nur Wolfgang hatte sich das Sofa in der Küche genommen. Den alten Leutchen war das sichtbar peinlich. Sie räumten ihr Wohnzimmer im 2. Stock leer, um uns wenigstens noch ein Zimmer zu geben. Dort wurde nun das Elternschlafzimmer aufgestellt. Endlich konnten wir unsere Habseligkeiten in den Schrank räumen und mal was anderes, frisches anziehen. Gern hätten wir gebadet. Diese Möglichkeit bestand aber nur in der Waschküche in einer Zinkwanne, doch die war voll mit Gerümpel von den Meyers. Zum Zähneputzen und Waschen stand nur das steinerne Waschbecken in der Küche zur Verfügung. Das war so ein Problem denn dort schlief ja Wolfgang. Richtig gründlich waschen konnte man sich überhaupt nicht. Auch die Angestellten vom Laden benutzten diese einzige Waschgelegenheit. Genau so war es mit der Toilette, die neben der Küche war. Wenn man mal auf die Toilette musste war die meistens besetzt. Neben dem A&O-Laden gab es noch ein Fotogeschäft, das war ebenfalls nur ein größeres Zimmer. Und die Frau, die das Geschäft betrieb, ging auch auf unsere Toilette. Ich sehnte mich zurück nach Neuenkirchen. Ach, war es da schön gewesen. Auch den Eltern ging es wohl nicht anders. Klaus-Dieter wusste gar nichts mit sich anzufangen. Er stand überall im Weg. Unsere Familie war nur noch ein Häufchen Elend. Dabei gab es doch auch einen tollen Grund zur Freude. Klaus-Dieters Blutschwämmchen war ganz weg. In einer Arztpraxis in Gütersloh wurde es mit Lasertechnik stückchenweise entfernt. Das hat wunderbar geklappt, nichts war davon mehr zu sehen.

Na, und hier in Brakel war das Geschäft ein neuer Anfang, nach all dem, was man in Neuenkirchen durchgemacht hatte. Die Wohnungssituation war zwar im Moment - man kann sagen - bescheiden. Aber es konnte nur besser werden und so kam es dann auch. Jetzt galt es, erst mal den Laden herzurichten. Nur drei Tage wurde er komplett geschlossen. Es wurde Inventur gemacht und geputzt. Die Angestellten der Firma Heinrich Meyer halfen überall, so dass es rasch voran ging. Am nächsten Tag kam schon der Laster vom A&O-Auslieferungslager mit der neuen Ware. Die Leiterin des Geschäfts war eine sehr tüchtige Frau und hatte alles im Griff. Wie wir später erfahren haben, wollte sie einst den Heinrich Meyer heiraten. Aber der hatte zwei jüngere Schwestern die total dagegen waren und aus diesem Grund war der Laden verpachtet worden. Des einen Pech ist das Glück für den anderen. In Brakel wurde darüber viel getratscht. Diese Leiterin übernahm, vier Häuser weiter, den Konsum-Laden, was für uns zunächst eine große Konkurrenz war. Doch nach einer Weile war es sogar für beide vorteilhaft, denn wenn der eine etwas vergessen hatte zu bestellen, half man sich gegenseitig durch Ausleihen.

Unser Geschäft befand sich in einer besonders guten Lage an der Ecke Bahnhofstraße, Hanekampstrasse 25. Genau gegenüber befand sich eine große Filiale der Sparkasse. Alle Personen, die vom Bahnhof kamen mussten bei uns vorbei. Mittags, wenn das Internat, die Brede, Schulschluss hatte, kamen viele Schüler auf dem Weg zum Bahnhof zu uns in den Laden. Das Sortiment an Süßigkeiten wurde schnellstens auf die Wünsche der Schüler umgestellt. Auch frühmorgens wurde der Laden eine halbe Stunde eher geöffnet, damit die Schüler noch ihr Frühstück einkaufen konnten.

Der Laden lief blendend, meine Eltern hatten viel Arbeit, waren sehr zufrieden, und lebten sich sehr gut in Brakel ein. Auch hier lebten viele Vertriebene und so ergab es sich, dass Vati wieder als deren Vorstand gewählt wurde. Für unser Geschäft war es gut und außerdem hatten meine Eltern gleich viele Bekannte und Freunde. Dann geschah etwas Schreckliches, ein furchtbarer Sturm tobte und viele Sachen flogen durch die Luft. Vati holte aus dem Lager einen schweren Sack mit Zucker. Dafür musste er draußen am Haus entlang über den Hinterhof ins Lager. Neben dem Haus stand eine große alte Eiche. Als Vati mit dem Zucker wieder im Laden stand gab es einen großen Knall. Die Eiche hatte der Sturm umgelegt. Sie war bestimmt über 100 Jahre alt. Wenn Vati eine Minute später da vorbei gegangen wäre, wäre es sein Ende gewesen. Schon einmal im Leben hatte er so viel Glück gehabt, als er im Krieg verschüttet war und mit den Händen von seinen Mitsoldaten ausgegraben wurde. Als wir wieder zur Ruhe kamen, haben wir einen Sekt auf das Leben meines Vaters getrunken.

Ich hatte keine Probleme in der neuen Schule. Für mich war es nur komisch, dass es hier eine Mädchenschule rechts der Pfarrkirche gab und links neben der Kirche war die Jungenschule. In Neuenkirchen waren Mädchen und Jungs in der Klasse gemischt und hatten keine Scheu sich miteinander auszutauschen. Hier schaute man sich nicht mal an und die meisten der Mädchen wurden knallrot, wenn sie tatsächlich mal ein Junge ansprach. Auch wenn ich zu einer Freundin nach Hause ging die einen Bruder hatte, spielten wir nicht zusammen, man mied sich und ging sich aus dem Weg. Für mich war das alles neu. Das Dumme war nur, auch ich nahm dieses blöde Verhalten an. Dieses rot werden hasste ich, aber es kam, ich konnte nichts dagegen tun. In der Schule wurden meine Noten immer besser, worüber ich mich natürlich riesig freute. Die Lehrerin, die mein Zwischenzeugnis kannte, das ich vom Lehrer Beh aus Neuenkirchen mitbrachte, prüfte mich ständig. Einmal fragte sie mich, ob ich Probleme dort in der Schule hatte. Da erzählte ich ihr vom Lehrer Beh. Von da an gab sie mir jede Hilfe, die ich brauchte. Am Jahresende brachte ich ein Zeugnis nach Hause, über das ich mich sehr freute. Auch meine Eltern waren sehr zufrieden. In Mathematik hatte ich eine zwei. Das war mein ganzer Stolz. Aber auch in den anderen Fächern war ich überall besser geworden. Nachmittags gab es im Laden auch immer etwas für mich zu tun. Wir hatten zwei neue Lehrmädchen bekommen. Einmal in der Woche kam neue Ware von Lüning, die musste im Lager ausgepackt werden. Das war lustig mit den beiden Lehrmädchen. Nach vier Wochen gab es allerdings nur noch eine davon. Leider hatte die andere aus der Kasse Geld gestohlen. Das Dumme war nur, diese Rosi stammte aus einer Flüchtlingsfamilie mit sieben Kindern. Sie hatte eine Zwillingsschwester, die auf der Brede studierte. Diese kam zum Vati und bettelte, dass wir Rosi doch wieder nehmen möchten, sonst müsste sie auf einem Bauernhof arbeiten gehen und da auch wohnen. Vati ließ sich aber nicht erweichen. Ein neues Lehrmädchen gab es in diesem Jahr nicht mehr. Alle, die aus der Schule kamen, hatten ihre Lehrstellen schon. Nun schauten sich die Eltern nach einem Hausmädchen um. Im Nachbardorf Riesel, in dem auch das andere Lehrmädchen zu Hause war, fanden sie ein etwas älteres Mädchen, das gerne den Haushalt machen wollte. Sie mussten ja jemanden finden, der am Abend zum Schlafen nach Hause gehen konnte. Die Schlafgelegenheiten hier im Haus hatten sich zwar etwas verbessert, aber es war nicht optimal. Die Eltern hatten ihr Schlafzimmer im 2. Stock. Klaus-Dieter und ich mussten durch den Trockenboden in eine ziemlich kalte Kammer gehen. Im Winter war es da so kalt, dass innen am Dachfenster Eisblumen "blühten". Im Sommer war es dagegen sehr heiß. Wolfgang schlief weiterhin auf dem Sofa in der Küche. Die zwei anderen Zimmer gegenüber der Küche waren das Wohnzimmer und das Büro. Zwischen den beiden Zimmern gab es keine Tür, nur einen großen runden Durchgang. Als erstes wurde ein undurchsichtiger

Vorhang angebracht, denn vorne im Büro saßen öfters Vertreter. Es gab im Büro zum Heizen einen kleinen Kohleofen. Das andere Zimmer wurde mit einem Nachtspeicherofen elektrisch beheizt. In den hohen Räumen reichte die Wärme aber nie lange aus. Wir saßen immer in Wolldecken eingepackt auf dem Sofa, eng aneinander gekuschelt. Im Sommer hatten wir einen zusätzlichen Raum. Wenn man durch die Haustür kam war da zuerst eine verglaste Veranda. Die war in der warmen Jahreszeit immer von uns belegt. Jede Mahlzeit fand dort statt. Unangenehm war nur, dass die Meyers natürlich auch durch diese Haustür rein und raus gehen mussten. Doch Mutti hatte eine Idee. Wir besorgten uns im Möbelgeschäft einen Paravent, wie das Mutti schon aus ihrer Kindheit kannte. Ein Raum wurde damit getrennt, wenn Mädchen und Jungs gemeinsam darin schlafen mussten. Nun konnten uns die Meyers nicht mehr beim Essen zuschauen, was für uns sehr unangenehm gewesen war. Der Auszug der alten Leutchen ins Altersheim dauerte noch zwei Jahre. Dann bekam ich endlich ein eigenes Zimmer. Wolfgang war inzwischen auf Montage und kam nur an den Wochenenden nach Hause. Jetzt konnte man sich nach einem Hausmädchen umschauen, das auch noch abends da war und vielleicht im Laden helfen konnte. Das vorherige Hausmädchen hatte uns verlassen. Sie wollte in ein Kloster gehen. Jahre später schrieb sie einen Brief, dass sie jetzt nicht mehr Novizin sei, sondern eine richtige Ordensschwester. Sie hatte damit ihren Weg gefunden.

Im Jahr 1953 kam dann Klaus-Dieter in die Schule. Er tat sich nicht schwer mit dem Lernen, so blieb ihm viel Zeit, um neue Freunde zu finden. Mit denen war er immer am Nachmittag unterwegs. Erst gegen Abend kam er wieder nach Hause. Für den Laden hatte er gar nichts übrig. Das ging so bis zu seiner Kommunion. Zu dieser Feier war die ganz Familie Lütkebohle angereist. Man hatte sich viel zu erzählen, denn seit sechs Jahren hatte man sich nicht mehr gesehen. Monika machte eine Schneiderlehre in Rietberg und Gerd war als Schreiner bei seinen Verwandten in Westerwiehe, er hatte den gleichen Beruf ergriffen wie sein Opa und sein Onkel. Das hatte sein Vater nicht gewollt und deshalb war die Familie eine Zeit sehr zerstritten gewesen, doch inzwischen war wieder alles reiner Sonnenschein. Werner war als Lehrling bei einem Großhändler, nur Günther, der erst 1951 als Nachzügler geboren wurde, ging noch zur Schule. Sie wohnten immer noch in der Wohnung in Neuenkirchen. Man vereinbarte, sich künftig öfter zu besuchen und am Abend reisten sie wieder nach Hause. Da sich die Eltern bei Klaus-Dieter bis jetzt keine großen Gedanken wegen der Schule machten, war der Schock, als er mit dem Zeugnis kam, ganz schön groß, denn das war miserabel. Nun sollte ausgerechnet ich ihn zum Lernen antreiben, dabei war ich doch froh, dass ich meine Schulzeit hinter mir hatte. Seit einem Jahr war ich als Lehrling bei uns im Geschäft. Das gefiel mir gut, auch wenn ich lieber Friseurin geworden wäre. Aber für Vati kam das gar nicht in Frage. „Du wäschst nicht den Leuten die Läuse aus den Haaren." Das war sein Spruch. Da mir nichts anderes einfiel, was ich lernen könnte, ging ich also in die Lehre als Einzelhandelskaufmann bei uns im Laden.

Vati gab Klaus-Dieter ein Jahr Zeit, um seine Noten zu verbessern. Da sich aber nichts verbessert hatte, entschied er, dass er ins katholische Internat nach Bad Driburg gehen sollte. Er hoffte, dass er dadurch wieder zu seinen früheren, guten Noten zurückfinden würde. Er schob das ganze Dilemma auf die Freunde, die er hier in Brakel hatte. Die Eltern waren vom Laden vollkommen in Anspruch genommen und hatten nicht die Zeit, mit ihm zu lernen. So ungern ich früher in die Schule gegangen war, desto lieber ging ich jetzt in die Berufsschule. Das war mein Erholungstag. Meistens war in der Schule, die sich in Höxter befand, der Unterricht mittags zu Ende. Ich fuhr dann aber nicht gleich nach Hause, denn da wäre ich sofort wieder zur Arbeit eingespannt worden. Auch Edith, die in einem anderen Lebensmittelgeschäft in Brakel beschäftigt war, ging extra einen anderen Weg vom Bahnhof nach Hause. Denn wenn meine Eltern Edith schon mittags wieder in Brakel gesehen hätten, wäre es aufgefallen, dass die Schule schon aus ist. Meistens blieb sie aber ebenfalls in Höxter. Im Sommer gingen wir oft an die Weser zum Baden. Meistens kamen noch einige Mitschüler dazu. Das war immer ein schönes Picknick.

In der Klasse hatte ich auch noch eine sehr gute Freundin, die Reinhild. Sie war in Höxter bei einem Buch- und Zeitschriftenhandel in der Lehre. Das hätte mir auch gut gefallen, doch ich hatte mich vor dem Beginn der Lehrzeit viel zu wenig für alle Möglichkeiten interessiert. Sie wohnte mit ihren Eltern in einem tollen Bungalow in einer schönen, etwas abseits gelegenen Wohngegend. So stellte ich mir mein Leben vor, wenn ich mal verheiratet sein würde. Reinhild hatte keine Geschwister. Sie trug immer tolle Pullis und Kleider, da war ich schon ganz schön neidisch, was aber unserer Freundschaft keinen Abbruch tat. Wenn ich nach der Schule manchmal mit zu ihr nach Hause ging, suchte ich mir immer etwas Schickes aus dem Kleiderschrank und dann gingen wir zwei flanieren in Höxter. Sie machte ihre Lehre aber nicht zu Ende. Ihre Mutter, die als Mannequin arbeitete, brachte sie in dieser Branche unter. Ich habe nie wieder von ihr gehört, leider.

Im Winter gefiel es mir besonders gut wenn ich mit mehreren Mitschülern nach Unterrichtsende ins Kino ging. Dort sahen wir auch den Film aus Schweden mit Ulla Jacobsson *Sie tanzte nur einen Sommer,* der erste Film mit einer nackten Schauspielerin. Aus dem Kino gingen wir alle mit gesenkten, roten Köpfen. Ja, es war uns peinlich. Das war damals auch unsere einzige Aufklärung.

Ich bekam sehr spät meine Regel. Als ich meiner Mutti sagte: „Ich blute", bekam ich die Antwort, „das bekommst du jetzt alle vier Wochen", und das war die Aufklärung. Da schwor ich mir, wenn ich mal Kinder habe, würde ich das rechtzeitig und richtig erklären. Ich hatte ja nur Brüder, von denen erfuhr ich sowieso nichts. Außerdem schauten wir uns immer die Bilder in der *Bravo* mit Begierde an. Von den Eltern erfuhr man nichts dergleichen.

Kapitel 9

Es geht nach Werdohl

Wolfgang war jetzt wieder jedes Wochenende in Brakel. Aber zu Hause schlief er nicht mehr, denn er hatte eine Freundin, die Hildegard, die im Textilgeschäft am anderen Ende der Hanekampstraße beschäftigt war. Wenn Wolfgang am Samstag zu Hause ankam, legte er sich immer aufs Sofa in dem Zimmer, das man über den Dachboden erreichen konnte. Ich machte das auch oft in meiner Mittagspause. Als ich mal wieder dort war, fasste ich zufällig unter einen Balken und das Brett löste sich. Da kamen viele Briefe zum Vorschein. Natürlich habe ich die lesen müssen! Anschließend habe ich sie wieder zurück gelegt. Wenn Wolfgang das gewusst hätte, ich weiß nicht, was er mit mir gemacht hätte. Durch diese Briefe erfuhr ich, dass die Mutter von Hildegard bei ihrer Geburt verstorben war und sie von ihrer Tante und ihrem Vater aufgezogen wurde. Als Hildegard vier Jahre alt war bekam sie eine Stiefmutter, die sie nicht leiden konnte. Noch mehr erfuhr ich dadurch: Sie und Wolfgang wollten heiraten - und das geschah dann auch sehr bald. Wolfgang hatte in Werdohl eine Wohnung gefunden und er war auch da auf Montage. Die Hochzeitsfeier fand mit Hildegards Vater, der Stiefmutter und der Tante sowie unserer Familie, den Lütkebohles und Hildegards Cousine mit Mann bei uns im Wohnzimmer statt. Hildegard trug ein dreiviertellanges weißes Kleid, das hinten länger war, dazu einen halblangen Schleier und sah sehr hübsch aus. Für mich hatte Mutti ein festliches Kleid genäht, der Rock war aus einem feinen seidigen Stoff, dazu ein enges Oberteil aus schwarzem Samt. Sie selber hatte sich aus dem schwarzen Samt ein enges Kleid geschneidert. Die Männer trugen schicke schwarze Anzüge. Die Hochzeit fand in der Pfarrkirche in Brakel statt, ich ging am Arm von meinem Cousin Gerd hinein, alles war sehr feierlich. Den Polterabend hatten sie mit vielen Freunden vor der Molkerei gefeiert. Hildegard wohnte oberhalb der Molkerei, weil ihr Vater in der Molkerei angestellt war. Am Tag nach der Hochzeit fuhren die zwei nach Werdohl in ihre Zweizimmer-Wohnung. Die bestand aus einer größeren Küche, Bad und Schlafzimmer. Ich weiß das so genau, weil ich da meinen Sommer-Urlaub verbrachte. Wenn ich zu Hause geblieben wäre, wäre es ja kein Urlaub gewesen, denn ich hätte genau wie immer im Laden und Haushalt mithelfen müssen. Auf einem Sofa in der Küche konnte ich gut schlafen. Nur wenn Wolfgang morgens in die Arbeit ging wurde ich wach, doch danach schlief ich einfach weiter. Es war ein herrlicher heißer Sommer. Im Ort gab es ein schönes Freibad, da ging ich jeden Tag hin. Dort lernte ich Arnold, meinen ersten Freund, kennen, der mit seinem Schwager da war. Wolfgang und Hildegard erzählte ich nichts. Die hatten sowieso schon Angst, dass mir was passieren könnte. Sie hatten aber eigentlich nicht Angst um mich, sondern mehr vor Vati, dem sie versprochen hatten, auf mich aufzupassen. Für mich war es meine erste Liebe und die war Himmlisch, was ganz neues sie tat mir gut. Am letzten Tag meines Urlaubs blieben Arnold und ich länger im Bad. Ausgerechnet an diesem Tag kamen Hildegard und Wolfgang nach der Arbeit auch ins Bad. Wir hatten sie gar nicht gesehen und kamen ihnen Händchen haltend entgegen. Wolfgangs Gesicht verhieß nichts Gutes. „Jetzt gehen wir ins Bad, wann wir wiederkommen, wissen wir nicht", sagte er. Uns war das nur recht, denn wir hatten uns noch so viel zu erzählen. Wir gingen in ein kleines Wäldchen. Eigentlich wollten wir allein sein, aber immer wieder kamen Pärchen mit der gleichen Absicht. Nach zwei Stunden sind wir dann mal zur Wohnung gegangen, denn Wolfgang und Hildegard hätten ja schon vom Freibad zurück sein können und so war es auch. Nun gab es nur noch den Abschied und weil wir unter Beobachtung standen wurde dieser recht kühl. Aber wir hatten uns ja vorher genug geküsst! Schreiben wollten wir uns und anrufen. Das machten wir dann auch in den nächsten zwei Jahren, bis wir uns wiedersahen.

In der Berufsschule stand der Jahresausflug bevor. Es sollte nach Kassel gehen auf die Wilhelmshöhe. Ein herrlicher Ausflug mit dem Bus. Im Geschäft war alles gut organisiert. Morgens musste ich immer die Erste im Laden sein, während meine Eltern gemütlich frühstückten. Mit Brigitte, Lehrmädchen im dritten Jahr und Ruth, unserem Hausmädchen, schleppten wir die Obst- und Gemüsekisten vor die Schaufenster. Einer bediente die Schüler, die von der Bahn kamen und auf dem Weg zur Brede noch schnell ein paar Süßigkeiten, Cremehütchen, Schokoriegel und ähnliches kauften. Etwas später, mit der nächsten Bahn, kamen die Sparkassen-Angestellten. Als dann meine Eltern in den Laden kamen, gingen wir drei zum Frühstück. Ruth musste anschließend Hausarbeiten erledigen und Mittagsessen kochen. Sie blieb auch übers Wochenende bei uns. Sie hatte zwei Schwestern, die auch in Haushalten in Brakel tätig waren. Die ältere beim Direktor der Sparkasse gegenüber und die andere bei den Leuten, die das Kino in Brakel hatten. Die drei trafen sich öfters bei uns zum Erzählen. Manchmal gingen wir auch von hinten umsonst ins Kino. Für mich war das eine schöne Zeit, denn ich hatte ja keine Schwester und genoss das Zusammensein mit den Dreien. Ruth wollte im Fasching zum Tanzen zu einer Faschingsveranstaltung vom Kolping-Verein gehen und da wäre ich gerne mitgegangen. Ja, ich dürfe schon, sagten die Eltern, aber nur bis 24 Uhr, dann müsste ich wieder zu Hause sein. Es half kein Bitten und Betteln. Vati hatte immer den Spruch drauf: „Wenn du die Lehre fertig hast, dann kannst du länger bleiben." Was ich nicht alles „erst dann" dürfte...

Alle meine Freundinnen aus der Schule machten jetzt mit 15 oder 16 Jahren ihren Tanzkurs. Ich durfte natürlich nicht. Mit einem Jungen mich sehen lassen, das ging gar nicht. Viele Umwege machte ich, nur damit mein Vater mich nicht mit Begleitung erwischte. Auch blieb mir nichts übrig, ich musste viel lügen. Aber zum Fasching gingen wir dann doch und es wurde ein schöner Abend. Der erste Tänzer kam schon auf mich zu, kaum dass ich saß. Da sagte ich zu ihm: „Nein, nein, ich kann nicht tanzen, aber die zwei, die können es gut", dabei zeigte ich auf Ruth und Hildegard Nolte, meine Freundin. Alles lachte und ich ging dann doch mit Bernhard, so hieß der Mann, zur Tanzfläche. Er versuchte, mir den einen und anderen Tanz beizubringen. Am besten gefiel mir davon der Wiener Walzer. Bernhard war gut zehn Jahre älter. Die Zeit raste schnell vorbei, schon war es 23.30 Uhr. Ruth holte mich von der Tanzfläche, sie hatte es Vati versprochen, dass ich um Mitternacht zu Hause sein würde. Bernhard holte seinen Mantel und begleitete uns nach Hause. Als wir zwei Mädels im Haus waren, meinte Ruth: „Jetzt musst du noch mal zu Bernhard rausgehen, schau, der wartet da". Er ging im Hof auf und ab. Warum sollte ich denn zu ihm rausgehen? Ich war viel zu naiv und ging nicht hinaus, hätte auch gar nicht gewusst, warum. Er kam immer beim Geschäft vorbei auf dem Weg zum Bahnhof und fuhr zu seiner Schule, er war Lehrer. Beim ersten Mal hob ich die Hand und wollte ihn grüßen aber er schaute mich nicht einmal an. Ruth meinte, dass er beleidigt ist. Na ja, mir war das dann auch egal.

Von Arnold kam so alle vier Wochen ein Brief. Hin und wieder telefonierten wir auch. Das war schon ein Vorteil, dass wir ein Telefon hatten. Fürs Geschäft brauchten wir das, denn da riefen die Kunden an und bestellten Ware, die von uns Lehrlingen mit dem Fahrrad zu ihnen gebracht wurde. Meistens bekamen wir dann ein Trinkgeld. Nur zu einer Kundin ging ich nicht gern. Die Frau Schäffler, Chefin einer Metallfabrik in Brakel, hatte einen Hund, eine Dogge, und die war sofort an der Gartentür, wenn man klingelte. Über die Lefzen lief der Schleim runter, der Hund drückte sich an jeden, der zu ihnen kam, das war so eklig. Es gab zwar immer ein Trinkgeld, doch darauf hätte ich in diesem Fall auch gerne verzichtet. Ich mochte überhaupt keine Hunde, weil ich schon zweimal gebissen worden war. Das erste Mal war es in Neuenkirchen vom Hund meiner Schulfreundin Ingrid, die ich zur Schule abholen wollte. Das zweite Mal war es ebenfalls in Neuenkirchen. Wir hatten einen eigenen weißen Spitz, den hatte Klaus-Dieter und sein Freund Heinzi auf mich abgerichtet. Sie wussten ganz genau wie viel Angst ich vor dem Spitz hatte. Dieser Hund blieb nicht lange bei uns, weil er dauernd bellte, wenn wir mal ohne ihn ausgingen. Es war für mich wie ein Geschenk als der wieder weg war.

Im Herbst begann mein zweites Lehrjahr. Brigitte, die ihre Lehre beendet hatte, verließ uns und übernahm im Ort das Milchgeschäft. Dafür bekamen wir wieder ein neues Lehrmädchen aus dem Nachbarort Riesel. Wieder eine Brigitte, mit Nachnamen Reineke, deren Mutter bei uns auch immer wieder aushalf, wenn Not am Mann war. Zum Beispiel als bei Vati ein Herzfehler festgestellt wurde und er zu einer Kur nach Bad Meinberg musste. Diese Kur hatte im sichtlich gutgetan. Erholt machte er sich aber gleich wieder an die Arbeit, eigentlich arbeitete er noch mehr als früher. Den Herzfehler hatte er von der Verschüttung im Krieg, er sollte sich schonen, sagte der Hausarzt und er bekam ein Herz-Medikament, dessen Einnahme er aber auch oft vergaß.

Bis tief in die Nacht dekorierte er die Fenster. Von denen gab es drei Stück, die mussten immer wieder anders aussehen. Tagsüber war dafür keine Zeit und so musste in der Nacht gearbeitet werden. Leider gab es dann für mich auch keinen Feierabend, immer musste ich ihm helfen und die Handreichungen machen. Draußen ging meine Freundin Gisela lachend vorbei, die mit der Bahn aus Höxter kam, wo sie bei *Kaisers Kaffeegeschäft* arbeitete und längst Feierabend hatte. Oh, wie ich das hasste, diese Abendbeschäftigungen. Ich schwor mir, dass ich, wenn ich mit der Lehre fertig wäre, eine andere Arbeitsstelle suchen würde, wo ich nach Ladenschluss Feierabend hätte. Nichts wurde mir erlaubt, aber arbeiten musste ich wie ein Pferd. Gisela machte in Höxter einen Tanzkurs. Als der Abschlussball kam, wäre ich gern an dem Abend mitgegangen. Ich war 17 Jahre alt, fragte meinen Vater, ob ich da mit hingehen dürfe. „Ja", hieß es, „aber mit dem letzten Zug bist du wieder hier." Das wäre um 23.30 Uhr gewesen. Wir Mädchen hätten bei einer Kollegin von Gisela in Höxter übernachten können. Das wurde auch wieder abgelehnt. Wir versuchten es noch mal mit den Jungs, die mit uns auf den Abschlussball gegangen wären. Auch diesmal hieß es wieder: „Nein, erst wenn du die Lehre fertig hast, kannst du länger von zu Hause fernbleiben." Ich hatte so eine Wut in meinem Bauch! Meine Mutter hielt sich aus allem heraus. Ich hätte so gern von ihr Hilfe erwartet. Nur einmal hatte ich Glück im Unglück. Zum Fasching hatten die Noltes, einen Fernseher angeschafft. Hildegard machte eine Bowle und die ganze Familie und ich, als Freundin von Hildegard, saßen gespannt vor dem Fernseher. Es gab, *Mainz bleibt Mainz wie es singt und lacht*. Die Zeit verging wie im Flug und als ich das erste Mal auf die Uhr schaute, war es 23.30 Uhr. Die Eltern waren noch nicht ins Bett gegangen, alles war erleuchtet. Na, das war ein Donnerwetter. Aber zu Weihnachten bekamen wir dann eine Musiktruhe mit Plattenspieler, Radio und Fernseher. Eine Überlegung meiner Eltern bei dieser Anschaffung war, mich mehr zu Hause zu halten.

In diesem Winter war es eisig kalt. Im Laden gab es zwar einen Ofen, der wurde mit dem Holz der Obstkisten und Briketts geheizt, aber bloß nicht so lange und nicht viel in den Ofen, nur eben so ein bisschen für überschlagene Temperatur. Ja, es war schwierig, denn die vielen Schokolade-Erzeugnisse liefen sofort an und dann konnte man sie nicht mehr verkaufen. Auch das Obst verdarb schneller, genau wie Wurst und Käse. Kühlschränke gab es zwar schon. Aber die waren einfach sehr teuer. Eines Tages hatte ich dann plötzlich wieder so ein Brennen und rote Beulen an den Beinen wie damals auf der Flucht. Ja, ich war schon auch selbst an der Situation schuld, denn im kalten Winter bei Schnee und Eis unterwegs mit dünnsten Strümpfen, in Schuhen mit dünnen Sohlen, da musste es zu Erfrierungen kommen. Als erstes bekam ich eine Skihose mit einem Steg unter der Fußhöhlung damit die Beine besser warm gehalten würden. Doch viel wärmer wurde es mir damit auch nicht, im Gegenteil, sie war sehr eng und ich fror noch mehr. Im Geschäft trug ich jetzt klobige dicke Stiefel, die ich natürlich nie beim Flanieren mit meinen Freundinnen draußen anhatte. Jetzt hatte ich also wieder meine Beine erfroren. Endlich ging meine Mutter mit mir zum Arzt und der schickte mich sofort ins Krankenhaus. Dort kam ich wieder, wie auf der Flucht, unter eine Wärmeglocke. Teils musste ich auf dem Rücken liegen und dann wieder länger auf dem Bauch. Die ersten acht Tage durfte ich nur aufstehen um auf die Toilette zu gehen. Erst nach drei Wochen konnte ich wieder nach Hause, immer noch mit Verbänden an beiden Beinen, das war einfach grauenvoll. Als dann der Frühling kam und es endlich draußen wärmer wurde, war ich der glücklichste Mensch. Jetzt musste ich die Verbände nicht mehr tragen und die ewigen Untersuchungen beim Arzt hörten auf. Dafür musste ich zu einem anderen Arzt, zu einem Zahnarzt. Ich hatte rechts oben einen Zahn, der über einem anderen wuchs. Die Eltern waren mit einem Zahnarzt-Ehepaar befreundet. Die meinten, dass es schade wäre, das nicht zu richten. Also wurden die beiden Zähne, die übereinander wuchsen, entfernt. Dadurch war jetzt ein großes Loch entstanden. Nach gut einem halben Jahr, während dem das Loch ausheilen musste, wurde mir da ein Goldzahn eingesetzt. Damals war es etwas Besonderes einen Goldzahn zu haben. Gefallen hat der mir aber nie! Nun bekam ich auch endlich mein eigenes Zimmer. Die alten Leutchen zogen in ein Altersheim. In diesem Zimmer gab es sogar ein Waschbecken, zwei große Fenster und einen Ofen. Nur die Wände gefielen mir nicht. Aber dafür hatte ich gleich eine Idee. Sämtliche Tapetenreste, die wir im Keller aufgehoben hatten holte ich nach oben, kaufte mir Tapetenkleister und klebte sie an. Leider reichten sie nur für die Wand hinter dem Bett beziehungsweise Sofa. Meine Freundin Gisela half mir beim ankleben und brachte noch ein paar Reste von sich zu Hause mit. Mein eigenes Zimmer brauchte auch Möbel, also musste ein Schrank, Tisch und Stühle her. Als Bett suchte ich mir im Möbelgeschäft ein Sofa aus, das man zum Schlafen aufklappen konnte. Der Schrank war eigentlich ein Wohnzimmerschrank. Rechts konnte man die Kleider aufhängen, links gab es Fachböden. In der Mitte war ein großes Glasfach um Nippes, Gläser, Vasen und Geschirr zu dekorieren. Einen schönen Nierentisch, der gerade modern war und zwei verschieden farbige kleine Schalensessel standen auf einem Teppich. Das war alles von den Eltern gekauft worden. Von meinem Gehalt als Lehrling hätte ich das nicht geschafft, denn im ersten Lehrjahr bekam ich 45 DM, im zweiten 60 DM und im dritten waren es dann 80 DM. Die Einrichtung war natürlich das Geschenk zum Geburtstag und Weihnachten. Ich war überglücklich. Auch würde ich im Winter nicht mehr frieren müssen, da konnte ich den Ofen beheizen, was ich fast jeden Tag tat. Allerdings kamen die Eltern nun jeden Morgen und Abend ins Zimmer um sich da zu waschen. Vor dem Waschbecken stand ein Paravent, so dass ich nicht sehen konnte, wer dahinter war. Verstanden habe ich das schon, dass sie sich jetzt hier oben wuschen und nicht in der Küche. Aber dadurch war ich wieder nicht allein im Zimmer.

Dann kam der 1. Mai 1957. Hildegard, Gisela und ich hatten einen Ausflug mit dem Fahrrad geplant. Ein Ziel hatten wir uns nicht ausgesucht. Ein herrlicher Sonnentag kündigte sich an. Um acht Uhr früh sollte es losgehen, doch Gisela wollte plötzlich nicht mehr mit. Sie hatte in Höxter einen netten Jungen kennengelernt, mit dem sie am Abend zu einem Nana-Mouskouri-Konzert gehen wollte. Hildegard und mir war das egal, wir wollten nur raus in die Natur. Gekommen sind wir bis Karlshafen, wo wir auf einer Wiese an der Weser unsere Vesperbrote auspackten. Wir blieben nicht lange allein. Zwei nette Burschen, Studenten von der Uni, gesellten sich zu uns. Sie waren, genau wie wir, einfach drauflos gefahren. Es wurde schon dunkel als wir wieder nach Hause fuhren. Ein wunderschöner Ausflug ging zu Ende. Das wollten wir jetzt öfters machen, aber leider blieb es nur beim Wollen. Am nächsten Tag stellte sich bei uns ein neues Lehrmädchen namens Käthe vor. Sie wurde von ihrer Mutter und einer anderen Frau in einem großen Mercedes zu uns gebracht. Wie wir später erfuhren, waren Käthes Eltern als Verwalter und Haushälterin auf einem Gut beschäftigt und die Besitzerin hatte sie mit dem Auto zu uns gebracht. Käthe war das älteste Kind von sieben Geschwistern. Sie hatte viel Erfahrung im Haushalt und das war für uns gerade sehr gut, denn Ruth hatte gekündigt. Diese hatte eine tolle Stelle gefunden, nur fünf Minuten von uns entfernt. Sie wurde bei einem Fabrikbesitzer in dessen Villa als Hausdame angestellt und hatte dort auch ein eigenes sehr schönes Zimmer. Eigentlich sollte sie dort nur für die beiden Kinder und Organisation des Haushalts zuständig sein, für andere Arbeiten gab es eine Putzfrau. Sie bekam auch viel mehr Geld als bei uns. Ich traf mich weiterhin mit ihr, was natürlich meine Eltern nicht wissen durften, denn die waren auf Ruth böse, weil sie uns verlassen hatte. Ruth war für mich wie eine Schwester gewesen. Nach ihrem Weggang hatten wir kurze Zeit Rosemarie, die Tochter vom Zahnarzt gegenüber. Das ging jedoch nicht lange gut. Rosemarie kam nächtelang nicht nach Hause. Sie hatte nur Interesse an Jungs. Durch sie erfuhr ich, was ich noch nicht aus der *Bravo* wusste, was man unter einem Pariser, Kondom oder Verhüterli verstand und was Interruptus war. Selbst meinen Bruder und Vati machte sie an. Das war zu viel und nach einem viertel Jahr war sie wieder weg. Da war Käthe, die zwar erst im Herbst nach der Schulentlassung kommen konnte, ein Lichtblick.

Im Mai kam dann noch der besondere Ehrentag für meine Eltern, ihre Silberhochzeit. Es war ein Sonntag, dadurch konnte man in der Familie richtig feiern. Morgens um zehn Uhr ging es erstmals ins Hochamt. Danach hatte Brigitte Reinikes Mutter ein feudales Mittagsessen mit Spargelsuppe, neuen Kartoffeln, frischem Spargel, und Rinderzunge

hergerichtet. Zum Nachtisch gab es noch grüne Götterspeise.
Selbst ein Fotograf war engagiert um das Jubiläum festzuhalten. Meine Eltern waren auf sich und auf uns drei Kinder sehr stolz. Sie hatten ja auch schon viel durchgemacht und alles ging eigentlich gut voran. Sie hatten ein Recht darauf stolz zu sein.

Kapitel 10

Sigrid wird erwachsen

In der folgenden Woche hatte ich den freien Tag, der mir einmal im Monat zustand. Ich fuhr nach Paderborn, weil es mir dort immer gut gefiel. Die vielen Geschäfte mit den riesigen Schaufenstern hatten es mir angetan. Ich sparte mein Geld, um in Paderborn einzukaufen. Dieses Mal hatte ich aber eine andere Idee. Ich wusste ja ganz genau wo das Reisebüro war, vor dessen Fenster ich schon öfter gestanden und mir die Bilder von den Nordseeinseln angesehen hatte. Allen Mut nahm ich zusammen und ging hinein. Viele wunderschöne Bilder von der Nordsee schaute ich mir an. Durch eine Angestellte des Reisebüros kam ich dann zu einem Entschluss. Nach einer halben Stunde ging ich mit einer Reisebuchung für Norderney, zwei Wochen im August wieder raus. Das Ganze hatte nur einen Haken. Die Unterschrift meiner Eltern brauchte ich noch. Ein mulmiges Gefühl hatte ich schon, weil doch Vati bei mir immer nein sagte. Aber ich dachte mir: jetzt oder nie. Ich hatte auch etwas Geld anzahlen müssen, das ich nicht wiederbekommen würde, wenn meine Eltern nicht unterschreiben. Nur Arnold wusste schon vorher was ich vorhatte. Er bestärkte mich in vielem, was ich so tat. Wir schrieben uns seit der gemeinsamen Zeit in Werdohl jetzt schon bald seit zwei Jahren. Ich hätte zwar gerne eine meiner Freundinnen nach Norderney mitgenommen, aber die hatten entweder kein Geld oder wollten nicht an die See. Als ich mit meinem Reisevertrag wieder zu Hause war brachte ich es nicht sofort fertig, die Eltern zu informieren. Das hielt ich aber nur bis zum nächsten Morgen aus. Dann kam es wie ein Sturzbach aus mir heraus. Mein Vater war so geschockt, dass er zunächst gar nichts sagte. Da legte ich ihm den Vertrag im Büro auf seinen Schreibtisch. Meine Eltern hielten dann eine Konferenz im Büro ab, ich stand hinter der Tür und lauschte, verstand aber nicht viel. Deshalb ging ich lieber wieder in den Laden. Dann wurde ich ins Büro gerufen. Die Unterschrift bekam ich. „Aber du zahlst alles allein und du musst mir öfters beim Dekorieren helfen." Das war mir aber alles ganz egal, Hauptsache ich durfte nach Norderney.

Mit der Berufsschule gab es in diesem Jahr keine Klassenfahrt, dafür war ein drei-tägiger Ausflug im dritten Lehrjahr geplant. Na, das war ja noch lange hin. Arnold schrieb fleißig und meinte so nebenbei, dass er in diesem Jahr, 1958, vorbeikommen würde. Ich glaubte ihm das nicht und außerdem hatte ich inzwischen auch hier einen Freund, von dem ich ihm nichts erzählte. Der war zwar auch werktags nicht zu Hause, kam aber jeden Freitag heim. Während der Woche arbeitete er als Bauingenieur in Dortmund. Das Schöne war, er hatte ein Auto. Er war vier Jahre älter. Was ich an ihm liebte, waren seine Briefe und in jedem Brief war eine Karte mit einer selbst gemalten Hummel Figur und immer ein lieber Gruß. Wir fuhren viel mit dem Auto in der Gegend herum. Die Natur liebten wir beide und immer brachte Dieter einen Picknickkorb mit leckeren Sachen mit. Er war auch ein leidenschaftlicher Koch. Als wir uns kennen lernten hatte er gerade seine Mutter durch Krebs verloren. Der Vater konnte den Haushalt nicht alleine führen, da er auch krank war. Er hatte noch eine Schwester, die im Konsum bei uns in der Nähe im ersten Lehrjahr war. Kennengelernt hatte ich ihn beim Schützenfest in Riesel, wo Brigitte Reinecke wohnte, mit der ich dahin ging. Ich ging sehr gerne zum Tanzen. Ich hatte bei diesem Fest viele Tänzer, aber Dieter war mir der liebste. So kam es, dass wir unsere Adressen austauschten. Er war ein sehr ruhiger Mann, mit einer fest gefassten Meinung. Komischerweise hatte mein Vater nichts gegen ihn einzuwenden. Wenn er mich abholte sagte er nichts dagegen. Das ging mit Dieter so eine Weile, mir war, glaube ich, das Autofahren und seine tollen Hummel-Karten das Liebste an ihm. Dem machte Arnold unbewusst ein Ende. Jedes Jahr in der ersten August-Woche fand in Brakel der Annentag statt. Überall im Ort waren Buden und Karussells aufgestellt, viele Schausteller waren da. Auch wir hatten außen vor dem Laden einen großen, langen Verkaufstisch mit Süßigkeiten und Obst aufgebaut. Das war jedes Jahr ein besonderer Höhepunkt in Brakel. Sogar am Sonntag hatten alle Geschäfte offen. Am Samstag davor schlichen eine Frau und zwei Männer immer vor unserem Schaufenster herum. Als ich genauer hinschaute, erkannte ich Arnold. Da bin ich sofort raus und habe sie alle drei umarmt. Es war Arnold mit seinem Bruder und dessen Frau. Wir verabredeten uns für später, wenn ich Feierabend habe. Die drei hatten mit Auto und Zelt eine Reise durch Deutschland gemacht und waren jetzt auf dem Heimweg nach Lünen. Ich war sehr aufgeregt. Brigitte übernahm die Putzarbeit, mit der ich heute dran war, damit ich schneller fortkam. Ich war zwar heute eigentlich mit Dieter verabredet aber den rief ich zu Hause an und log ihm vor, dass ich heute noch viel arbeiten müsse und ihn leider nicht treffen könne. Ich kam mir zwar fies vor, aber Arnold war mir wichtiger. Der stand schon vor der vereinbarten Zeit vorm Laden. Ich ließ alles liegen, Brigitte würde es schon machen, und lief nach draußen. Kaum war ich mit Arnold Händchen haltend ein Stück die Straße entlang gegangen, kam uns Dieter mit seiner früheren Freundin, die ich aus der

Berufsschule kannte, entgegen. Toll, dachte ich nur. So war die Sache mit uns beiden geklärt. Arnold und ich haben dann auf dem Annentag alles angesehen, was angeboten wurde. Selbst in ein Zelt, in dem geboxt wurde, sind wir gegangen. Wir hatten beide so was noch nicht gesehen und es gefiel uns auch gar nicht, wie die sich gegenseitig verdroschen. Da waren wir schnell wieder draußen. Überhaupt wollten wir lieber allein sein. Arnold zeigte mir, wo die Schwester mit dem Schwager das Zelt aufgebaut hatten. Auch hatten wir uns viel zu erzählen. Wir wollten beide in diesem Jahr den Führerschein machen. Er hatte das Geld dafür schon zusammen. Ich war abhängig vom Geld meines Vaters. Arnold war aber auch zwei Jahre älter und hatte ausgelernt. In einer Eisenwarenhandlung in Lünen arbeitete er. Da wollte er jetzt kündigen, weil er anderweitig mehr Geld verdienen würde. Er sagte mir aber nicht, was er vorhatte. Wir verabschiedeten uns in der späten Nacht. Er wollte nun alle vier Wochen kommen. Sogar ein Hotel, wo er übernachten konnte, hatte er sich schon ausgesucht. Wir waren beide sehr verliebt. Probleme würde ich sicher wieder zu Hause bekommen, aber das war mir im Moment egal. Am nächsten Morgen kamen die drei noch zum Brötchen holen vorbei, dann fuhren sie weiter nach Lünen. Am Abend rief Arnold an, um mitzuteilen, dass sie gut angekommen waren. Darauf kam so jede Woche ein Brief und auch ich schrieb fleißig zurück.

Für mich kam jetzt aber erst mal mein Urlaub auf Norderney. Vor einer Woche hatte ich alle Unterlagen mit Fahrzeiten usw. zugeschickt bekommen. Erst einmal ging es mit dem D-Zug bis Paderborn, dann umsteigen nach Norddeich und dann in einem Bummelzug bis Norderney. Für mich war das eine Weltreise. Unterwegs lernte ich eine Oma mit ihrer Enkelin kennen, die das gleiche Ziel hatten. Sie waren schon öfters an die See nach Norderney gefahren. Ich war sehr aufgeregt, dass ich auch alles richtig mache, zum Beispiel in den richtigen Zug einzusteigen. Nachdem ich die Oma mit Annemarie kennen gelernt hatte, ging es mir entschieden besser. Als wir in Norderney ankamen standen am Hafen Männer mit Handkarren die Schilder mit Adressen vor sich hoch hielten. Ich verabschiedete mich von Annemarie und ihrer Omi, die mir aufgemalt hatte, wo ich sie morgen früh im Strandkorb finden würde. Dann ging es mit dem Bollerwagen zum Haus hinter den Dünen. Eine nette Frau führte mich ins Zimmer. Es war ein Doppelbett-Zimmer, würde da wohl noch jemand kommen? Tatsächlich, ich hatte ein halbes Doppelzimmer gebucht und meine Mitbewohnerin Sabine kam kurz hinter mir auch vom Bahnhof. Das hatte ich nicht gewusst, aber es war sehr schön. Sabine war drei Jahre älter und sehr nett. In der ersten Nacht haben wir uns so viel zu erzählen gehabt, dass wir fast nicht schliefen. Sie kam aus Bremen, war bei ihren Eltern in einem Schreibwarengeschäft beschäftigt und durfte so lange bleiben wie sie wollte. Mit ihr mithalten konnte ich nicht. Sie ging gleich nach dem Frühstück auf den Tennisplatz, um eine Partie zu spielen. Abends würde sie wieder da sein und dann wollten wir gemeinsam essen gehen. Für mich gab es am ersten Tag nur das Meer, deshalb war ich doch hier. Annemarie und Omi musste ich nicht lange suchen. Beide standen hinter ihrem Strandkorb und winkten heftig. Ach, war das schön, wir Mädels schmissen uns in die Wellen. Omi war es zu kalt. Sie war wohl auch froh, dass Annemarie jemanden hatte, mit dem sie im Wasser herumtoben konnte. Als wir wieder an den Strand kamen, schlief Omi selig im Strandkorb. Mittags gingen die beiden zum Essen ins Hotel und kamen erst so um 15 Uhr wieder. In dieser Zeit hatte ich den Strandkorb für mich alleine. Herrlich, das war Urlaub! Gegen 16 Uhr wurde es dann recht kühl und mit dem Versprechen „bis morgen" verabschiedeten wir uns. Sabine war schon im Zimmer und hatte auf mich gewartet. Schnell zog ich mich um, ich hatte einen Bärenhunger, das war wohl die Meeresluft, die so einen Hunger machte. Sabine wusste genau wo man gut essen konnte. Sie ging schnurstracks zum Kurpark. Dieser war mit blühenden Blumen nur so übersät. Leider hatte ich keinen Fotoapparat, das hätte ich gern fotografiert. Als ich das Lokal sah, das Sabine ansteuerte, wusste ich, dass ich mir das nicht leisten konnte. Ich sagte ihr das und wollte auch gleich gehen. Sabine meinte jedoch, dass es da auch was Günstiges gibt und so ging ich mit ihr hinein. Na, billig war es dann doch nicht. Ein Getränk bestellte ich mir gar nicht. Nur Reibekuchen mit Apfelmus, das war einigermaßen erschwinglich. Zwischendurch musste ich mal auf die Toilette, da trank ich dann aus dem Wasserhahn. Anschließend wusste Sabine, wohin man zum Tanzen gehen konnte. Dort musste man aber ein Getränk bestellen. „Hier schmeckt am besten die Berliner Weiße, die gibt es mit Waldmeister oder Himbeere", sagte sie. Ich bestellte Himbeere. Ein großes Glas mit rosafarbigem Inhalt bekam ich. Das schmeckte schön süß und man konnte lange daran trinken. Wir wurden oft zum Tanzen geholt, so dass wir kaum zum Sitzen und Trinken kamen und eine Berliner Weiße den ganzen Abend reichte. Der Alkohol machte mir sowieso zu schaffen. Ich war ja so was nicht gewöhnt. Wie ich dann nach Hause gekommen bin, weiß ich heute noch nicht, Sabine hat mich wohl mehr geschleppt. Geschlafen habe ich sehr gut. Das Frühstück brachte die Frau, die mich reingelassen hatte, schon um acht Uhr ins Zimmer, es war reichlich. Danach war sie nicht mehr zu sehen. Sie sagte uns später, dass sie im Sommer im Touristikbüro arbeitet und in dieser Zeit auch ihr Schafzimmer vermietet. Am zweiten Tag ging Sabine mit ans Meer. Kurze Zeit war sie noch bei uns mit Omi und Annemarie. Dann traf sie Bekannte und erst am Abend sahen wir uns wieder. Nur in dieser Nacht schlief Sabine noch neben mir im Bett. Danach sah ich sie nur noch einmal, als sie ihre Sachen holte. Sie hatte Bekannte getroffen, die ein ganzes Haus hier gemietet hatten. Für sie war da noch ein Zimmer frei.

Die Vermieterin fragte mich dann, ob ich das Frühstück von Sabine jeden Morgen haben möchte. Sabine wohnte doch jetzt nicht mehr hier und das Frühstück wäre ja bezahlt. Was Besseres konnte mir nicht passieren, ich nahm dankend an. Die Frau ahnte wohl, dass ich klamm bei Kasse war. So wurden meine Finanzen etwas geschont. Nur dass ich allein im Zimmer war fand ich nicht so schön. Deshalb ging ich fast jeden Abend tanzen. Entweder in das Cafe oder auch in die Gaststätte direkt am Meer. So lernte ich viele interessante Leute kennen. Darunter auch den Chef einer Drogeriemarkt-Kette. Er war nur einen Tag auf der Insel zu einer Tagung, kam aus Düsseldorf und würde morgen früh mit dem eigenen Flugzeug wieder nach Hause fliegen. Er war 38 Jahre alt, trotz Altersunterschied unterhielten wir uns sehr gut. Er gab mir noch seine Adresse. „Wenn du Lust hast, kannst du ja nach deiner Lehre nach Düsseldorf kommen in eine meiner Filialen arbeiten. " In dem Moment hatte ich das schwer vor. An einem anderen Abend lernte ich beim Tanzen den Jürgen und seinen Freund kennen. Der war auf der Insel geboren und arbeitete hier im Sommer beim Nordsee-Fischladen. Wenn ich mittags Hunger hatte, ging ich ab jetzt in diesen Laden. Meine Portionen waren extra groß. Abends beim Tanzen kamen wir oft ins Schwitzen, da gingen wir dann nach draußen und setzten uns in einen Strandkorb, unterhielten uns und blickten in den herrlichen Sternenhimmel. Am Ende meines Urlaubs tauschten wir unsere Adressen aus. Im Winter arbeitete Jürgen irgendwo in Deutschland in einem Nordseeladen, da hätten wir uns ja mal treffen können. Daraus ist aber nie etwas geworden. Als meine zwei Wochen zu Ende gingen, hatte ich absolut keine Lust wieder nach Hause zu fahren. Genug Geld hatte ich noch, so dass ich im Reisebüro mal nachfragte, ob ich noch eine Woche in dem Zimmer bleiben könne. Es war überhaupt kein Problem, doch es kommt wieder eine Frau mit ins Zimmer. Das war mir nur recht. Die Bahnfahrkarte wurde geändert und auf das neue Datum umgeschrieben. Die Platzkarte konnte allerdings nicht verlängert werden. Jetzt musste ich aber auch endlich zu Hause anrufen und Bescheid sagen. Davor hatte ich einen Bammel. Mein Vater war am Telefon. Zuerst erzählte ich ihm, wie schön hier alles ist und dass auch das Wetter so toll ist, dann ließ ich die Bombe platzen. „Ich bleibe noch eine Woche." Keinen Ton hörte ich, kein Wort. Ich erlebte meinen Vater sprachlos. Als nach ein paar Minuten immer noch nichts kam, legte ich einfach auf. Dann ging ich zum Bahnhof, ich wusste, wann meine neue Mitbewohnerin ankommen würde und wollte sie abholen. Das war kein junges Mädchen, sondern Erika, eine 38-jährige, gerade geschiedene Frau. Sie war am Anfang sehr ruhig und in sich gekehrt. Sie brauchte Ablenkung, da war sie bei mir gerade recht. Leider hatte das Wetter umgeschlagen. Es war kalt, regnerisch, einfach nichts mehr für den Strand. Einen Ausflug machten wir aber trotz Regen und stürmischer See. Frühmorgens um sechs Uhr ging es mit einem kleinen Fischerboot zu den Seehund-Bänken. O Gott, hatte ich Angst, die Wellen wurden immer höher, und wir saßen in dem kleinen Boot. Der Bootsmann meinte nach einer Weile, dass wir besser umkehren sollten. Bei dem Wellengang sind sowieso keine Seehunde auf der Sandbank. Nichts Schöneres hätte er vorschlagen können! Als wir so um sieben Uhr wieder Land unter den Füßen hatten, liefen wir sofort zu unserem Zimmer. Jetzt hatte es auch noch stark zu regnen angefangen. Das Frühstück schmeckte heute besonders gut. Danach duschten wir heiß und krochen wieder ins Bett. Erst gegen Abend mit der Flut wurde dieses scheußliche Wetter wieder etwas besser. In der Woche, die ich mir noch gegönnt hatte, wurde das Wetter leider nicht mehr besser. Windig, regnerisch und kalt blieb es die ganze Zeit. Da machten wir im Zimmer alle möglichen Spiele. Auch am Tag meiner Abfahrt war es nicht besser. Erika ließ es sich aber nicht nehmen, mich zum Zug zu bringen. Dick eingemummelt, mit Schal und Mütze, die ich mir in Norderney gekauft hatte, marschierten wir zum Bahnhof. Der Zug stand schon da, noch ein Winken und der schönste Urlaub war einfach zu Ende. Zu Hause angekommen wartete ich auf ein Donnerwetter, was aber nicht kam.

So langsam musste ich nun anfangen mich auf meine Abschlussprüfung in der Berufsschule vorzubereiten. Wochenlang schlief ich mit einem Buch unter dem Kopfkissen. Man sagte, das hilft. Ja, ich wusste, dass das Aberglaube ist, aber ich tat es trotzdem. Vor der schriftlichen Prüfung hatte ich am meisten Angst. Die brachte ich aber Anfang September 1959 gut hinter mich. Dann gab es eine Pause bis zur mündlichen. Als Klassenfahrt hatte unsere Lehrerin, Fräulein Müller, einen dreitägigen Ausflug an Rhein und die Mosel geplant. Wir fuhren mit einem Bus zuerst nach Koblenz ans Deutsche Eck. Jeder hatte einen Fotoapparat dabei. Bis wir dann für das Gruppenbild endlich alle in Reih und Glied vor dem Denkmal standen und jeder sein Bild gemacht hatte, verging eine Weile. Dann machten wir eine Dampferfahrt auf dem Zusammenfluss von Rhein und Mosel. Auf dem Schiff war auch eine Schülergruppe aus Göttingen, nur Jungs. Mit denen taten wir uns zusammen und fotografierten alles, was uns vor die Linse kam. Zum Schluss schoss jeder noch von allen gemeinsam ein Bild. Einer der Jungs, Dietmar, machte ständig Fotos von mir. Abzüge wollte er mir schicken. Daher gab ich ihm meine Adresse. Er hielt Wort und schrieb mir einen langen Brief. Darin waren auch die Fotos von uns beiden. Ich solle ihm doch schreiben. Mit seinem Auto möchte er mich auch gern besuchen. Diesen Brief bekam ich von meinem Vater geöffnet übergeben. Der sagte nur: „Hab ich aus Versehen aufgemacht." Ich kochte vor Wut. Eigentlich wollte ich Dietmar schreiben. Aber ich war nicht sicher, ob mein Vater den nächsten Brief wieder öffnen würde. So hab ich es lieber gelassen. Irgendwie hatten die Jungs unserer Gruppe Wein beschafft und wir waren alle sehr lustig. So kamen wir auf der Anhöhe über den Flüssen in der Jugendherberge Ehrenbreitstein an. Dort gab es Brote zum Abendessen. Danach machten wir noch Spiele und dann ab ins Bett. Ins Bett ja, aber in welches? Die Jungs hatten wohl etwas zu viel gebechert, kaum waren wir in unseren Betten, waren die auch schon mit drin. An Schlafen war da nicht zu denken, aber das wollten wir Mädels wohl auch nicht. Um Mitternacht kam dann Fräulein Müller und machte dem Treiben ein Ende.

Am nächsten Morgen beim Frühstück hingen die meisten etwas schief in der Gegend herum. Viele schliefen ein im Bus, der uns nach Rüdesheim brachte. Dort liefen wir in der Drosselgasse in fast jeden Laden, alle suchten ein Andenken von diesem herrlichen Ausflug. Ich kaufte mir sechs Weinrömer und in der gleichen Art zwei kleine Likörgläser. Die würden wunderbar in meinem Schrank hinter der Glastür aussehen. Auch der Loreley, die angeblich auf dem Felsen über dem Rhein sitzt, winkten wir alle zu, dann ging es wieder zurück in die Jugendherberge. Vom vielen Laufen waren wir ganz schön kaputt. Um 22 Uhr lagen wir schon im Bett und schliefen fest bis zum Frühstück. Auf der Rückfahrt schauten wir uns die Weinberge von weitem an, eigentlich wollten wir darin ein bisschen spazieren gehen, aber das war jetzt im September wegen der bevorstehenden Trauben-Lese leider verboten. Nachmittags um 18 Uhr kamen wir wieder in Höxter an und jeder erreichte noch seinen Zug nach Hause.

Bei uns zu Hause gab es dann eine große Überraschung. Wir hatten Besuch aus der DDR, der sogenannten Ostzone. Ich hatte immer gedacht, die Leute dürfen nicht zu Besuch in den Westen. Aber anscheinend gab es Ausnahmen. Tante Martha aus Altenburg und Tante Gertrud mit Tochter Ingrid aus Cottbus waren gekommen. Diese Verwandten kannte ich überhaupt nicht im Gegensatz zu ihnen, die mich schon als Kleinkind in Oberglogau *gekannt* hatten. Am meisten freute ich mich über meine neue Cousine Ingrid. Sie erzählte mir, dass ich noch eine Cousine und einen Cousin hätte, die von Gleiwitz, jetzt *Gliwice*, 1958 als Aussiedler nach Friedland in Westdeutschland gekommen sind. Sie heißen Christiane und Peter und deren Eltern sind Tante Lisbeth und Onkel Bernhard. Auch die Mutter von Tante Lisbeth, Viola, war mitgekommen. Na, das waren Neuigkeiten. Christiane war wohl ungefähr so alt wie ich, die musste ich unbedingt bald mal kennenlernen. Tante Martha wusste auch, wo sie jetzt wohnen, denn von uns aus wollten sie dort noch einen Besuch machen. Es war in der Nähe von Ludwigsburg, in Markgröningen, dort hatten sie wohl nach einigen Zwischenstationen wieder Fuß gefasst. Anfänglich mussten sie als Aussiedler ein Zimmer mit einer anderen Familie teilen, die aus elf Personen bestand. Das Zimmer wurde durch eine Wolldecke geteilt. Es war für sie nicht leicht gewesen, wieder eine feste Unterkunft und Arbeit im Westen zu finden. In Gliwice war es immer weiter abwärts gegangen. Nun hatten beide wieder eine Arbeit und da musste Tante Martha mal hinfahren, um nach dem Rechten zu sehen. Meine Mutti sagte zu Martha: „Du hast dich auch nicht verändert, musst immer alles unter Kontrolle haben." Dabei lachten sie herzlich. Mutti freute sich sehr, ihre Schwestern bei sich zu haben. Nach drei schönen Tag fuhren sie weiter nach Markgröningen und nahmen liebe Grüße an die restliche Verwandtschaft mit.

Im Laden war jetzt Ende September das neue Lehrmädchen Käthe eingetroffen und in das Zimmer hinter dem Trockenboden eingezogen. Für Käthe war es das Paradies. Zu Hause musste sie mit sechs Geschwistern ein Zimmer teilen. Sie war sehr geschickt und brachte uns außerdem mit ihren Erzählungen oft zum Lachen. Im Haushalt half sie gern, so war sie auch für mich wirklich eine Hilfe. Beim Kochen hatte sie oft tolle Ideen. Wir mussten ja Gemüse, das nicht mehr taufrisch und somit nicht verkäuflich war, irgendwie im eigenen Haushalt verwerten. Zu Hause hatte sie oft die Mutter ersetzen müssen, die als Haushälterin und Köchin auf einem Gut arbeitete.

Arnold wollte Ende September mal mit dem Zug kommen und von Freitag bis Sonntag bleiben. Die vier Wochen, in denen er sein Kommen geplant hatte, waren aber inzwischen längst vergangen. Aber es war nicht seine Schuld, dass es nicht geklappt hat, ich war ja in Norderney. Doch jetzt passte es mir auch gar nicht.

Die mündliche Prüfung stand an. Da musste ich am Wochenende noch ganz viel lernen und es kam noch hinzu, dass ich mit Fahrschulunterricht angefangen hatte. Bis jetzt war ich nur abends zwei Mal zur Theorie gegangen, doch nun sollte ich am Samstag die erste praktische Fahrstunde haben. Noch nie hatte ich hinter einem Lenkrad gesessen, wusste nichts von Kupplung, Bremse oder Gas und den ganzen Anzeigen, die da vorne am Armaturenbrett sind. Da hätte Arnold nicht dazwischen gepasst. Er hatte volles Verständnis dafür, denn er machte gerade auch den Führerschein. So verschoben wir unser Treffen auf später. Jetzt kam zuerst einmal die mündliche Prüfung als Einzelhandelskaufmann. Die fand an einem Sonntag in einem Lebensmittelladen in Höxter statt. Alle aus unserer Klasse haben bestanden. Danach feierten wir noch ein bisschen bis zum Abend. Die schöne Zeit, in der ich nach der Schule noch den Rest des Tages frei hatte, war vorüber, leider. In unserem Büro zu Hause lag alle vier Wochen eine Lebensmittel-Fachzeitschrift, darin war eine Anzeige von einer Firma in Stuttgart, Feinkost-Böhm. Sie suchten Mitarbeiter, am liebsten Nachwuchs von Inhabern eines Lebensmittelgeschäftes. Die Firma Böhm hat in Stuttgart drei Filialen, die Bezahlung ist gut und jeden Mittag gibt es ein Mittagessen. Selbst mein Vater war dafür, dass ich nach der Lehre dahin gehen solle. Das reizte mich, da würde ich mich gerne bewerben. Wenn ich nur wüsste, wie man dort zu einem Zimmer kommen könnte. Immer wieder, wenn die Zeitschrift kam, überlegte ich mir das. Aber es dauerte noch lange, bis ich meinen Plan verwirklichen konnte. Jetzt kam erst mal die Führerscheinprüfung an die Reihe die ich gut bestanden habe. Im Oktober kam dann wirklich Arnold das erste Mal mit dem Zug von Lünen nach Brakel. Wir waren beide sehr verliebt und genossen die zwei Tage. Bei uns zu Hause konnten wir uns nicht aufhalten, so gingen wir in Brakel viel spazieren. Hauptsächlich an den Brakeler Heilwasserbrunnen. Dort im Café saßen wir stundenlang, bei einer Tasse Kaffee und einem Stück Kuchen, da war es gemütlich warm, denn es war inzwischen Winter geworden mit Schnee und Glatteis. Arnold wohnte im einzigen Hotel im Ort. Ja, wir hätten in das Zimmer gehen können, aber das war mir viel zu gefährlich. Wenn uns jemand gesehen hätte, mein Vater hätte es bestimmt erfahren. Und bei jeder Gelegenheit, sagte er: „Wenn du mit einem Kind nach Hause kommst, schmeiß ich dich raus." Die zwei Tage gingen viel zu schnell zu Ende, nun konnten wir uns wieder nur schreiben oder anrufen.. Aber wir waren doch jung und wollten auch gerne feiern und etwas erleben. Doch mit diesem strengen Vater war das einfach nicht möglich. Erst viel später begriff ich, warum er so streng war. Ich war das Ebenbild seiner Mutter Frieda und er hatte Angst, dass ich zu einem ebenso leichtsinnigen Leben neigen könnte.

Kapitel 11

Das Schicksal schlägt zu

Es kam der 25. November 1959. Das war ein Tag wie jeder andere kurz vor Weihnachten. Viel Arbeit gab es und die Schaufenster mussten auch schon wieder neu dekoriert werden. Nichts deutete auf eine Katastrophe hin. Vati war nach dem Abendbrot, wie immer, mit dem Dekorieren der Schaufenster beschäftigt. Ein bisschen erkältet war er. Ich reichte ihm die Weihnachtsdekoration zu. Um 23 Uhr gingen wir dann ins Bett. Um kurz vor 24 Uhr kam meine Mutti ganz aufgeregt zu mir ins Zimmer. Ich solle sofort den Dr. Klein anrufen, Vati bekommt keine Luft mehr, das ist alles so komisch. Ich rannte zum Telefon und rief den Arzt an, der sich aber, wie wir in unserer Angst dachten, viel zu viel Zeit ließ. Er wohnte nur zwei Häuser weiter. Ich zog mir schnell Schuhe und Mantel über mein Nachthemd an und klingelte Sturm bei ihm. Da war er schon auf dem Weg zur Haustür. Bei uns musste er nun die zwei Treppen hinauf bis zum Schlafzimmer gehen. Er war nicht der Schlankeste und alles dauerte und dauerte. Endlich war er oben angekommen, untersuchte meinen Vati und erklärte uns nach der Untersuchung, dass es sich um einen Herzinfarkt handelt, der aber wohl nicht so schlimm sei. Er gab Vati ein Medikament und eine Spritze. Danach würde er erst einmal schlafen. Dr. Klein wollte am Morgen noch einmal vorbeikommen, was er dann auch tat. Aber jetzt wurde es sehr hektisch nach der Untersuchung. Ein Krankenwagen vom Roten Kreuz kam mit Sirene und Blaulicht und zwei Sanitäter legten Vati auf eine Liege. Sie wollten ihn die Treppen hinuntertragen, aber er ließ sich nicht darauf ein. „Ich kann die Treppen alleine gehen." Das war ein riesengroßer Fehler. Als die Sanitäter ihn im Krankenhaus abgeliefert hatten, bekam er den zweiten Herzinfarkt. Er wurde noch an sämtliche Kabel und Schläuche angeschlossen, aber das war zu spät. Meine Mutter war mit ihm ins Krankenhaus gefahren, so war sie bei ihm. Vom Krankenhaus haben sie mich dann angerufen, ich solle sofort kommen, mit meinem Vater würde es zu Ende gehen. Auch Klaus-Dieter, der ja im Internat in Bad Driburg war, war schon verständigt worden. Als ich kurz vorm Krankenhaus war, kam mir Klaus-Dieter von der anderen Seite vom Bahnhof entgegen. Ich erzählte ihm kurz, was alles geschehen war, dann gingen wir ins Krankenzimmer. Mutti saß am Bett bei Vati, der mit vielen verschiedenen Schläuchen verbunden war. Auch eine Krankenschwester war mit im Zimmer. Auf einmal machte Vati so einen tiefen Schnaufer, da bin ich zu ihm hin und wollte ihn an der Stirn streicheln. Die Schwester riss meine Hand hoch und schubste mich weg. Ich schaute sie nur entgeistert an. Da strichen ihre Hände über die Augen meines Vaters, der Schnaufer war sein letzter Atemzug gewesen, er war einfach gestorben. Wahrscheinlich hatte er gespürt, dass wir Kinder bei ihm waren und Mutti nicht allein sein würde. Nur Wolfgang war nicht da. Ich hatte ihn in der Firma angerufen, hatte ihm aber nur vom ersten Herzinfarkt erzählen können. Mutti sprach dann noch im Krankenhaus mit der Schwester, die alles andere wohl veranlasste.

Zu Hause angekommen, saßen wir einfach nur herum, niemand wusste, wie es weitergehen sollte. Brigitte und Käthe schmissen den Laden und auch Heinrich Meyer, der uns vor ein paar Jahren den Laden verpachtet hatte, half aus. Er hatte ja das Geschäft damals nach seinem Herzinfarkt verpachtet, nun war sein Pächter genau daran gestorben.

Später erfuhren wir von Dr. Klein, dass eine verschleppte Grippe und die Verschüttung im Krieg, durch die es zu dem Herzfehler gekommen war, die eigentliche Ursache für den Herzinfarkt gewesen ist. Am nächsten Tag kamen Hildegard und Wolfgang. Mutti war überhaupt nicht ansprechbar, was man auch gut verstehen konnte. Doch plötzlich war ich mit allem, Lieferung, Bestellungen, Dekorieren, einfach mit dem ganzen Laden, allein. Jede Entscheidung musste ich selbständig treffen. Es waren so viele kleinere und größere Aufgaben zu erledigen. Viele Kunden kamen und wünschten Beileid. Manchmal konnte ich vor lauter Tränen nichts mehr sehen. Gott sei Dank kümmerte sich Wolfgang um die Beerdigung. Das hätte ich nicht auch noch gekonnt. Auch bei Lüning A&O in Rietberg rief er an, als er den Termin der Beerdigung kannte.

Die fand an einem Sonntagnachmittag statt. Zuerst gab es eine Trauermesse in der Pfarrkirche. Danach ging eine Prozession zum Friedhof. Sehr viele Menschen aus Brakel und Umgebung gaben Vati das letzte Geleit, auch Mitarbeiter von Lüning und Vertriebene aus Neuenkirchen. Alle nahmen Abschied von meinem Vater. Mir wurde das viel später erst erzählt. Die Menschen sah ich nicht. Vom Weinen war ich blind, ich lief einfach mit. Anschließend standen die Leute von Lüning im Wohnzimmer und Büro herum. Tante Hedel fragte, wer einen Kaffee möchte. Unsere Familie hatte doch keine Ahnung, was man nach einer Beerdigung mit den Gästen macht. Viele dieser Herren gingen auch durch den Laden und schauten sich alles genau an. Es schien mir, als ob sie sich schon überlegten, den Laden zu pachten aber mir war das alles egal. Mutti hatte sich darüber wohl schon Gedanken gemacht. Am liebsten hätte sie jetzt alles hingeschmissen. Verständlich war es mir schon. Wolfgang meinte aber, er wolle jetzt mit im Laden arbeiten und ich wäre ja auch noch da. Hildegard hat ihm seine Mitarbeit dann jedoch ausgeredet. Sie wollte auf gar keinen Fall zurück nach Brakel.

Ein Kunde brachte ein paar Tage später eine Anzeige aus der Tageszeitung mit, die wir nicht hatten, und da stand ein Artikel mit der Überschrift:

ZUM GEDENKEN AN GEORG GLINKA
Sein Streben galt weitgehend seinen oberschlesischen Landsleuten

Einen großen Bericht schrieb die Zeitung über meinen Vater. Er wurde von vielen Menschen verehrt. Das war ein Trost, doch der Alltag ging weiter. Mit dem Laden stand ich alleine da, mit Mutti konnte ich nichts anfangen. Nun kam noch ein Problem mit Klaus-Dieter hinzu, der nicht mehr in das Internat zurückgehen wollte. „Ich bin nun der einzige Mann in der Familie", sagte er und damit hatte er ja recht, denn Wolfgang war längst wieder in Werdohl auf seiner Arbeitsstelle.

Drei Tage nach der Beerdigung kam ein kleines Päckchen mit der Post. Als ich es aufmachte, lag darin eine Taschenuhr. Kein Brief dabei. Auch fand ich keinen Absender. Mutti wusste darauf keine Antwort. Sie sagte nur, die habe Vati im Krieg dabei gehabt. Sie war das Geschenk von dem jüdischen Juwelier aus Oberglogau, dessen Tochter wir in unserem Weinkeller versteckt hatten. Von Vati hatte sie mal gehört, dass er sie im Krieg verloren hatte. Das war mysteriös und ist nie aufgeklärt worden.

Das Weihnachtsgeschäft war im vollen Gang. Brigitte und Käthe waren fleißig dabei, mir zu helfen. Ich hatte ja nicht nur das Geschäft am Hals auch die Führerscheinprüfung stand kurz bevor. Irgendwie musste ich Mutti wieder an die Arbeit bringen. Aber kaum war sie wieder im Laden und sprach mit einem Kunden, kam das Gespräch auf Vati und da wurde sie wieder traurig. Ich sah die einzige Ablenkung darin, sie mal in eine andere Umgebung zu schicken. Aber wohin, wusste ich zunächst nicht. Wie Schuppen fiel es mir eines Tages von den Augen: Sie war immer gern mit Vati am Sonntag mit dem Zug nach Bad Driburg zum Sonntagskonzert gefahren. Danach kamen sie stets ganz fröhlich nach Hause zurück. Ich fragte den Hausarzt, ob Mutti wohl eine Kur bekommen würde, um wieder ins normale Leben zurück zu finden. Der machte mir viel Hoffnung, meinte aber, jetzt im Winter wäre es für sie nicht so gut, im Frühjahr oder Sommer wäre es wohl besser. Er verschrieb mir für Mutti noch Tabletten, die ihre Traurigkeit ein bisschen leichter machen würden und es wurde wirklich etwas besser. Sie freute sich auf eine Kur in Bad Meinberg, das hatte uns die Krankenkasse so vorgeschlagen. Dort kannte sie sich auch schon etwas aus, weil Vati da zur Kur und sie bei ihm eine Woche zu Besuch gewesen war.

Was sie jetzt aber gar nicht wollte, war ein Christbaum. Doch mir kam Weihnachten ohne geschmückten Baum furchtbar vor. Als dann Heiligabend das Geschäft geschlossen war, nahm ich den am Tag zuvor gekauften Baum und schmückte ihn. Leicht fiel es mir nicht, ich kannte ja bisher nur den fertigen Baum. Weil Wolfgang und Hildegard auch kommen würden machte sich Mutti ans Kochen. Durch Kochen und Fernsehen wurden wir alle ein bisschen abgelenkt von unserer Trauer. Für mich waren es die letzten Tage zum Lernen für die Fahrprüfung.

Das Fahren mit dem Auto hatte nach den ersten Stunden ganz gut geklappt. Auch die Theorie gefiel mir, wenn nur nicht die blöden Witze der Männer gewesen wären. Im Jahr 1959 war es bei uns auf dem Land noch selten, dass eine Frau den Führerschein macht. Deshalb waren immer ungefähr 18 bis 20 Männer beim theoretischen Unterricht, unter ihnen auch der Sohn vom Fahrlehrer Brause. Oft war auch nur der Sohn allein da und hielt die Unterrichtsstunde, dann war es am schlimmsten. Wenn die ihre schmutzigen Witze erzählten, warteten sie schon auf mein rotes Gesicht. An Silvester, ausgerechnet an einem starken Verkaufstag, war die Prüfung. Zuerst die Theorie. Ich hatte so viel gelernt, dass ich mit logischem Denken den Fragebogen schnell ausgefüllt hatte. Dann kam das Spiel, was mir schon immer Spaß gemacht hatte, nämlich mit Spielautos auf einer Straße das richtige Verhalten vor Ampeln oder auch die Vorfahrt rechts vor links darzustellen. Bei uns im Ort gab es nicht eine einzige Ampel, geschweige denn einen Fußgänger-Überweg. Als es dann zur praktischen Fahrprüfung ging, meldete ich mich und bat, als Erste dran zu kommen, da ich dringend im Geschäft gebraucht würde. Das Warten mit den Männern hätte mich auch nur nervös gemacht. Es lief alles wunderbar, nur in einem benachbarten Dorf war die Ortsdurchfahrt ein schmaler Torbogen und ausgerechnet dort kam mir ein Lastwagen entgegen. Der hatte keine Vorfahrt, aber er nahm sie sich und ich musste stark abbremsen. Dabei starb mir der Motor ab. Ich startete neu, der Motor sprang auch gleich an und ich fuhr weiter. Aber ich hatte furchtbare Angst, dass ich die Prüfung deshalb nicht bestanden hatte. Nach einer Weile war Wechsel und es kam der nächste Prüfling vom Rücksitz ans Steuer. Ich saß jetzt hinten, der Fahrlehrer neben mir. Er stellte dem Prüfling viele Fragen, aber der antwortete meistens nicht, das machte ich dann. Ich kam mir vorlaut vor, auch nicht gerade nett, aber was ich wusste, und das war viel, kam aus mir heraus. Beim Aussteigen wussten wir nicht, ob wir bestanden hatten und der Prüfer sagte kein Wort. Dann auf einmal hatte er die Führerscheine in der Hand und unterschrieb sie. Ich hatte nach 12 praktischen Fahrstunden meinen Führerschein in der Tasche. Meine Freude war riesengroß, die ganze Welt hätte ich umarmen können. Mit dem „Lappen" kam ich wedelnd in den Laden. Meine Energie war auf hundert. Am Silvesterabend saßen wir mit Mutti und Klaus-Dieter vor dem Fernseher und der Abend wurde dann doch sehr schön, mit Eisbein, Sauerkraut, gelben Erbsen und Kartoffeln. Danach gab es Bowle und Sekt. Um Mitternacht erleuchteten viele Raketen den Himmel. So ging das Jahr mit etwas Schönem, aber leider auch mit großem Leid, zu Ende.

Am ersten Tag des neuen Jahres war es üblich, dass Inventur gemacht wurde. So fing das Jahr schon gleich wieder mit viel Arbeit an. Im Februar kam Arnold wieder mal für ein Wochenende und es gab etwas anderes als nur Arbeit. Nun konnte ich mich ja auch überall mit ihm zeigen, keiner verbot mir etwas. Erst waren wir im Kino und später waren wir bei Gisela und Erich in deren Wohnung. Giselas Mutter war in dieser Zeit bei meiner Mutter. So war mein Leben etwas leichter geworden. Ich hörte nicht immer nur: „Das darfst du nicht, das gibt es nicht." Mir fehlte jetzt eigentlich nur noch ein Auto. Aber das Geld, was ich verdiente, würde nie dafür reichen.

Im Mai fuhr Mutti dann zur Kur nach Bad Meinberg. Aus vier Wochen, die geplant waren, wurden sechs. Mir war es recht. In der Zeit kam Arnold natürlich auch und endlich saßen wir im Wohnzimmer, hörten uns Platten an und schauten Fernsehen. Meistens war Klaus-Dieter dabei. Den loszuwerden war ganz schön schwierig. Wir wollten doch allein sein. Aber irgendwann hatte er das Aufpassen wohl auch satt. Ich versprach Arnold, auch mal ein Wochenende nach Lünen zu kommen.

Ich dachte mir, im nächsten Jahr so um Rosenmontag zum Karneval wäre es doch schön, da könnten wir dort mal zum Tanzen gehen. Mutti kam gut erholt aus der Kur zurück. Sie war der Meinung, dass sie das nächste Jahr wieder schaffen würde. Irgendwie hatte sie viel Energie getankt und nahm sogar manchmal das Zepter in die Hand, was mich natürlich freute. So hatte ich auch mal Zeit, etwas für mich zu tun.

Im Juni des Jahres 1960 gab es eine Überraschung. Eine Frau und ein Mann, so um die 55 Jahre alt, schauten sehr interessiert in den Laden. Sie kamen rein, marschierten schnurstracks auf mich zu und fragten mich: „Bist du die Sigrid?" Als ich nickte, sagten sie: „Wir sind die Wedas, deine Tante Lisbeth und dein Onkel Bernhard. Ist deine Mutti auch da?" „Ja," sagte ich und ging sie holen. Das war ein Umarmen und alle redeten durcheinander. Dann wurde Käthe geschickt um aus der Konditorei Kuchen zu holen. Bernhard, der Bruder von Mutti, mit seiner Frau Lisbeth, und den Kindern Christiane und Peter waren erst 1958 als Aussiedler aus Gleiwitz nach Markgröningen gekommen. Sie hatten sich zum letzten Mal bei der Feier zum 67. Geburtstag von Muttel Weda gesehen. Bei uns blieben sie über Nacht, denn man hatte sich ja viel zu erzählen. Ich fand diese Familie sehr nett. Vor allen Dingen lernte ich jetzt meine neue Cousine kennen. Sie luden mich ein, bei ihnen im Sommer Urlaub zu machen, was ich zusagte und auch fest vorhatte. Wir machten aus, dass ich im Juni für 14 Tage zu ihnen kommen durfte und damit war mein Urlaub schon geplant.

Aber zunächst wollte ich erst mal zu Arnold fahren. Der Karneval war überall in vollem Gang. Den Rosenmontag hatte ich noch an meinen Kurzurlaub dran gehangen. Im Fernsehen gab es doch die tollen Sendungen aus Köln und Mainz. Das würde wohl in Lünen auch so sein. Als ich mit dem Zug in Lünen ankam, holte mich Arnold am Bahnhof ab. Was mir als Erstes auffiel, waren scheußliche verschmutzte Häuser. Das kam vom Kohleabbau in der Region. Arnold wohnte mit seinen 21 Jahren noch bei seinen Eltern in einer Zweizimmer-Wohnung. Man musste außen am Haus auf einer Treppe hochsteigen um in diese Wohnung zu gelangen. Unten neben der Treppe war, wie vor dem Krieg, ein Plumpsklo. Oben kam man zuerst in ein Zimmer mit Esstisch, Stühlen und einem Liegesofa. Vor einem Waschbecken war ein Vorhang gezogen. Potthässlich war das. Das zweite Zimmer hatte einen Kleiderschrank, ein Doppelbett und davor wieder ein Liegesofa. Arnold hatte mich ja gewarnt. Aber diese Wohnung war scheußlicher als ich erwartet hatte. Seine Eltern waren etwa 65 Jahre alt und sehr nett. Arnold war der jüngste Sohn, er hatte noch drei Geschwister, die schon lange ausgezogen waren. Zuerst wurde mal Kaffee und Kuchen serviert, alles lief harmonisch ab. Um 19 Uhr machten wir uns auf den Weg, um zum Karneval in einen Saal zu gehen. Der Bruder von Arnold mit Schwägerin, die ich ja schon vom Besuch in Brakel kannte, winkten uns zu. Sie saßen ganz vorn in der ersten Reihe. Gewundert habe ich mich nur, dass sich keiner der Anwesenden verkleidet oder auch nur eine Blume im Haar hatte. Bei fast allen standen Bierflaschen auf dem Tisch, aber ein Glas sah ich nirgendwo. Meine Enttäuschung über diese Zustände war sehr groß. Da ich kein Bier mochte nahm ich Apfelsaft, darüber lächelte Arnolds Bruder. Ein paar Würstchen kamen auf den Tisch und pausenlos wurde geraucht. Als dann der Vorhang geöffnet wurde, gab es Kabarett, was ich nicht verstand. Der Abend war ein totaler Flop. Um Mitternacht war der ganze Spuk zu Ende und wir gingen zu Arnolds Wohnung. Dort tranken wir beide noch ein Glas Wein, der mir aber auch nicht schmeckte. Ich schlief in der Küche auf dem Sofa und Arnold bei den Eltern auf dem Sofa. Nachts musste ich mal auf die Toilette. So wie ich aus dem Bett kam ging ich nach draußen auf das Plumpsklo. Ich kann gar nicht beschreiben wie ich gefroren habe. Als ich wieder ins Bett kam, war an Schlafen vor Kälte nicht mehr zu denken. Beim Frühstück erzählte ich, dass ich in der Nacht auf die Toilette gemusst habe. „Ach", sagte die Mutter, „das hätten wir dir sagen müssen, hier beim Waschbecken steht ein Eimer, wenn man nachts muss." Das war jetzt für mich der letzte Schock! Nie wieder würde ich hierher kommen. Arnold merkte wohl, dass mir das hier alles nicht gefiel und der Abschied am Bahnhof war dann auch nicht berauschend. Als er mir noch erzählte, dass er nicht mehr im Eisenwarengeschäft arbeitet, sondern in die Zeche einfuhr, war meine Entscheidung schon gefallen. Ich ließ mir aber vier Wochen Zeit und als Arnold wiederkommen wollte, schrieb ich ihm, dass es nicht geht wegen irgendeiner Arbeit. Aus dem würde nie der Mann werden, wie ich ihn wollte. Was ich wollte, wusste ich genau, nämlich keinen mit einem Geschäft, bei dem ich wieder hätte mitarbeiten müssen. Ich wollte einen, der einen ordentlichen Beruf hatte und mit dem ich dann eine richtige Familie gründen konnte mit zwei Kindern, einer schönen Wohnung oder einem Haus. Dieser Mann müsste auch selber vorwärts kommen wollen. Ja, das waren so meine Träume. Vor allen Dingen wollte ich auch Zeit mit meiner Familie haben. Nicht wie meine Eltern, die nie Zeit gehabt hatten. Arnold war dafür bestimmt nicht der Richtige. Sein Bruder hatte mal zu ihm gesagt, mit uns beiden würde das nie was. Dabei habe ich ihn nur angeschaut.

Aber nach diesem Wochenende wusste ich, der hatte recht. Nach etwa acht Wochen habe ich ihm einen Brief geschrieben, dass ich einen anderen Freund hätte. Das war zwar nicht der Fall, aber für mich gab es kein Zurück und Bewerber gab es genug. Er konnte es nicht glauben, viele Briefe schrieb er noch. Auch haben wir noch öfters telefoniert. Dann stand er eines Tages vor mir im Laden und sagte wir müssten nochmal reden. Aber mein Entschluss war endgültig, die Beziehung zu Arnold war beendet.

Im Moment war so viel Arbeit im Geschäft, dass ich abends todmüde ins Bett fiel. Meine Gedanken waren sowieso anderweitig beschäftigt. Am Sonntag war ich mit Mutti in Bad Driburg gewesen zum Kurkonzert. Anschließend sind wir von Schaufenster zu Schaufenster gegangen. Bei einem Autohaus stand da ein neuer hellgrüner Opel Rekord im Fenster. War das ein tolles Auto! Wir fanden ihn beide super, Träume durfte man ja haben. Und: So ein Auto wäre doch sehr praktisch um der Kundschaft, vor allem in den abgelegenen Dörfern, die Waren zu liefern. Die Gespräche von Mutti und mir drehten sich nur noch um dieses Auto. Ein paar Wochen später fuhren wir wieder nach Bad Driburg, dieses mal direkt zum Autohaus. Glauben konnte ich es nicht was da vor sich ging. Mutti kaufte das Auto, dabei handelte sie wie ein Müllkutscher. Für dreitausend DM sollte das Autohaus Lebensmittel bei uns einkaufen. Auch handelte sie den geforderten Preis noch runter. So kannte ich meine Mutti überhaupt nicht. Für mich war es eine Lehre fürs ganze Leben. So wie das Auto im Schaufenster stand hatte es nur zwei Türen. Wir wollten aber vier. Also würde es neu gefertigt aus der Fabrik kommen mit unseren Sonderwünschen. Das dauerte etwa ein Vierteljahr. Wo kam nur plötzlich das Geld her? Erst zahlte mir Vati den Führerschein und jetzt kauft Mutti das Auto. Das hatten sie wohl vor Vatis Tod schon so geplant. Dass sie es fürs Geschäft brauchten, war mir schon klar, aber der Hintergedanke war wohl auch, dass ich sie öfters irgendwo hinfahren sollte. Ich jedenfalls würde das Auto, wenn es geliefert wird, für mich persönlich nutzen.

Im Juni fuhr ich erst mal noch mit dem Zug nach Markgröningen zu den Wedas. Zuerst ging es bis Göttingen, da hatte ich eine Stunde Aufenthalt und musste in einen anderen Zug umsteigen. In Ludwigsburg war dann meine Bahnreise zu Ende. Christiane stand am Bahnsteig, mit einem Foto von mir in der Hand. Wir begrüßten uns, als würden wir uns schon ein Leben lang kennen. Nun ging es mit dem Bus nach Markgröningen. Die Wedas wohnten in einer Neubausiedlung am Ortsrand. Herrlich ruhig, im ersten Stock, auch war unten ein Garten, den sie sich mit den Mietern der unteren Wohnung teilten. Christiane hatte auch Urlaub, sie war im zweiten Lehrjahr im Büro der Bäcker-Innung beschäftigt. Ihre Mutter arbeitete bei der AOK und ihr Vater bei der Bahn. Die sah ich nur abends, wenn sie von der Arbeit kamen. Dafür war die Mutter von Tante Lisbeth, Oma Viola, zu Hause und kümmerte sich um den Haushalt und außerdem war da Christianes jüngerer Bruder Peter, der uns beiden gehörig auf die Nerven ging. Immer wollte er mitgenommen werden. Nur abends konnten wir ohne ihn weg gehen. Christiane hatte viele Bekannte im Ort, hauptsächlich die jungen Männer vom Musikverein. Dabei war auch Werner, der Christianes Freund war und uns überall hin mitnahm. An den Nachmittagen waren wir meist im Freibad. Es war ein richtig heißer Sommer. An einem Wochenende fuhren wir nach Stuttgart auf den Killesberg, eine blühende Oase, dort machten wir, Werner und Harald vom Musikverein, Christiane und ich, herrliche Fotos. Mit dem Zug konnte man von Ludwigsburg in 20 Minuten nach Stuttgart fahren. Ich war fasziniert von der Gegend durch die wir fuhren, überall gab es Weinberge, die Stöcke hingen voller Trauben, ich konnte mich gar nicht satt sehen. Hierhin wollte ich zum Arbeiten. Mir kam die Anzeige von dem Feinkostgeschäft Böhm in den Sinn, die ich zu Hause öfter gesehen hatte. Leider kam ich zeitlich nicht mehr dazu, das Geschäft anzuschauen. Aber hier war ich nicht das letzte Mal gewesen. Zumal ich Heinz, den Freund von Werner, kennen gelernt hatte. Der gefiel mir gut. Bei ihm war es nicht anders als bei Arnold, wieder hatte ich einen Freund, der weit weg war und mit dem ich, wenn ich wieder in Brakel bin, nur Briefe schreiben konnte. Christiane und ich hatten so viel Gesprächsstoff. Nächtelang haben wir geredet und schliefen in der Früh so lange wie uns der nervige Peter ließ. Wo die vierzehn Tage geblieben waren, wir wussten es einfach nicht. Mit Christiane entstand eine wunderbare Freundschaft, die für unser ganzes Leben anhielt.

Zu Hause erwartete mich natürlich viel Arbeit, nach so einem Urlaub machte es aber direkt wieder Spaß, die Fenster neu zu dekorieren. Dann war da noch die Freude auf das neue Auto, das in 14 Tagen geliefert werden sollte.

Kapitel 12

Das neue Auto

Endlich wurde das Auto geliefert. Nun merkten wir, dass wir es ja auch irgendwo unterstellen mussten. Wir vereinbarten mit einer Schreinerei in der Nähe, deren Inhaber viele Schulden bei uns hatte, die Anmietung einer Unterstellmöglichkeit. Dafür zogen wir jeden Monat 30 DM als Miete von den Schulden ab, die dadurch aber nicht weniger wurden. Die Frau und die Tochter waren immer nach der neuesten Mode gekleidet. Da wurde das Haushaltsgeld wohl hauptsächlich für neue Kleider ausgegeben. Hin und wieder mussten wir dann den Mann auf seine Schulden aufmerksam machen. Danach wurde zwar alles bezahlt, doch dann lief es nach kurzer Zeit wieder ins alte Muster. Als der Sohn des Autohändlers unseren neuen Opel gebracht hatte, musste der ja danach wieder nach Hause kommen. Das übernahm ich und es war meine erste Fahrt. Er meinte, er kenne einen Weg durch den Wald nach Bad Driburg, der wäre gut ausgebaut und viel kürzer als die normale Straße. Und für die erste Fahrt mit dem neuen Auto wäre das für mich wohl einfacher. Also fuhr ich auf dem kürzeren Weg. Woran er aber wohl nicht gedacht hatte war das Wild im Wald. Wir unterhielten uns angeregt, als ein ganzes Rudel Rehe, ca. sieben Tiere, uns mit ihren glühenden Augen ansahen. Ich kam sofort zum Stehen, denn ich war langsam gefahren, doch danach gab es kaum noch was zu reden. Zurück fuhr ich lieber über die Landstraße. Es war schon was anderes, allein zu fahren, als wenn der Fahrlehrer daneben sitzt.

Meine Fahrpraxis war noch sehr dürftig. Rechts vor Links war klar, aber z.B. fahren auf einer Autobahn, das hatte ich noch nie geübt. Verflixt, das musste ich alles erst lernen. Als ich dann im Frühjahr mit Mutti und Klaus-Dieter auf der Autobahn nach Bochum fuhr, habe ich viele Fehler gemacht, aber nur durch Üben lernt man bekanntlich.

Einen kleinen Unfall baute ich dann aber doch. An einem Samstag fuhr ich Käthe nach Hause. Unterwegs wollte sie mir ein Tanzlokal zeigen. Sie rief: „Jetzt links". Ich sah, dass hinter mir ein anderes Auto war und wollte an den rechten Straßenrand fahren, dabei fiel mir aber ein, dass ich ja nur den Blinker nach links setzen und mich in die Mitte einordnen muss. Gedacht und gemacht. Da war aber schon ein anderes Auto neben mir, das ich übersehen habe, ein neuer *Wartburg* aus der DDR. Ratsch machte es und er hatte mich, oder ich ihn, gestreift. Da keiner von uns einsehen wollte, wer schuld war, kam die Polizei. Das Ganze zog sich wegen der Schuldfrage ein halbes Jahr hin, dann kam es zu einem Vergleich. Jeder musste 300,--DM zahlen. Nur eines habe ich bis heute nicht verstanden. Im Ort hatten wir einen neuen Polizisten. Der rief mich an und ich musste auf die Polizeistation kommen und meine Fingerabdrücke abgeben. Den Grund dafür habe ich nie erfahren. Ich erzählte niemandem davon, denn ich war geschockt. Aber danach kam ich mit dem Auto gut zurecht. Einen Tag in der Woche fuhr ich in die umliegenden Dörfer, um die Aufträge, die wir per Telefon erhielten, auszuliefern. Als der erste Schnee fiel, wurde es bei Glätte mit dem Auto sehr schwierig. Bis mir ein Bauer, bei dem ich Ware auslieferte, sagte, dass es wohl mit Winterreifen sicherer wäre. Damit ich aber bei dem Glatteis wieder heimfahren konnte, lud er mir einen Zentner Sand in meinen Kofferraum. Damit fuhr ich langsam nach Hause. Am nächsten Tag ließ ich mir in der Werkstatt Winterreifen aufziehen und damit fühlte ich mich dann wesentlich sicherer.

So gab es immer wieder etwas beim Umgang mit dem Auto, was ich erst mal lernen musste. Schön war es aber, einfach mal nach Höxter zum Tanzen, zum Einkaufen oder mit Gisela an einen See zum Baden zu fahren. Mutti verbot mir nichts. Ich hatte ja inzwischen bald meinen 19. Geburtstag. Unsere Käthe, die inzwischen im zweiten Lehrjahr war, fuhr am Wochenende öfters nach Hause. Am Montag hatte sie Berufsschule und so kam sie dann immer am Dienstag mit dem ersten Zug um 8 Uhr wieder in Brakel an. Im Spätsommer, als in ihrem Heimatort Schützenfest war, ist sie natürlich auch nach Hause gefahren. Wir erwarteten sie also am Dienstag früh wieder im Laden. Viele Leute, die vom Bahnhof kamen, liefen am Laden vorbei und wie immer kamen auch einige zum Einkaufen rein. Wer nicht kam war Käthe. Eine Schülerin, die gerade ihr Frühstück einkaufte, merkte, dass wir immer wieder zur Straße schauten. Bevor sie zur Ladentür hinaus ging sagte sie: „Käthe kommt heute nicht, holt euch mal die Bild-Zeitung". Wir müssen sie wohl recht dumm angeschaut haben, doch dann lief ich zum Kiosk um die Ecke. Als Aufreißer stand groß vorn auf der Zeitung:

Freund erschoss sich direkt vor der Freundin, weil sie ihn nicht erhört hat.

Was hatte das denn mit Käthe zu tun? Namen standen nicht dabei. Irgendjemand hat dann bei uns angerufen und Käthe entschuldigt, dass sie erst morgen wieder ins Geschäft kommen würde. So war es dann auch. Zuerst trauten wir uns gar nicht, sie zu fragen, was passiert war. Nach ein paar Stunden erzählte sie uns aber alles. Ein junger Mann, den sie schon seit der Kindheit kannte, war sehr alkoholisiert beim Schützenfest und wollte von ihr, dass sie mit ihm etwas anfangen solle. Da er schon längere Zeit hinter ihr her war, sie ihn aber nicht wollte, sagte sie nein. Da stellte er sich vor sie hin und sagte: „Wenn du mich nicht willst, erschieße ich mich." Das tat er dann tatsächlich! Dann ging es erst richtig los. Käthe, die von seinem Blut total vollgespritzt war, wurde von den umstehenden Leuten erst mal nach Hause gebracht. Dorthin kamen dann zuerst die Polizisten und später die Journalisten. In dem kleinen Ort war die Hölle los. Das Drama war schon am Sonntag passiert. Käthe tat es gut, mit uns darüber zu sprechen. Im Laufe des Mittwochs liefen dann vor dem Laden einige Journalisten herum. Einige kamen auch in den Laden, um nach Käthe zu fragen. Diese kam aber erst am Freitag wieder in den Laden, als die Journalisten abgezogen waren. Unsere Kunden hatten sich vorbildlich benommen, keiner fragte neugierig, nur manche Schülerinnen von der Brede schauten sie komisch an.

Mit meiner Cousine Christiane hatte ich inzwischen einen regen Briefverkehr. Im September 1961 teilte sie mir mit, dass sie von Werner schwanger sei und nicht wisse, wie sie es ihren Eltern sagen solle. Viel helfen konnte ich ihr aber auch nicht. Sie war mit Werner ja schon mindestens zwei Jahre zusammen und ihre Eltern hatten nie etwas gegen ihn. Ich riet ihr, erst mal mit ihrer Mutter zu reden, was sie auch getan hat. Onkel Bernhard war aber auf Werner wütend, er schubste ihn ein paar Treppen hinunter, wobei glücklicherweise außer einem Schreck nichts passiert ist. Schließlich konnte aber Onkel Bernhard an der Situation auch nichts mehr ändern. So wurde dann die Hochzeit geplant und eine bezahlbare Wohnung in Markgröningen gesucht. Beide waren noch in der Lehre, da mussten Christianes Eltern noch mit einem Zuschuss helfen und nahmen sich deshalb in Ludwigsburg eine kleinere und billigere Wohnung, die über einer Kneipe lag und längst nicht so schön war wie die bisherige in Markgröningen. Aber sie hatte auch einen großen Vorteil, Onkel Bernhard hatte es näher zu seiner Arbeitsstelle bei der Bahn, wo er zur Schichtarbeit eingeteilt war.

Zur kirchlichen Trauung bekam ich eine schöne Einladungskarte. Die sollte am 28.10.1961 in der Kapelle im Ludwigsburger Schloss stattfinden. Da wollte ich auf jeden Fall hin. Allerdings brauchte ich dafür ein hübsches Kleid und so kam Mutti wieder mal zum Nähen. Aus goldenem Brokat war es, oben eng und unten weit, absolut nach der neuesten Mode. Nun mussten sehr hohe, spitze Schuhe her und eine schicke Jacke, denn im Oktober konnte es ja auch schon mal recht kühl sein. Einen Tag vor dem großen Ereignis kam ich dann in Ludwigsburg bei Tante Lisbeth und Onkel Bernhard an, bei denen ich auch auf dem Sofa in der Küche übernachtete. Abends war dann in Markgröningen ein richtig zünftiger Polterabend. Werners Musikverein war vollständig da. Ich kannte sie ja alle. Am meisten freute ich mich auf Heinz, und ihm ging es wohl genauso, wir umarmten und küssten uns stürmisch. Um Mitternacht musste man ja dann aber schleunigst ins Bett, denn am nächsten Tag fand die Trauung statt und zur Feier am Abend waren auch wieder alle eingeladen. Die Trauung war sehr feierlich, manch eine Träne kullerte die Backen runter. Christiane war eine hübsche Braut. Sie hatte ein kurzes Kleid an und auch einen kurzen Schleier auf ihren Haaren, dazu sehr hohe Stöckelschuhe. Dass sie schwanger war sah man gar nicht. Die kleine Kapelle im Schlossgarten von Ludwigsburg war sehr schön mit vielen Blumen geschmückt, Tante Lisbeth hatte das alles so lieb organisiert. Als wir aus der Kirche schritten, kam ich mir vor, als wäre ich die Braut am Arm von Heinz. Wir beide waren sehr verliebt, drückten uns und lachten uns an. Wir hatten uns ja auch eine Weile nicht gesehen. Nach der Trauung machte ein Fotograf im Schlosspark viele, viele hübsche Fotos. Anschließend ging es ins Lokal, was ganz in der Nähe war. Es war nachmittags und da gab es herrlichen Kuchen und Torten. Dabei wurde viel erzählt. Heinz und ich machten uns auf den Weg um das Saxophon von Heinz aus der Wohnung von Tante Lisbeth zu holen. Harald wollte unbedingt mit, was uns aber nun wirklich nicht recht war. Christiane hat gut reagiert und ihn in ein Gespräch verwickelt, so dass wir durch den Hinterausgang verschwinden konnten. Nun waren wir endlich allein. Durch den wunderschönen Schlosspark spazierten wir solange, bis es Zeit wurde, zum Abendessen wieder im Lokal zu sein. Beinahe hätten wir die Besorgung des Saxophons vergessen. Am nächsten Morgen musste ich wieder nach Hause fahren. Ich habe Heinz fest versprochen, dass ich im Januar bei der Firma Böhm in Stuttgart zu arbeiten anfangen würde. Uns schien die Zeit bis dahin unendlich lang. Das Schreiben war für uns beide nicht das gleiche wie Sehen und Fühlen. Als wir wieder zur Hochzeitsgesellschaft zurückkamen, bekam ich von Tante Lisbeth einen anderen liebevollen Spitznamen, ab sofort hieß ich bei ihr Schallore, dabei drückte sie mich fest an sich. Was der Name bedeutet, weiß ich bis heute nicht, aber ich fand ihn sehr schön.

Gleich nach dem Essen wurde getanzt. So eine Auswahl an Tänzern hatte ich noch nie, der ganze Musikverein war da. Während der Tanzerei fiel Christiane ein, dass sie den Brautstrauß ja noch über die Schulter werfen musste, um die nächste Braut zu erkennen. Sie machte es so geschickt, dass ich gar nicht anders konnte und ihn auffangen musste. Ein anderes Mädchen, das noch nicht verheiratet war, gab es allerdings auch gar nicht. Nur ein paar der Musiker wären noch zur Auswahl gestanden. Die gesamten Gäste schoben aber mich dahin wo der Strauß fiel. Dass ich dann wirklich die nächste Braut in der Familie wurde und wer der Bräutigam ist, das hat da noch keiner gewusst, ich selbst ja auch nicht. Das Fest dauerte bis in den frühen Morgen. Nur ein paar Stunden hatte ich noch bis zur Abfahrt meines Zuges. Heinz holte mich ab und wir gingen traurig zum Bahnhof, aber mit der Hoffnung, uns bald wieder zu sehen. Zu Hause angekommen, machte ich es wahr, und bewarb mich bei Feinkost-Böhm in Stuttgart. Mutti hatte nichts dagegen und hoffte wohl, dass ich einen Mann finde, der dann in ihrem Geschäft einsteigt. So etwas hatte sie vorher schon mal mit Vati besprochen. Für Mutti wurde es wirklich Zeit, dass sie endlich das Zepter im Laden übernahm. Im Sommer 1961 hatte sie ja schon einen Anfang gemacht, indem sie sich zur Führerscheinprüfung anmeldete. Brigitte, unsere Angestellte im Laden, versuchte es ebenfalls, doch der erste Versuch ging schief, beide fielen durch. Sie gaben aber nicht auf und schafften es im zweiten Anlauf. Der Fahrlehrer Brause hatte sowieso ein Auge auf meine Mutter geworfen. Jedenfalls war es so, dass, wenn Mutti irgend etwas mit dem Auto nicht konnte oder wusste, der Fahrlehrer Brause gefragt wurde. Der wohnte auch gleich um die Ecke. Das ging so eine Weile, dann wurde plötzlich Brause nicht mehr gefragt, denn er war noch verheiratet, seine Frau war jedoch sehr krank und ist auch kurz danach gestorben. Ich gönnte meiner Mutti von Herzen einen neuen Mann denn schließlich war sie gerade erst 50 Jahre alt geworden. Aber so einen Mann wie ihren Schorschel gab es nicht noch einmal. Und es müsste natürlich auch ein Kaufmann sein. Jetzt hoffte Mutti aber erst einmal, dass ich von Stuttgart ein passendes Exemplar mitbringen würde. Das hatte ich aber niemals vor, weil ich Kinder wollte und die sollten Eltern haben, die Zeit für sie haben.So stellte ich mir eine Familie vor.

Kapitel 13

Stuttgart, die moderne Stadt zwischen Wald und Reben

Von Feinkost-Böhm aus Stuttgart hatte ich einen netten Brief bekommen. Sie würden sich freuen, wenn ich ab Januar 1962 zu ihnen kommen würde. Bei der Zimmersuche würden sie behilflich sein. Auch die Bezahlung war entschieden höher als in Brakel. So sagte ich zu und fieberte dem Januar entgegen. Für den 2.1.1962 hatte ich eine Bahnfahrkarte besorgt, ab Göttingen mit Schlafwagen, denn die Fahrt war in der Nacht. Aber mit Schlaf war nicht viel los, ich war viel zu aufgeregt. Als ich in Stuttgart ankam, brachte ich meinen Koffer in einem Schließfach unter. Zuerst wollte ich mal das Geschäft finden. In so einer großen modernen Stadt war ich noch nie gewesen. Die Firma Böhm hatte Gott sei Dank dem Brief einen Stadtplan beigefügt.

Vor dem Bahnhof fuhren viele Straßenbahnen, aber wohin fuhren die? Müde war ich und hilflos. Aber ich hatte ja einen Mund zum Fragen und das tat ich dann auch. Aber du lieber Himmel, war ich denn im Ausland? Die Leute hatten eine Sprache, die ich nicht verstand. Bei Christianes Hochzeit in Markgröningen hatte ich fast alles verstanden, die Schwaben dort hatten versucht, langsam und deutlich mit mir zu reden. Vielen Menschen nacheinander hab ich einfach meine Stadtkarte gezeigt und mich durchgefragt. So kam ich zu Fuß nach gut einer Stunde in der Schulstraße bei Böhm an. Der Laden gefiel mir sofort, aber verflixt, wer war hier der Chef? Eigentlich waren da nur jüngere Leute. Ich beobachtete sie alle eine Weile und ging dann auf eine Verkäuferin zu, die mir die älteste zu sein schien und stellte mich vor. Sie brachte mich zu Herrn Lyl, dem Geschäftsleiter. Auch der war noch ziemlich jung, das gefiel mir schon sehr gut. Ihn direkt anschauen konnte ich aber nicht. Das lag an seinem Gesicht. Auf der linken Backe hatte er ein großes Blutschwämmchen, so eines wie mein Bruder Klaus-Dieter bei der Geburt gehabt hatte, nur viel größer. Bei Klaus-Dieter wurde es ja damals einfach mit Laser entfernt, ohne Probleme. Als der Mann dann aber den Mund aufmachte und Hochdeutsch sprach, waren meine Hemmungen weg. Er begrüßte mich nett und gab mir die Adresse einer Zeitung am Rotebühlplatz, wo ich nach einem Zimmer fragen sollte. Er zeigte mir auch gleich, wie ich dahin kommen würde. Leider hatte ich angenommen, wenn ich da jetzt hingehe, bekomme ich eine Adresse und das wäre dann mein Zimmer. Weit gefehlt, jetzt ging der Stress erst los. Man gab mir einige Adressen in der Innenstadt und um Stuttgart herum. Zu Fuß kam ich da nicht hin, das war alles zu weit vom Stadtkern weg. In welche der Straßenbahnen musste ich denn einsteigen um beispielsweise zum Killesberg zu kommen? Fragen über Fragen. Irgendwie kam ich aber doch überall hin. Bei der ersten Adresse am Killesberg war das Zimmer ganz nett, aber das Umfeld dabei weniger. Neben meinem Zimmer befand sich das Wohnzimmer, darin saßen ab 11 Uhr morgens acht Jugendliche, schauten Fernsehen und machten dabei einen Höllenlärm. Das war wohl eine Wohn-Gemeinschaft. In dem Zimmer daneben, das man mir anbot, stand nur ein Bett und ein Schrank. Obwohl ich eigentlich zu kaputt war zum Weitersuchen wollte ich dieses Zimmer nicht haben. Also wieder runter zum Rotebühlplatz, dort fuhren alle Straßenbahnlinien, inzwischen hatte ich schon ein bisschen Erfahrung. Vom Killesberg bis zum Bahnhof, dann vorbei an den Arkaden am Schlossplatz, weiter auf der Königstraße, dann kam man zum Rotebühlplatz. Da stieg ich aus und suchte nach Anschluss, der mich in die Alte Weinsteige bringen sollte. Die war da gleich in der Nähe, es ging steil bergauf. Na, jetzt hatte ich es raus, so dachte ich. Oben am Berg stieg ich aus und suchte zu Fuß die nächste Adresse. Als ich klingelte tat sich erst mal gar nichts. Beim dritten Mal wurde die Haustür automatisch geöffnet. Von oben krächzte eine Frauenstimme: „Wer ist da?" Ich stieg nach oben und stellte mich vor, fragte nach dem Zimmer, das die Frau mir auch gleich zeigte. Es war groß, aber ohne Wasch- und Kochgelegenheit. Die Frau zeigte mir dann das Bad und die Küche, zur Mitbenutzung. Das gefiel mir gar nicht, aber ich war so kaputt, dass ich das Zimmer nahm. Sie wollte dafür im Monat 103,-- DM, die drei DM seien für die Putzfrau, die für mich die Treppen putzen sollte. Ich würde es ja nicht machen können, weil ich doch samstags arbeiten müsse. Die Frau, die das Zimmer vor mir bewohnt hatte, hätte da fünf Jahre gewohnt und hätte in einer Apotheke gearbeitet. Ich legte mich erst mal auf mein Bett, es war ein Sofa, um ein bisschen zu schlafen. Zum Schlafen kam ich aber gar nicht. Die Frau und ihr Mann hatten nebenan ihr Wohnzimmer. Entweder bellte der große alte Hund oder sie sprachen so laut, dass ich jedes Wort verstand. Sie waren wohl beide schwerhörig. Mein Zimmer wurde auch vom Wohnzimmer mit geheizt. Durch einen Schieber, der sich am Kachelofen im Wohnzimmer befand, bekam ich etwas Wärme ab. Das war für mich was Neues, so etwas kannte ich nicht. Ich machte den Schieber zu, damit ich die Gespräche der Leute nicht mithören musste. Jetzt erst bemerkte ich die vielen Blumentöpfe, die auf einem Regal standen. Im Zimmer war es furchtbar kalt. Hier wollte ich auf gar keinen Fall lange bleiben, doch jetzt konnte ich erst mal nichts mehr ändern. Mit der Straßenbahn fuhr ich wieder zum Bahnhof um meinen Koffer aus dem Schließfach zu holen. Als ich zurück ins Zimmer kam, war es ganz ruhig, entweder schliefen die Vermieter, oder sie waren aus dem Haus gegangen. Etwa zwei Stunden später wurde ich dann wieder wach, weil der Hund bellte, und die Frau ihn mit ihrer krächzenden Stimme versuchte zu beruhigen. Ich zog mich an und fuhr mit der Straßenbahn noch mal in die Schulstraße, um mir ein Bild von der Umgebung des Ladens zu machen. Danach machte ich aber einen großen Fehler. Ich glaubte, vom Rotebühlplatz mein Zimmer leicht zu Fuß zu erreichen. Irgendwo bin ich dabei wohl falsch abgebogen. Ich kam bei einem Friedhof an. Das war zu viel für mich! Ich hatte Blasen an den Fersen und war mit meinen Nerven am Ende. Ich heulte vor mich hin und befürchtete, das Zimmer nie mehr zu finden. In einem Milchgeschäft hatte ich mir ein Brötchen und einen Kakao gegönnt. Im Koffer war noch eine Schokolade. Wenn ich je mein Zimmer wiederfinden würde, dann würde ich die ganz aufessen. Wie ein Wunder kam es mir vor, als ich nach einer Weile die Abzweigung von der Alten Weinsteige in meine Straße sah. Nur noch schlafen wollte ich jetzt. Im Zimmer war es lausig kalt und von nebenan hörte man den Fernseher oder die Unterhaltung der beiden alten Leute. Aber ich war so fertig, dass ich sogar dabei eingeschlafen bin.

Noch einen freien Tag hatte ich zur Erholung, dann musste ich in der Schulstraße um acht Uhr zur Arbeit erscheinen. Wie bei anderen wichtigen Anlässen war ich früher da. Ich sah niemanden, der da ins Geschäft ging. Gab es vielleicht fürs Personal einen anderen Eingang? Alle Häuser daneben prüfte ich darauf hin aber ich fand nichts, so stellte ich mich einfach vor den Kundeneingang. Da kam der Chef von innen an die Tür und zeigte mir, dass ich um das nächste Haus herum gehen müsste. Doch da kam ich immer zur Tür von dem Schuhgeschäft, was sich neben dem Feinkost-Böhm-Laden befand. Wieder zurück! Peinlich, peinlich! Auf einmal sah ich den Chef unten am Ende der Schulstraße stehen. Jetzt endlich begriff ich: Ganz um den Häuserblock herum und in der nächsten Straße wieder hoch, da war der Hintereingang für die Angestellten. Im Laden bekam ich erst einmal einen Kittel und wurde beim Obst, neben dem Ein- und Ausgang platziert. Kollege Johannes räumte links neben der Eingangstür das Obst auf Regale. Ein anderer Kollege holte die Kisten mit dem Hubwagen über einen Aufzug aus dem Keller. Als ich helfen wollte, das Obst ins Regal zu legen, tippte mir Johannes mit dem Finger in meinen

Rücken und sagte: „Nein, du bist nur für die Kunden da." Auweia, jetzt gingen die Probleme wieder los, denn wenn die Schwaben schnell sprachen verstand ich nichts. Die Jungs halfen mir aber sofort. Am Abend ging es mit meinem Verstehen schon wesentlich besser. Nur diesen Johannes hätte ich am liebsten auf den Mond geschossen. Immer kam er sehr nah an mich heran und versuchte, mich anzumachen. Später erfuhr ich dann von Vreni, einer Kollegin, dass er das bei allen neuen Kolleginnen machte. Er war seit einem Jahr hier beschäftigt und würde im nächsten Monat zurück ins elterliche Geschäft im Allgäu gehen. Er hatte hier in jedem Mädchen eine Heiratskandidatin gesehen. Dabei hatte er zu Hause schon ein Mädchen welches ein Kind von ihm hatte. Aber das erfuhr ich erst als er abgereist war. Nach Geschäftsschluss wollte er mir Stuttgart zeigen, er lud mich auch in ein Restaurant ein. Ich wollte aber nur in mein Zimmer und die Füße hochlegen. Das ewige Anmachen ging mir so auf den Wecker! Am dritten Tag bin ich dann regelrecht explodiert, ich schrie ihn an: „Lass mich in Ruhe", danach war dann endlich Schluss, weil ich das absichtlich im Beisein vieler Kolleginnen und Kollegen gemacht habe. Die lachten natürlich und Johannes verschwand im Lager. Die Arbeit machte, nachdem ich die Leute besser verstand, richtig Spaß. Mittags ging es über die Königsstraße in die Calwer Straße, wo sich die andere Filiale, ausschließlich mit Feinkost, befand. Alle Angestellten erhielten dort das Mittagessen. Es gab die besten Sachen, doch manchmal fand ich die Zusammenstellung unmöglich. Zum Beispiel Nudeln mit sauren Linsen, diese kannte ich bisher nur als Eintopf mit einem Wiener Würstchen und Kartoffeln. Auch gab es mal Kutteln, das ist der Magen von der Kuh, sauer zubereitet. Das hab ich einfach nicht essen können. Aber Spätzle und Maultaschen schmeckten mir prima. Überhaupt sind die Schwaben im Essen Genießer. Alle vier Wochen trafen sich die Angestellten aus allen drei Geschäften nach Ladenschluss in Bad Cannstatt um fremde Lebensmittel aus fernen Ländern kennen zu lernen. Daraus wurde immer ein lustiger Abend, weil auch Wein und Schnaps reichlich probiert wurde. Irgendwie war die Firma Böhm wohl auch eine Heiratsvermittlung für Kinder von Geschäftsinhabern. Tatsächlich hatten sich in diesem Jahr viele junge Leute hier kennen gelernt und später geheiratet. Die Arbeit mit den jungen Kollegen, meist in meinem Alter, war einfach toll. Neben der Obstabteilung befanden sich drei Kassen. Da gab es viel Neues, was ich Landmädchen noch gar nicht kannte. Vor den Kassen war ein Fließband. Da legten die Kunden ihre Ware drauf und so konnte die Kassiererin in Windeseile kassieren.

Wenn sehr viel los war, musste ein Lehrling dem Kunden am Ende des Fließbandes helfen, die Ware in die Taschen, meistens Plastiktüten, zu packen. Diese ganze Organisation gefiel mir gut und so kam es, dass ich schon in der zweiten Woche die Kasse zwei übernahm. Doch so schnell wie Ingrid in Kasse eins wurde ich erst mit der Zeit. Nach Feierabend durfte ich, wenn ich wollte, etwas üben. Jeder im Laden wusste, dass ich ein anderes Zimmer suchte. In dem jetzigen mit den vielen Blumen im Zimmer, Hundegebell und lautstarkem Reden der schwerhörigen Vermieter, konnte ich nicht bleiben, ich war davon gestresst. Eines Morgens hatte der Chef in der Zeitung eine Anzeige gesehen, die er mir mitbrachte:

Möbliertes Zimmer mit eigenem Eingang, Miete 60 DM.

Sofort rief ich da an. In der Mittagspause fuhr ich auch gleich mit der Straßenbahn in den Stuttgarter Westen, in die *Alte Poststraße 166* bei Hartmann. Erika aus Aachen, die vor zwei Tagen bei uns angefangen hatte, fuhr gleich mit. Auch sie suchte ein Zimmer, denn sie wohnte mit einer Kollegin in einem Zimmer, was ihr gar nicht gefiel. Das Zimmer bei Hartmann war zwar recht klein aber alles andere war so wie ich es haben wollte. In dieser Wohnung gab es zwei Zimmer. Das große mit Heizung war an eine Kellnerin, die nachts arbeitete, vermietet. Frau Hartmann meinte, wir würden uns vielleicht nie sehen und das war mir recht. Es gab eine Küche mit einem 2-Platten-Herd, eine Spüle, in der musste man sich allerdings auch waschen. Die Toilette benutzten nur wir zwei und einen Balkon gab es auch, allerdings auf der Nordseite des Hauses. Das wichtigste aber war, dass ich meistens alleine in der Wohnung war. Und preisgünstig war sie auch. Die Vermieter waren zwei Schwestern, denen das ganze Haus gehörte, drei Stockwerke hoch. Sie wohnten selbst in der Wohnung gegenüber, waren beide auch halbtags in einem Lebensmittelgeschäft beschäftigt. Als ich erzählte, wo ich arbeite, wurde ich für die gleich ein paar Zentimeter größer. Ich beeilte mich zu sagen, dass ich das Zimmer nehme, denn ich merkte, dass es Erika auch gern haben wollte. Ich war selig und so fuhren wir zurück zum Geschäft. Wir hatten heute dadurch leider kein Mittagessen bekommen, weil die Mittagspause schon vorüber war. Der Herr Lyl sagte: „Dann macht euch jetzt mal selber was zu Essen." Wir holten uns von den teuren Salaten, die wir verkauften, eine große Schale und ließen es uns gut gehen. Ja, die Salate waren in unserem Laden etwas Besonderes. Es gab so ca. 20 verschiedene Sorten, vom einfachen Fleischsalat bis zu exotischen Spezialitäten. Die wurden von der Kollegin Beate seit sechs Jahren selbst gemacht, sie kam nur deshalb noch ins Geschäft. Als sie vor 20 Jahren geheiratet hatte, wollte sie aufhören, nun war sie mit 48 Jahren noch immer da. Ihre Rezepte für die Salate gab sie nicht her. Oft kam sie nur für zwei Stunden, dann verschwand sie wieder. Sie durfte tun und lassen was sie wollte. Aber ihre Erzeugnisse schmeckten himmlisch.

Als es Sonntag wurde, dachte ich nur, da wird Heinz wohl kommen. Er wusste ja, wann ich in Stuttgart angekommen war. Aber nichts geschah. Ich rief Christiane an und was ich dann erfuhr, zog mir den Boden unter den Füßen weg. Nicht zuletzt wegen Heinz war ich nach Stuttgart gekommen und nun sagte mir Christiane, dass er, um nicht zur Bundeswehr zu müssen, eine Arbeitsstelle in Berlin angenommen hat. Ich bereute nicht, daß ich hierher gekommen war, aber hätte Heinz mir das nicht schreiben können? Eigentlich wollte ich am nächsten Sonntag nach Markgröningen fahren, natürlich auch zu ihm. Das schlug ich mir aber aus dem Kopf denn ich laufe niemandem hinterher. So vergingen mehrere Sonntage ehe ich wieder nach Markgröningen kam. Christiane rief mich im Geschäft an und sagte nur: „Klein- Andreas kommt bald zur Welt." Damit hatte sie mich gefangen. Am nächsten Sonntag fuhr ich mit Bahn und Bus zu Christiane und Werner. Da war dann auch Heinz, der Feigling, übers Wochenende aus Berlin. Zuerst waren unsere Gespräche sehr verhalten. Mit der Zeit wurde es dann besser, doch so verliebt wie ich vorher gewesen war, war ich nicht mehr. Doch es gab einen wichtigen Punkt, den wir besprechen mussten, nämlich die Taufe von Andreas. Wir zwei sollten ja die Taufpaten werden. Am Abend brachte mich Heinz zwar zum Bahnhof, aber mit uns beiden würde es wohl nichts mehr werden. Ich hatte sowieso am zweiten Sonntag in Stuttgart eine andere Bekanntschaft gemacht.

Kapitel 14

Joachim

Mit meiner Kollegin Petra ging ich an einem Sonntag in die Calwer Straße zum Tanztee in die Tanzschule Schäfer. Im Fahrstuhl lernte ich durch Petra schon ein paar Mädchen und Jungs kennen. Der Nachmittag war gerettet. Die konnten alle besser tanzen als ich, sie trafen sich ja auch jeden Sonntag hier. Ich ließ mir aber nicht anmerken, dass es mir schwer fiel, mitzuhalten und so wurde es sehr schön. Einer, mit dem ich am meisten tanzte, war Joachim, den seine Freunde Johnny nannten. Nett, aber nicht mein Typ. Noch hatte ich doch Heinz aus Markgröningen im Kopf. Nur war ich auf den recht sauer. Der Sonntag beim Tanzen war viel zu schade, um wegen ihm zu trauern. Auch andere Mütter haben schöne Söhne! Als der Tanztee beendet war, gingen alle noch in ein Restaurant, den Ratskeller. Dort bestellte Joachim für uns beide einen Whisky. So etwas hatte ich noch nie getrunken. Verdammt, war das scharf. Aber ich ließ mir nichts anmerken, ich tat so, als ob ich das schon kennen würde. Reden und erzählen konnte Joachim klasse. Beim Abschied fragte er mich, ob er mich morgen nach der Arbeit abholen dürfe. Warum nicht, dachte ich und sagte ja. Ich fragte Petra, ob sie uns begleiten würde, was sie dann auch tat. Wir landeten in der Flamingobar, es wurde ein schöner, unterhaltsamer Abend. Joachim brachte mich nach Hause, dabei wollte er mich küssen. Ich aber war einfach noch nicht so weit und konnte es verhindern, denn ich dachte immer noch viel zu viel an Heinz. Joachim holte mich fast jeden Tag von der Arbeit ab. Ich fand es toll, aber an mehr dachte ich da noch nicht. Bei meiner Vermieterin kündigte ich, na, das war ein Gekreische von der alten Frau. Die Mieterin vor mir wäre fünf Jahre geblieben. Bis zum Ende des Monats musste ich nun aber noch bleiben.

Jetzt war erst mal Fasching. Ach, war das schön, ich konnte, ohne ein *NEIN* von Vati zu hören, dahin gehen wo ich wollte. Am Faschings-Sonntag fuhr ich zur Christiane, sie stand ja kurz vor der Entbindung. Am Rosenmontag gab es einen Faschingsball in der Tanzschule Schäfer. In der Hoffnung, Joachim zu sehen, ging ich mit Petra nach der Arbeit dort hin. Es wurde ein schöner Abend, nur Joachim erschien nicht. Er war am Sonntag da gewesen und hatte nach mir gefragt, so erzählten es die anderen. Er sei auch ganz schön erkältet gewesen. So hatten wir uns verpasst. Ich hatte nur Sorge wie ich zurück in mein

Zimmer kommen sollte, denn Joachim hatte einen alten VW und hätte mich nach Hause bringen sollen. Die letzte Straßenbahn fuhr um 23.30 Uhr. Einer der Jungs bot mir an, dass er mich auf seinem Roller heimfahren könnte, was dann auch geschah. Es war sehr kalt draußen und vom Tanzen war ich verschwitzt und hatte für so eine Fahrt keine Kleidung dabei. Mir war kalt und ich hatte auch ganz schön Angst. Ich hab mich an den Fahrer geklammert, denn es ging ja immer wieder über Straßenbahnschienen. Am nächsten Tag, Faschingsdienstag, war ich natürlich fürchterlich erkältet, bin aber trotzdem ins Geschäft gegangen. Am Abend, dachte ich, holt mich Joachim ab. Aber er kam nicht. Ich habe erst später erfahren, dass er auch krank war und dachte jetzt, der ist auch wieder so eine treulose Tomate. Den nächsten Tag blieb ich im Bett. Mir war vom vielen Husten und Halsweh richtig schlecht. Die Vermieterin erbarmte sich und brachte mir einen heißen Tee. Danach schlief ich bis zum nächsten Morgen. Da ging es mir dann etwas besser, aber ich war noch viel zu schlapp zum Aufstehen. Nachmittags klingelte es. Als die Vermieterin aufmachen ging, hörte ich Joachim an der Tür mit ihr reden. Er hatte wohl im Geschäft erfahren, dass ich krank bin. Die Frau wollte ihn nicht zu mir ins Zimmer lassen, aber er hat so lange auf sie eingeredet bis er hereindurfte. Tat mir das gut, dass sich einer um mich Sorgen machte! Da wir uns im Zimmer nicht unterhalten konnten ohne dass die Frau alles mitbekam, zog ich mich an und wir trafen uns draußen auf dem nahegelegenen Spielplatz und dort haben wir dann über die verpassten Faschingstage gesprochen. Dann ging ich noch zu einer Telefonzelle um Christiane anzurufen und zu fragen, ob das Baby schon da ist.

Es war der 23. 2.1962, Andreas hatte bei einer Hausgeburt das Licht der Welt erblickt. Da wollte ich gleich hin, aber das verstand Joachim überhaupt nicht. Er war beleidigt, dass ich unbedingt jetzt, wo er mich aus dem Bett geholt hatte und ich halb tot war, nach Markgröningen fahren musste. Aber ich fuhr. Bis nächsten Sonntag beim Tanztee wird er schon wieder normal werden, dachte ich. Bei Christiane blieb ich dann einen ganzen Tag. Der Andreas war wirklich ein Wonnebrocken. Meine Erkältung hatte ich durch Medikamente fast überstanden und so ging ich wieder ins Geschäft. Nun dachte ich nur noch an meinen Umzug in den Stuttgarter Westen zu den Hartmanns. Joachim hatte mir versprochen, meine Sachen mit seinem Auto dahin zu fahren. Ich hatte schon ein bisschen mehr als anfangs den einen Koffer, mit dem ich nach Stuttgart gekommen war. Er kam auch, aber besonders nett war er da nicht. Ich fragte ihn, warum er so schlechte Laune hätte. Erst wollte er nicht rausrücken, aber dann meinte er, mit dem ganzen Musikverein in Markgröningen könne er wohl nicht mithalten. Da musste ich herzlich lachen. Eifersüchtig war er! Nicht ganz ohne Grund, denn es gab ja da den Heinz und ich hatte ihm erzählt, dass ich wegen dem nach Stuttgart gekommen bin. Jetzt musste ich ihm sogar noch sagen, dass am Sonntag die Taufe ist und ich natürlich als Taufpatin dabei sein musste. Als wir auseinander gingen, sagte er: „Ich muss im April auch weg, zur Bundeswehr." Der eine geht nach Berlin um nicht zum Militär zu müssen und der andere meldet sich freiwillig, na Klasse! Dann erzählte er mir auch noch, dass er sonst in einen Arrest muss. Tolle Freunde hatte ich! Joachim hatte Angst vor einer Strafe, weil er seinen Freund, Markus Martens, der gerade die Fahrschule machte, ohne Führerschein in seinem Auto hatte fahren lassen. Und dabei hatte Markus ein parkendes Auto angefahren. Danach hatten sie schnell noch die Plätze getauscht, dass es so aussah, als ob Joachim gefahren wäre. Das allerdings haben sie bei der Gerichtsverhandlung dem Richter gebeichtet. Beide bekamen Sozialarbeit aufgebrummt, doch Joachim musste schon kurz danach zur Bundeswehr nach Starnberg, er hatte um baldige Einberufung zum Wehrdienst gebeten. Dort sollte er dann die Strafe verbüßen, was mit zwei Wochenenden in der Arrestzelle im Wachbereich der Kaserne in Murnau abgewickelt wurde. Ich war sprachlos und so gingen wir auseinander. Am Sonntag fuhr ich zu Christiane, Werner und dem süßen Spatz Andreas. In der Kirche waren alle Verwandten anwesend, Werners Bruder mit Frau und Kindern, seine Eltern, die ebenfalls in Markgröningen wohnten, auch alle Verwandten von Christiane und wir zwei Taufpaten Heinz und ich. Danach fand ein Kaffeetrinken im Restaurant statt. Die jungen Leute gingen anschließend noch zum Abendbrot mit in die Wohnung zu Andreas und seinen Eltern. Der Kleine schlief selig in seinem Körbchen. Er war wirklich ein liebes Kerlchen. Eigentlich hab ich ihn als Baby nur lachend erlebt, auch als ich später mal auf ihn abends aufgepasst habe, wenn Christiane und Werner in eine Operette gehen wollten. Die Taufe verlief bis zum späten Abend zwischen uns sehr fröhlich, denn der Alkohol floss reichlich. Nur Christiane durfte als stillende Mutter nicht mithalten. Am anderen Morgen holte mich Fritz, ein Freund aus dem Musikverein, um sechs Uhr vor der Wohnung mit dem Auto ab, um mich nach Stuttgart mitzunehmen. Er hatte dort seine Arbeitsstelle. Um kurz vor sieben Uhr waren wir schon da, doch das war für mich eine Stunde zu früh. Mein Milchgeschäft, bei dem ich gern morgens eine Buttermilch trank und ein warmes Hörnchen genoss, hatte offen. Hundemüde war ich dann den ganzen Tag und am Abend fiel ich gleich ins Bett. Wie das mit Joachim weiter gehen sollte war mir ein Rätsel. Er hatte mir einen alten Radioapparat ausgeliehen, den er zurück haben wollte. Es war ganz schön, mal Musik zu hören. Sonst war es ja in meiner Bude geräuschlos. Nur so gegen Morgen kam die Madame von nebenan heim und hin und wieder brachte sie wohl einen Liebhaber oder Freund mit. Da ging es dann zur Sache. Das bekam ich natürlich mit. Die Hartmann-Schwestern hatten mir erzählt, dass sie etwa 30 Jahre alt ist. Gesehen hatte ich sie bisher nicht. Wenn ich zu Hause war, war sie bei der Arbeit und umgekehrt. So ging die halbe Woche vorüber, da stand Joachim abends am Hintereingang vom Geschäft und wartete auf mich. Am Anfang war das Gespräch schleppend und drehte sich hauptsächlich um das Radio. Nach einer Weile lachten wir und es wurde wieder normal. Das Radio behielt ich und den Joachim auch! Ein paar Tage hatten wir noch, bis er zur Bundeswehr nach Starnberg musste. Oft schreiben wollten wir uns und wenn er frei hatte wollte er auch per Anhalter, was er auch früher schon gemacht hatte, nach Stuttgart kommen. Sein Auto hatte er verkauft, denn ein Wehrpflichtiger bekommt nur einen geringen Sold, davon kann er kein Auto unterhalten. Aber das erste Vierteljahr war Ausgangssperre. Die Tage bis zur Trennung genossen wir beide. Erst da wuchs meine Liebe zu ihm. Viel trug auch Christianes Mutter, meine Tante Lisbeth, dazu bei. Am Anfang war ich hin und her gerissen zwischen Joachim und Heinz. Tante Lisbeth zeigte mir die Vorteile und Nachteile der zwei Männer. „Entscheiden", meinte sie, „musst du, geliebte Schallore, aber selbst." Meine Gefühle für Joachim wurden aber immer stärker, so dass es einfacher wurde. Dann kam auch schon der 1.April heran und Joachim musste nach Starnberg. Meine Sehnsucht war schon in der ersten Woche groß, wie sollte das ein Vierteljahr ohne ihn gehen? Dann kamen die ersten langen Briefe. Da wusste ich, dass es ihm genauso geht wie mir. Nun war ich am Sonntag oft allein, was mir aber nichts ausmachte. Entweder schlief ich mich aus, oder ging mit den Kolleginnen Erika und Susi nach Bad Cannstatt ins Hallenbad oder fuhr nach Markgröningen zu Christiane, Werner und Andreas. An einem Wochenende war dort Schäferlauf, eine Art Volksfest, wo wir gemeinsam feierten. Auch mein Patenkind Andreas sah ich so langsam wachsen. Langeweile gab es bei mir nie. Dann bekam ich einen Brief von Joachims Mutter. Seine Eltern wollten mich kennen lernen. Die Grundausbildung bei der Bundeswehr war inzwischen vorüber, Joachim würde auch da sein. Irgendwie hatte ich davor schon einen Bammel, doch das Wichtigste war, dass ich Joachim wiedersehen konnte. So fuhr ich mit dem Zug nach Dinkelsbühl. Dort holte mich Joachim am Bahnhof ab. Schick sah er aus in seiner Uniform. Die Eltern waren sehr nette normale Leute, mit denen ich gut zurecht kam. Nur gingen die wunderschönen drei Tage auch wieder viel zu schnell vorbei.

Im Geschäft lief alles seinen Gang, es ging auf Ostern zu. Der Frühling begann in Baden-Württemberg früher als in Westfalen. Hier war es wärmer und überall war es schon so herrlich grün. Der Anblick der Weinberge rings um Stuttgart machte immer gute Laune. Mein Wunsch, hier für immer zu bleiben, war sehr groß und auch Joachim ging es so. Überhaupt hatten wir eine ganze Menge Gemeinsamkeiten. Wir sind fast am gleichen Tag geboren, er am 17.11.1941 und ich am 15.11.1941. An den Osterfeiertagen hatte ich Urlaub, da fuhr ich das erste Mal nach Hause. Es waren für mich drei sehr schöne Tage. Zuerst kam die Familie Lütkebohle zu Besuch. Dann musste ich unbedingt mit dem Auto fahren, also fuhr ich mit Mutti und Klaus-Dieter zu Hildegard und Wolfgang nach Werdohl. Die hatten mit uns überhaupt nicht gerechnet und so war die Freude besonders groß. Am Abend fuhren wir zurück nach Brakel, denn am nächsten Tag musste ich mit dem Zug wieder nach Stuttgart fahren. Eines wusste ich nach diesem kurzen Besuch zu Hause, nämlich, dass ich nicht wieder zurück ins Geschäft und auch nicht zurück nach Brakel wollte. Nur Mutti durfte ich das nicht sagen. Sie rechnete fest damit, dass ich nach einem Jahr sicher wiederkommen und den Laden übernehmen würde. Von Joachim waren zwei liebe Briefe gekommen. So machte ich mich daran zu antworten. Oft schrieb ich im Bett, weil es da am gemütlichsten war und meine Gedanken an ihn im Kopf am besten spazieren gehen konnten.

Am 30. April gab es abends im Geschäftskeller wieder eine große Abschiedsfeier von drei Kollegen, die uns verließen. Am Samstag fuhr ich mit Kolleginnen nachmittags nach Bad Cannstatt ins Hallenbad. Wir hatten in unseren Zimmern keine Dusche. Im Bad konnten wir unsere Haare gut waschen und auch das Schwimmen tat uns gut. Danach ging es meistens noch in eine Bar und den Sonntag verpennte ich dann meistens. Dieses Leben war es, was ich genoss. In Brakel bei den Eltern wäre doch so etwas überhaupt nicht in Frage gekommen. Am 2.Mai ging ich mit Erika in der Mittagspause zum Opernhaus um Karten zu kaufen für die Operette *Zar und Zimmermann*. Am Abend, als ich die Kasse abrechnete, fehlten mir 120,--DM. Ich konnte mir das nicht erklären. In meiner Verzweiflung schrieb ich sie einfach dazu. Als ich dann in der Operette zur Ruhe kam, fiel mir ein, dass ich eine Rechnung vergessen hatte. Das müsste so ungefähr dieser Betrag sein. Jetzt erst konnte ich die Operette richtig genießen. Am nächsten Morgen, als ich die Rechnung nachgetragen und das Wechselgeld gezählt hatte, war mit den drei Kassen, die ich zu verwalten hatte, wieder alles in Ordnung. Am drauf folgenden Sonntag besuchte ich Erika und Susi in Bad Cannstatt in ihren Zimmern. Die beiden lagen um 13 Uhr immer noch im Bett! Susi holte dann Kuchen und kochte Kaffee, den wir uns schmecken ließen. Anschließend stylten wir uns alle drei auf und fuhren ins Café Marquardt, ein Tanzlokal mitten in Stuttgart. Kaum saßen wir, schon wurden wir zum Tanzen geholt. Es wurde ein toller Nachmittag. Einer der Tänzer fragte mich am Schluss, ob ich mit ihm jetzt noch in ein Kino gehen würde. Das wollte ich aber nicht, was hätte sonst wohl Joachim dazu gesagt? Wir drei gingen dann noch zu dem Chinesen in der Schulstraße direkt neben unserem Laden. In so einem Restaurant war ich Landmädchen noch nie. Die Einrichtung war wunderschön, aber die Preise gefielen mir gar nicht. Frühlingsrollen waren das günstigste Gericht, das sind kleine Blätterteigrollen mit Gemüse drin und dazu trank ich ein Wasser. Es war eine Vorspeise und schmeckte sehr gut, aber satt wurde man davon nicht. Ich hätte danach gern noch einiges probiert was da auf der Speisekarte stand, aber mein Geldbeutel ließ das einfach nicht zu. So würde ich halt im Zimmer noch ein Brot essen. Auf der anderen Seite war ich auch stolz auf mich, denn ich hatte schon ungefähr 10 kg abgenommen seitdem ich in Stuttgart lebte. Zwar gab es wochentags immer ein gutes Mittagessen aber abends und am Wochenende musste ich selbst für mich sorgen. Da gab es dann eben nur Brot oder das was sonst günstig war. In der darauf folgenden Woche bekam ich gleich zwei Pakete ins Geschäft geliefert. Von Zuhause wurde endlich die Wäsche geschickt und damit konnte ich mein Bett neu beziehen. Leider war von Mutti nicht eine Zeile dabei, was mich schon sehr wunderte. Nur Brigitte und Käthe grüßten herzlich. Das andere Paket war von Joachims Mutter, darin war ein selbst gebackener Kuchen, Süßigkeiten und ein lieber Brief. Darüber habe ich mich sehr gefreut. Durch einen langen Brief erfuhr ich dann von meinem Schatz noch, dass er wahrscheinlich am Freitagabend im Auto eines Kameraden mitfahren und über das Wochenende zu mir kommen könnte. Ich musste aber am Samstag arbeiten, deshalb wollte er zu seinem Freund Markus gehen, wo er auch übernachten durfte. Es war ein schönes Wochenende, das heißt, um 16 Uhr am Sonntag fuhren die Soldaten wieder zurück in die Kaserne nach Starnberg. Rüdiger, der Kamerad, hatte auch in Stuttgart eine Freundin, die er "Scheißerle" nannte. Als ich diesen Ausdruck zum ersten Mal hörte, hab ich mich schon sehr gewundert. Bei den Schwaben ist das aber ein ganz normales Kosewort. Überhaupt, die Schwaben und ihre Sprache. Überall wird ein „le" angehängt.

Im Geschäft gab es eine neue Regelung, die uns allen sehr gut gefiel. Die Mittagspause wurde auf eine Stunde gekürzt und abends mussten wir etwas länger bleiben. Aber das war bei mir sowieso üblich, da bekanntlich die letzte Tätigkeit das Abrechnen der Kasse ist. Daraus entstand dann eine 5-Tage-Woche, also jeder bekam in der Woche einen freien Tag. So schön hatte ich es noch nie gehabt. Was konnte man da alles machen. Einkaufen, nach Markgröningen fahren und mitbekommen, wie mein Patenjunge Andreas langsam größer wurde, ausschlafen, zum Friseur gehen, einfach herrlich. Sogar zum Briefe schreiben hatte ich plötzlich mehr Zeit. Bei der Mutti von Joachim bedankte ich mich als erstes für das nahrhafte Paket. Darauf kam prompt ein Brief, mit einer Einladung zu Pfingsten. Da würde ich natürlich hinfahren, denn Joachim würde auch frei bekommen. Da hätten wir mal wieder ein paar Tage für uns, wenn auch mit Schwiegereltern in spe. Nach dem Mittagessen, was bei ihnen sehr reichlich war, hieß es spazieren gehen, meistens in den Wald in der Nähe.

In diesem Jahr war der Sommer besonders warm. In Stuttgart, das in einem Kessel liegt, war es manchmal direkt zu heiß. Im Laden konnte man es aber gut aushalten, da gab es eine Klimaanlage. Abends saßen wir oft noch lange auf Bänken beim hinteren Ausgang unseres Ladens und genossen die letzten Sonnenstrahlen. Für August hatte ich meinen Urlaub bewilligt bekommen. Da wollte ich nach Hause und von dort mit dem Auto ans Meer fahren. Ein genaues Ziel hatte ich noch nicht. Vor meinem Urlaub kam Joachim wieder mal übers Wochenende zu Besuch. Am Samstagabend gingen wir aufs Cannstatter Volksfest, den Wasen. Joachim kannte es natürlich, er hatte ja schon vor der Bundeswehr etwa zwei Jahre in Stuttgart gelebt. Es ist ein riesiges Volksfest mit Karussells, Bier- und Weinzelten und allen möglichen Attraktionen. Vor der Fahrt nach Hause mussten wir auf die nächste Straßenbahn warten. Wir saßen gemütlich schmusend auf einer Bank. Da sagte Joachim plötzlich: „Wir könnten uns doch an dem Tag zwischen unseren Geburtstagen, also am 16.11., verloben." Damit hatte ich überhaupt nicht gerechnet. Wir kannten uns doch erst so kurz. Zuerst konnte ich überhaupt nichts sagen. Wollte ich das denn??? Ich liebte ihn, aber...... Irgendwann habe ich dann wohl ja gesagt, sicher war ich mir zwar nicht, aber verlieren wollte ich ihn auch auf gar keinen Fall. In dieser Nacht ging Joachim nicht zu Martens schlafen sondern mit zu mir ins Zimmer. Es wurde eine wunderschöne Nacht.

Am Tag darauf fuhr ich in den Urlaub, zuerst nach Brakel, wo ich aber nur einen Tag blieb. Ich schnappte mir das Auto und fuhr einfach los. Mein Ziel war Holland. Über Autobahnen, die ich mir auf Karten heraus suchte, kam ich am nächsten Tag in einem kleinen Ort an. Der lag an einem Fluss auf dem Schiffe fuhren und ankerten. In einer Gastwirtschaft fragte ich nach Übernachtung und wurde gleich nebenan fündig. Ein kleines Zimmer, sehr gemütlich, bekam ich für die eine Nacht. Die Treppe nach oben war unheimlich steil. Mit meinem Koffer hatte ich Schwierigkeiten da hinauf zu kommen. Auch sonst war alles ein wenig anders als in Deutschland. Holländer haben beispielsweise keine Gardinen und wenn man an den Häusern vorbei geht kann man durchs Fenster in die Wohnstube hineinschauen, oft auch noch bis in die Küche mit den blauen Delfter Kacheln. Immer war alles piekfein aufgeräumt. Das Beste an dieser Übernachtung war das Frühstück am anderen Morgen. Sehr reichlich mit Brot, Brötchen, Wurst, natürlich super Käse, Ei und viel Kaffee und Saft. Für die Holländer ist das Frühstück die Nahrung für den ganzen Tag. Erst abends gibt es wieder eine richtige Mahlzeit. So viel konnte ich gar nicht essen, deshalb packte ich mir den Rest für unterwegs ein. Nun ging es weiter ans Meer. Am Nachmittag kam ich in Zandvoort an, direkt an der Nordsee. Da erwischte ich ein allerliebstes Zimmer, mit Rüschen-Bettwäsche, bei einer netten Vermieterin. Die sprach perfekt Deutsch wie überhaupt hier viele Leute Deutsch konnten. Das Zimmer habe ich erst mal für eine Woche gemietet. Am ersten Tag lernte ich gleich zwei Mädchen aus Dortmund kennen, die, ähnlich wie ich, einfach ohne Ziel von zu Hause losgefahren waren. Das Wasser der Nordsee war leider sehr kalt und die See war stürmisch, so dass man nicht baden gehen konnte. In der Stadtmitte gab es ein Trampolin für jedermann, da war das Zuschauen interessant. Wir machten auch endlose Spaziergänge in den Dünen. Die eine der beiden war Raucherin. Wir zwei anderen mussten das Rauchen natürlich auch mal probieren. Das war aber gar nichts für uns. Die beiden Mädchen hatten zusammen eine Wohnung in der man sich was kochen konnte und da machten wir es uns abends zu dritt gemütlich. Nach einer Woche mussten sie heim und ich wollte noch nach Rotterdam, mir den großen Hafen anschauen. Einen riesigen Schrecken bekam ich da mitten in der Stadt. Vor mir teilte sich plötzlich die Straße. Zuerst war ich total überrascht, dann begriff ich, was da passierte. So etwas hatte ich noch nie gesehen oder erlebt. Es handelte sich um eine Zugbrücke, die gab es in Holland öfters. Sie wurden geteilt und hochgezogen, wenn unten ein Schiff fuhr, welches mit seinen hohen Masten nicht unter der Brücke hindurch kam. In diesem Fall handelte es sich um ein großes Segelschiff mit weißen Segeln. Der Anblick war berauschend und überhaupt fand ich Rotterdam bombastisch. Ich hätte stundenlang zuschauen können. Aber einen Parkplatz fand ich nirgends, deshalb fuhr ich einfach mehrmals durch die gleichen Straßen. Es war schon Nachmittag als ich endlich die Heimfahrt nach Brakel begann. Mitten in der Nacht kam ich da an. Reichlich müde war ich und schlief mich am nächsten Tag erst mal gründlich aus. Mit den Gedanken war ich bei meinem Schatz. Ach, es wäre zu schön gewesen, mit ihm das alles zu erleben. Aber dieser blöde Wehrdienst machte alles Schöne kaputt. Wir sprachen darüber, ob ich nicht nach Starnberg kommen sollte, um da zu arbeiten. Ich war erst unsicher, fand aber diesen Gedanken langsam immer besser. Verlobung hieß ja auch, dass man irgendwann heiraten wollte. Am Anfang, als ich von diesem Antrag so überrascht wurde, hätte ich gern noch ein wenig Zeit vergehen lassen. Der Urlaub in Holland hatte mir aber Gewissheit über meine Gefühle gegeben. Das Problem war nur, wie ich das meiner Mutter beibringen sollte, die mich nach einem Jahr in Stuttgart wieder hier im Laden in Brakel erwartete. Als ich drei Tage später mit dem Zug wieder nach Baden-Württemberg abfuhr hatte ich ihr noch nichts gesagt. Irgendwann musste ich es ihr dann aber mitteilen, deshalb schrieb ich einen ausführlichen Brief, dass ich nicht mehr zurück komme und dass ich mich mit Joachim am 16.11. verloben wollte. Vorher würden wir aber noch nach Brakel kommen, damit Mutti ihren zukünftigen Schwiegersohn auch kennenlernen konnte. Das Ganze war abhängig von Joachim und seinem Kameraden Rüdiger, der uns mit seinem Auto fahren wollte. Der bekam aber erst wieder im Oktober für ein Wochenende frei. Das war meiner Mutter wohl zu lang, denn sie dachte, dass sie an meiner Verlobung und meiner ganzen Zukunft noch etwas ändern könnte. So kam es, dass sie eines Morgens an einem Samstag um 7 Uhr früh mit Klaus-Dieter und meinem Cousin Gerd vor meiner Tür stand. Gerd Lütkebohle musste die weite Fahrt von Brakel bis Stuttgart übernehmen, denn Mutti hatte sich wohl nicht getraut, selbst zu fahren und mein Bruder Klaus-Dieter war noch zu jung für einen Führerschein. Die ganze Nacht waren sie durchgefahren um mich noch vor der Arbeit zu erwischen. Total übermüdet waren sie. Ich ging in die Arbeit und die drei schliefen erst mal bis mittags in meinem Zimmer aus. Gerd auf einem Stuhl und Mutti mit Klaus-Dieter in meinem Bett. Um 14 Uhr standen sie dann plötzlich vor meiner Kasse. Jetzt wollten sie losfahren, zu den Eltern von Joachim. So einfach war das aber nicht. Mein Chef, Herr Lyl, hatte Verständnis, setzte sich selbst in meine Kasse und gab mir frei. Nun ging eine rasante Fahrt los. „Warum wollt ihr eigentlich zu den Eltern von Joachim, nach Dinkelsbühl, fahren? Joachim ist in Starnberg am See in der Kaserne, den könnt ihr da nicht antreffen." Gerd fragte: „Wie weit ist es nach Dinkelsbühl?" „Nach Dinkelsbühl sind es etwa zwei Stunden und nach Starnberg drei." Das war alles zu weit und Gerd riss das Steuer herum, direkt vor einer Straßenbahn überquerten wir die Schienen und fuhren durch Stuttgart weiter nach Ludwigsburg, weil ich angeregt hatte, dass wir nach Markgröningen zu Christiane oder nach Ludwigsburg zu Tante Lisbeth fahren könnten. Wir entschieden uns für Markgröningen und fuhren zu Christiane, Werner und meinem Patenkind Andreas. Als wir da angekommen waren holte Werner mit seinem Auto gleich noch Tante Lisbeth, Onkel Bernhard war leider in der Arbeit. Aber noch eine Überraschung gab es dann. Ilse, die älteste Tochter von Tante Trude aus Cottbus, weilte gerade bei Lisbeth auf Besuch. War das ein Hallo. Jahrelang hatten Mutti und Ilse sich nicht mehr gesehen. Werner holte auch noch schnell seine Eltern dazu. Es wurde ein schönes Wiedersehen unter Verwandten. Am Abend fuhren Gerd, Mutti und Klaus-Dieter zum Schlafen mit zu Tante Lisbeth und von dort am Sonntag wieder nach Hause, ohne Joachim kennen zu lernen. Darauf mussten sie noch etwas warten.

Am darauffolgenden Wochenende kam mein Schatz per Anhalter zu mir, der Autobesitzer Rüdiger hatte Dienst. Aber wenn man Sehnsucht hat, findet man einen Weg, wie man zueinander kommen kann. In der Mittagspause am Samstag gingen wir unsere Ringe kaufen. Der Juwelier war bei Böhm gleich um die Ecke. Wir hatten sie schon vor längerer Zeit im Schaufenster liegen sehen. Es waren breite, goldene Ringe mit Rillen die uns beiden am besten gefielen. Sie wurden natürlich auf unsere Finger angepasst. Die Gefühle, die wir beide dabei hatten, waren unbeschreiblich.

Einen Monat später war es dann so weit. Joachim kam am Freitagabend, sehr spät, wieder per Anhalter. Am Samstag nach Geschäftsschluss fuhren wir dann mit dem Zug nach Dinkelsbühl um unsere Geburtstage am 15. und 17. November zu feiern. Dazwischen, am 16. 11., wollten wir uns verloben. Die gesamte Feier fand bei

Joachims Eltern in Dinkelsbühl statt. Wir waren gerade mit dem Frühstück fertig, als ein Bote von Fleurop klingelte und einen großen Strauß mit 21 langstieligen roten Nelken brachte. Die hatte Mutti geschickt. Zuerst war ich ein wenig enttäuscht, denn für mich waren Nelken keine schönen Blumen, eher geeignet für ein Grab. Wie ich später erfuhr, hatte sie eigentlich auch Rosen bestellt. Die Mutti von Joachim hatte es gut mit uns gemeint als sie zum Mittagessen für jeden einen halben blauen Karpfen mit viel brauner Butter, Kartoffeln und Blaukraut auf den Tisch brachte. Ich mochte Karpfen sehr gern. Ein kleines Stück gebraten, so gab es ihn bei uns daheim an Heilig Abend. Aber als dieser halbe Karpfen bei mir auf dem Teller lag, war mir schon vom Hinsehen übel, denn der war viel zu groß für mich. Nach dieser Mahlzeit ging bei mir nichts mehr. Doch danach gab es dann Gott sei Dank einen Spaziergang im Wald, wobei es mächtig schneite. Joachim hatte seinen neuen Pullover an, den ich ihm zum Geburtstag gestrickt hatte. Er war mir gut gelungen und er hat sich sehr darüber gefreut. Nach etwa eineinhalb Stunden kamen wir ziemlich erfroren wieder nach Hause und freuten uns alle vier auf einen heißen Kaffee mit selbstgebackenem Kuchen. Die Eltern wollten uns an den Tagen, an denen wir bei ihnen waren, verwöhnen, was ihnen auch bestens gelang. Danach fühlten wir uns wie Kugeln!

Am Dienstag früh wollte ich mit dem Zug wieder zur Arbeit nach Stuttgart fahren. Am Bahnhof erfuhr ich aber dann, dass keine Bahn fährt, weil es zu stark geschneit hat. Vielleicht um die Mittagszeit würde es wieder gehen. Da saß ich nun auf dem Bahnhof in Dinkelsbühl, wartete und fror gewaltig. Im Geschäft sagte ich telefonisch Bescheid, dass ich später kommen werde. Erst um 15 Uhr kam ich dann endlich dort an. Keiner war mir böse, obwohl sie ja meine Arbeit mitmachen mussten. Nein, jeder gratulierte mir zum Geburtstag und zur Verlobung. Sie hatten gesammelt und mehrere hübsche Geschenke für mich, beziehungsweise für Joachim und mich, gekauft. Darüber habe ich mich sehr gefreut und irgendwann würde ich mich dafür erkenntlich zeigen. Im Moment wusste ich noch nicht wie, doch es würde mir schon noch etwas einfallen. Die Einlösung meines Versprechens, das ich Mutti gegeben hatte, nämlich, dass wir bald nach Brakel kommen würden, zog sich noch länger hin. Bis Joachim und Rüdiger gleichzeitig frei bekamen dauerte es noch zwei Wochen. Im Geschäft hatte Erika mit mir den freien Samstag getauscht, so dass wir am Freitag spät abends losfuhren. Bei Rüdigers altem Auto war die Heizung defekt und obendrein fiel immer wieder eine Fensterscheibe runter, die nur geschlossen blieb, wenn man sie mit einem Stück Pappe fest anklemmte. Wir waren zwar dick angezogen, hatten Wolldecken auf den Beinen, Thermoskannen voll heißen Kaffee und Tee, die Rüdigers Freundin mitgebracht hatte, trotzdem froren wir fürchterlich, zumal es auch ab Kassel noch Windböen und massenhaft Schnee gab. Als wir dann endlich nach gut 10-stündiger Fahrt in Brakel ankamen, wollten jeder nur noch schlafen. Die Männer hatten sich beim Fahren zwar abgewechselt, aber bei den Wetterkapriolen konnte keiner im Auto schlafen, was eigentlich geplant war. Also schliefen Joachim und Rüdiger im Schafsack auf dem Teppichboden im Wohnzimmer, *Scheißerle* auf dem Sofa und ich in meinem Zimmer. Klaus-Dieter hatte inzwischen die Lehre zum Einzelhandelskaufmann in dem Geschäft in Höxter angefangen in dem ich meine Prüfung abgelegt hatte. Ich war sehr froh über seine Entscheidung, denn damit konnte ich mein schlechtes Gewissen wegen der Ablehnung der Geschäftsübernahme beruhigen. Klaus-Dieter könnte ja das Geschäft eines Tages übernehmen, wenn er alt genug dafür ist. Gegen Mittag waren wir vier einigermaßen ausgeschlafen. Käthe hatte einen Eintopf zubereitet, den wir uns gut schmecken ließen. Nun lernte Mutti endlich Joachim kennen. Sie verstanden sich ganz gut, mehr war wohl nicht zu erwarten. Sie mussten sich wirklich erst kennen lernen. Auch Wolfgang und Hildegard kamen nach Brakel. Von Mutti kam natürlich der Wunsch, dass Joachim hier mit im Geschäft arbeiten und es dann übernehmen könnte. Bei einem Spaziergang zu Vatis Grab versuchte auch Wolfgang Joachim dazu zu überreden. Mein Schatz überlegte ernsthaft, aber ich wollte das auf gar keinen Fall. Am Sonntag nach dem Frühstück ging es, mit Proviant gut versorgt, wieder zurück durch die Kälte nach Stuttgart. Als wir da an kamen war es schon Abend. Die Männer mussten aber noch bis Starnberg fahren, um 23 Uhr war Zapfenstreich, da mussten sie in der Kaserne sein. Wir Mädchen stiegen beim Bahnhof aus und fuhren mit der Straßenbahn heim. Wir waren alle vier erfroren und fertig. Am Montag im Geschäft kam dann der erlösende Anruf, dass auch die Männer pünktlich in der Kaserne angekommen waren.

Nun ging es mit großen Schritten auf Weihnachten zu. Die Straßen und Häuser in so einer Stadt wie Stuttgart waren herrlich geschmückt und beleuchtet. Für mich war alles neu. Jeden Abend schlenderte ich ausgiebig mit Erika und Susi über den herrlichen Weihnachtsmarkt. Bei uns auf dem Land wurden auch die Geschäfte zu Weihnachten geschmückt, aber in dieser Großstadt war alles viel schöner. Mit

Joachim hatte ich abgesprochen, dass ich im neuen Jahr, 1963, nach Starnberg kommen würde, wenn er für uns eine bezahlbare Wohnung findet. Es wäre sicher kein Problem, eine Arbeitsstelle zu finden. Dazu musste ich schon jetzt hier in Stuttgart kündigen, doch der Gedanke, noch nichts Festes in der Hand zu haben, war mir gar nicht recht. Die Kündigung schrieb ich zwar, aber den Brief trug ich eine Woche lang bis zum letztmöglichen Termin mit mir herum. Dann kam der Anruf von Joachim, dass er eine Arbeit für mich gefunden hat. Was er mir da vorschlug war aber überhaupt nicht meine Vorstellung. Oh nein. Im Milchgeschäft suchten sie eine Mitarbeiterin. Die schweren vollen Kannen schleppen, nein, das war nichts für mich. Dann kam noch dazu, dass spätestens um 6 Uhr früh der Laden aufgemacht wurde. Ich war aber zu feige, ihm das zu sagen. Er hatte so voller Freude angerufen und dachte, ich würde das auch so positiv sehen. Er unterschrieb dann den Vertrag. Ich dachte nur, wenn ich selbst in Starnberg bin, wird sich schon was anderes finden. Im Moment war erst mal viel Arbeit bei Böhm. Meine freien Tage, die ich jede Woche hatte, sammelte ich für die Zeit zwischen Weihnachten und Silvester, denn an den Feiertagen eventuell allein auf meiner Bude zu sein, stellte ich mir grauenhaft vor. Trotz Kündigung zum 1.1.1963 hatte ich wirklich frei bekommen. An Silvester sollte ich aber wieder da sein. Am Heilig Abend durfte ich dann schon um die Mittagszeit zum Bahnhof gehen. Nun stand mir wieder diese lange Zugfahrt bevor. Wie immer hatte ich in Göttingen eine Stunde Aufenthalt. Ich verbrachte die Zeit in der Bahnhofskneipe, meinen Koffer stets fest im Blick denn dort waren so zwielichtige Typen. Endlich kam mein Anschlusszug und um 18 Uhr kam ich in Brakel an. Im Laden herrschte noch viel Geschäftigkeit. Noch nichts sah hier in der Wohnung nach einem gemütlichen Weihnachtsabend aus. Gewohnt war ich es ja, aber doch auch enttäuscht. Zuerst kam immer das Geschäft, deshalb wollte ich auch nie ein eigenes haben. So kaputt wie ich von der langen Reise war, blieb mir nichts anderes übrig, wenigstens den Baum, der da schon stand, zu schmücken. Hildegard und Wolfgang würden zwar auch noch kommen, aber erst, wenn alles fertig war. Die Kugeln und der andere Weihnachtsschmuck waren Gott sei Dank schon zum Baum gelegt worden. Als ich damit fertig war fing ich schon mal an zu kochen. Um 19 Uhr wurde dann endlich der Laden geschlossen. Erst da konnten wir uns richtig begrüßen. Käthe hatte schon einiges fürs Abendessen hergerichtet. Sie selber war schon eher mit dem Auto abgeholt worden. Nur Brigitte war noch da und ihre Mutter, unsere Nothilfe für Geschäft und Haushalt. Brigitte und ich freuten uns sehr über das Wiedersehen.

Nun mussten sie aber auch schnell die zwei Kilometer nach Hause, denn da wartete schon der Mann und der Bruder auf sie.

Jetzt kam auch Klaus-Dieter mit dem Zug von der Arbeit in Höxter. Na, jetzt musste es aber endlich etwas weihnachtlich werden. Nur Hildegard und Wolfgang waren immer noch nicht da. Wie wir später erfuhren, waren sie schon nachmittags bei Hildegards Eltern angekommen. Um 20 Uhr erschienen sie dann als alles vorbereitet war, pünktlich bei uns zum Heilig-Abend-Essen. Es gab traditionell gebackenen Karpfen. Mutti bestand darauf, dass wir vorher noch ein Lied am Tannenbaum sangen, unter dem auch ein paar kleine Geschenke und Süßigkeiten lagen. So ein Fest, wie es einmal mit Vati war, war es aber wirklich nicht. Ach wie schön wäre es, wenn Joachim hier jetzt wäre. Aber der musste ja über Weihnachten in der Kaserne Dienst tun. Wir würden uns erst nach Silvester im neuen Jahr sehen. Weihnachten ging mit viel Langeweile und immer wieder Genörgel von Wolfgang an meiner Entscheidung, dass ich nicht wieder nach Brakel wollte, vorüber. Das bestärkte mich aber in dem Entschluss, dass ich mich richtig entschieden hatte.

Eigentlich hätte ich am 2. Weihnachtstag nach Stuttgart fahren und am nächsten Tag zur Arbeit gehen müssen. Ich hatte mir aber eine gewaltige Erkältung eingehandelt. Am nächsten Werktag ging ich zum Arzt, um mir eine Krankmeldung zu holen. Die schickte ich dann meinem Arbeitgeber Böhm. Peinlich, peinlich.

Nun blieben mir noch ein paar Tage zu Hause. Silvester zu Hause war dann wirklich nicht nach meinem Geschmack. Gleich am 1.1.1963 nahm ich mir das Auto und fuhr nach Stuttgart um meine Sachen aus dem Zimmer zu holen. Als ich da abends ankam, standen die zwei Zimmer in der Wohnung angelweit offen. Die Mieterin von nebenan war wohl auch über die Feiertage verreist. Die beiden Zimmer waren von oben bis unten renoviert worden. In mein Zimmer würde Erika einziehen. Das hätte sie damals schon, als ich dort einzog, gerne gewollt. Bis jetzt wohnte sie ja noch zusammen mit Susi in einem Zimmer in Bad Cannstadt. Da Erika aber seit einer Weile einen festen Freund hatte, war das wohl nicht so gut. Eine Nacht schlief ich noch in meinem schönen Bett und Zimmer. Was hatte ich nicht hier alles Schönes erlebt. Weh tat es mir schon, von Stuttgart fort zu gehen. Aber mit Joachim zusammen leben wollte ich auch. Wir waren ja damals sicher, dass wir nach dem Wehrdienst in diese Gegend um Stuttgart zurück kommen würden. Am nächsten Morgen schleppte ich die vielen Sachen, die sich doch angesammelt hatten, ins Auto. Mit dem Zug hätte ich die nie nach Brakel bringen können. Vor dem Haus an der Bordsteinkante hatte ich Abends das Auto abgestellt. Bevor ich los fuhr ging ich nochmals ganz herum. Oh du Schreck, der rechte Reifen vorn war platt!

Kapitel 15

Auf zu neuen Ufern

Alle Sachen waren im Auto. Nur die Vordersitze waren noch frei. Vage erinnerte ich mich, dass in der nächsten Straße eine Tankstelle war. Bis zu der fuhr ich dann auf dem platten Reifen. Der Tankwart meinte: „Da sind Sie wohl in einen Nagel gefahren." Flicken konnte er ihn nicht. Das Reserverad war unter dem ganzen Zeug, was ich gerade in den Kofferraum geladen hatte und das musste alles wieder raus. Der Tankwart half mir zwar aber trotzdem war es recht mühsam. Der Reservereifen war Gott sei Dank in Ordnung, nur ein bisschen Luft fehlte. Jetzt wollte ich noch bei meinen Kollegen ade sagen, doch daraus wurde nichts. Es war schon bald 12 Uhr und ich musste endlich weiter. Beim Bahnhof war ein Wegweiser zur Autobahn. Schnurstracks fuhr ich in diese Richtung. Heilfroh war ich, dass ich so automatisch den Zubringer zur Autobahn nach München gefunden hatte. Zumal es wieder angefangen hatte zu schneien. Ja, ich wollte zu Joachim, der nun nach den Feiertagen acht Tage dienstfrei hatte. Es schneite immer mehr und auch Glatteis kam dazu. Die Fahrt hatte ich mir wahrlich schöner vorgestellt. Etwa auf der halben Strecke wollte ich auf einen Parkplatz fahren. Auf dem stand kein einziges Auto. Leider war ich zu schnell bei der Einfahrt, zweitens war der nicht geräumt. Ich kam derart ins Rutschen das ich ein Gebet zum Himmel schickte. Sofort fiel mir meine Fahrschule ein, da hatte ich gelernt, bei Glatteis nie fest zu bremsen, nur antippen. So kam ich dann auch gut zum Stehen. Jetzt erst bemerkte ich wie hoch der Schnee hier lag. Auf einmal hatte ich Angst, dass ich da nicht wieder anfahren könnte. Also war es nichts mit heißem Kaffee aus der Thermoskanne. Ganz langsam fuhr ich an. Es klappte sehr gut und weiter ging die Fahrt.

Als ich dann in Starnberg ankam fuhr ich als erstes durch die Innenstadt, um zu sehen, welche Geschäfte es da gab, bei denen ich eventuell arbeiten könnte. Am besten gefiel mir das große Kaufhaus. Na, da würde ich doch was finden. Auf keinen Fall wollte ich in dem Milchgeschäft anfangen. Nur Joachim musste ich das noch beibringen, er hatte doch schon für mich unterschrieben. Nun musste ich mich aber erst einmal beeilen, denn mein Schatz war sicher schon in dem Hotel, wo er für heute Nacht ein Zimmer gebucht hatte. Das Hotel hatte ich schnell gefunden. Die Begrüßung war jedoch irgendwie gar nicht so wie ich es mir vorgestellt hatte. Richtig schlecht gelaunt war er. Eine

Antwort, warum er so mies drauf war, bekam ich nicht. So hatte ich mir das nicht gedacht! Die lange Autofahrt war für mich auch gar kein Vergnügen gewesen. Jetzt sollte er noch den kaputten Reifen irgendwo flicken lassen, denn mit dem Reserverad konnten wir am nächsten Tag nicht nach Brakel fahren. Dahin wollten wir ja meine Sachen bringen. Eine Wohnung in Starnberg hatte er leider noch nicht, sonst würde ich da meine Klamotten gleich abladen. Vielleicht war das der Grund für seinen Missmut, erfahren habe ich es nie. Das Hotel war absolut keine Offenbarung. Überall war es eiskalt und das Frühstück, auf das wir uns beide sehr gefreut hatten, war äußerst sparsam. Ins Zimmer wurde es gebracht. Butter, Marmelade, Milch, alles abgepackte kleine Päckchen. Der Kaffee war bestimmt schon mehrmals durch die gleiche Filtertüte gelaufen. Wir waren derzeit die einzigen Gäste, deshalb wurde wohl nicht geheizt. Das Hotel lag direkt am See, im Sommer war es bestimmt anders. Nachdem der kaputte Reifen wieder in Ordnung war konnte die Fahrt nach Brakel beginnen. Diesmal in einem warmen Auto. Wir kamen gut voran, obwohl viel Schnee lag. Joachim fuhr jetzt. Er hatte doch mehr Erfahrung als ich und wir fuhren auch auf geräumten Autobahnen. Die Laune war nun wieder normal und wir freuten uns auf eine Woche Urlaub miteinander. Von Kassel mussten wir dann auf Landstraßen weiter fahren. Das Wetter wurde immer schlechter. Die Schneeflocken tanzen vor unserem Auto wie wild. Nichts sah man mehr und dann rutschte auch noch das Auto in einen Graben, rechts neben der Straße. Die Fahrt war erst einmal zu Ende. Raus aus dem Auto, so standen wir ratlos am Straßenrand und uns fiel auch nichts ein was wir jetzt machen könnten. Da kam doch plötzlich auf dieser verlassenen Straße ein Bauer mit einem schweren Traktor. Wir winkten beide heftig, er hielt und bot uns Hilfe an. Dieser gute Mann, den uns wohl der Himmel geschickt hatte, zog uns aus dem Graben. Dem Auto war nichts passiert und so konnten wir unsere Fahrt fortsetzen. Als wir endlich spät abends in Brakel ankamen, ließen wir alles im Auto, was ich aus Stuttgart mitgebracht hatte. Wir wollten nur etwas essen und dann schlafen. Zusammen in meinem Zimmer durften wir bei Mutti natürlich nicht schlafen, wir waren ja noch nicht verheiratet. Joachim musste in das Zimmer, zu dem man über den Trockenboden geht. Klaus-Dieter musste sogar neben Mutti im Ehebett schlafen damit ich mein Zimmer bekam. Mit dem Schafen gab es bei uns immer Probleme. Käthe, die eigentlich in dem Zimmer neben dem Trockenboden ihr Bett hatte, wurde auf das Sofa in der Küche verbannt. An diesem Abend war uns aber alles egal, nur ein Bett zum Schlafen war wichtig. Der nächste Tag begann für uns erst mal mit einem guten Frühstück, dann holten wir die Sachen aus dem Auto und nun hatten wir endlich Urlaub. Das Schneetreiben hatte auch aufgehört, so dass ich Joachim alles zeigen konnte, wovon ich ihm schon erzählt hatte. Den Heilbrunnen bei Brakel, die Städte Höxter und Holzminden. Jeden Tag hatten wir etwas anderes vor. An einem Tag fuhren wir nach Paderborn, die Stadt in der ich gerne einkaufen ging. Dabei hatte ich einen Hintergedanken, den ich aber nicht vorher verriet. Joachim hatte einen scheußlichen roten Wintermantel an und trug dazu einen Tiroler Hut auf dem Kopf, was mir gar nicht gefiel. Zielstrebig ging ich mit ihm in ein Herrenbekleidungsgeschäft. Mit einem Kamelhaarmantel und einen schicken braunen Hut kamen wir heraus. So ganz wohl fühlte er sich nicht. Mir zum Gefallen zog er das aber an. Mir lag schon viel an gutem Geschmack und Eleganz, das hatte ich schon als Kind von meinen Eltern übernommen. Das Geld auf unserem Sparbuch wurde nun immer weniger. Ich sollte am besten nun gar nichts mehr ausgeben, denn eine neue Arbeit in Starnberg hatte ich ja noch nicht. Auch wussten wir nicht, was wir für eine Wohnung finden würden und wie viel Miete wir dafür bezahlen müssten. Nach acht Tagen war für Joachim der Urlaub vorbei und er fuhr per Anhalter wieder in die Kaserne in Feldafing, wo er als Funker Dienst tat. Der Ort lag direkt am Starnberger See und das Ufer war dort viel schöner und breiter als in Starnberg. Im Sommer würden wir sicher öfter zum Baden dahin gehen, wenn, ja wenn wir eine bezahlbare Wohnung finden würden. Jetzt wartete ich in Brakel täglich auf einen Anruf, ob Joachim etwas gefunden hat. Die Tage wurden lang und länger, nichts geschah. So langsam ging mein Geld zu Ende. Arbeiten in unserem Laden wollte ich aber auch nicht mehr, das würde mir nicht gefallen. Da wurde jeder Kunde bedient und auf einem Zettel die Sachen, die er kaufte, aufgeschrieben und noch im Kopf zusammen gezählt. Das wollte ich nie wieder tun.

Dann kam endlich der ersehnte Anruf. Mein Schatz hatte in einem Neubau eine möblierte Zweizimmerwohnung zu einem erschwinglichen Preis gefunden. Wir waren beide sehr froh, dass es endlich einen Schritt weiter ging. Wieder packte ich all meine Sachen ins Auto. Frohen Mutes fuhr ich nach Starnberg. Was ich da vorfand, hatte ich im Traum nicht erwartet. Zwei große Zimmer, ein Doppelschlafzimmer mit großem Schrank, im anderen Zimmer ein Waschbecken, ein Herd mit zwei Platten, ein Sofa, Esstisch mit zwei Stühlen und ein Schrank mit Geschirr. Ich war baff. Wenn ich da an meine Bude in Stuttgart denke, war das hier Luxus, wenn auch die Möbel alt waren. Es schaute alles gemütlich aus. Auch eine eigene Toilette hatten wir neben der Haustür. Das war wohl eigentlich für später als Gäste-WC vorgesehen. Wir fühlten uns pudelwohl. Nachdem wir eingezogen waren, schlief Joachim nicht mehr in der Kaserne. Das hatte so einige Vorteile für ihn. Nicht bei jeder Nachtübung musste er dabei sein. Wenn ihn ein Fahrer abholen wollte und bei uns klingelte, sagte ich, dass er leider gerade nicht zu Hause ist. Erst viel später erfuhren wir wie nötig die Hausleute die Mieteinnahme brauchten. Die Familie bestand aus den Eheleuten und zwei Mädchen im Alter von 14 und 4 Jahren. Der Ehemann hatte einen schweren Unfall auf dem Bau gehabt, damit wurde er zum Frührentner. Da er gerade erst 50 Jahre alt war, gab es wohl nicht viel Rente. Der Rohbau stand aber schon, es musste also weiter gehen. Als alles fertig war, zog in den ersten Stock ein Ehepaar ein. Auch im Keller wurden zwei Zimmer möbliert vermietet. Nun hatten wir noch die zwei Zimmer im Erdgeschoss bekommen. Für sie selber blieben nur die Küche, das Bad, das Wohnzimmer und die Terrasse, die aber noch nicht fertig war. Da lebte die ganze Familie und noch eine ältere Katze. In Hochbetten schliefen sie auch alle vier. Dass es da mal Krach gab, bekamen wir meistens mit. Aber das war uns klar und wir verstanden es total. Die Frau hatte das Kommando. Was sie alles am Hals hatte war aber auch enorm. Sie arbeitete als Totenwäscherin, was ich mir zuerst nicht vorstellen konnte. Als ich das erfahren habe, war ich geschockt. Vor dieser Frau, die so für ihre Familie sorgte, musste man den Hut ziehen. Der Mann machte, so gut er konnte, den Haushalt und sorgte fürs Essen. Auch kleine handwerkliche Arbeiten machte er gut. Nur wenn er wieder die Schmerzen von seinem Unfall hatte war er zu nichts zu gebrauchen. Rings um deren Haus standen die Villen der reichen Starnberger. Das war für die Familie nicht einfach. Denn von denen wurden sie gar nicht beachtet. Am schlimmsten war es für die große Tochter, die mit den Kindern der Nachbarn in die gleiche Oberschule ging.

Wir fühlten uns in der Wohnung einfach wohl. Am nächsten Tag marschierte ich als erstes zum Starnberger Kaufhaus. Eine Anstellung musste her. Mit dem bisschen Sold von Joachim würden wir nicht auskommen. Zuerst ging ich mal ins Geschäft um mir alles anzuschauen. Wo würde ich am liebsten arbeiten? Eine Kasse wie beim Böhm in Stuttgart gab es schon mal nicht. Vorn am Eingang gab es eine große Süßwarenabteilung. Das hätte mir ganz gut gefallen. Na, welcher von den Herren war denn nun der Chef? Das war aber schnell geklärt, schließlich hatte ich ja einen Mund. Meine Zeugnisse hatte ich schon mal in meiner Tasche. Als ich mein Ansinnen vorgebracht hatte, dass ich gerne eine Abteilung übernehmen würde, am liebsten die Süßwaren, hellte sich das Gesicht des Chefs sofort auf. Birgit, die diese schon neun Jahre leitete, dachte nämlich daran, mit ihrem Verlobten nach Italien zu gehen. Für die Firma war ich sozusagen ein Glücksfall. In vier Tagen, am 15.2.1963, konnte ich schon anfangen. Inzwischen hatte ich sogar herausgefunden, wie ich für den Weg jeweils nur zehn Minuten brauchte. Meine Freude, dass alles so wunderbar geklappt hatte, war riesig. Joachim ging es genauso. Mit meinem Gehalt würden wir gut über die Runden kommen. Meine Freude wurde allerdings am ersten Tag schon gewaltig getrübt. Zuerst musste ich mal ins Büro des Chefs. Da wurde mir schon mulmig. Die Birgit, die nach Italien wollte, hatte es sich anders überlegt. Sie würde hier in Starnberg bleiben und hier ein Haus bauen. Da sie noch nicht gekündigt hatte, war die Übernahme der Süßwarenabteilung gestorben. Doch sofort gab es einen anderen Vorschlag vom Chef, der mich überraschte und den ich nicht ablehnen konnte. In diesem großen Kaufhaus gab es bisher keine Schuhabteilung. Diese wollten sie schon lange einrichten, was sie jetzt gern mit mir verwirklichen würden. Na, dachte ich, das werde ich schon schaffen und so sagte ich zu, zumal man mir vom Umsatz auch noch einen Bonus auszahlen würde. Nun bekam ich also gleich beim Eingang einen schönen Raum mit den modernsten Schuhen, an dem alle Kunden vorbei gehen mussten und dafür eine separate Kasse. Damals waren die spitzen Schuhe gerade modern. Wir hatten eine große Fensterfront, die immer mit den modernsten Sachen dekoriert war. Nun kamen die schicken Schuhe dazu. Vom ersten Tag an hatte ich einen bombigen Umsatz. Ungewohnt war für mich nur, den Leuten beim Anziehen der Schuhe zu helfen. Die meisten Kunden kannten ihre Schuhgröße und bei den anderen habe ich die Größe ausgemessen, was nicht schwierig war. Ich war in meinem Element. Da kam die Tochter der Kaufmannsfamilie Glinka richtig groß raus, diese Gene waren nun mal geerbt! Mir machte das selbständige Verkaufen wirklich viel Spaß und der Umsatz brachte mir manche zusätzliche Mark in meinen Geldbeutel. Mit der Wohnung gab es aber auf einmal ein Problem, das heißt, unsere Hausfrau bekam eigentlich das Problem. Die Nachbarn passten höllisch auf, wer bei ihr einzog. Sie hätte uns eigentlich nicht einziehen lassen dürfen weil wir noch nicht verheiratet waren. Wir konnten ihr aber die Sorge nehmen, denn am 25.3.1963 wollten wir auf dem Standesamt in Starnberg heiraten, das Aufgebot war bestellt, die Trauzeugen besorgt und alles schon geplant. Im Kaufhaus hatte ich mir diesen Tag frei genommen.

Kapitel 16

Standesamtliche Hochzeit in Starnberg

Der große Tag kam wahnsinnig schnell. Um 10 Uhr sollte die Trauung sein. Wir wollten den Tag mit viel Ruhe angehen, so dachten wir, aber um 7 Uhr klingelte es Sturm. Wir lagen noch im Bett. Dieser Tag sollte doch nur uns beiden und unseren Trauzeugen gehören. Wir schauten uns an und dachten, da überrascht uns nun doch jemand aus der Familie. Am liebsten hätten wir gar nicht aufgemacht. Die Bimmelei hörte aber nicht auf und so gingen wir beide im Bademantel zur Tür. Vor uns stand unsere Hausfrau mit ihrer kleinen Tochter Silvia, die uns einen herrlichen Blumenstrauß entgegen hielt. Sie drängelten sich in die Stube, wir mussten uns aufs Sofa setzen und da sagte Silvia ein kleines Gedicht über Liebe und Hochzeit auf. Wir waren so gerührt, dass uns die Tränen über die Wangen liefen. Dass sie uns aus dem Bett geschmissen hatten war vergessen. Die Hausfrau musste um diese frühe Zeit schon zur Arbeit und nahm Silvia gleich mit in den Kindergarten.

So hatte unser standesamtlicher Hochzeitstag wunderschön begonnen. Eine halbe Stunde zu früh waren wir vor dem wunderschönen Rathaus in Starnberg, in dem unsere Trauung stattfinden sollte. Die Lüftlmalerei an der Rathausfassade hatte uns schon immer gut gefallen. Frau und Mann in Bayrischer Tracht würden uns an diesen Tag ein Leben lang erinnern. Die beiden Kameraden von Joachim, Schmuck und Grauvogl, die als Trauzeugen fungieren wollten, trudelten dann auch ein. Nun wurde es ernst. In ein paar Minuten würde ich nicht mehr Glinka heißen, sondern Gleißberg. Irgendwie war mir ganz komisch. Freude und Ungewissheit waren in mir. Jetzt ging alles sehr schnell. Ich musste erst mal schlucken, als es hieß, unterschreiben. War denn schon alles vorbei? Begriffen habe ich es erst, als mich der Standesbeamte mit Frau Gleißberg ansprach und die Trauzeugen gratulierten. Wir gingen dann mit ihnen auf ein Glas Sekt in unsere Wohnung und anschließend mussten sie wieder zum Dienst. Ein schöner Tag lag vor uns. Zuerst genossen wir mittags in einem sündhaft teuren Lokal, die *Fischerstuben,* ein tolles Essen. Zu einem Rindersteak mit Pommes und Salat tranken wir ein Glas Wein. Da wir aber Alkohol nicht gewohnt waren, tranken wir nur das halbe Glas aus. Mit dem Zug fuhren wir dann nach München. Einen Plan, was wir dort an diesem Nachmittag machen würden, hatten wir nicht. Durch die Geschäftsstraßen schlenderten wir und so kamen wir vor das Schaufenster eines Juweliers. Da gefiel uns dann beiden ein goldener Ring mit drei lila Steinchen. Eigentlich wollten wir doch sparen. Aber dieser Tag sollte für uns ja auch was Besonderes sein. Also gingen wir rein in das Geschäft. Drinnen erfuhren wir dann, dass diese Steine Amethysten sind. Der Ring passte wie angegossen an meiner linken Hand. An der rechten Hand glänzte ja nun der Ehering. Joachim kaufte diesen Ring, das Geld hatte er sicher von seiner Mutti vorher geschenkt bekommen. Immer wieder steckte sie ihm Geld zu. Wie sie das machte war mir schleierhaft, denn so dicke hatte sie es sicher nicht. Die Familie war 1953 aus der DDR geflüchtet, da war Joachim 11 Jahre alt. Für den Schwiegervater gab es zwar Arbeit, aber die Wohnungsmieten und das Leben in Westdeutschland waren viel teurer als in der DDR.

Als es so langsam auf den Abend zuging, dachte ich, nun könnten wir doch mit dem Zug nach Starnberg zurück fahren. Aber immer wieder zog mein Schatz den Gang zum Bahnhof hinaus. Er schleifte mich immer wieder durch eine andere Straße. So langsam wurde ich ungeduldig. Er schaute auch ständig auf die Uhr. Die Zeit verging ihm wohl nicht schnell genug. Als ich dann endlich genau wissen wollte, ob er noch was vorhat, konnte er nicht mehr schweigen. „Wir gehen noch in eine Operette." Einmal im Leben hatte ich so etwas schon gesehen als ich noch in Stuttgart wohnte, den *Zar und Zimmermann*. Das war damals für mich etwas Wunderschönes. Verraten, wie das Stück hieß, und wer da mitspielte, wollte er nichts. Wir waren wieder mal eine halbe Stunde zu früh da. Aber es gab auch viel zu sehen. Elegant gekleidete Leute, die genüsslich Sekt schlürften, waren eine Augenweide. Wir tranken nur Wasser, weil wir vom vielen Rumlaufen in der Stadt schon ziemlich müde waren. Verpassen wollten wir aber gar nichts. So elegant wie diese Menschen hier, mit langen Abendkleidern und schwarzen Anzügen, waren wir natürlich nicht. Ich hatte ein grünes Kostüm an und Joachim eine schwarze Hose mit weißem Hemd und Lederjacke, wie am Morgen zur Trauung, damit konnten wir uns da auch sehen lassen. Etliche Plakate für viele verschiedene Veranstaltungen hingen an der Wand. Ich wusste aber immer noch nicht, was heute Abend gespielt wurde. Mir platzte bald der Kragen, doch Joachim verriet nichts. Dann sah ich das Plakat vom Musical *My fair Lady,* mit Sonja Ziemann als Eliza und Paul Hubschmid als Dr. Higgins. Das zu sehen wünschte ich mir schon so lange, etwas Schöneres gab es in dem Moment gar nicht. Ich küsste meinen Mann vor allen Leuten ab.

Der Abend wurde zu einem Erlebnis besonderer Art. Meine Hände taten am Schluss vom vielen Klatschen richtig weh. Als wir dann mit dem letzten Zug wieder nach Starnberg kamen, waren wir uns ganz sicher, dass wir für immer zusammen gehörten. Am nächsten Tag fing unser normaler Alltag mit Arbeit, Haushalt und Dienst in der Kaserne an. Dann kam ein Brief von der Schwiegermutter, der uns ins absolute Staunen brachte. Sie hätte von der Nachbarin ein kleines Lloyd-Auto für uns gekauft. Ihr passte es schon lange nicht, dass Joachim immer per Anhalter fuhr. Nur durfte der Schwiegervater davon nichts erfahren. Ein Lloyd war nun wirklich kein schönes Auto. Außerdem hatte dieser schon über ein Jahr in einer Garage gestanden hatte, hoffentlich fuhr der überhaupt noch. Aber, wie sagt man so schön, einem geschenkten Gaul, schaut mal nicht ins Maul. Also nichts wie hin und so tun als wollten wir ihn haben. Natürlich fuhren wir per Anhalter nach Dinkelsbühl. Das grüne Vehikel stand schon vor der Garage. Meine Bedenken waren, ob wir den Unterhalt finanzieren könnten. Benzin kostet Geld und Reparaturen kamen da bestimmt auch auf uns zu. Mutti winkte ab. „Ich schick euch was." Na, da konnten wir doch nicht nein sagen. Einen fahrbaren Untersatz zu haben war schon was Besonderes. An den Wochenenden ging es nun raus in die Natur, rund um den See, Richtung Berge, die man von Starnberg aus immer vor Augen hatte. Herrliche Wiesen mit schönen Blumen wie Frauenauge, Schlüsselblumen, Fleischblumen und Vergissmeinnicht, sogar Enzian und noch viel mehr fanden wir. Einen bunten Blumenstrauß hatten wir immer auf dem Heimweg dabei. An dem Auto war aber, wie wir schon befürchtet hatten, dauernd etwas nicht in Ordnung, doch Karl-Heinz Schmuck brachte das immer in Ordnung. Das war ein Kamerad aus der Kaserne, der im Privatleben auch gern an Autos herumschraubte. Seine Frau war auch nach Starnberg gezogen, als er hier in dieser Kaserne stationiert wurde. Mit denen hatten wir uns angefreundet. Sie hatten ein größeres Auto und wenn wir gemeinsam etwas unternahmen wurde das genommen. Wenn es am Monatsletzten den Sold gab, mussten wir Frauen nicht kochen, da fuhren wir in den *Wienerwald* nach München. Ein halbes Händel oder Hühnermägen, schön kross gebacken, mit viel scharfer Chilisoße und Weißbrot, das war dann unser Genuss. Viel Sold bekam ein Wehrpflichtiger nicht, doch wir kamen ganz gut herum. Karl-Heinz Schmuck fand immer wieder eine Möglichkeit, wie die zwei sich was dazu verdienen konnten. Zum Beispiel hatte sich der bekannte Sänger *Fred Bertelmann* ein Haus nahe Starnberg bauen lassen. Per Anzeige suchte er Elektriker, Maler, und Gärtner. Schmuck konnte das alles. Als Helfer nahm er immer

Joachim mit dazu. Am meisten verdienten sie aber mit dem Verkauf von Kleidung an die Kameraden. Das lief über meinen Namen, denn ich bekam von der Gemeinde den erforderlichen Gewerbeschein. In München gab es einen Großhändler, der Läden im Umkreis mit Kleidung belieferte. An jedem Freitagnachmittag fuhren Karl-Heinz und Joachim mit Schmucks Auto, vollgeladen mit Bundeswehrkameraden, zum Großhändler. Das waren immer größere Einkäufe und davon bekamen die beiden dann ihre Prozente. Wenn die Soldaten nach Hause in Urlaub fuhren, mussten sie ja was mitbringen für Frau und Kinder. Da waren die Geschäfte dann besonders lukrativ. Ja, auch da machten sich wieder die Kaufmanns-Gene bemerkbar und ich hatte Joachim mit meiner Idee von Handel und Wandel total angesteckt.

Oft kam ich von der Arbeit nach Hause und dann war einer der Kameraden aus der Kaserne bei uns am Kochen. Einer, der Jupp aus Köln, war da öfter bei uns. Einmal wollten Joachim und Jupp Pfannkuchen backen. Das hatten sie auch wunderbar angefangen, aber das Hochwerfen und Auffangen der Pfannkuchen mit der Pfanne wollte und wollte nicht gelingen. Wie viele da auf dem Fußboden landeten, erzählten sie mir gar nicht. Die Sauerei am Boden musste ich weg machen, sonst wäre da womöglich noch jemand hingefallen. Dann wieder hatten sie die Idee, eine Musiktruhe zu bauen. Jupp war gelernter Schreiner. Damit das nicht zu teuer wird, nahmen sie Spanplatten. Zum Schluss sollte das mit Holzfarbe angestrichen oder mit dc-fix beklebt werden. Da die später einzubauenden Geräte noch nicht vorhanden waren wurde das Möbel riesig groß und sehr schwer. Roh blieb es, einen Fernsehschrank ergab es nicht. Bei jedem Umzug, der noch auf uns zukam, landete das Möbelstück im Keller, wo allerlei Gerümpel darin abgestellt wurde.

In Starnberg hatten wir Wurzeln geschlagen. Es gefiel uns einfach gut, fast so wie in Stuttgart. Das war auch so eine Sache. Wir wollten nach dem Wehrdienst wieder zurück nach Stuttgart. Aber es blieb beim „wollen". Eine bezahlbare Wohnung in und um Stuttgart zu bekommen war aussichtslos. Arbeit wiederum hätten wir schnell finden können. Da reifte in uns der Gedanke, dass Joachim an die 18-monatige Dienstzeit freiwillig noch sechs Monate dranhängen könnte. Dafür würde er am Schluss eine gute Abfindung bekommen. Für schöne Möbel im späteren Schlafzimmer würde das reichen. Gesagt, getan, uns gefiel es hier prima. Morgens wenn man nach Süden schaute und die Zugspitze und das ganze Wettersteingebirge sah hatte man sofort gute Laune.

Kapitel 17

Kirchliche Hochzeit in Brakel

Die Monate rasten nur so dahin. So langsam musste ich mir ein Kleid für die kirchliche Hochzeit, die in Brakel stattfinden würde, kaufen. Auf meinem Sparbuch hatte ich eine schöne Summe zusammen. Auch Joachim ließ einen eleganten Anzug von seinem Vater für sich umarbeiten. Das war wieder eine Idee der Schwiegermutter. Es stimmte schon: Danach zieht man das alles nie mehr an.

Joachim ging seit ein paar Wochen zu einem katholischen Priester in den Unterricht. Er war evangelisch, wollte konvertieren, denn wir wollten beide in der Erziehung eventueller Kinder gleicher Konfession sein. Joachims Eltern waren damit überhaupt nicht einverstanden. Sie wären beinahe nicht zur Trauung gekommen. Aber Schwiegermutter glättete die Wogen.... Sie war eine sehr gute Seele. Fast jeden Monat bekamen wir ein Paket mit einem frisch gebackenen Kuchen und noch anderen Sachen, damit wir ja nicht verhungerten. Als ich im Geschäft mal wieder einen Tag frei hatte, fuhren wir mit dem Zug nach München, um mein Brautkleid und den Schleier zu kaufen. Kurz sollte es sein, enge Taille und unten weit mit einem steifen Unterrock. Das war derzeit gerade die Mode. Viele Kleider wurden mir in die Kabine gebracht. Das schlimmste für mich war, dass ich mich allein entscheiden musste, denn Joachim war vorne im Laden so hingesetzt worden, dass er nicht mitbekam, was für ein Kleid ich nehmen würde. Am Schluss gefielen mir zwei Modelle. Nun kam noch ein kurzer Schleier dazu. Die Entscheidung, welches Kleid ich nehme, stellte dann mein Geldbeutel klar. Nun musste das Kleid aber noch um die Taille enger genäht werden. Das würde acht Tage dauern. Das war zu lange, da konnte ich es nicht mehr abholen, weil wir schon auf dem Weg nach Brakel wären. Die Verkäuferin schlug vor, das Kleid eben direkt nach Brakel zu schicken. Mein Gefühl war nur noch mulmig. Ob das alles so klappen würde? Wer weiß, ob ich womöglich ohne mein schönes Kleid in Weiß dort vor den Altar treten würde? Warum war ich nur nicht eher zum Brautmodengeschäft gefahren??? Nützt ja nichts, jetzt blieb mir nur die Hoffnung, dass mein Kleid pünktlich ankommt. Schuhe hatte ich ja schon. Sehr hohe, weiße, spitze Stöckelschuhe, natürlich aus meiner Abteilung im Kaufhaus. Damit war ich allerdings etwas größer als Joachim. Der hatte aber gleich eine Idee, wie man das angleichen konnte. Er ließ auf seine Schuhe noch einen Absatz drauf kleben.

Damit war das Problem gelöst und sah ganz schick aus. Wir hatten gerade mal zehn Tage für das große Ereignis von der Arbeit bzw. vom Dienst frei bekommen. Mit unserm kleinen Auto fuhren wir erst mal zu den Schwiegereltern nach Dinkelsbühl um sie und den Anzug abzuholen. Am nächsten Tag ging es dann weiter auf die Autobahn, Richtung Kassel. Das Auto war eine Zumutung, furchtbar laut, eine Unterhaltung mit den Eltern auf der Rückbank war kaum möglich. Das Lenkrad musste man immer gut festhalten, die Heizung gab kaum Wärme ab und es war sehr kalt. Dann wurde der Auspuff immer lauter und in Bad Hersfeld fuhr Joachim zu einer Werkstatt. Man konnte nicht viel für uns tun, nur das Loch im Auspuff schweißen. Danach ging es weiter und wir fuhren kurz vor Kassel auf einen Parkplatz an der Autobahn. Hinter uns hielt ein Auto der Verkehrspolizei. Joachim hatte die ganze Fahrt von Dinkelsbühl bis hierher übernommen. Ich war ihm sehr dankbar dafür, denn mit diesem Auto fuhr ich wirklich nicht gern. Nun musste es aber mal sein. Also stieg ich auf die Fahrerseite und fuhr los. Weit kam ich aber nicht. Plötzlich gab es einen lauten Knall. Das Auto schleuderte, legte sich auf die rechte Seite und rollte langsam aufs Dach. Die Polizisten, die hinter uns aus dem Parkplatz gefahren und noch hinter uns waren, sperrten die Fahrbahn und sammelten eine herausgefallene Tür auf, die mitten auf der Straße lag, damit der nachfolgende Verkehr weiter laufen konnte. Mutti, Joachim und ich waren derweil aus dem Auto gekrochen. Nur Vati war noch drin und wusste nicht, wie er rauskommen sollte. Mit Hilfe der Polizei zogen wir ihn gemeinsam raus. Er blutete an der Stirn etwas. Es war aber nur eine kleine Schürfwunde. Ja, was war eigentlich passiert? Das Auspuffrohr, das sich von vorne bis hinten unter dem ganzen Auto befand, war in der Mitte gebrochen. Dieses Rohr hatte sich hoch gestellt, das Auto angehoben und auf die Seite gedreht. Ich wusste nicht, ob ich weinen oder mich freuen sollte, denn jetzt war es wirklich Schrott, dieses grüne Etwas.

Die Polizisten nahmen die Eltern und mich in ihr Auto und fuhren mit uns zu einem Schrotthändler in Kassel. Joachim mit seinem „Panzerauto" ohne Tür und ohne Auspuff hinterher. Ein paar DM bekamen wir noch für das Auto, denn der Motor lief ja noch. Die Polizei brachte uns dann zum Kasseler Bahnhof damit wir unsere Fahrt zur Trauung in Brakel fortsetzen konnten. Mir war aber nun wirklich nicht mehr nach Hochzeit zumute. Alles stellte sich für mich in Frage. Sollte ich jetzt wirklich heiraten? Schlecht war mir. Viel gesprochen wurde auf der Fahrt nicht. Jeder hing seinen Gedanken nach. Gewissensbisse machte ich mir auch wegen der Eltern. Warum musste das gerade mir beim Fahren passieren? Die Bahnfahrt ging aber auch vorbei und wir schlichen mit gesenkten Köpfen die Bahnhofstraße entlang in die Hanekampstraße 25. Meine Mutti meinte nur: „Hauptsache euch ist nichts passiert." Das stimmte schon, aber es war uns nur zum Heulen. Nach einem Schnaps und reichlich Abendbrot wurde es dann aber leichter. Als Klaus-Dieter dann mit seinen Freunden noch einen Polterabend veranstaltete wurde die Stimmung immer besser und lauter. Auch Gisela, ihre Mutter, Brigitte und Käthe, ließen keine schlechte Laune zu. Wir müssen wohl sehr laut geworden sein, denn auf einmal stand Frau Meyer, deren Mann kürzlich verstorben war, auf der Treppe und sagte: „Hier ist ein Trauerhaus, hier sollten Sie nicht feiern." Darauf antwortete meine Mutter: „Nein, hier ist ein Freudenhaus." Jeder, der diese Zweideutigkeit begriff, musste lachen.

Um Mitternacht machten wir dann aber Schluss, denn am nächsten Tag, Sonntag 19. Mai, würde ja die Trauung stattfinden und da wollten wir ausgeschlafen sein, was wir dann aber doch nicht waren! Gott sei Dank war das Kleid und der Schleier schon zwei Tage vor uns hier eingetroffen. Es passte genau. Alles hätte jetzt endlich normal laufen können, wenn die Lütkebohles schon da wären. Dann kam der nächste Schreck. Als die Friseuse mir den Schleier aufs Haar steckte, stieß sie einen Schrei aus. Ja, was war denn jetzt wieder los? Sie zeigte mir entsetzt eine graue Strähne in meinen blauschwarzen Haaren. Ich war 21 Jahre alt und wurde schon grau, Schreck lass nach. Aber das war wohl eine Folge von dem Unfall. Die Friseuse versteckte die graue Strähne geschickt unter den anderen Haaren, so hat sie niemand bemerkt. Nun endlich stürmte die Verwandtschaft Lütkebohle ins Haus. Na, das wurde aber auch Zeit. Tante Hedel, Onkel Alfons und die zwei Buben Werner und Günter. Ferner waren bei der Trauung noch Gisela mit ihrer Mutter und ihrem Freund Erich, Klaus-Dieter mit Freundin, Joachims Eltern und meine Mutter anwesend. Eine kleine Gesellschaft waren wir. Warum mein Bruder Wolfgang mit Frau nicht kam, war uns allen ein Rätsel. Wir haben es nie erfahren. Ich glaube, ihm passte es nicht, dass ich den Laden nicht mit Mutti weiterführte. Aber er selber tat nichts, nur groß daher reden. Ich war stinksauer auf ihn. Wie hatte ich mich bemüht, als er vor ein paar Jahren hier in Brakel geheiratet hat, dass er eine schöne Hochzeit hatte. Jetzt kam nicht einmal eine Karte, kein Glückwunsch. Ganz anders war es mit unserer Kundschaft. Viele, viele gratulierten. Nun ging es aber erst mal in unsere Pfarrkirche. Es war der Sonntag und da würde zuerst ein Hochamt von 90 Minuten gefeiert. Mit dem Auto kamen wir 10 Minuten vorher an. Nun standen wir in Reih und Glied vor der Kirche. Sollten wir reingehen, oder wurden wir abgeholt? Keiner wusste Bescheid. Unser Blumenmädchen, die jüngste Schwester von Käthe, schaute uns immer wieder fragend an. Schließlich kam dann der Küster und begleitete uns zu unseren Plätzen. Die Kirche war bis auf den letzten Platz besetzt. Am Ort waren die Glinkas das größte Geschäft und die Kunden waren neugierig, was für einen Mann ich da mitbrachte. Zuerst fand also das Hochamt statt. Für die Hochzeitsgäste waren vorn zwei Bänke frei gehalten worden. Das Brautpaar musste vor dem Altar auf einer kleinen Bank knien. Die Messe dauerte endlos lang und uns beiden taten die Knie nach dieser langen Zeit höllisch weh. Die Trauung dauerte dann nochmals eine halbe Stunde. Ich glaube, niemand hatte die Kirche vorher verlassen. Richtig begriffen habe ich erst, dass wir jetzt kirchlich verheiratet sind, als wir aus der Kirche gingen. Auf einmal klang von der Empore eine Frauenstimme, die das *Ave Maria* sang. Das war wunderschön und ich war so gerührt, dass ich am liebsten losgeheult hätte. Sehr zusammen reißen mussten wir uns beide. Draußen vor der Kirche war die gesamte Jugend aus dem Ort versammelt. Der Hochzeitsgesellschaft wurde der Weg ins Freie versperrt. Daran hatten wir überhaupt nicht gedacht. Nach einer Trauung musste man sich durch Werfen mit Kleingeld und Süßigkeiten freikaufen. Es wäre schon sehr peinlich gewesen, wenn wir diese Tradition nicht einhalten würden. Aber Mutti hatte an alles gedacht, auch das *Ave Maria* hatte sie veranlasst. Vor der Kirche gratulierten uns noch viele Leute und als wir dann zu Hause waren, stand die Haustürglocke nicht still. Am meisten freute ich mich, als meine Freundin Hildegard Nolte mit einem Geschenk und einer Glückwunschkarte von ihrer ganzen Familie kam. Wir hatten uns so lange Zeit nicht mehr gesehen. Brigitte, unsere Verkäuferin hatte sich, wie immer bei besonderen Gelegenheiten, etwas ausgedacht. Sie versperrte uns den Weg ins Haus. Wir mussten erst einen Schnaps austrinken und das Glas so auf die Erde werfen, dass es dabei kaputt ging, erst dann durften wir ins Haus. Die Trinkerei ging so weiter. Jetzt wurde mit allen Gästen, die zum Gratulieren kamen mit Sekt angestoßen. Nach einer Weile schmeckte uns der Sekt gar nicht mehr. Es war einfach zu viel. Keiner merkte es, dass wir nur noch Wasser im Glas hatten. Um 13 Uhr gab es dann ein großartiges Mittagsessen von Brigittes Mutter, Frau Reinike, gezaubert. Danach hätten wir alle gerne erst mal etwas geschlafen. Es zog sich alles so dahin. Zum Fotograf wollten wir gehen. Der war nur fünf Minuten von uns entfernt. Draußen aber schüttete es wie aus Kannen. Da gehen wir eben später, dachten wir. Tante Hedel, meinte: „Ihr werdet wohl sehr reich werden." So sagt man, wenn es am Tag der Trauung regnet. Wir verschoben den Gang zum Fotografen auf später nach dem Kaffeetrinken. Aber das nutzte nichts, der Regen hörte und hörte nicht auf. Also wieder ins Auto und die paar Meter zum Fotograf fahren. Dort ging es aber los: Links schauen, dann gerade aus. Ach war das ein Getue. Dabei sollte man auch noch lächeln. Die Bilder, die da später rauskamen, gefielen uns überhaupt nicht. Viel schöner waren die, die von uns selbst gemacht worden waren.

So ging auch dieses große Ereignis seinem Ende zu. Am anderen Morgen reisten die Schwiegereltern mit der Bahn wieder nach Dinkelsbühl. Ein Auto gab es ja nicht mehr. Das war in Kassel auf einem Schrottplatz. Da gehörte es schon lange hin!.

Kapitel 18

Überraschung ? ? ?

Wir hatten noch die ganze Woche frei. Eine Hochzeitsreise hätten wir schon gern gemacht. Leider aber war unser Geldbeutel total leer, so dass das nicht möglich war. Daran hatte Mutti auch schon gedacht und deshalb stand ihr Auto schon vor der Tür. Wir sollten Kleidung für vier Tage einpacken und ins Auto einsteigen. Im Auto saß schon Klaus-Dieter vorn auf dem Beifahrersitz, hinten Giselas Mutter Friedchen, meine Mutti und da sollte ich mich dazu setzten. Joachim musste ans Steuer. Auf unsere Frage, wo es denn hingehen sollte, lachten alle nur. Dann fuhren wir los. Wohin? Anweisungen kamen immer von Friedchen. Soviel wir zwei auch fragten, nichts erfuhren wir. Nach gut zwei Stunden waren wir an der holländischen Grenze. Jetzt dämmerte es mir, wohin die Fahrt gehen würde, wahrscheinlich ans Meer. Da Friedchen dabei war, fuhren wir wohl zu ihrer Freundin nach Scheveningen. Diese Amelie wohnte dort mit ihrer Familie. Nach einiger Fahrzeit waren wir am Ziel und fuhren auf der Promenade von Scheveningen entlang. Links die lieblichen Häuser der Holländer, rechts der Strand und das stürmische Meer. Ja, das Meer war an diesem Tag sehr stürmisch weil ein heftiger Wind wehte und außerdem war es auch noch sehr kalt. Ich hatte gedacht, dass es hier im Mai schon wärmer wäre. In die Fluten so einfach hineinzulaufen, das war leider nicht möglich. Nachdem wir uns satt gesehen hatten, fuhren wir erst mal zu Friedchens Freundin Amelie, die mit einem gedeckten Tisch voller guter Sachen schon auf uns wartete. Die beiden Freundinnen hatten sich schon eine Ewigkeit nicht mehr gesehen, da war die Wiedersehensfreude groß. Das ausgedehnte Essen dauerte lange, so dass es draußen schon dunkel wurde. Wir zwei wollten unbedingt noch mal ans Meer um Wind und Wellen zu genießen. Die anderen hatten sich sowieso noch viel zu erzählen. Klaus-Dieter schloss sich uns an. Ach war das schön, am Meeresstrand auf dem Sand zu laufen. Hier hätten wir es eine ganze Weile ausgehalten. Die frische Luft tat so gut. Als wir nach zwei Stunden zu Amelie zurück kamen, war auch der Rest der Familie, ihr Mann Bernd und die zwei Buben, von der Arbeit nach Hause gekommen. Die Jungs kannte ich schon von einem früheren Besuch in Brakel. Schon wieder war der Tisch gedeckt mit guten Sachen. Es roch alles herrlich nach Fisch. Die Holländer essen nur zweimal am Tag. Früh gibt es ein ausgiebiges Frühstück und dann erst wieder die Hauptmahlzeit spät abends. Wir drei waren vom Wind und der frischen Seeluft so erfroren und hungrig, dass wir ordentlich zugriffen. An schlafen gehen dachte niemand. Erst gegen Morgen fielen wir ins Bett. Als wir dann am späten Vormittag aufgestanden waren hatten wir natürlich nicht richtig ausgeschlafen, doch die kalte Dusche machte uns dann wieder munter. Wir blieben dort noch einen Tag doch leider ging es dann schon wieder auf den Heimweg, zuerst nach Brakel wo wir nochmal übernachteten. Am nächsten Tag hieß es dann Abschied nehmen. Bis Kassel wurden wir noch vom Fahrlehrer Baus gefahren. Dann mussten wir schauen wie wir weiter kamen und zwar per Anhalter. Davor hatte ich richtige Angst, doch Joachim, der das immer wieder tat, lachte über mich. Das dritte Auto, ein Mercedes, hielt schon an. Ein Münchener ließ uns bei sich einsteigen. Mit so viel Glück hatten wir gar nicht gerechnet. Joachim setzte sich nach vorn und unterhielt sich angeregt mit dem Fahrer. Ich war froh, nicht viel gefragt zu werden. In der damaligen Zeit war es noch nicht so gefährlich per Anhalter zu fahren, das machten viele junge Laute. Mir aber war es ein Graus. Als wir dann in München ausstiegen, war ich heilfroh, dieses Abenteuer überstanden zu haben. Für die restliche Strecke bis Starnberg fanden wir dann auch noch ein kleines Auto, der Fahrer war ein italienischer Gemüsehändler, der kein Wort Deutsch sprach.

Es war Sonntag und am nächsten Tag freute ich mich auf meine Schuhabteilung. Das Verkaufen im Starnberger Kaufhaus machte mir viel Spaß. Auch mit den Kollegen gab es so manchen netten Plausch. Nur eine Kollegin hätte mich am liebsten nie wieder gesehen. Sie sollte eigentlich die neue Abteilung bekommen, aber ich kam am richtigen Tag da an und hatte wohl für die Geschäftsleitung die richtige Erfahrung. Sie war seit sechs Jahren mit mehreren Kollegen in der Haushaltsabteilung und hätte gerne eine eigene Abteilung gehabt. Das schlimmste war wohl für sie, dass sie mir auch noch Waren die mir fehlten aus dem Lager holen musste und das kam sehr oft vor. Dann musste sie alles andere stehen lassen und mir die Sachen holen während ich bei der Kundschaft blieb. Erst wunderte ich mich, warum sie immer mit einem mürrischen Gesicht meine Anweisungen ausführte. Die anderen Kollegen klärten mich über die Situation auf. Ich konnte die Kollegin gut verstehen aber es war eben die Einteilung von der Geschäftsleitung. Mir gefiel die Arbeit im Kaufhaus richtig gut. Ja, ja, die Kaufmannsfamilie Glinka war voll durchgebrochen. Der Sommer in Starnberg war wunderschön. Oft fuhren wir zum Baden nach Feldafing ans Seeufer, was zur Kaserne gehörte. Auch die wundervolle Umgebung, die Sicht auf die Berge und die satten grünen Wiesen hatten es uns angetan. Mitten im herrlichsten Sommer bekam ich dann eine starke Grippe und musste mit Fieber, Husten und Schnupfen das Bett hüten. Da Joachim gerade auf einer zweitägigen Übung war, schlief ich wohl einen Tag und eine Nacht durch. Am dritten Tag wurde ich von ihm geweckt. Ich hatte nicht gehört, dass er ins Zimmer gekommen war. Schlaftrunken öffnete ich meine Augen und spürte etwas weiches auf meiner Schulter. Ein paar rotbraune Äuglein schauten mich fragend an. Schlagartig wurde ich richtig wach. Eine schneeweiße, sehr kleine Katze schaute mich lieb an. Ja, wo kam die denn her? Bei der Übung hatten Joachim und seine Kameraden im Wald dieses kleine süße Kätzchen gefunden. Entweder war es ausgesetzt oder hatte sich verlaufen. Jedenfalls lief es immer weiter mit den Soldaten mit. Nachdem sich alle mit dem Kätzchen abgegeben hatten, wusste keiner so recht was man jetzt machen sollte. In die Kaserne mitnehmen, das ging natürlich nicht. Da Joachim der einzige war, der außerhalb der Kaserne wohnte, war es klar, dass er sie zu uns mitnahm. Spontan nannten wir sie Susi. Zuerst gaben wir ihr Milch mit Wasser, was sie sofort gierig schlabberte. Sie war sehr dünn. Da wir sonst nichts passendes für sie daheim hatten, fragten wir unsere Hauswirtin, die ja einen älteren Kater hatte, ob sie uns was für Susi geben könnte. Ihre beiden Mädchen liebkosten Susi und wollten sie gar nicht wieder hergeben. Die Hausfrau gab uns zwar etwas Katzenfutter, aber recht war es ihr nicht. Das merkten wir gleich. Susi blieb bei uns und war von nun an unsere große Freude. Am nächsten Tag kauften wir passendes Futter für junge Katzen. Morgens wenn wir zur Arbeit gingen, sprang sie fröhlich in den Garten hinaus und kletterte gleich auf den größten Baum. Meistens war ich mittags für eine Stunde zu Hause. Wenn ich in die Mathildenstraße einbog, rief ich Susi und schon war sie neben mir. Wir drei fühlten uns zusammen pudelwohl. Wir würden ja leider nicht mehr lange in Starnberg wohnen. Wohin es dann gehen würde wussten wir noch nicht. Joachims Bewerbungen um eine Arbeitsstelle liefen schon. Am liebsten wollten wir nach Stuttgart oder in die Nähe. Unsere Susi wollten wir mitnehmen und nie wieder hergeben. Eine Stelle wäre dann auch schnell gefunden worden. Nur eine brauchbare und bezahlbare Wohnung zu finden gelang uns nicht. Inzwischen hatten wir wieder ein sehr altes, billiges Auto gefunden, einen schwarzen Opel Olympia. Da der Wagen sehr alt war hatte er auch Roststellen. So war im mittleren Gürtelbereich eine Zierleiste zwischen dem unteren und oberen Karosserieteil. Unter dieser war das Blech durchgerostet. Bei jeder Unebenheit der Straße fiel nun der Unterteil zuerst hinein und der obere Teil dann mit Krach hinterher. Wir gewöhnten uns daran, Hauptsache war, dass wir wieder einen fahrbaren Untersatz hatten, mit dem wir mit Susi überall hinfahren konnten. Gerne fuhren wir in einen Wald. Sie liebte es, dort auf die höchsten Bäume zu klettern. Sie gehorchte aufs Wort und kam sofort, wenn wir sie riefen. Leider machte sie einen Fehler. Das Paar, das die Kellerräume bewohnte, ließ beim Verlassen der Wohnung oft das Schlafzimmerfenster offen. Susi konnte leider nicht widerstehen, dort ins weiche Bett zu schlüpfen. Dabei wurde sie erwischt. Na, nun war die Hölle los. Die Hauswirtin legte uns nahe, Susi abzuschaffen. Auf die Miete von den anderen Leuten könne sie nicht verzichten und die drohten ihr mit Auszug. Susie weggeben? Nein, nie. Guter Rat war nötig. Verstanden hatten wir unsere Vermieterin schon. Aber lange dauerte doch Joachims Dienstzeit nicht mehr. Wir suchten nach einer Katzenpension in der Nähe. Da würden wir sie für die Zeit, die uns noch in Starnberg blieb, unterbringen. Auch hätten wir sie da oft besuchen können, so dachten wir. In der Nähe gab es so etwas aber nicht. Schließlich wurden wir in München fündig, doch dort war das sehr teuer. Als ich das Mutti am Telefon erzählte hatte sie einen Rat. „Bringt sie doch hierher bis ihr eine Wohnung habt." O ja, das wäre eine Lösung. Zuerst konnte ich gar nicht weiter reden, mir hatte es die Sprache verschlagen. Ich hätte nicht damit gerechnet, von meiner Mutti so ein Angebot zu bekommen. Am nächsten Wochenende fuhren wir drei frohen Mutes mit unserem schwarzen Opel Olympia nach Brakel. Mutti hatte im Laden extra Katzenfutter ins Sortiment genommen. Klaus-Dieter nahm Susi gleich auf den Arm und streichelte sie, worauf sie zufrieden zu schnurren anfing. Da waren wir unsere Sorgen los. Hier würde es Susi sicher gut gehen, dachten wir. Sehr früh am Sonntag ging es dann wieder auf die Autobahn nach Kassel und weiter bis Starnberg. Am Montag musste Joachim wieder in der Kaserne und ich im Kaufhaus sein. Drei Wochen hörten wir bei jedem Anruf nur Gutes über das Leben von Susi. Dann kam der Tiefschlag schlechthin! Ich war zur Mittagszeit zu Hause als der Postbote klingelte. Er brachte ein kleines Paket mit einem Aufkleber *Lebendes Tier*. Ich packte das Paket aus und zum Vorschein kam Susi. Für mich stürzte eine Welt ein. Wie konnte meine Mutti so etwas tun? Was war denn nur geschehen? Ein kleines Schälchen für Wasser war drin, das natürlich umgefallen war und ein bisschen Katzenfutter. Meine Tränen liefen nur so die Backen runter. Als erstes streichelte ich Susi und hielt sie ganz fest. Sie hatte zwar keinen Schaden bei diesem Abenteuer genommen, doch begreifen konnte ich das Ganze nicht. Als sie dann draußen gleich auf ihren großen Baum sprang, ging es auch mir etwas besser. Doch, wie um alles in der Welt, sollten wir das unserer Vermieterin erzählen? Im Moment war sie noch auf der Arbeit. Auch ich musste jetzt wieder ins Kaufhaus. Den ganzen Nachmittag zermarterte ich mir mein Gehirn, was nun werden sollte. Für Joachim hatte ich einen Zettel geschrieben, dass er Futter besorgen muss für Susi. Als dann abends das Gespräch mit der Wirtin kam, waren wir gewaltig nervös. Wir wussten immer noch nicht, warum Susi zurück geschickt worden war. Das Gespräch verlief dann eigentlich sehr ruhig. Aber sie meinte, Susi kann nicht bleiben, auch wegen ihrer Katze. Aber wir sollten weiter nach einer Tierpension suchen. Sie würde sich auch umhören. Ich musste die ganze Zeit nur weinen, vielleicht war sie deshalb so nachgiebig. Als am nächsten Tag dann der Anruf meiner Mutter kam, warum sie so handeln musste, hatten wir uns ein wenig beruhigt. Ihr Nachbar hatte auf der Terrasse eine Vogelvoliere, worin sich seltene Vögel befanden. Davor hatte Susi immer gesessen und die Vögel wurden immer nervöser. Es müssen wohl sehr wertvolle Vögel gewesen sein, denn der Nachbar hatte meiner Mutter gedroht, dass sie ihn ersetzen müsste, wenn einer stirbt. Nach drei Wochen musste Susi weg. Da wir nichts anderen fanden als die Pension in München, brachte sie Joachim am Samstag da hin. Ich wäre gern mitgefahren um zu sehen ob es ihr da gefällt. Aber an Samstagen war Haupteinkaufstag, da bekam ich nicht frei. Der Abschied von unserer Kleinen fiel uns außerordentlich schwer.

Kapitel 19

Wer sucht, der findet

Nun wurde es aber Zeit, dass wir intensiv nach einer Arbeit und vor allen Dingen nach einer Wohnung, nach der Bundeswehrzeit suchen. Ein Neustart in Stuttgart war für uns leider unmöglich geworden. So gern wir in die Gegend zurückkehren wollten, eine bezahlbare Wohnung war nicht zu bekommen. Arbeitsstellen wäre für uns beide waren überhaupt kein Problem. Wir mussten flexibel sein und da kam uns der Zufall zu Hilfe. In der Zeitung las ein Kamerad von Joachim eine Anzeige, dass ein Schriftsetzer bei der Druckerei Brügel & Sohn in Ansbach in Mittelfranken gesucht wurde. An einem Wochenende fuhren wir da hin,um uns die Stadt anzusehen. Ansbach ist ca. 50 km von Dinkelsbühl entfernt, wo die Schwiegereltern wohnten. Wir sahen eine schöne Stadt mit einem Schoss und einem schönen Park, Regierungshauptstadt von Mittelfranken. Nürnberg ist die nächste Großstadt, gut mit dem Zug zu erreichen. Es sah alles gut aus, da würde es uns für unsere Zukunft gut gefallen. Die Firma Brügel & Sohn hatte einen guten Ruf. Es wurden hauptsächlich Schulbücher gedruckt und alles sah gut aus. Schnell wurde die Bewerbung verfasst und auch gleich nach einer Wohnung gefragt. Innerhalb einer Woche war dann auch schon die Antwort da. Joachim könnte gleich nach der Wehrzeit da anfangen. Auch eine Wohnung, gleich neben dem Betrieb, sei verfügbar. Er solle sich doch so bald wie möglich vorstellen. Das ließen wir uns nicht zweimal sagen und machten uns erneut auf den Weg nach Ansbach. Die Firma und Joachim waren sich schnell einig, auch der Lohn stimmte. Nun wollten wir die Wohnung sehen. Es handelte sich um eine Dreizimmerwohnung im dritten Stock mit Küche und Bad, darin gab es einen Ofen mit Boiler, alle anderen Zimmer hatten Ölöfen. Die Zimmer waren groß und auch sehr hoch mit Stuck oben an den Wänden. Von der Küche aus konnte man über den Onolzbach und einen Teil von Ansbach schauen, auf der anderen Seite der Wohnung war die Pfarrstraße, mitten in der Altstadt. Nur einen Mangel hatte die Wohnung. Das alte Pfarrhaus hatte sich in der Mitte gesenkt und im Zimmer war dadurch ein schräger Fußboden entstanden. Wenn man zum Beispiel einen Ball an der äußeren Wand fallen ließ rollte dieser zur anderen Seite. Die Mieter, die jetzt noch drin wohnten, erklärten uns, dass das Haus dadurch aber nicht baufällig sei. Da wir dieses Zimmer sowieso nicht nutzen würden, war uns das egal. So eine schöne große Wohnung hatten wir gar nicht erwartet. Wir waren nur froh, zur Arbeitsstelle auch noch eine Wohnung zu bekommen und gleich nebenan. Alles war so wunderbar und schien so einfach, bis der Einzugstermin besprochen wurde. Die Mieter, die jetzt drin waren, waren dabei, sich neben der Firma ein altes Haus neu herzurichten. Aber sie würden wohl erst einen Monat später mit dem Umbau fertig werden, als wir es brauchten. Nun war wieder einmal guter Rat teuer. Die Wohnung in Starnberg stand auch nicht länger zur Verfügung. Alles hätte gepasst und wäre so schön gewesen. So gingen wir auseinander und schlenderten betrübt durch Ansbach. An der Stadtkirche vorbei in die Hauptstraße. Schöne große Geschäfte gab es da, Bekleidungsgeschäft, Haushalswarenhandel und daneben ein Süßwarenladen. Das Schaufenster verlockte zum Naschen und etwas mussten wir jetzt zur Beruhigung unserer Nerven tun. Wir gingen also hinein in diesen tollen Laden. Ein Mann dekorierte Fenster und drei Frauen füllten Kekse und Schokoartikel in Tüten. Hier würde ich auch gern arbeiten, dachte ich so für mich und es wäre auch nicht weit von der Wohnung. Aber heute war es noch viel zu früh nach einer Arbeitsstelle zu fragen. Wir hatten ja noch fast drei Monate in Starnberg. Wir schauten uns den Laden innen genau an und kauften ein paar Pralinen. Beim Rausgehen sahen wir dann beide das Schild an der Eingangstür.

Filialleiter oder Filialleiterin gesucht

Wir schauten uns nur an. War das ein Fingerzeig? Mit der Wohnung war doch nichts geregelt. Sollte ich mich trotz der Unsicherheit bewerben? Wenn ich es heute nicht tat, war die Stelle später sicher weg. Wer nicht wagt, kann auch nicht gewinnen, also nichts wie rein. Da ich annahm, dass der Mann, der am Dekorieren war, der Leiter ist ging ich schnurstracks auf ihn zu. Er war zwar nicht der Leiter, aber der Revisor von der *Hussel*-Zentrale in Hagen, also genau der richtige Ansprechpartner. Am liebsten hätte er allerdings sofort jemanden, doch nachdem ich meinen Werdegang erzählt hatte, auch die Misere mit der Wohnung, sagte er: „Ach, das kriegen wir schon die kurze Zeit ohne eine Leiterin hin. Da muss halt aus einer anderen Filiale jemand her." Da Hussel in ganz Deutschland Filialen hatte, war das wohl kein Problem. Heute war wohl unser Glückstag. Auf dem Heimweg fuhren wir, weil es ja auf dem Weg lag, bei den Schwiegereltern vorbei. Nachdem wir ihnen alles erzählt hatten, freuten sie sich sehr, dass wir näher zu ihnen ziehen wollten, doch damit war das Problem der fehlenden Wohnung für einen Monat allerdings auch nicht geklärt. Wir schliefen eine Nacht im ehemaligen Kinderzimmer bei den Eltern. Dabei war uns in der Nacht schon die Idee gekommen, dass wir hier bei den Eltern den Monat überbrücken könnten. Da bliebe aber immer noch die Frage, wo wir in dieser Zeit unsere Möbel unterbringen. Meine Möbel, die wir für das neue Wohnzimmer nutzen wollten, könnten noch einen Monat länger in Brakel stehen. Auch die Möbel für Schlafzimmer und Küche müssten noch einen Monat beim Händler stehen bleiben. Wir hatten diese in Steinheim in Westfalen gekauft, während wir in Brakel Urlaub gemacht hatten. Die Firma hatte sich auch bereit erklärt, meine eigenen Möbel und was ich sonst noch zu Hause hatte, bei der Lieferung mitzubringen. Wir müssten also in diesem einen Monat jeden Morgen mit unserem alten Opel von Dinkelsbühl nach Ansbach fahren. Das wäre die Lösung des Problems. Beim Frühstück wollten wir die Eltern fragen. Dazu kam es aber gar nicht. Sie machten diesen Vorschlag von sich aus. Wir waren glücklich und froh, dieses Problem gelöst zu haben. Nun ging es nur noch um unsere Sachen, die wir in Starnberg hatten. Beschwingt fuhren wir nach Starnberg zurück. Meine Papiere schickte ich umgehend nach Hagen zu Hussel in die Zentrale. Postwendend kam der Arbeitsvertrag mit dem Zusatz. Dass ich so bald wie möglich anfangen solle. Joachim würde am 15. 4. 1964 bei Brügel & Sohn beginnen. An diesem Tag würde ich dann auch die Hussel-Filiale übernehmen. Wir fragten die jetzigen Mieter, wo wir unsere Möbel und Kleidungsstücke vor dem Einzug deponieren könnten. Dafür hatten sie eine tolle Idee. Über unserer zukünftigen Wohnung befand sich ein großer Trockenboden, in dem nur ein altes Sofa abgestellt war. Dort könnten wir alles abstellen. Uns fielen große Steine vom Herzen.

Nun stand Weihnachten vor der Tür. Im Kaufhaus gab es eine Menge zu tun. Unsere Geschenke hatte wir ja schon reichlich bekommen. Nur Susi fehlte uns furchtbar. Wir hatten bei der Katzenpension schon für zwei Monate nicht zahlen können. Joachims Mutter hatte uns aber wieder mal Geld zugesteckt. Am Samstag wollte Joachim Susi besuchen und die Schulden begleichen. Als er am Abend zurück kam, wirkte er sehr bedrückt. Susi würde es gut gehen, sie springt immer noch munter herum. Die Pensionsbetreiber hatten ihm einen Vorschlag gemacht. Bei ihnen wäre ein Paar aus Amerika auf Urlaub. Die hatten sich mit Susi angefreundet und möchten sie gern mit zu sich nach Hause nehmen. Sie würden auch unsere ausstehenden Zahlungen übernehmen. Unser erster Gedanke war Ablehnung, doch dann wurde uns bewusst wohin wir bald ziehen wollten. In eine Stadtwohnung in den dritten Stock. Susi war keine Hauskatze, sondern sie liebte es, draußen zu sein. Wie sollte das gehen? Nach einer schlaflosen Nacht gaben wir unsere Zustimmung, dass Susi mit nach Amerika darf. Wir waren sehr traurig, aber es war für unsere Katze wohl das Beste.

Weihnachten war es das erste Mal dass wir zwei allein, mit Christbaum ohne Verwandtschaft, in unserer Wohnung in Starnberg waren. Am zweiten Feiertag hatte Joachim allerdings Dienst in der Kaserne. Mir machte es nichts aus, es gab vieles zu tun. Vor Weihnachten war ich einfach zu nichts gekommen, jetzt konnte ich mal wieder klar Schiff machen. Nach Weihnachten gab es keine Ruhe im Geschäft, nein, nun ging es fast schlimmer zu als vorher. Die Inventur musste vorbereitet werden. Verkaufen wäre mir lieber gewesen. Irgendwie hatte der Chef das gespürt, denn er gab mir den Auftrag, die zur eleganten Silvesterkleidung passenden Schuhe für die Schaufensterdekoration herauszusuchen. Ich war begeistert, das machte mir richtig Spaß und ich musste nicht im Lager die Bestände zählen und aufschreiben. Einen Bammel hatte ich davor, ihm meine Kündigung zu geben. Er war immer zu mir sehr nett gewesen. Dann wurde es aber gar nicht so schlimm. Er hatte sich schon gedacht, dass mein Mann nicht für immer bei der Bundeswehr bleiben würde. Dabei hatten wir sogar überlegt, in Starnberg zu bleiben. Arbeit hätte Joachim in München sofort bekommen. Aber die Wohnungssituation war dort noch schlimmer als in Stuttgart. Damit war klar, dass wir wieder von Starnberg wegziehen würden. Noch einmal durften wir hier den Frühling erleben. Die Berge, die wir am Horizont sahen, waren so bizarr und die Abendsonne die dort auf den Schnee schien war ein so berauschender Anblick, dass es uns jeden Tag schwerer fiel von hier fortgehen zu müssen.

An einem Sonntagmorgen, früh um 7 Uhr läutete es kräftig bei uns. Wir waren schon beim Frühstück denn wir wollten in die Berge fahren, da wir noch drei freie Tage hatten. Wer stand da vor der Tür und begehrte mit einem Lachen eintritt? Meine Mutti und Klaus-Dieter. Was war denn jetzt los? Die Glinkas können doch nicht einfach ihr Geschäft schließen und in Urlaub fahren. Aber die Erklärung bekamen wir postwendend. Nachdem Klaus-Dieter seinen Führerschein bekommen hatte und auch noch Urlaub bekam, wollte er auf Besuch zu uns fahren. Da Mutti ihn nicht allein fahren lassen wollte, musste sie halt mit. Brigitte, Käthe und die Frau Reineke würden den Laden auch mal 8 Tage allein schmeißen. Wie wir dann später erfuhren, hatte Mutti die erste Zahlung der Witwenrente bekommen und dazu Geld aus einer kleinen Versicherung, die Vati abgeschlossen hatte. Am liebsten würde sie ja die Dynastie der Kaufleute Glinka komplett beenden. Aber da war ja Klaus-Dieter, der das Geschäft später einmal weiterführen könnte. Nur jetzt war er erst 17Jahre alt und es würde noch einige Zeit bis dahin vergehen und es könnte sich noch vieles ändern.

Wir luden sie zum Frühstück ein und als sie endlich fertig gefrühstückt hatten, erzählten sie uns, warum sie eigentlich gekommen sind. Die Berge wollten sie sehen, am liebsten in die Berge fahren, nach Garmisch und über den Brenner nach Italien. Wir waren sprachlos. Da wir sowieso einen Ausflug in die Berge unternehmen wollten trafen sich unsere Vorstellungen. Wir wären allerdings abends wieder in unsere Wohnung zurückgekehrt. Beim Telefonieren vor einigen Tagen hatte ich wohl erzählt, dass wir ein paar Tage Urlaub haben. Nun packten wir unsere Sachen aus unserem in Muttis Auto und los ging es. Wir hatten für unseren Ausflug herrlichstes warmes Frühlingswetter.

Joachim und Klaus-Dieter wechselten sich beim Fahren ab. Den Führerschein hatte mein Bruder eher machen dürfen und er hatte ihn beim ersten Mal bestanden. Gefahren war er auch schon öfters. Um Mitternacht kamen wir am Brenner an. Da war allerhand los. Erst einmal mussten wir Geld umtauschen, DM in Lire. Für alles gab es hier Läden, aber überall musste man in langen Schlangen anstehen. Hier an der Grenze war vieles zollfrei und dadurch billiger. Auch wir kauften einiges. Von den Korbflaschen mit Rotwein nahmen wir erst mal eine zum Probieren. Auf der Heimfahrt würden wir dann bestimmt noch mehr einkaufen. Am meisten wurden Zigaretten gekauft und Alkohol. Ein paar Kilometer nach der Grenze suchten wir uns am Wegrand ein ruhiges Plätzchen, um im Auto mal ein paar Stündchen zu schlafen. Dann führte uns dieser interessante Ausflug weiter an den Gardasee. Zuerst fuhren wir an der Ostseite an wunderbaren Weinhängen entlang und durch malerische Ortschaften. In Malcesine machten wir Pause. Wir wollten gerne mal ins Wasser gehen, Badesachen hatten wir dabei. Aber wir hatten einen Sandstrand erwartet, den es hier nicht gab. Auf großen Kieselsteinen musste man ins Wasser gehen, besser gesagt stolpern. Und das war noch winterlich kalt. Also schnell wieder heraus, doch das war noch anstrengender als hinein zu gehen. Mit Hautabschürfungen an den Knien kamen wir endlich wieder an Land. Nun schnell raus aus den nassen Badeanzügen, erkältet hatten wir un wohl sowieso schon, die Nase lief ständig und der Vorrat an Tempo-Taschentücher ging zu Ende Deshalb gingen wir auf die Suche nach einer Apotheke im nächsten Ort. Was wir fanden war als erstes eine

Kaffeebar. Herrlich nach dem kalten Wasser und dem Schlafdefizit, zumal der Italienische Kaffee eine Spezialität ist. Dazu aßen wir ein sehr süßes Gebäck, worüber sich unsere Mägen sehr freuten. Um die Ecke fanden wir eine Apotheke und stürmten hinein, die Nase brauchte Taschentücher. Da keiner von uns Italienisch konnte, deute ich auf meine Nase und sagte: „Tascho di Rotz." Meine Begleiter prusteten vor Lachen und hielten sich den Bauch aber ich bekam meine Papiertaschentücher. Endlich konnte ich mir lautstark die Nase putzen.

Wir setzten unsere Fahrt fort und bestaunten die malerische Landschaft, die urigen Dörfer und viele Blüten und Blumen. Inzwischen war es auch schon Mittagszeit. Einen Bärenhunger hatten wir. Da war ein Restaurant mit einer schönen Terrasse und hübsch gedeckten Tischen. Da setzten wir uns nieder. Joachim warnte uns noch, dass das wohl ziemlich teuer werden könnte. Ach, sagten wir, wir wollen doch nur Spaghetti oder Pizza und ein Wasser. Er war früher schon mal in diesem Land gewesen und kannte sich ein bisschen aus. Aber wir hörten nicht auf ihn. Als dann der Kellner mit der Speisekarte kam, verschlug es uns die Sprache. Zusätzlich zu den Speisen wollten die noch Geld für das Geschirr, es hieß Gedeck, haben. Unter lautem Geschimpfe des Kellners standen wir schnell auf und verschwanden um die nächste Ecke. In diesem Ort fanden wir nichts um unseren Hunger zu stillen, also fuhren wir seitlich in die Berge. Wir dachten das wir da einen Laden finden würden wo wir uns Weißbrot, genannt Pane, und Wurst kaufen konnten. Die Idee war aber doch nicht so gut weil wir nicht wussten, dass alle Läden mittags zwei bis drei Stunden geschlossen wurden. Das nannten sie Siesta. Die Gegend hoch über dem Gardasee war sehr schön. Aber mit vollem Bauch hätten wir es mehr genossen. In einem kleinen Bergdorf warteten wir dann einfach bis ein Laden wieder öffnete. Dann schlugen wir ordentlich zu. Auch für den Abend kauften wir Wein, Brot, Oliven, und ein großes Stück Fleisch für jeden. Wir hatten von der Bundeswehr einen kleinen Grill und Kohle dabei und würden schon ein Plätzchen finden, wo wir es uns gemütlich machen könnten. Für ein Restaurant oder gar ein Hotel hatten wir kein Geld. Wir fuhren einfach drauf los und es gefiel uns hier überall. Es war auch auch schon sehr schön warm, fast wie im Sommer. Oder war der Himmel nur zu uns so gnädig, dass wir dachten, es wäre schon Sommer? Gegen Abend kamen wir zu einem großen Olivenhain. Etwas versteckt stellten wir unser Auto ab und machten uns ans Grillen. Weit und breit sahen wir keine Menschen, was uns nur recht war. Der Rotwein aus der Korbflasche schmeckte dann auch sehr gut. Die

Männer schliefen im Freien, Mutti und ich im Auto. Der Wein hatte seine Wirkung und alle schliefen selig. Am anderen Morgen sehnten wir uns nach einer Dusche und Kaffee. Den Kaffee fanden wir in einer kleinen Bar mit süßen Brötchen. Nun hieß es, wieder die Heimfahrt antreten. Jetzt fuhren wir aber über Sirmione auf der Westseite des Sees, auf der *Strada del Forre* nordwärts. Diese Seeuferstraße ist atemberaubend mit den vielen Tunneln und malerischen Ausblicken dazwischen. Gelegentlich gab es da auch etwas größere Ausbuchtungen wo dann Mädchen in bunten Trachten an Ständen Orangen und Zitronen feilboten. Es war auch meist ein wenig Platz für ein paar Autos aber wir hatten kein Glück, einen freien Halteplatz zu finden. Gerne hätten wir einige frische Zitrusfrüchte gekauft. Schließlich kamen wir an die Nordspitze des Sees und nun ging es Richtung Brenner. Etwas Geld war noch da, das wir am Brenner restlos ausgaben. Der Wein, den wir dafür kauften, schmeckte aber zu Hause längst nicht so gut wie im Olivenhain, obwohl es doch der gleiche war. Mutti und Klaus-Dieter blieben noch zwei Nächte bei uns in Starnberg, dann mussten auch sie wieder nach Hause. Das war ein kurzer, einmaliger Urlaub, den wohl keiner von uns je vergessen wird.

Die letzten wehmütigen Wochen in Starnberg waren angebrochen. Wieder mussten wir von etwas, was wir lieb gewonnen hatten, Abschied nehmen. Wann würde das endlich aufhören? Gerade hatte man sich eingelebt und fühlte sich wohl, da hieß es Umziehen. Auf der anderen Seite freuten wir uns auch auf eine richtige erste Wohnung, die wir uns selbst einrichten konnten. Als wir dann unsere Sachen alle in unserem Auto verstaut hatten, ging es erst mal nach Ansbach. Leider nicht in unsere neue Wohnung, denn die war ja immer noch belegt. Jeder Karton musste bis in den vierten Stock auf den Trockenboden geschleppt werden. Es war eine Mordsarbeit. Danach hätte ich mich am liebsten irgendwo lang gelegt. Joachim ging es nicht anders. Für jeden hatten wir einen Karton voll Wäsche und Kleidungsstücke extra gepackt. Nun ging es weiter nach Dinkelsbühl zu den Schwiegereltern. Es dunkelte schon als wir endlich bei ihnen ankamen. Voller Sorgen hatten sie schon mit dem Abendbrot auf uns gewartet. Wir zwei wären am liebsten gleich ins Bett gegangen, was mit Rücksicht auf die Eltern, die den ganzen Tag auf uns gewartet hatten, natürlich nicht ging. Am nächsten Morgen früh um 5 Uhr bimmelte erbarmungslos der Wecker. Joachim musste ja schon um 7 Uhr in der Firma sein. Kalt war es in unserem „Luxus-Auto" und zusätzlich gab es stellenweise auch noch Glatteis. Kurz vor 7 Uhr kamen wir an. Joachim sprang aus dem Auto und weg war er. Ich hatte bis zur Öffnung des Hussel-Geschäfts noch eine Stunde Zeit. Döste im Auto so vor mich hin, schminkte mich so gut es ging und fror vor mich hin. Auf eine Toilette wäre ich gern gegangen, aber vom Laden hatte ich noch keinen Schlüssel. Aus Hagen von der Zentrale würde eine Frau kommen, um mich einzuarbeiten. Freuen tat ich mich schon auf die neue Herausforderung, wenn nur die Umstände nicht so kompliziert wären. Als dann um 8 Uhr der Laden endlich aufgemacht wurde war ich heilfroh. Gudrun, die mich einarbeiten sollte, war nett und erklärte auch alles gut. Mit dem Verkauf hatte ich sowieso keine Probleme, auch die Abrechnung der Kasse und Umgang mit Angestellten waren für mich als Spross einer Kaufmannsfamilie nichts Neues. Nur eines war nicht so erfreulich: Der Laden hatte drei riesige Schaufenster, die immer sehr kurzfristig neu dekoriert werden mussten. Höchstens drei Tage durfte die Ware im Fenster liegen, dann musste sie zurück in den normalen Verkauf und in die Fenster kam wieder andere Ware. Da die Sonne auf zwei der Fenster direkt schien, war dieser Aufwand nötig, sonst hätte man die Sachen nicht mehr verkaufen können. Gudrun blieb zwei Wochen, konnte mir aber außer Dekorieren nichts Neues beibringen. Nun hatte ich den Ladenschlüssel und damit konnte ich gleich nach der Ankunft in Ansbach im Kämmerlein hinter dem Laden mir einen Kaffee machen und mich bis zur Ankunft der Mitarbeiter ausruhen. Das frühe Aufstehen fiel mir immer noch schwer. Wenn wir dann abends zurück nach Dinkelsbühl kamen waren wir beide so kaputt, dass wir nur noch ins Bett wollten. Das ging nun aber gar nicht. Die Eltern, die immer sehr frühes Abendessen gewohnt waren und extra auf uns gewartet haben, wollten alles von uns wissen. Am liebsten wollten sie aber Doppelkopf spielen, was sie mir beigebracht hatten. Wir konnten gar nicht anders, als mitzumachen. Mutti hatte plötzlich für vier Personen zu kochen, die Wäsche zu waschen und einzukaufen. Sie klagte nie, aber man sah es ihr aber an, dass es zu viel war. Wenn wir nur bald in unsere Wohnung ziehen könnten. Das zog sich aber noch fünf Wochen hin. Endlich, an einem Samstag, war es dann so weit. An diesem Wochenende wurden die Wände tapeziert. Die Möbel für Schafzimmer und Küche würden nächste Woche aus Steinheim geliefert und dabei würde auch mein Zimmer, das wir als Wohnzimmer nehmen wollten, mitgebracht. Es lief nun endlich nach Plan. Joachim hatte eine Woche frei bekommen um alles zu richten. Ach war das schön, endlich hatten wir eine richtige Wohnung.

Mittags nahm ich mir eineinhalb Stunden Pause um mich auszuruhen und zu kochen. Oft genug blieb ich ja abends länger im Laden. Das schönste in der neuen Wohnung war eine Spülmaschine. Damals war das noch etwas Besonderes. Es war eines der ersten Modelle, die die *Quelle* im Programm hatte und sie war furchtbar laut. Deshalb konnten wir sie auch nicht nachts laufen lassen und natürlich nur wenn sie von uns beobachtet wurde. Für mich war es wirklich eine herrliche Erleichterung, denn Hilfe im Haushalt durch Joachim war nicht zu erwarten. Diese Generation hatte von den Eltern nicht gelernt ihren Frauen zu helfen. Auch ich kannte es nicht anders von zu Hause. Er beschäftigte sich mit seiner Briefmarkensammlung. In dieser großen Wohnung blieben wir nicht lange allein. Das mittlere Zimmer hatten wir als Blumenzimmer eingerichtet. Ein selbst gebauter Kasten, ähnlich wie ein Frühbeet, bestückt mit vielen bunten Zimmerpflanzen, stand am Fenster. Ein Kollege aus der Druckerei züchtete Kanarienvögel. Auf einmal waren drei so liebliche Exemplare in einem Käfig, der über unserer Blumeninsel hing. Joachim versuchte nun, diesen drei Vögeln das Trillern beizubringen. Als kleiner Bub war er oft bei seinem Opa dabei, wenn der mit seinen Vögeln übte. Sie gaben ihm zwar Antwort, aber das war mehr so eine Anerkennung dafür, dass man sich mit ihnen beschäftigte.

Als wir das erste Wochenende in unserer Wohnung verbrachten wurden wir um Mitternacht unsanft aus dem Schlaf gerissen. Unten auf der Gasse war sehr lautes Geschrei und Gebrüll, direkt unter unserem Schafzimmerfenster. Was war da los? Fenster auf, und dann sahen wir es schon. Gegenüber unserem Haus war die Florida-Bar, ein Lokal für die zahlreich in Ansbach und Umgebung stationierten US-Soldaten. Zwei Soldaten prügelten sich. Darum herum standen viele Männer und einige Frauen, die die Streithähne anfeuerten. Wir dachten nur, hoffentlich wird das nicht jedes Wochenende hier so eine Lautstärke geben. Die Musik von innen war kaum zu hören. Nur im Sommer, wenn alle Türen offen waren, hörte man ein wenig. Von unserem Schlafzimmer aus schauten wir in die Zimmer der Barmädchen, die sich im oberen Stockwerk befanden und statt Gardinen nur ein paar bunte Stofffetzen vor den Fenstern hatten, da hatten wir öfters eine Peepshow. Aber das war nicht unser Problem. Im Sommer war es an den Wochenenden, Freitag und Samstag schon manchmal nicht mehr auszuhalten. Wir konnten uns nur rabiat helfen. Wenn es uns zu laut wurde schütteten wir einen Eimer mit eiskaltem Wasser hinunter. Dann nichts wie weg vom Fenster. Sie durften ja nicht herausfinden woher die Dusche kam.

Diese Zustände waren auch der Grund weshalb die vorherigen Mieter ausgezogen waren. Das erfuhren wir aber erst jetzt. Die Witwe die unter uns wohnte und die Familie im Erdgeschoss hatten ihre Schlafzimmer zur anderen Seite, da hörten sie den Krach nicht. Für uns war es schlimm, denn ich musste ja samstags immer arbeiten. Auch Joachim war neuerdings immer am Samstag unterwegs, da fuhr er nach Nürnberg zu einer weiterbildenden Schule. Er wollte den Meister in seinem Beruf machen. Wir hätten gern ausgeschlafen sein wollen, was uns aber oft nicht gelang wegen dieser Florida-Bar. Am liebsten hätten wir uns eine andere Wohnung gesucht. Den Versuch machten wir aber nur einmal. Es war schlichtweg nichts Brauchbares zu finden. Schließlich war es ja auch schön, so nah bei seiner Arbeit zu wohnen.

Dann kam ein Brief von Mutti aus Brakel, der uns umhaute. Sie bekam von einer Lebensversicherung einen schönen Batzen Geld und wollte das Geschäft nicht mehr weiterführen. Bis Klaus-Dieter soweit wäre könne sie nicht warten. Klaus-Dieter war auch damit einverstanden. So würde die Kaufmannsfamilie Glinka eine Generation weniger haben. Sie wollten in unsere Nähe ziehen und baten uns, nach einer Wohnung zu suchen. Dafür hatten wir gerade mal einen Monat Zeit. Ach du liebe Zeit, wie stellte sie sich das vor? Wir hatten schon erfolglos für uns nach einer Wohnung gesucht. Da wir also in Ansbach nichts finden würden blieben uns nur die nächsten Dörfer übrig. Wir wurden auf eine Neubausiedlung in Lichtenau bei Ansbach aufmerksam. Da war aber noch alles im Rohbau, gar nichts fertig. Eines der Häuser sollte in ca. 2 Monaten als erstes fertig werden. Die Häuslebauer wollten auch dann vermieten. Das wäre schon etwas für Mutti und Klaus-Dieter. Aber wohin in der Zwischenzeit mit den Möbeln und anderem Umzugsgut? Die Hausbesitzer boten an, dass sie die Sachen zwischenzeitlich in eine bereits fertige Garage stellen könnte. Wir suchten aber weiter, doch wir fanden nichts geeignetes. Uns blieb nichts anderes übrig als Mutti und meinen Bruder bei uns unterzubringen. Nun musste auch noch eine Stelle für Klaus-Dieter gefunden werden, wo er seine Lehre, die noch ein halbes Jahr dauerte, zu Ende machen konnte. Da half uns der jetzige Lehrherr von Klaus-Dieter. Er war der Prüfer in Höxter, der dort die praktische Prüfung für den Einzelhandelskaufleute abnahm, ich hatte auch seinerzeit die Prüfung bei ihm gemacht. Auch in Ansbach gab es ein Feinkost-Geschäft, dessen Inhaber Prüfer für die Einzelhandels-Lehrlinge war. Da kam Klaus-Dieter für die restliche Lehrzeit unter. Für uns hatten wir keine Wohnung gefunden. Aber nun hatten wir genug mit Mutti und Klaus-Dieter zu tun, die diese Wohnung in Lichtenau genommen hatten. Jede freie Minute hieß es nun in der neuen Wohnung zu werkeln, zu malern und sonstige Arbeiten zu machen. Der Bauherr ließ sich mit allem viel Zeit. Die Bierflasche war ihm lieber als die Maurerkelle. Seine Frau, die im 8. Monat schwanger war, verzweifelte mit diesem Mann. Die Möbel standen ja gut in der Garage, aber Mutti und Klaus-Dieter würden schon gern in ihr neues Heim einziehen. Allerdings lag Lichtenau weit abseits, es gab keine Geschäfte und auch keine Busverbindung Gut war nur, dass sie noch das Auto hatten. Der nächstgelegene Bahnhof von dem man nach Ansbach fahren konnte, befand sich in Sachsen bei Ansbach, das war 2 km entfernt und dahin musste man erst mal laufen. Klaus-Dieter hatte seinen Führerschein schon eine Weile und dadurch war das Ganze wenigstens für ihn weniger kompliziert. Nur Mutti war allein in diesem Dorf, wo sie praktisch nicht weg kam, das würde nicht gut gehen. Klaus-Dieter kam dort gut zurecht. Schon immer spielte er Fußball und ging gleich in den Sportverein. Dadurch hatte er Anschluss. Schließlich wurde aber auch dieser Bau endlich fertig und wir waren wieder allein in unserer Wohnung.

Jetzt waren wir aber wirklich total urlaubsreif. Es ergab sich, dass wir im Quelle-Kaufhaus auf deren Reisedienst aufmerksam wurden. Neuerdings bot man erstmals Flüge in den *Ostblock* nach Rumänien an. Die tollen Bilder vom dortigen Strand gefielen uns gut und außerdem war ein Urlaub dort wesentlich billiger als in den bisher bekannten Ländern. Das Ziel erreichte man natürlich nur mit dem Flugzeug. Bekannte warnten uns zwar, dass es sich dabei um russische Flieger des Typ *Iljuschin* handelt, in die man sich lieber nicht hineinsetzen sollte. Wir überhörten diese Ratschläge. Obwohl uns auch nicht ganz wohl dabei war, gingen wir zum Reisebüro und holten uns Prospekte für einen derartigen Urlaub. Die lagen dann bei uns auf dem Tisch und förderten die Sehnsucht nach einer Erholungszeit am Schwarzen Meer. Wir mussten uns entscheiden, denn in zwei Wochen würde unser Urlaub beginnen. Schließlich setzten wir uns über die Bedenken und Ratschläge hinweg und buchten die Reise bei *Quelle*. Es kam uns auch sehr gelegen, dass der Abflug am Nürnberger Flughafen stattfinden würde. Wir bekamen die letzten beiden noch freien Plätze. Ab sofort freuten wir uns nur noch auf diese Reise.

Nun kam der Tag des Abflugs. Früh am Morgen fuhren wir nach Nürnberg und stellten am Schalter fest, dass wir wirklich nicht allein waren, etwa 50 Personen würden uns begleiten. Alle warteten geduldig auf die Abfertigung. Für uns war das alles neu und unbekannt. Unsere Koffer wurden abgefertigt und wir hatten nur noch unser Handgepäck. Jetzt hieß es wieder erst einmal an einer Sperre warten. Als diese geöffnet wurde stürmten alle Leute los, so schnell sie konnten, denn es gab damals noch keine Platzkarten und jeder wollte gern am Fenster sitzen. Joachim war auch schnell genug voraus gerannt, hatte einen Fensterplatz erwischt und besetzte den Platz daneben für mich. Nun meldete sich der Kapitän der Maschine durch den Bordlautsprecher und sprach über das zu erwartende Wetter, die Länder, die wir überfliegen würden und wann es etwas zu essen gibt. Dann erklärte eine Stewardess die Notausgänge, Funktion der Schwimmwesten und Atemschutzmasken. So wie wir saßen offenbar viele Mitreisende zum ersten Mal in einem Flugzeug.

Als alle angeschnallt waren ging es los mit dieser 4-motorigen *Iljuschin Turboprop*. Sie erzeugte dabei einen ohrenbetäubenden Lärm. Der wurde auch nicht weniger als die Maschine abgehoben hatte. Hinzu kamen starke Schwankungen durch die Thermik auf Grund einer unruhigen Wetterlage. Viele Passagiere ängstigten sich, manchen mussten sich übergeben. Schön war aber der Ausblick, als wir über die Alpen flogen. Die Stewardessen servierten belegte Brötchen und Getränke und schließlich erreichten wir den Zielflughafen Constanza am Schwarzen Meer. Mit zitternden Knien stiegen wir aus und setzten uns in bereitstehende Omnibusse, ebenfalls russischer Bauart und entsprechend laut und unbequem, und unsere Reise ging weiter nach *Eforia Nord*. Hier war nun unser Hotel. Auch da herrschte die sehr anspruchslose Ostblock-Qualität, ein einfaches Zimmer mit Dusche, und blindem Spiegel, mehr war es nicht. Uns war das aber egal, Hauptsache, wir waren endlich am Meer und das war nur etwa 10 Minuten vom Hotel entfernt. Ein wunderbarer Sandstrand empfing uns, Liegen oder Stühle gab es nicht. Wir hatten das aber schon zu Hause gehört und deshalb noch zwei große Handtücher in die Koffer gestopft. Das Wasser war recht bewegt, etwa hüfthohe Wellen luden zum Hineinspringen ein. Zwischen Hotel und Strand befand sich unser Restaurant, ausschließlich für Westdeutsche, Touristen aus dem Ostblock, die es auch gab, durften da nicht hinein. Und wir wurden mit unglaublicher Aufmerksamkeit bedient. Wir hatten Vollpension, etwas anderes gab es dort gar nicht. Die Kellner bemühten sich sehr, ihre Gäste zufrieden zu stellen. Schon zum Frühstück gab es das volle Programm, Würstchen mit Speck, Eier, Kartoffelsalat, diverse

Aufstriche, und die Ober waren traurig, wenn man nicht alles aufaß.

Mittags und abends war es ebenso. Wir versuchten am Anfang, nicht unhöflich zu erscheinen und griffen überall zu. Doch nach ein paar Tagen war das einfach nicht mehr möglich, die Hosen wurden zu eng.

Am Strand lernten wir dann ein Ehepaar in unserem Alter kennen. Es waren deutsch-stämmige Leute aus Kronstadt in den Karpaten. Wir verstanden uns sehr gut und spielten am Strand Karten. Sie machten auch hier Urlaub, waren mit dem Motorrad angereist und wohnten auf einem Campingplatz am Ortsrand. In unser Hotel oder Restaurant . durften wir sie nicht mitnehmen, das war nicht erlaubt. Überhaupt war überall abgesperrt, fotografieren außerhalb der Anlage war verboten. Das war die Realität im Ostblockland Rumänien. Es gab aber auch für die einheimischen Urlauber ein Restaurant und dahin gingen sie mit uns damit wir die Spezialität *Icre de carp* kennenlernen sollten. Dabei handelte es sich um lecker auf warmem Brot servierten Rogen, Kaviarersatz vom Karpfen.

Wir wollten aber auch etwas vom Land kennenlernen und so nahmen wir an einem Busausflug entlang der Küstenstraße teil, nach *Eforia Süd*. Als wir dort ankamen staunten wir erst einmal. Die Menschen liefen am Strand hin und her. Sie waren aber nicht in Badekleidung sondern nackt und von oben bis unten in Moor eingepackt. Das war Naturfango, was wir bisher nicht gesehen hatten. Es wurde auf die Körper aufgetragen und musste dann in der Sonne trocknen um Rheumabeschwerden zu lindern. Natürlich probierten wir das auch, aber nach ca. 10 Minuten wurde es uns zu viel, wir spritzten uns ab und liefen in die Wellen.

Einen anderen Tagesausflug machten wir allein ohne Organisation mit dem Zug in die Hauptstadt Bukarest. Die Fahrt dauerte etwa zwei Stunden. Wir liefen durch die Straßen und bestaunten die hohen Wohnblöcke. Dazwischen gab es auch Parkanlagen und schließlich gelangten wir zum Donauufer. Es gefiel uns alles ganz gut. Dann mussten wir aber an die Rückfahrt denken und marschierten zum Bahnhof. Dort angekommen erschraken wir erst mal heftig, denn wir fanden ein undurchdringliches Gewimmel von Leuten, Tieren und Gepäck. Wir drängten uns halt so gut wie möglich dazwischen und wenn die Leute merkten, dass wir Deutsche sind, wurde uns auch bereitwillig Platz gemacht. Endlich kam der Zug. Der war aber eigentlich schon fast voll besetzt. Dennoch mussten all die wartenden Passagiere, sowie deren Hühner und anderes Getier, auch noch hinein. Und wir auch! Aber die anderen Passagiere waren uns gegenüber sehr gastfreundlich und halfen uns beim Einsteigen. Ohne diese Hilfe wären wir nicht hineingekommen. Da standen wir dann gedrängt wie Heringe in der Büchse während fast der ganzen Strecke zurück nach Eforia.

Nun verbrachten wir noch einige Tage zusammen mit Dagmar und Hans am Strand. Wir schmuggelten auch Dagmar mal in unser Hotel, weil sie auf dem Zeltplatz keine Dusche hatten und sie sich die Haare waschen wollte. Ihr Urlaub war dann zu Ende, wir blieben noch ein paar Tage. Die Freundschaft hielt noch mehrere Jahre, wir schrieben uns Briefe und schickten auch gelegentlich Sachen, wie z.B. Kleidung, zu ihnen. Dann kam der Rückflug, wieder mit der lauten Iljuschin, die wir aber gar nicht mehr so schlimm empfanden.

Wieder im Alltag angekommen suchten wir für uns weiterhin eine andere Wohnung. Nach gut drei Jahren ergab sich aber eine Änderung ohne unser Zutun. Das alte Pfarrhaus hatte sich weiter abgesenkt und wurde somit unbewohnbar. Nun hieß es für die Firma Brügel & Sohn schnellstens zu handeln. Alle Mitarbeiter, die im Haus wohnen, müssen raus, weil das Haus abgerissen wird. Wir waren die ersten die das Haus verlassen mussten. Wir bekamen von der Firma eine hübsche Dreizimmerwohnung in der Feldstraße, am Stadtrand. Auch noch zwei andere junge Familien ohne Kinder, Kollegen aus der Druckerei, zogen mit uns ein. Das war ein wunderbares Verhältnis und endlich am Wochenende Nachtruhe, keine Florida-Bar. So dachten wir. Schon beim Einzug kam der Schock. Am Tag merkte man es gar nicht. Vor diesem Haus waren die Schienen der Bahnlinie nach Würzburg und München. Wir hatten dies nicht mal gesehen, weil eine große Hütte auf einem Hügel davor stand. Nachts war es besonders laut, da fuhren die Güterzüge. In der ersten Nacht fuhren wir sehr erschrocken aus dem Schlaf. Das war ein Geräusch, an das man sich aber gewöhnte. Nach ein paar Tagen nahmen wir es nicht mehr wahr.

Am Feierabend und an den Wochenenden war was los in unserem Haus. Jede Wohnung hatte hinter dem Haus ein kleines Stück Garten. Wir hatten alle keine Ahnung von Gartenarbeit. Aber jeder versuchte es und freute sich über den Erfolg. Im Sommer wurde alles gemeinsam draußen gemacht. Bei beiden anderen Familien kündigte sich kurz nach dem Einzug ein Baby an. Nur nicht bei mir. Dabei hätten wir so gern ein Kind gewollt. Beide ließen wir uns untersuchen, ob wir Kinder bekommen können. Nichts stand dem entgegen. Es klappe aber einfach nicht. Der Frauenarzt meinte man müsse Geduld haben und nicht so viel Stress. Leichter gesagt als getan. Am stressigsten waren die Tage vor Weihnachten, wenn die Lieferungen der Waren aus Hagen nicht rechtzeitig kamen. Die Lastwagen wurden durch Glatteis oder viel Verkehr auf der Autobahn aufgehalten. So kam es vor, dass sie erst um 22 Uhr oder später in Ansbach ankamen. Da ich in der Nähe wohnte, wurde bei uns Sturm geklingelt. Egal, ob ich in der Badewanne lag oder im Bett, ich musste ins Geschäft und die Waren entgegen nehmen. Von der neuen Wohnung in der Feldstraße hatte ich morgens erst einmal 20 Minuten Fußweg ins Geschäft. Auch mittags lohnte es sich nun nicht mehr nach Haus zu gehen. Leider hatte ich auch immer wieder Ärger mit dem Revisor. Er kritisierte meine Schaufenster die nicht genau nach Plan dekoriert waren. Dabei hatten wir unseren Umsatz enorm gesteigert. Sogar eine zusätzliche Halbtagskraft hatte ich bei diesem Umsatz einstellen dürfen. Als er wieder einmal kam und kritisierte kündigte ich fristlos. Ich hatte die ganze Situation satt. Mit Joachim hatte ich zwar nichts abgesprochen aber Geschäfte gab es in Ansbach ja genug. Am liebsten würde ich nur halbtags arbeiten. Da ich noch Urlaubsanspruch hatte, ging ich überhaupt nicht mehr in den Hussel Laden. Bei uns in Nähe der Feldstraße machte gerade ein neuer Supermarkt, *Lichdi,* auf, da zu arbeiten könnte mir recht gut gefallen. Am interessantesten waren die drei Kassen mit Fließband, damit hatte ich doch Erfahrung aus meiner Zeit als ich bei Böhm in Stuttgart war. Das wäre doch genau richtig für mich, aber nur halbtags. Ich beobachtete noch so beim Einkaufen alles ein bisschen. Als ich dann den Filialleiter in seinem Büro ausfindig gemacht hatte, ging ich direkt auf ihn zu. Ja, für die Kasse suchte er eine Kassiererin, aber am liebsten ganztags. Nein, ich wollte nicht schon wieder diesen Stress.

Aber die Papiere solle ich doch mal vorbei bringen, meinte er. Das machte ich am nächsten Tag sofort. Als er die durchgesehen hatte, fragte er noch mal, ob ich nicht den ganzen Tag kommen könnte. Aber für mich kam nur eine Halbtagsstelle in Betracht. Wir sprachen dann noch über das Gehalt, was sehr gut war, gar nicht viel weniger als ganztags bei Hussel als Leiterin. Schließlich war er mit mir als Halbtagskraft einverstanden. Er wollte noch wissen, wann ich anfangen könne. Dann war alles besprochen und ich bekam die Stelle als Kassiererin ab 15. des nächsten Monats. Das schönste war für mich dabei auch noch, dass meine Arbeitszeit nachmittags ab 14 Uhr begann Für den Morgen hatten sie eine Frau an der Kasse die ein Schulkind hatte. Das kam meinen Wünschen besonders entgegen, denn morgens ausschlafen war schon immer das Schönste für mich. Nun hatte ich morgens Zeit für den Haushalt und mittags kam Joachim zum Essen. Richtig herrlich war unser Leben jetzt. Was uns aber noch fehlte war ein Auto. Unserem alten schwarzen Opel-Olympia hatte der Rost den Garaus gemacht. Wir konnten nicht einmal zur Mutti nach Lichtenau fahren. Mit dem Zug war es einfach zu umständlich. Klaus-Dieter holte uns nach seiner Arbeit manchmal ab. Das war dann aber nur ein kurzer Besuch, denn er musste uns an dem Abend auch wieder heimfahren. Meine Mutti hatte sich in Lichtenau auch neue Bekannte gesucht. Es gab einen einzigen Laden, eine Bäckerei, die auch ein paar Lebensmittel verkaufte. Schnell hatte sie sich mit der Besitzerin angefreundet. Sie hatten ja die gleichen Interessen. Sogar beim Verkaufen half sie der Betty. Zwei Seelen hatten sich gefunden.

Aufregung gab es aber auch wieder. Das Geschäft in Brakel wurde nach vier Wochen umgebaut in einen Selbstbedienungsladen. Der jetzige Pächter schrieb Mutti einen Brief. Darin teilte er ihr mit, dass er nicht alle Waren übernehmen könne, da manche von Mäusen angefressen seien. Sie müsse kommen und die Sachen anschauen. Die würde er ihr nämlich von dem Guthaben für die im Laden befindlichen Waren abziehen. Es konnte gut sein, dass es die Wahrheit war, denn mit Kartoffeln oder anderem Gemüse kamen schon mal Feldmäuse mit in den Laden. Im Geschäft hatten wir immer Mäuse fallen aufstellen müssen. Da das Geschäft nun vier Wochen ohne Aufsicht gewesen war, konnten sich die Mäuse natürlich so richtig gütlich tun. Also ging es wieder mal nach Brakel. Da wollte ich eigentlich gar nicht mehr hin. Ein Mitschüler von mir aus der Berufsschule, hatte unseren Laden übernommen. Die verdorbenen Waren lagen in der Waschküche. Die waren wirklich nicht mehr zu gebrauchen. Wir brachten dann alles schnellstens zur Mülldeponie. Es dunkelte schon als wir alles weggeworfen hatten. Nun wollten wir noch Essen gehen und wieder nach Hause fahren, als uns allen ein großer Schreck in die Glieder fuhr. Joachims Ehering war weg. Er war ihm wahrscheinlich beim Wegwerfen der kaputten Ware vom Finger gerutscht. Alles suchten wir ab. Die Mülldeponie war ein großer Schuttberg, wie sollten wir da einen kleinen goldenen Ring finden? Es war aussichtslos. Bedrückt stiegen wir ins Auto. Weil es schon dunkel war, schaltete Joachim das Licht ein Da sah ich am Straßenrand genau vor unserem Auto etwas blinken. Ich stieg aus, bückte mich und hatte den Ring in der Hand. Vor lauter Freude und Erleichterung fing ich an zu heulen. Ich konnte gar nicht sprechen, nur den Ring hielt ich hoch, damit ihn jeder sehen sollte. Nichts wie weg aus diesem Brakel, uns reichte es gründlich. Unterwegs auf der Autobahn bei Kassel musste Mutti uns ein Essen spendieren, was sie mit Freuden tat. Wir waren alle vier glücklich, am anderen Morgen wieder in unserem schönen Ansbach zu sein. Was für Fallen würde uns unser Leben noch stellen? Den Sinn hatte es meistens, dass man etwas Neues annehmen sollte, oft war es ja auch besser als das Alte.

Kapitel 20

Ein neues altes Auto.

Nun machten wir uns auf die Suche nach einem fahrbaren Untersatz. Es dauerte nicht lange und wir wurden Besitzer eines neuen alten Autos, ein DKW-Junior, beige mit grauem Dach, wir nannten ihn *DKWuppdich,* ein kleineres aber flottes Auto. In der ersten Woche, als es umgemeldet war, wollte ich zu Mutti fahren, um es ihr zu zeigen. Voller Freude fuhr ich los. Ich kam aber nicht weit. An der Kreuzung beim Quelle Kaufhaus war ein Zebrastreifen. Hier hatten die Fußgänger natürlich Vorfahrt. Das Auto vor mir hielt vorschriftsmäßig und ließ die Fußgänger passieren. Ich hatte den Zebrastreifen nicht gesehen und fuhr auf. Au weh, das bei der ersten Ausfahrt. Ich war schuld, wollte das aber einfach nicht einsehen. An dieser Stelle befand sich auch gleich eine Telefonzelle, von dieser rief ich Joachim in der Firma an. Er kam auch gleich und nahm das gar nicht so schwer. Aber ich war total fertig. Zu Hause verkroch ich mich ins Bett und nahm zum ersten Mal im Leben eine Schlaftablette. Ruhiger wurde ich dadurch aber auch nicht und an Schlafen war schon gar nicht zu denken. An unserem Auto war nicht viel passiert. Das Abschleifen und neu mit Sprühdose lackieren machte mein Schatz selber. Den kleinen Schaden beim anderen Auto zahlte ja die Versicherung. Hätte ich das alles früher gewusst, wäre ich nicht so ausgeflippt. Aber nun waren wir wieder mobil und genossen unseren kleinen *DKWuppdich.*

Die zwei jungen Frauen im Haus wurden immer kugelrunder, die Geburten ihrer ersten Kinder standen kurz bevor. Wir erlebten fast jede Bewegung der Kinder im deren Bäuchen mit. Es war eine wunderschöne Zeit und ich hätte es mir auch so sehr gewünscht. Die Geburten kamen mit dem Abstand von einer Woche. Na, da war was los. Helene vom Erdgeschoss bekam einen Jungen, den Sebastian. Christa, unsere Wohnungsnachbarin, brachte ein Mädchen zur Welt. Helenes Bub war ein absolut ruhiges Kerlchen und schlief fast die ganze Nacht durch. Ganz anders war es bei Christas Andrea. Jede Nacht schrie sie aus Leibeskräften. Sie war nicht zu beruhigen, nicht durch herumtragen, singen oder per Flasche. Leider war das Nachbarschlafzimmer mit uns Wand an Wand, so dass wir alles mithören mussten. Es war die Hölle für alle Beteiligten, jede Nacht dieses Geschrei. Die Eltern liefen wie Gespenster durch die Gegend und wir dann langsam auch. Der Zustand nervte alle und es dauerte fast ein halbes Jahr bis Andrea durch ein neues Medikament endlich nachts schlief.

In meiner neuen Arbeitsstelle bei *Lichdi* fühlte ich mich sehr wohl. Mir tat es sichtlich gut, meinen Haushalt und die Arbeit unter einen Hut zu bekommen. Der Stress, den ich vorher bei Hussel hatte, war weg. Endlich hatte ich auch mal Zeit für mich. Mein Mann hatte die zwei Jahre auf der Samstags-Meisterschule in Nürnberg nun auch bald geschafft. Jetzt standen die Prüfungen bevor. Innerhalb vier Wochen wurden auch die Ergebnisse verkündet, natürlich hatte er bestanden. Nun wollte er auch gerne als Lehrlings-Ausbilder arbeiten, was ja der Sinn der Schule war.Eine bessere Entlohnung wäre dafür ebenfalls zu erwarten. Leider war in seinem jetzigen Betrieb kein Bedarf, da gab es schon seit Jahren einen. Joachim schrieb fleißig Bewerbungen um seinem Berufswunsch näher zu kommen, doch er bekam leider nur Absagen.Da wir gerade erst in die Feldstraße gezogen waren und nicht jetzt schon wieder einen Umzug auf uns nehmen wollten, verschoben wir die ganze Planung. Nach gut einem halben Jahr bekam er dann unerwartet Post von einem Druckereibesitzer, der seinen Betrieb in Bochum aus Altersgründen verpachten möchte. Ins Ruhrgebiet wollten wir zwar nicht so gern, aber anschauen könnten wir uns das ja mal. Am nächsten Wochenende fuhren wir also los. Die Fahrt war lang bis wir endlich ankamen Doch wie sah das denn in diesem Bochum aus? Die Hausfassaden waren alle schwarz vom Ruß der Zechen. Die Druckerei befand sich in der Innenstadt, direkt neben der Stadtkirche. Deren Wände waren besonders schwarz. Aber wir waren die lange Fahrt doch nicht umsonst gefahren, denn wir wussten jetzt genau, dass es uns hier nicht gefiel. Das Haus, in dem sich die Druckerei befand, war natürlich ebenso schwarz wie alle anderen Gebäude. An einigen Stellen sah man rote Klinkersteine. Vorsichtig drückten wir die Klingel. Ein älteres Ehepaar ließ uns herein. Man zeigte uns die Druckerei, bei der die Tageszeitung gedruckt wurde und die damit wohl ausgelastet war. An der Druckerei, die recht klein war, konnte man nichts aussetzen. Nun fragten wir noch nach der Wohnung, die mit angeboten wurde. Ja, das wäre diese in der sie jetzt wohnen. Wir fragten, wohin sie dann ziehen und bekamen die Antwort: Wir bleiben auch hier und teilen uns die Wohnung. Das war zu viel. Recht schnell waren wir wieder draußen und machten uns auf den Rückweg in unser schönes Ansbach. Es war im Winter 1966. Von der Suche nach einer Stelle als Lehrmeister hatten wir erst mal die Nase voll. Wir wollten warten bis sich etwas geeignetes in oder um Ansbach ergab. Oft schon in unserem Leben hatten wir vor unmöglichen Situationen gestanden, für die sich nach einer Weile eine gute Lösung ergab. Darauf hofften wir.

Dieses Buch fing mit dem Jahr 1906 an und endet nun mit 1966. Was alles noch geschehen wird lesen Sie im zweiten Buch. Ich hoffe, es hat Ihnen Spaß gemacht, die Kaufmannsfamilie Glinka auf einem Stück des Lebensweges zu begleiten. ! ! !

Hier möchte ich mich noch bedanken bei allen die mir geholfen haben, diesen Roman zu schreiben:

Bei meinem Mann, der mir als Lektor geholfen hat und viele Ratschläge gab.

Bei meiner Cousine Christiane Kaspar, die mir die Familien-Geschichten von ihrer Mutter, meiner Tante Lisbeth, erzählt hat.

Bei meiner Enkelin Alina, die mir den Umgang mit dem Computer mit viel Geduld immer wieder erklärt hat.

Danke, Danke, an alle, die mir behilflich waren.. Eure Sigrid.

NACHWORT

Die Geschichte der Familie Glinka beginnt im Jahre 1906. Die junge Friederike, genannt Frieda, hat mit 17 Jahren große Träume. Sie stammt aus allerkleinsten Verhältnissen in Oberschlesien. Viele Schicksale muss sie erleben und auch ihren Nachkommen geht es nicht anders. Der Roman besteht aus wahren Begebenheiten und Berichten. Viele Verwandte halfen mir dabei, in erster Linie meine Cousine Christiane, die mir viele Bilder und Erzählungen Ihrer Mutter, meiner Tante Lisbeth, zukommen ließ. Die Jahreszeiten, Namen und Daten waren sehr schwer nach so langer Zeit noch zu rekonstruieren. Trotz intensiver Nachforschung waren einige Namen von Personen und Orten nicht mehr zu erfahren. Da nahm ich mir die dichterische Freiheit, dafür eigene zu erfinden. Die Erlebnisse entsprechen jedoch wahren Begebenheiten.

Die Autorin hat in Mittelfranken eine neue Heimat gefunden und lebt mit ihrem Ehemann in der Nähe von Nürnberg. Sie hat zwei Töchter und vier erwachsene Enkel, die zu ihrer großen Freude alle in ihrer Nähe wohnen.

Die wichtigsten Personen in diesem Roman:

Friederike, genannt Frieda und Pitro	Georgs Eltern
Fritz und Karl	Friedas Ehemänner
Georg, Max und Franz	Friedas Söhne
Florentine, genannt Muttel und Lazarus Weda	Eltern
Martha, Trude, Bernhard, Max, Frieda, Else und Hedel	deren Kinder
Else und Georg Glinka	Eltern
Wolfgang, Sigrid und Klaus-Dieter	deren Kinder
Hedel und Alfons Lütkebohle	Eltern
Gerhard, Monika, Werner, Günther	deren Kinder
Lisbeth und Bernhard Weda	Eltern
Christiane und Peter	deren Kinder